La Bicyclette de Léonard

Du même auteur
dans la même collection

Ombre de l'ombre (n° 124)
La Vie même (n° 142)
Cosa fácil (n° 173)
Quelques nuages (n° 198)
À quatre mains (n° 227)
Pas de fin heureuse (n° 268)
Même ville sous la pluie (n° 297)

dans la collection Rivages/noir

À quatre mains
La Bicyclette de Léonard

dans la collection Bibliothèque étrangère

Le rendez-vous des héros (n° 204)

Paco Ignacio Taibo II

La Bicyclette de Léonard

Traduit de l'espagnol (Mexique)
par Anne Masè

Collection dirigée par
François Guérif

Rivages/noir

Titre original :
La bicicleta de Leonardo

106, boulevard Saint-Germain – 75006 Paris

ISBN : 2-7436-0353-4
ISSN : 0764-7786

Lorsque les substances lourdes descendent dans l'air, celui-ci se déplace en direction contraire pour remplir continuellement l'espace...

LÉONARD DE VINCI

Ce roman est dédié à trois maîtres de l'opiniâtreté morale, mes potes Jesus Anaya, Mariano Rodriguez et Jim Adams, et à deux écrivains que j'aime beaucoup : Jerome Charyn, le Vampire de Manhattan-Paris, et Justo Vasco, le représentant des « Voyages Patito » à La Havane.

Secteur 1

La bicyclette

Cela n'aurait aucun sens d'ouvrir les yeux si j'étais vraiment paralysé.

Ross Thomas

Léonard (I)

Pourquoi les esquisses sont-elles souvent plus belles que le résultat final et assurément bien plus intéressantes ? Pourquoi y a-t-il plus de force dans ces traits inachevés, dans ces ébauches, dans ces idées estompées, que dans le résultat que le peintre cherche et trouvera bien après ?

Sans aucun doute, l'attrait de l'ébauche s'explique par son caractère littéraire, par le fait que le tableau est raconté à partir de ses entrailles tièdes. À ce moment, en effet, les dessins sont des idées qui flottent avant de se raccrocher à la bouée finale. De toute évidence, les esquisses recèlent l'histoire du tableau à venir, mais elles révèlent également le pont jeté entre ce tableau et les idées qui sont à l'origine de ce dernier, les matériaux du réel qui devront s'y intégrer. Elles renferment les relations du peintre à la matière. Les ébauches sont meilleures que le futur tableau, parce qu'elles illustrent les expériences, elles montrent la quête, elles contiennent un déploiement d'alternatives et de variations sur ce qui deviendra certainement un seul, le seul et unique, résultat final.

Elles sont meilleures, non seulement parce qu'elles laissent présager le résultat, mais parce qu'elles nous permettent de découvrir la quête.

C'est donc cette impression – qui nous fait dire : « C'est là que se trouve l'œuvre finale, et non dans la fresque qui n'existera jamais » – qui a probablement altéré les émotions et le discernement du Magicien lui-même, natif de Vinci, devant les ébauches de chevaux qui lui ont servi à préparer, des années durant, la composition de cette fresque, laquelle aurait dû s'appeler *La Bataille d'Anghiari* et qui, aujourd'hui, alors que Léonard n'est plus qu'os et poussière, sont réparties entre Windsor, en Grande-Bretagne (identifiées sous les codes *12326 recto* et *12327 recto*) et Madrid, à la Bibliothèque nationale espagnole, sous le code général de *Madrid II*.

Ce ne furent pas ses seuls chevaux. Des années auparavant, la statue équestre de Francesco Sforza lui avait fait perdre le sommeil. Il s'agissait d'un monumental projet de cheval qui ne fut jamais coulé, puisque les 156 000 livres de bronze qui lui étaient destinées furent envoyées à Ferrare pour en faire des canons.

Nous parlons ici de chevaux en mouvement (*les chevaux ont-ils des visages ? Quelle plume guide le vol des anges ? Dans quel sens s'oriente l'onde lorsque l'on jette un caillou dans de l'eau stagnante ?*), farouches, empreints de férocité, comme si, la bataille les ayant possédés eux aussi, ils partageaient la haine de leurs cavaliers. Des chevaux malfaisants déformés par la fureur, à tel point que l'un d'entre eux se métamorphosa sous le crayon en un lion rugissant.

Lorsque Gonfaloniero Soderini lui commanda cette peinture qui devait orner l'un des murs de la Salle du Conseil du Palazzo Vecchio, il est probable que Léonard avait pressenti le dessein de la fresque. Toutefois, contrairement à son mauvais penchant qui l'inclinait à abandonner l'art de la peinture au profit d'autres curiosités et d'autres obsessions (en fin de compte, n'oublions pas que le Magicien fut élevé sans mère pour lui inculquer ce travers qu'est le formalisme), il consacra des semaines et des mois entiers à préparer cette fresque qui devait commémorer, pour ses commanditaires, la bataille d'Anghiari. Une bataille pendant laquelle un obscur *condottiere* avait offert aux Florentins une victoire contre les Milanais cent ans auparavant (ou cinq cents, peu importe, tant elle semblait lointaine), mais qui, pour Léonard, devait symboliser la bestialité de la guerre.

Léonard arriva à Florence en l'an 1503, se fuyant lui-même, tragique propension devenue habitude, fuyant également les obsessions et les échecs répétés. Pendant trois ans, il avait été ingénieur militaire de César Borgia et il avait détourné les yeux lorsque le duc de Valentinois, le cardinal de Pampelune (jouissant d'un permis papal de fornication), tramait ses complots, vendait et achetait des *condottieri*, se lançait dans le trafic d'âmes, tissait des toiles mortelles, pendait ses anciens acolytes devenus inutiles, menait de petites guerres à coups de mouchoir et de fioles de poison. Sensation remarquable, un peu angoissante peut-être, que de voir cet artisan de la malignité déployer sa tunique. Mais Léonard avait détourné le regard, préférant étudier les fortifications qu'il entendait donner à la ville d'Urbino, proposer des stratégies pour la défense de Piombino, ou dessiner les plans militaires d'Imola. Il regardait ailleurs, les yeux perdus dans le vide, refusant la sous-humanité, la sensation d'aliénation. Il regardait, par exemple, le vol des colombes (*les plumes les plus légères sont situées sous les plumes les plus résistantes, et leurs extrémités sont dirigées vers la queue de l'oiseau. Il en est ainsi parce que l'air au-dessous des objets volants est plus épais que celui qui se trouve derrière et au-dessus d'eux*). Il avait beaucoup détourné la tête, le *maestro* Léonard, pour éviter de se laisser contaminer par cette peste morale.

À Florence, en revanche, c'est de chevaux qu'il s'agissait, et il changeait à la fois de patrons et de commandes : une fresque de bataille et un projet de canalisation du fleuve Arno. Ses cahiers se remplirent de cartes et de coursiers aux visages humains.

Tout d'abord, il y eut une multitude d'études, de croquis, d'ébauches de personnages ordinaires observés dans les rues florentines et transposés sur le papier. Au grand scandale des notables, les pauvres gens et les mendiants dont il louait les services dans les impasses devaient offrir leurs visages et leurs traits aux personnages qui serviraient à raconter l'Histoire. Enfin, le vendredi 6 juin 1505, il se mit à peindre sur un grand carton l'œuvre qui devait être reproduite sur un mur.

Ainsi, l'objectif manqué de cette version vincienne de la bataille était une fresque dont l'axe était, dans la composition de Léonard, le combat autour d'un étendard, mais dont le véritable centre spirituel était la narration de la folie. Un point de contact brutal où s'enchevêtraient des hommes armés et à cheval, des fantassins se protégeant de leurs boucliers, des lances cherchant des corps et des sabres tranchant la chair et, sous les sabots de l'un des chevaux, qui l'avaient tant préoccupé, un homme en poignardant un autre.

D'étranges augures précédèrent la réalisation de cette fresque : *Vendredi à 13 heures, je me mis à peindre dans le palais. Et dès que j'abaissai mon pinceau, le temps commença à se gâter et les cloches retentirent, appelant les hommes au travail. Le carton se déchira, l'eau se répandit du vase brisé où elle se trouvait et, soudain, il se mit à pleuvoir à verse jusqu'au crépuscule, et le jour ressemblait à la nuit.*

Et le monde, énorme et étranger, engendrait à la même époque des traversées de bateaux portugais chargés d'esclaves noirs à destination de l'Amérique et une guerre paysanne déguisée en guerre de religion en Allemagne ; la même année, trois papes se succédèrent et les Juifs furent expulsés d'Espagne. Le monde, pris de folie, faisait peu de cas d'une folie aussi personnelle que celle de Léonard.

Anniversaire

Il abusa lâchement la concierge en lui disant qu'il fêtait ses cinquante-deux ans le jour où il en fêtait cinquante-trois. Une camionnette équipée d'un haut-parleur passait sous ses fenêtres, marquant le début de la campagne électorale. Il laissa les robinets ouverts pour que l'eau ruisselle tandis qu'il se rasait, comme si l'année qu'on lui avait volée pouvait s'enfuir par le tuyau d'évacuation avec la mousse sale. Il écouta pendant toute la matinée de vieux disques de Glenn Miller rayés et sinistres, en faisant semblant d'écrire un nouveau roman. Il mangea du thon en boîte avec de la mayonnaise et du pain complet légèrement moisi.

Et c'est seulement lorsqu'il alluma la télévision pour regarder un match de basket féminin de la *College League* américaine que José Daniel Fierro retrouva la paix qu'il avait perdue, et sentit qu'il avait trouvé là une digne façon de célébrer un anniversaire fatidique qui le rapprochait de la vieillesse.

Sa passion pour les joueuses de basket-ball *yankee* provenait d'une accumulation de hasards, qui avaient tous des relents de séries télévisées ; acceptables pour des personnages autres que lui, ceux qui ne survivaient pas à la triste réalité. S'il ne s'était pas cassé la cheville en descendant les escaliers de la

Cinémathèque lors d'une soirée de projection... S'il n'avait pas fait installer le câble chez lui pour tenir compagnie à sa patte dans le plâtre... Si, depuis trois mois, il ne s'était pas battu avec l'écriture d'un roman qui, à dire vrai, n'existait pas... Sans tous ces « si », il n'aurait pas découvert sa dernière perversion sexuelle. En effet, suivre fidèlement, pendant des semaines, les parties de basket féminin des *ladies* de la *College League* américaine, comme les chroniqueurs préféraient les appeler, n'était pas une passion sportive. Même si José Daniel tentait de leurrer son inconscient puritain en se disant que si certains aimaient la boxe, d'autres les courses de chevaux ou le sumo, eh bien lui...

Il s'agissait de sexe, un point c'est tout. Et en plus, de sexe sportif, platonique, à distance, et minoritaire. Dans un pays où l'on trouve tant de passions sportives majoritaires, s'amouracher de joueuses de basket américaines était une passion sportive de minorités, plutôt ringarde. Sans supporters à qui téléphoner pour partager ses impressions sur les matchs, ce qui semblait en faire un succédané de la masturbation.

L'imagination qu'il ne parvenait pas à coucher sur les pages de son roman, José Daniel la laissait déborder lorsqu'il coupait le son des retransmissions et commentait à voix haute :

– Et voilà la blondinette de l'Oklahoma, dégoulinante de sueur, du poil sous les aisselles, qui frôle l'arbitre du nichon gauche...

Sa jambe cassée fut un prétexte. Mais, au cours de cette dernière année, José Daniel s'était habitué à ne plus avoir besoin de prétextes pour justifier tous ses actes solitaires. Qui plus est, il s'apprêtait à transformer cette perversion privée en vertu littéraire publique : il prenait note des choses étranges qui lui plaisaient, qu'il faisait ou qui lui venaient à l'esprit : « laisser couler la glace fondue aux commissures des lèvres... la merveilleuse odeur de l'essence à briquets, l'essence qui, quand on la suce, imprègne les lèvres et la moustache... le plaisir de pisser assis » (cela devait avoir un rapport avec sa patte cassée, pensait-il). Et ces notes étaient généralement des réflexions à voix haute confiées à un magnétophone, parce qu'il se surprenait de plus en plus souvent à parler tout seul.

– Quant à Jackie O'Brien, on voit son soutif bonnet B lorsqu'elle tend les bras pour attraper un rebond... Et on entrevoit même ses poils pubiens dans ce saut iiiincroyaaaable.

C'était du sexe bien inoffensif. Du moins jusqu'à ce que, trois semaines auparavant, les programmateurs de Houston, que José Daniel admirait de loin, choisissent leur équipe préférée, qu'ils suivraient désormais avec régularité : les Texas Long Horns.

– Et elle glisse, elle perd l'équilibre, elle appuie son cul sur la base du panier, et elle se soulage par ce contact, cette petite Noire de vingt ans appelée Ludmila Washington... Et elle aime ça, mesdames messieurs, elle aime ça !

Dès qu'il découvrit les Texas Long Horns, José Daniel se mit à noter les horaires de retransmission et, fidèle parmi les fidèles, tandis que des autobus au pot d'échappement troué et des voitures à la con passaient dans la rue sans qu'il les voie, il traînait sa patte cassée jusqu'au divan couleur cerise, hérité de son ex-femme. Il posait à côté de lui un *pack* de six bières Tecate et regardait les universitaires américaines.

– Et tandis qu'elle dribble en se rapprochant du camp adverse, Eloise Waterfront fait monter la pression par les mouvements de son entrejambe, lubrifiant de ses sécrétions vaginales l'action fabuleuse qui la rapproche du panier. Elle lève les jambes en alternance, un-deux-un-deux-un-deux, elle arrive au bord de l'orgasme, si bien qu'on vient lui piquer le ballon, mais elle, impassible, se concentre sur sa jouissance, mesdames messieurs, elle ne bronche pas, elle s'en fout... C'est ainsi, ma petite, qu'on accède à la glooooire. 36 à 29, saaaaalope !

Les Texas Long Horns étaient un prodige de fureur extra-scolaire et – ajoutait José Daniel à voix haute dans ses chroniques – utérine. De la passion à l'état pur. Elles luttaient pour chaque ballon comme si leur vie en dépendait, discutaient les décisions des arbitres comme si elles étaient constamment affligées de crampes menstruelles, saluaient les paniers par des hurlements, se moquaient de leurs adversaires, envoyaient des baisers dans les tribunes à leurs supporters adolescents criblés d'acné, manquaient les tirs faciles et réussissaient les coups impossibles.

Il les adorait.

Toutefois, ce jour-là, anniversaire maudit de ses cinquante-trois ans et plus, une apparition devait changer, les mois suivants sa vie et, dans une certaine mesure, sa vie tout entière (comme José Daniel aurait aimé l'écrire dans un roman, à la manière de Victoria Holt !). Tout d'abord, le téléphone sonna. Ensuite Karen Turner pénétra sur le terrain, et les caméras offrirent à l'écrivain, qui se leva de son siège en boitillant, un gros plan du visage constellé de taches de rousseur.

Alors, José Daniel Fierro, tandis qu'il hésitait entre répondre au téléphone ou se rasseoir, attiré comme un aimant par le visage de la nouvelle joueuse, écrivain condamné à la solitude de sa chambre par une patte cassée, devint complètement fou. Comme on disait dans un vieux feuilleton radiophonique : « Il perdit la raison à cause d'une illusion. »

Léonard (II)

Les ambitieux qui se contentent du cadeau de la vie et de la beauté du monde sont condamnés à gâcher leur existence sans jamais pouvoir jouir des bienfaits et de la beauté du monde.

Que voulait dire le vieux peintre de cinquante ans ? Qu'il fallait renoncer au changement, à la découverte, à la recherche, qu'il était nécessaire de renoncer à la vocation de la contestation ? Non, pas lui, non. Tout autre penseur dont la biographie ne démente pas les dires, mais pas lui.

Qu'en est-il donc ?

Finalement, la peinture sur carton qui devait être transposée en fresque sous le nom de *Bataille d'Anghiari* fut terminée et exposée durant des jours entiers, suscitant l'admiration et la surprise. Pendant ce temps, Léonard, qui s'était déjà lassé du projet – comme il se lassait de tout –, parce qu'il était plus rapide que la réalisation, parce qu'il pensait toujours plus vite qu'il n'exécutait, parce que l'idée précède l'acte – se déroba à ses obligations et reprit son étude du vol des oiseaux, cherchant obstinément (*l'air qui se déplace tel un ruisseau et porte les nuages, comme l'eau courante emporte tout ce qui flotte sur elle*) le moyen de s'élever au-dessus des autres hommes en utilisant une machine.

Enfin, le 28 janvier 1505, les assistants de Léonard commencèrent à assembler des planches et des chevalets de bois pour construire l'échafaudage et l'on élabora les mélanges complexes d'ingrédients qui devaient constituer la base sur laquelle serait peinte la fresque : 600 livres de plâtre, 90 livres de colophane et onze litres d'huile de lin. Tout au long du mois de mars et pendant la moitié du mois d'avril, tandis que le mélange séchait, Léonard revenait de manière obsessionnelle au vol des oiseaux (*lorsque les substances lourdes descendent dans l'air et que l'air se déplace en direction contraire pour remplir continuellement l'espace...*).

En été, la fresque semblait fin prête, l'étendard était captif et les chevaux féroces, et il n'y manquait plus que le revêtement. Léonard avait longuement réfléchi à la question et, au lieu d'utiliser la technique de la fresque, il expérimenta une méthode qu'il avait lue dans un texte de Pline. On alluma dans la pièce un grand feu de charbon pour la réchauffer. La chaleur du feu aurait dû faire sécher les murs et évaporer les fluides. Apparemment, tout se déroulait à merveille et la partie inférieure de la fresque était déjà sèche, lorsque la catastrophe se produisit : la partie supérieure se mit à fondre.

Les heaumes des cavaliers, les têtes des coursiers partaient en lambeaux, s'évanouissaient en caillots grotesques, en bouillie sans intérêt. Tout disparaissait en coulées de peinture...

Téléphones

José Daniel Fierro entretenait une relation légèrement paranoïaque avec les téléphones. C'est pour cette raison que, pendant ces mois de pluies torrentielles qui provoquèrent des perturbations dans le réseau téléphonique de la ville de Mexico, déjà meurtrie par le tremblement de terre de 1985, les rats et le grand âge, il considérait l'appareil avec une méfiance croissante.

C'était un téléphone merdique, acheté par son ex-femme dans un « Radio Shack » à New York, en forme de carapace de tortue et d'une couleur rose maligne, presque invraisemblable, qui faisait à présent partie de ces petites choses angoissantes dont il avait hérité après le divorce : un téléphone rose, une essoreuse à salade, un double album de Julio Iglesias (elle était partie avec le tourne-disque), tous les romans de Mishima, un coucou suisse, de lourds couverts en faux argent, un album de photos d'école (les siennes à elle, pas celles de la glorieuse *preparatoria uno*, mais bien celles de la répugnante *Queen Mary*, bon sang !), ainsi qu'une armoire à pharmacie qui débordait de médicaments à usage inconnu.

Chaque fois qu'il décrochait son téléphone, il se passait des choses prodigieuses : des lignes qui se croisaient constamment; des sifflements aigus qui le forçaient à raccrocher en lâchant le combiné comme s'il s'agissait d'un bébé lépreux; des numéros qui refusaient de se laisser composer; des heures entières avec une ligne morte; des échos qui renvoyaient la voix de l'écrivain, tellement déformée qu'on aurait pu croire qu'il avait cinquante-cinq ans; l'irruption intempestive d'une voix anonyme qui disait appartenir à un employé du téléphone de Mexico et vous demandait de prononcer lentement votre nom de famille puis les sept chiffres de votre numéro d'appel; des sons étranges de petits oiseaux à l'agonie...

C'était une année électorale et sa sensibilité paranoïaque combattait la froide voix de la raison. José Daniel Fierro conversait tout haut avec l'écran de son ordinateur, et lui expliquait que s'ils avaient voulu le surveiller, ça ne serait pas tant le bordel. Au contraire, le téléphone fonctionnerait normalement. Mais il se rétorquait que ces connards étaient des amateurs. Pourquoi auraient-ils voulu le surveiller? Que diable avait-il fait récemment? Signer un manifeste contre la bureaucratie universitaire? Foutaises! Écrire un roman, un autre, sur la corruption policière! Comme pisser dans un violon pour jouer des airs à la galerie! Il avait pris la parole au cours d'un meeting du PDR. Rien, dans la logique du système. Il était un intellectuel de plus. C'est-à-dire un citoyen à la con. À son apogée, l'État mexicain aurait envisagé l'alternative historique : l'exil sur les îles Marias ou l'ambassade d'Istanbul, mais l'époque avait dévalorisé la caste des écrivains dans la logique perverse de l'État. À présent, ils offraient des musées et des bourses, ou d'étranges prix de trente mille nouveaux pesos si vous étiez d'un côté, et des diplômes d'inexistence et de nullité si vous restiez de l'autre.

Voilà ce que disait la logique, mais lorsque l'on a milité pendant dix ans dans les labyrinthes de la gauche pré-68, lorsque l'on a vécu l'expérience de Santa Ana et les onze mois de prison qui suivirent, il vous reste toujours une arrière-pensée paranoïaque, fondée sur la certitude absolue que l'État mexicain a pour principale fonction de vous foutre en l'air l'existence, pour seul objectif d'empoisonner la vie des citoyens.

Bref, l'écrivain jetait à l'appareil rose des regards lourds de méfiance, de trouble et d'appréhension. Mais de là à couper le câble avec les ciseaux qui se trouvaient sur son bureau, il y avait un pas qu'il n'osait franchir.

Lorsque cette foutue sonnerie se combina avec l'apparition de Karen Turner, toutes ses arrière-pensées anti-téléphoniques refluèrent en vagues dans sa tête. Sans pouvoir détacher son regard du téléviseur, où le visage de la jeune fille relativement courte sur pattes (elle ne devait même pas atteindre le mètre quatre-vingt-dix), aux taches de rousseur et aux cheveux courts, s'était figé, comme congelé, pour un instant, il prit le combiné comme s'il s'agissait d'un morceau de crotte de chien.

– Iiiici Tropea, mec. Ye suis ton éditor, mais si tou as pas dé livre, qui je va à éditer, moi, poutain ? dit une voix connue en *cocoliche*, ce mélange d'italien et d'espagnol inventé en Argentine.

– Je suis en train de l'écrire, vieux. Tu ne sais pas qu'on n'a pas le droit de faire pression sur les auteurs ? C'est un péché, répondit José Daniel à son éditeur italien.

– *Tu sei come Leonardo*, tou ne termines rien, niente, nada, rien de rien, rétorqua Tropea en riant.

Mais seule une partie de son attention allait au téléphone rose. Le reste s'était arrêté sur l'image glorieuse et évanouie de Turner. Il tenta de la repérer dans la masse. Le ballon était à nouveau à l'équipe adverse, des universitaires du Nouveau-Mexique, aux apparences mêlées de *Chicanas*, de Watusis et de Suédoises.

– Et de quoi parle ton poutain de livre ?

– De joueuses de basket, mec. Sur quoi peut-on bien écrire au Mexique ? De joueuses de basket et de mon grand-père qui était terroriste à Barcelone. À une époque comme la nôtre, il faut le revendiquer. À Barcelone, ils peignent leur place en rose. Pour fêter les jeux Olympiques, vieux. Et il n'était même pas stalinien. Il était anarchiste, et plus encore, les staliniens le haïssaient et ils ont même essayé de le tuer pendant la guerre d'Espagne, bien qu'il leur ait foutu une raclée... Ben voilà. De joueuses de basket.

– Tou me parles sérieusement, petit ? Tou ne vas pas vendre oun seul exemplar de ce bouquin de merde en America ! Des joueuses de basket et des anarchistes ?

D'où sortait la fille aux taches de son ? Ce n'était pas une des joueuses habituelles de l'équipe. Pendant quelques secondes, son nom était apparu sur l'écran en surimpression, au-dessous de son visage : *Karen Turner*. José Daniel essayait d'écouter les propos des commentateurs américains, mais son éditeur italien insistait :

– Et quand tou me l'envoies, ton livre ?

– Le mois prochain, mon petit vieux. Je te le jure sur la Vierge. T'as pas confiance ? Est-ce que je t'ai jamais fait faux bond, bon Dieu ? demanda José Daniel, en espérant que l'autre ne réponde pas.

Et soudain, Taches-de-Son apparut à l'écran : elle vola un rebond à l'une des grandes perches noires de l'Université du Nouveau-Mexique, se glissa jusqu'en dessous du panier et, sans angle de tir, lança le ballon qui décrivit une superbe vrille bourrée d'effet avant d'atteindre l'anneau, d'où il descendit en caressant le filet. Un panier impossible. La foule hurla. José Daniel applaudit en calant le téléphone contre son menton.

– À qui tou applaudis, enfoiré ?

– Je t'appelle demain, vieux frère. *Ciao*, Marco. C'est très important. *Troppo* important, *colega.*

Il laissa retomber l'écouteur et se traîna jusqu'au fauteuil en boitillant lamentablement.

Turner fêta le point comme si c'était la première fois de sa vie qu'elle marquait un panier, puis lança à la galerie un regard chargé de haine et montra les dents. José Daniel en fut anéanti. Comment se faisait-il qu'il ne l'ait jamais vue auparavant ? Craignant de manquer ne serait-ce qu'un détail, une petite chose, n'importe quoi, il claudiqua jusqu'à la cuisine sans se retourner, le regard rivé sur le téléviseur. Il se prépara un sandwich au pâté de poulet, aux poivrons et au fromage hollandais, puis revint au fauteuil. Turner perdit un ballon ridicule et, pour le récupérer, commit une faute sur une beauté noire en tirant sur son short.

D'où sortait-elle ? Peu à peu, il parvint à suivre la fin du match grâce à quelques fragments de commentaires. Putain de présentateurs, ils ne lui accordaient aucune importance. Ne l'avaient-ils donc pas vue ? C'était une *rookie*, une *freshwoman*, une nouvelle venue d'on ne sait quelle classe préparatoire du trou du cul du monde. Elle ne faisait pas partie de la première équipe, elle quittait de temps en temps le banc des réservistes et son entrée ne suscitait guère l'intérêt des commentateurs. Ce n'était pas non plus une vedette suivie par le public universitaire. Mais José Daniel Fierro, qui était justement auteur de romans policiers et qui pour cette raison voyait plus clair dans le jeu des passions et des caractères humains que les présentateurs, les spécialistes des horoscopes et les psychiatres, découvrit en elle dès le premier instant cette touche de magie qui...

Par exemple, et sans même aller plus loin, la manière particulière dont la sueur plaquait une mèche de cheveux sur sa tempe et le geste qu'elle faisait constamment pour la déplacer. Par exemple, Turner regardait un endroit perdu dans les hauteurs des tribunes à un moment crucial de la partie et, soudain, entrait à nouveau mentalement dans le jeu. Elle haïssait avec sincérité, et avait à l'occasion des coups de génie. Vraiment à l'occasion.

Au cours de ce premier quart-temps, elle ne resta pas sur le terrain plus de trois minutes. La caméra ne montra même pas son visage furibond en gros plan lorsqu'on la renvoya sur le banc. Elle entra à nouveau à la fin du troisième quart-temps et marqua deux tirs à trois points de manière pratiquement consécutive, pour ensuite rater un panier très facile et se faire expulser pour une faute technique absurde. Elle ne jouerait plus au cours de ce match. José Daniel Fierro retint son souffle pendant dix secondes. Ensuite, il s'avança vers la télévision et l'éteignit.

– Bordel ! s'exclama-t-il en fixant l'écran.

Léonard (III)

Le sort de la fresque de *La Bataille d'Anghiari* aurait pu être plus tragique encore. Non seulement le travail sur le mur avait été détruit, mais Léonard était retombé dans une de ses fréquentes phases d'aboulie et de distraction et, plongé dans mille obsessions différentes, il n'avait guère envie de le recommencer. À tel point que même les bureaucrates florentins obstinés, qui avaient menacé de lui infliger une amende s'il ne continuait pas son œuvre inachevée, finirent par céder et par l'oublier, tandis que le peintre se rendait à Milan.

Non seulement la fresque resterait gâchée et le mur où elle avait été peinte serait recouvert de plâtre sur ordre des Médicis, désireux d'éliminer totalement les traces de la République ; cet espace mort serait envahi par de nouvelles fresques au fil du temps ; les traces les plus infimes s'évanouiraient, et même les explorations contemporaines par ultrasons seraient incapables de retrouver des restes de l'ancienne peinture. Mais encore, comme si cela ne suffisait pas, le carton sur lequel la fresque avait été créée à l'origine disparut au cours des ans.

Néanmoins, la fresque des chevaux et de la bataille pour un étendard n'était pas condamnée à la disparition absolue. Par chance, le carton fut souvent copié et il existe des reproductions qui donnent une idée précise de ce qu'aurait dû être la partie centrale de *La Bataille d'Anghiari*. On peut voir une de ces copies dans la maison Horne à Florence, une autre dans le Palais Rucellai de cette même ville, une autre encore dans la Galerie des Offices. Il en existe même une reproduction à l'étranger, réalisée par un jeune peintre flamand appelé Pierre Paul Rubens, qui visita l'Italie un siècle après les événements racontés dans ces lignes et qui, fasciné par le carton, en copia le motif central, la partie connue sous le nom de « lutte pour l'étendard » ; copie qui se trouve au Louvre.

Toutefois, l'œuvre de Léonard n'était pas seulement condamnée à la quasi-disparition, mais également, comme souvent, au mythe. Pour cette raison, grâce à ces copies, aux esquisses et aux dessins préparatoires de Léonard, on peut aujourd'hui parler d'une fresque qui n'existe pas comme si elle existait, de quelque chose qui n'est pas comme si cette chose était, de cette œuvre de plus, *anche otra*, également inachevée, du Magicien. Une fresque métaphysique, comme on dit.

Telle est l'histoire perpétuelle et absurde de Léonard. Une fois de plus, il avait mené sa vie dans l'impasse des œuvres incomplètes, de l'inachevé, du non-fini. *La Bataille d'Anghiari* aboutissait aux oubliettes des rêves, au placard des illusions, accompagnant *Il Cavallo*, la statue équestre de Sforza, dont le bronze s'était transformé en canons... Et cette étrange injustice sembla le poursuivre après sa mort, faisant disparaître ses tableaux les plus célèbres, comme *Léda et le Cygne*, ou les portraits qu'il réalisa pour Branconi, qui ne pourraient dès lors plus être contemplés qu'à travers les copies réalisées par ses contemporains. Une longue chaîne d'œuvres métaphysiques.

Sur Vinci pesait, sans aucun doute possible, une condamnation à l'inachevé, au disparu, à l'interrompu, au perdu. C'est peut-être pour cette raison que Léonard, dans son testament, demanda que soixante mendiants, une bougie allumée dans la main, accompagnent sa descente au tombeau, et soient bien payés pour cet acte d'adieu. Pour que sa mort soit un témoignage public. Pour que sa sortie de scène soit confirmée par les misérables et éclairée par les veilleuses. Pour qu'une constance s'établisse, au moins en cela. Mais Léonard ne put prévoir qu'aucun de ces soixante misérables ne savait écrire, et que, à la mort des porteurs de bougies, les funérailles de Léonard elles-mêmes partiraient en fumée, comme si elles avaient été dessinées avec des matériaux éphémères.

Il n'existe donc pas de comptes rendus du dernier voyage de Léonard, peintre, ingénieur militaire, investigateur des marées, du vol des oiseaux et des hommes. Nous parlons ici de soixante pauvres hères portant des bougies, mais certains auteurs prétendent qu'il s'agissait de cierges, d'autres de petites bougies, d'autres encore de torches allumées, que portaient à la main ces soixante misérables (quarante-deux selon certains, d'autres affirmant qu'il n'y avait personne) loués pour la nuit, afin de tenir compagnie au cadavre jusqu'à la tombe.

Fort heureusement, la justice tend à s'équilibrer dans l'inertie du monde humain et il existe une autre forme, elle aussi typiquement vincienne, d'inertie dirigée vers l'avenir. Et même s'il ne subsiste aucun témoignage de ces funérailles, ni écrit, ni dessin, ni tableau, ni compte rendu, la légende les reconnut pour ce qu'elles furent, l'intention définitive du peintre d'achever quelque chose, de terminer l'interminable, de retenir l'inachevé, de fixer ce qui devait être perdu.

Les bougies dont les mèches vacillaient dans la brise nocturne de la ville française d'Amboise oscillaient dans la légende, illuminant la disparition physique du Magicien et son entrée dans le grand placard des doutes, des amours, des mystères et des utilités que nous, ses successeurs, nous avons créés.

Amours

Karen Turner lui lança un regard chargé de haine depuis l'écran de télévision, bien qu'elle ne pût avoir pleine conscience de l'existence de son adorateur. José Daniel Fierro, connu voici quelques années par les habitants de Santa Ana sous le nom de *chef Fierro*, shérif démocratique, auteur de romans policiers dans la cinquantaine, se retrouva en train de baver, frôlant dangereusement l'orgasme.

Karen montra les dents avec rage lorsque l'assistant des Texas Long Horns lui tendit une serviette qu'elle jeta négligemment sur son épaule, tandis qu'elle s'affalait sur le banc, laissant traîner ses longues jambes entre son corps et le terrain.

Elles perdaient 13 à 7, la partie commençait et Karen avait eu une intervention malheureuse : un échange de coups de coude avec la marqueuse des *Tigresses de Je-ne-sais-où*, qui se termina par la fuite et le marquage de son ennemie et par une faute qui permit à l'équipe adverse de leur prendre un point supplémentaire grâce à un lancer franc. José Daniel se sentit désolé et complice. Ensuite, furieux :

– Tu aurais dû lui balancer ton coude, tu lui aurais enfoncé le bide dans le sternum, à cette salope ! dit-il, approbateur.

Et il s'envoya ce qui restait de bière.

Sa passion pour Karen Turner, vieille d'à peine quatre petites semaines pendant lesquelles il l'avait regardée jouer, transcendait désormais l'amour du bien et s'était transformée en délire et en complicité.

Turner semblait partager ses sentiments et elle scrutait les gradins sans jamais le trouver, elle regardait les caméras et les spectateurs, comme si elle le cherchait. Deux semaines auparavant, elle avait joué de façon géniale, marquant vingt points et récupérant des rebonds invraisemblables. Mais la semaine précédente, après seulement cinq minutes de jeu, elle avait tout fichu par terre en mordant l'une de ses adversaires et en crachant sur l'arbitre après une faute technique.

Aujourd'hui, elle était plus calme. Le jeu n'en valait guère la chandelle. Les Tigresses de Je-ne-sais-où étaient une équipe sans prétention, techniquement solide. Elles dandinaient du cul lorsqu'elles tiraient de la ligne médiane sans aucun talent et ce n'était plus qu'une question de minutes avant que les Texas Long Horns ne dominent la rencontre et n'imposent ce mélange de férocité et de rythme qui anéantirait leurs adversaires au tableau d'affichage.

Karen entra pendant le deuxième quart-temps et réussit un impossible tir à trois points, sautant dos au panier et se redressant en l'air pour mieux se placer. Ensuite, elle se laissa applaudir et ne fit plus grand-chose, sinon échanger des regards assassins avec une Noire aux lèvres épaisses qui lui prenait vingt centimètres et qu'elle s'était mis en tête de bloquer en un malheureux marquage.

Au terme de la partie, José Daniel resta attentif aux brèves prises de vue qui accompagnaient les

Texas Long Horns en liesse jusqu'à la sortie de la salle et jusqu'aux vestiaires.

Alors, Karen regarda pour la dernière fois par-dessus son épaule et une caméra qui zoomait saisit son geste. José Daniel sut qu'elle prenait congé de lui jusqu'à la semaine suivante.

Léonard (IV)

Léonard de Vinci fut un patient que Sigmund Freud ne put jamais faire allonger sur son divan. Et ce ne fut pas faute d'essayer. Appréhendant le peintre à partir d'une étude biographique minutieuse (si une telle chose est possible à partir d'une biographie aussi pleine de lacunes et d'inventions postérieures), Freud se mit à spéculer sur le déplacement de la libido d'un homme qui entretenait avec les femmes une relation de dégoût et d'éloignement, femmes qu'il ne pouvait recréer que par le truchement de la toile. Un personnage qui, dans son quotidien amoureux, pratiquait une homosexualité platonique.

Le brave Sigmund, qui était un vrai chef en matière de perception d'autrui, chercha jusqu'à ce qu'il tombe sur l'un des rares souvenirs d'enfance consignés par Léonard dans ses cahiers.

Freud partit de ce souvenir onirique de Léonard :

Alors que je me trouvais dans mon berceau, un vautour s'approcha de moi, il m'ouvrit la bouche de sa queue et me frappa avec elle à plusieurs reprises entre les lèvres.

Avec un matériel aussi maigre, mais selon Freud aussi significatif, le psychanalyste se mit à élaborer une longue chaîne d'extrapolations logico-psychanalytiques : queue pour verge, simulation de fellation, transfert de la tétée du sein maternel ; des éléments liés au fait que Léonard était le bâtard d'un notaire, abandonné dès son plus jeune âge par sa mère, une fermière, pour être ensuite élevé dans la maison de son grand-père paternel...

Et Freud continua de broder : l'obsession pour le vol des oiseaux, un fantasme dérivé. La dispersion de son œuvre, sa curiosité obsessionnelle. L'énergie sexuelle canalisée...

Mais parler du Magicien de Vinci, c'était s'engager dans l'impasse des insatiables indiscrétions de Léonard, de ses manies, de ses réflexions incessantes et de ses curiosités, de ses divagations et de ses changements de cap erratiques. C'était s'aventurer au hasard à partir de ses obsessions géométriques, pour en arriver aux digressions sur le vol des oiseaux, à ses études anatomiques, à ses précisions sur le *sfumato*, ou à ses comptes domestiques où il calculait combien d'œufs mangeait le petit groupe avec lequel il habitait à Florence, formé par ses disciples, assistants et autres.

Freud développa une théorie sur l'homosexualité latente de Léonard, exprimée par sa frigidité. Toutefois, il explora cette idée à partir d'une phrase mal traduite et d'informations lacunaires. Le fait que Léonard ait été homosexuel ou non, actif ou passif, platonique ou militant, n'est confirmé que par bien peu d'informations dans la biographie nébuleuse du Magicien. Certains en trouveraient une preuve dans un incident de jeunesse où, avec d'autres élèves de l'atelier de Verrocchio, il fut accusé de sodomie, même si les défenseurs de l'hétérosexualité de Léonard pouvaient en trouver une en leur faveur dans le verdict du tribunal, qui l'acquitta. Certains pourraient penser qu'il n'y a pas de meilleure preuve de l'homosexualité de Léonard que l'obsession avec laquelle les biographes du XVIIIe et XIXe siècle tentèrent de l'occulter. S'il y a de la fumée, et de nombreux écrans qui tentent de la cacher, c'est qu'il y a forcément du feu. Et d'autres encore trouveront une preuve définitive et guère discutable dans le fait que Léonard, peintre et homme de toutes les sciences, natif de Vinci, alors qu'il était en train de peindre *La Bataille d'Anghiari* le 8 avril 1503, prêta à son assistant (disciple, compagnon, amant ?) Giacomo, mieux connu sous le nom de Salai ou Salaino, trois ducats d'or pour que celui-ci se fasse confectionner des bas couleur de rose. Ils seront peu nombreux à s'opposer à un argument aussi décisif, alors que Léonard écrivait : *Je lui dois toujours neuf ducats, mais de son côté, il m'en doit vingt, dix-sept que je lui ai prêtés à Milan et trois à Venise.*

Mais Freud omit une chose, c'est de relier sa proposition d'interprétation sur l'homosexualité de Léonard aux inventions qu'il produisit au cours des jours qui suivirent l'échec de la fresque. Et que ce soit parce que la libido rabougrie de Léonard cherchait un exutoire que le sexe ne pouvait lui offrir ; que ce soit en raison de l'échec évident de *La Bataille d'Anghiari*, également évoqué par Freud ; que ce soit parce que le Magicien était pris au piège d'un siècle qui ne brillait pas par l'avancée de ses techniques ; toujours est-il que Léonard, à cette époque, inventa la bicyclette et que son invention s'évanouit.

Et l'homosexualité du Magicien est une explication aussi valable qu'une autre pour comprendre pourquoi, à cette époque de sa vie, Léonard, passionné par l'impossible, conçut avec quatre cents ans d'avance l'ébauche d'un véhicule de transport à deux roues, avec une selle, une traction postérieure à pédales et une roue à pignons : ce que nous devrions appeler beaucoup plus tard une bicyclette.

Télévision par câble

Quand un roman ne s'écrit pas; quand le monde tout autour du romancier se laisse dominer par l'entropie du chaos; quand se perd le cordon ombilical rattaché au sujet principal de la narration – et il s'agissait dans ce cas précis d'une ville tout entière, avec ses passages dénivelés, ses marchands des quatre saisons et ses conflits domestiques, ses nuages de pollution gonflés de smog et bordés de cuivre, ses ruisseaux gorgés de matières fécales, prêts à déborder, où naviguent encore des restes de caravelles colombiennes, ses petits oiseaux empoisonnés au regard pathétique –; alors, le romancier est envahi par un profond malaise, par un découragement pathologique qui s'accompagne d'enrouement, de lassitude, de raideur dans les muscles du cou et de tendances suicidaires renouvelées.

Les signes extérieurs font leur apparition : vos ongles poussent, des petits boutons infectieux apparaissent dans votre barbe et sur votre menton, vous entendez de moins en moins bien de l'oreille gauche, vous oubliez de vous faire enregistrer sur les listes électorales, vous commencez dix romans et n'en terminez aucun, votre odorat vous lâche, vos yeux pleurent sans que vous sachiez jamais vraiment si c'est à cause des émotions qui vous étreignent ou de la pollution. Et, comble du comble, vous vous découvrez des manies qu'il vaudrait mieux oublier.

Apparemment, c'était un roman sur son grand-père, Angel del Hierro, et les rues d'une Barcelone que José Daniel n'avait jamais connue. L'on y parlait aussi d'un baron apocryphe, espion et amateur de cartes, dont la biographie paraissait tout à fait incroyable, et qui avait une maîtresse répondant en son temps au nom invraisemblable de Renée Scalda, que José Daniel imaginait callipyge. Et il est fort possible que cette Barcelone des années vingt, cette ville devenue la « maison de la mort », le grand-père, le baron, les maîtresses aux fesses généreuses et aux porte-jarretelles lilas, aient un rapport quelconque avec les propriétaires d'une prosaïque petite épicerie de la Colonia Condesa (situation temporelle du deuxième axe narratif : la semaine dernière). Le livre s'intitulait provisoirement *La Ballade des étoiles*, parce que les armes utilisées par les anarchistes à Barcelone, entre 1920 et 1923, étaient des pistolets de marque « Star » et que José Daniel voulait introduire de force dans le roman une révision des relations entre le romantisme et la violence, organiser la rencontre des coups de feu et des amours. Le fils du baron pourrait être polygame et le petit-fils serait l'une de ses connaissances qui faisait de la contrebande d'alcool et se colletait avec des officiers peu présentables de la police judiciaire de Toluca.

Et pourtant, le livre en restait au stade de l'ébauche, tout au plus, avec ses soixante pages censément terminées, qui n'aboutissaient nulle part. Les personnages prenaient corps dans l'anecdote mais n'établissaient aucun lien d'atmosphère entre la Barcelone de la révolution et ce putain de District fédéral de Mexico. Peut-être parce que le roman restait, obstinément ou amoureusement, attaché à la Barcelone du modernisme, et qu'il refusait de traverser le temps et de revenir à la très mexicaine Colonia Condesa. Il imputait cela à la pollution ou à la distance narrative. À l'emprise sur l'une des villes qui lui faisait défaut, à sa trop grande emprise superficielle sur l'autre. Pendant qu'il écrivait *La Tête de Pancho Villa*, José Daniel avait vécu une expérience similaire, mais on a toujours la mémoire courte, chaque roman tend à devenir une angoisse nouvelle, différente, qui semble surgir pour la première fois dans votre vie, bien que ce ne soit pas le cas.

Dans ce chaos, José Daniel Fierro vieillissait, et la preuve ultime (les poils blancs sur la moustache ne constituaient qu'un phénomène d'ordre purement physique) en était son racisme croissant. Les années le rendaient intransigeant et il n'était de rationalité antiraciste, il n'était d'humanisme qui puissent atténuer ses émotions. Ses amis catalans de Lerida lui cassaient les burnes dès qu'ils ouvraient la bouche, à cause de ces inflexions dans la voix qui étaient, aux oreilles d'un Mexicain, de l'arrogance insipide à l'état pur. Il ne supportait pas le visage dénué d'expression des Biélorusses, pas plus que la manière dont la plupart des Toulousaines (du moins celles qu'il avait connues un soir) se voulaient belles, sans l'être. Et surtout, ce qui lui empoisonnait l'existence, c'était un Amerloque qui mâchouillait du chewing-gum. Même s'il essayait d'échapper à ces préjugés, ces cochonneries avaient pénétré sa vie.

Sur l'énorme téléviseur Packard Bell qui faisait office d'autel parmi les vestiges de son foyer, il avait allumé trois bougies pour que Karen Turner ne fasse pas partie de la légion des ruminants, qu'elle ne parle pas comme une Léridienne et qu'elle ne soit pas de descendance biélorusse ou française. Tels étaient ses derniers espoirs. Jusqu'à présent, tout ce que la fille aux taches de son avait révélé, c'est qu'elle était une vraie sauvage, qu'elle laissait ses émotions prendre le pas sur la concentration et la technique, mais aucun signe de chewing-gum. De toute manière, José Daniel se trouvait dans une situation périlleuse, que la basketteuse américaine fantasque dont il était profondément amoureux mâche ou non du chewing-gum.

Non seulement il devenait raciste, et il avait honte de ses émotions débiles et de son intransigeance sénile, mais encore, comme si cela n'était pas suffisant, la dame qui lavait son linge n'avait pas montré le bout du nez depuis quinze jours. Doña Euge avait certainement dû replonger dans l'une de ces crises matrimoniales qui la paralysaient fréquemment. Il se passait des choses dans la rue, et tout ça lui échappait. De nouvelles manifestations estudiantines. Le prix des journaux et des cigarettes avait augmenté. Son courrier avait un mois de retard. Son roman ne prenait pas forme.

José Daniel Fierro farfouilla dans son tas de linge sale, trouva des chaussettes toutes chiffonnées qui n'empestaient pas trop et un maillot de l'équipe de football du pénitencier de Zacatecas. Il fit un paquet de tout ça et parcourut la distance entre la salle de bains et sa chambre en grelottant. En passant devant son bureau, il prit sur la pile de courrier deux enveloppes qui contenaient peut-être bien un chèque. Il dormait le matin, regardait la télévision l'après-midi et écrivait pendant la nuit. Sans sortir de chez lui. Enfermé à double tour. Peu à peu, il prenait conscience que, comme le savait fort bien Philip K. Dick, l'un de ses maîtres, toute prison tend à se transformer en univers. Dès lors, toute routine, pour rassurante qu'elle puisse paraître, est dangereuse.

Le téléphone sonna dans un croassement. Une secrétaire lui annonça que Joaquin Diez Canedo voulait s'entretenir avec lui.

– Si tu fouilles au milieu de la pile de paquets qui te sont parvenus par la poste au cours de ces derniers mois, tu trouveras des épreuves, avec quatrième de couverture et tout et tout, pour la réédition de *Retour à Santa Ana*. Si tu ouvres l'enveloppe, que tu révises lesdites épreuves et que tu me donnes le feu vert, tu peux même me lire les corrections par téléphone, alors moi, je peux les envoyer à l'impression. Si tu ne le fais pas dans les deux minutes qui suivent, je considérerai que tu as dit oui à tout et, de toute manière, j'enverrai les épreuves chez l'imprimeur.

– Ça va. Je te jure que je vais faire tout ce que tu me demandes, lui dit José Daniel, avant de raccrocher.

Il s'assit devant son téléviseur et chercha dans les programmes diffusés sur le câble la chaîne américaine qui retransmettait les matchs de basket féminin. Une heure encore, avant la rencontre entre les Texanes et leurs adversaires d'une université privée de Miami, une heure qu'il passa à zapper, fuyant les journaux télévisés et les programmes satiriques.

Le téléphone fit entendre sa sonnerie deux ou trois fois. Il ne prit pas la peine de répondre. Il clopina jusqu'à la cuisine : de la dernière livraison des magasins Ojeda, il restait quelques jus de fruits à la poire, quelques boîtes de thon mexicain au goût de dauphin et des clovisses chiliennes. Le pain était tout vert. Il le flanqua à la poubelle. Le réfrigérateur débordait de gelée au citron et de bières, et le congélateur était plein de cartons de fraises surgelées. Il n'y avait plus de mayonnaise. Une vieille laitue le contemplait. Il ouvrit quelques boîtes et les disposa sur une assiette. Il dut se laver une fourchette pour pouvoir manger. Il coupa avec des ciseaux les bords d'un des paquets de fraises, les renversa sur une assiette miraculeusement propre et les laissa se décongeler. Sur la table de la cuisine, un journal vieux de deux mois. Il y jeta un coup d'œil. Les nouvelles lui parurent fraîches.

Il se laissa de nouveau tomber dans le fauteuil, juste à temps pour voir entrer sur le terrain les Texas Long Horns.

– Bite, bordel de merde, la putain de ta mère, s'exclama-t-il en un mélange de mexicain et de chilien, influencé par les clovisses.

Il se passait quelque chose de bizarre. Turner ne jouait pas, aujourd'hui. Il attendit, les doigts croisés, que la caméra se tourne vers le banc des Texanes. Elle n'était pas là. Il perdit tout intérêt pour le jeu et se borna à vérifier s'il ne s'était pas trompé, ou si l'objet de ses obsessions était sorti en retard des vestiaires. Mais c'était bizarre. Le banc était réduit. Quatre joueuses seulement, au lieu des six ou sept habituelles. Ni Karen Turner, ni Jackie O'Brien, la meilleure marqueuse des Long Horns, une grande blonde hargneuse.

La partie fut une vraie catastrophe.

Lui-même était catastrophé : qu'est-ce qui se passait, bordel ? On ne pouvait même plus faire confiance aux illusions. Pas même aux illusions américaines préfabriquées qui vous parvenaient par satellite jusqu'à la Colonia Roma Sur, dans la ville de Mexico.

Léonard (V)

À sa mort en France, en 1519, les manuscrits du Magicien Léonard, né dans la bourgade de Vinci, devaient être remis, selon ses propres dispositions testamentaires, à son disciple Francesco Melzi. Celui-ci rapporta à Milan des cahiers, des feuillets épars, des ébauches, des notes et des documents échappant à toute classification. Melzi prit en main ce trésor chaotique et tenta de lui imposer un certain ordre. Dans la villa de Vaprio, il élabora un catalogue rudimentaire, numérotant les documents et les feuilles volantes.

À la mort du disciple, quelque cinquante ans plus tard, l'énorme bazar de Léonard commença à se fragmenter, faisant l'objet de divers legs, auxquels on n'accorda guère d'importance, et de ventes aux enchères adjugées aux uns et aux autres. Larcins, pertes, pillages, papiers moisis et jetés aux ordures, cahiers oubliés dans de vieux coffres, au milieu de vieilles frusques...

La dispersion de son œuvre eut pour conséquence que certains cahiers se retrouvèrent en Espagne. D'autres prirent un étrange chemin, la plupart du temps celui de la piraterie de l'Empire, pour terminer leur parcours dans divers musées et bibliothèques d'Angleterre. Tout au long des trois siècles qui suivirent, naquit la fonction de « maniaque léonardien ». Des vies entières furent consacrées à la poursuite des manuscrits de Léonard, à leur recherche et à leur capture, à leur achat et à leur vol. Quatre lords anglais (lord Arundel, lord Lytton, lord Ashburnham et lord Leicester) se passionnèrent pour la reconstruction de l'héritage de Léonard. Adeptes du néoplatonisme et de l'ésotérisme, rosicruciens et scientifiques, amoureux de l'art et collectionneurs obsédés, mystiques et précurseurs du vol humain se lancèrent tous dans l'aventure qu'était la découverte des documents de Léonard de Vinci, pour les intégrer à leur propre mythographie. Des religieux italiens, des bibliothécaires espagnols et des adeptes français de l'ésotérisme consacrèrent une bonne partie de leur existence à poursuivre l'œuvre de Vinci, bien décidés à trouver dans ce qu'ils dénichaient, une preuve qui viendrait confirmer l'adoration du Magicien pour la Vierge Marie, son amour des plantes, son adhésion à une quelconque variante de l'occultisme ou son intuition d'une médecine de la mort. Néanmoins, bien qu'une véritable légion de chercheurs et d'adorateurs se fût consacrée à la recherche de ces œuvres, plusieurs cahiers furent perdus.

Mais en ce qui concerne cette histoire, seul nous intéresse le sort de cinq manuscrits de Léonard. Il s'agit du *Codex atlanticus*, du Cahier A de Paris, et des célèbres *Codex Madrid I*, *II* et *III*.

Au XVIe siècle, Pompeo Leoni, afin d'éviter la dispersion de nombreuses feuilles séparées de l'héritage de Léonard, qu'il avait localisées et regroupées, colla ces feuillets sur un grand album que l'on connut par la suite sous le nom de *Codex atlanticus*. Les faces postérieures de certaines des feuilles qui contenaient des ébauches, des dessins, des gravures ou des notes furent le plus souvent occultées. Parfois, lorsque ces versos paraissaient revêtir un intérêt tout particulier, Leoni découpait une fenêtre dans l'énorme cahier pour que l'on puisse les contempler.

Le *Codex atlanticus*, ainsi qu'une partie importante de l'héritage de Vinci, fut acquis d'une manière fort peu légale par le cardinal Borromeo, fondateur de la bibliothèque Ambrosienne, qui l'y mit en dépôt, renonçant à le détenir. Napoléon et ses troupes, à l'occasion de leurs pillages, s'emparèrent d'une bonne partie de ces documents. Toutefois, au terme des guerres napoléoniennes, le *Codex atlanticus* retourna à Milan. Le reste des documents resta en France, ou fut dispersé.

Il y a quelques années à peine, au cours de l'une des multiples restaurations du manuscrit, et alors que les conservateurs tentaient de mettre au jour le verso des feuillets qui avaient été dissimulés, l'on vit apparaître sur le recto du folio 133, sur lequel Léonard avait tracé une étude architecturale de forteresse circulaire, des dessins pornographiques (du genre de ceux que l'on connaît sous le nom de « petits coqs anglais », au Mexique) et, surtout, ce qui ressemblait sans aucun doute possible à une bicyclette. Les dessins pornographiques – des organes sexuels affublés de becs, de queues et de pattes qui leur donnaient l'air de petits animaux n'avaient guère d'importance, mais la bicyclette éveilla la curiosité des spécialistes et des ingénieurs. Cette découverte, dissimulée pendant trois siècles, fut accueillie par des controverses et de nombreuses réserves. Mais comme le démontra le professeur Augusto Maroni, de l'Université catholique de Milan, le dessin de la bicyclette n'était pas de la main de Léonard, pas plus que les dessins pornographiques : ils avaient tous été réalisés au XVIe siècle, plus de trois cents ans avant l'invention de la bicyclette, et trois cent cinquante ans avant que l'objet n'atteigne un degré de sophistication proche du dessin.

Il va de soi que la bicyclette et les dessins érotiques ne pouvaient être postérieurs à la reliure du manuscrit.

Les spécialistes virent dans ces dessins la main de l'un des adolescents qui assistaient Léonard dans son travail, et très probablement celle de Jacopo dei Crappotti, plus connu sous le nom de Salai, qui, au long des années qu'il passa aux côtés du *Maestro*, perpétra bon nombre de diableries, consignées par Léonard lui-même dans ces mêmes cahiers et dans son journal intime.

Ainsi, selon les hypothèses émises, le dessin était probablement la reproduction médiocre d'une étude du véhicule, réalisée par Léonard lui-même, toujours enclin à concevoir toutes sortes de machines, que l'adolescent aurait recopiée à partir des notes du Magicien au verso d'un feuillet sur lequel figuraient d'autres dessins. Qui d'autre que Léonard pouvait concevoir une bicyclette quatre cents ans avant que la technologie ne rende cette invention possible ?

Toutefois, ces hypothèses ne pouvaient être confirmées en l'absence de onze cahiers, qui figuraient dans l'inventaire de Melzi mais avaient disparu de l'ensemble de l'héritage originel au fil des ans, cahiers dans lesquels on aurait peut-être retrouvé l'invention du véhicule à deux roues par Léonard.

Parmi les documents perdus on dénombre deux ou trois cahiers acquis au début du XVIIe siècle par Philippe V d'Espagne. À une époque, ils furent la propriété de la Couronne espagnole, qui les transféra en 1830 à la Bibliothèque nationale de Madrid, d'où ils disparurent mystérieusement. Pendant cent trente-trois ans, les deux cahiers furent tenus pour perdus, et leur disparition fut attribuée à un vol. Cependant, en 1965, une furieuse recherche au sein de la Bibliothèque nationale de Madrid, lancée par des collègues milanais, permit de localiser les manuscrits : répertoriés à l'origine comme *Aa 119* et *Aa 120*, ils avaient ensuite été recatalogués sous les sigles *Aa 19* et *Aa 20*, et c'est ainsi qu'ils se perdirent dans la forêt des immenses archives, disparus, cachés parmi des milliers d'autres manuscrits. Le troisième cahier ne fut jamais retrouvé.

La redécouverte des deux cahiers, qui furent rapidement baptisés *Madrid I* et *Madrid II*, raviva la controverse moderne sur la bicyclette de Léonard, qui faisait rage entre les fanatiques et les biographes vinciens. En effet, au recto des pages 5 et 10, apparaissaient les études d'engrenages de la chaîne de traction, qui faisaient partie du dessin copié. Ils venaient ainsi confirmer, au-delà de tout scepticisme faussement scientifique, que Léonard avait anticipé de presque quatre cents ans l'invention du véhicule.

Cafard

José Daniel Fierro observait le cafard qui grimpait paresseusement vers le plafond le long du mur crème. Ce n'était pas le premier, mais celui-ci était spécial : c'était un cafard bizarre. Depuis qu'il s'était cassé la jambe, ses talents de chasseur avaient décliné. Les cafards pensaient-ils que le plafond était l'antichambre du ciel ?

La maison se dégradait, et lui avec elle. Les derniers vestiges d'organisation disparurent au cours de la semaine. Il ne donna pas de coup de fil pour qu'on lui apporte à manger ; il ne se pencha pas par la fenêtre, le jeudi, pour passer sa commande de vive voix aux marchands ambulants ; il cessa de répondre à la sonnette de la porte d'entrée ; il oubliait souvent de manger... Vendredi, il était assis devant la télévision une heure et quart avant que le match ne commence, et il laissa le temps s'écouler, rêveur, comme étourdi.

Il ne fit pas attention aux propos des présentateurs amerloques, habitué qu'il était à remplacer leurs commentaires du match par les siens, mais les images le poussèrent à se rapprocher du poste et à augmenter le volume.

On observait une minute de silence. Les Texas Long Horns portaient un brassard noir sur leur uniforme, en signe de deuil. Le stade était étrangement passif. Les jeunes filles des deux équipes, alignées au centre du terrain, attendaient le signal de l'arbitre. Ensuite vint le tumulte, le tohu-bohu habituel.

José Daniel Fierro fit le point et remit de l'ordre dans les propos des commentateurs américains : O'Brien était morte, la minute de silence lui était dédiée. Mais, et Karen Turner ? Où était Taches-de-Son ?

Il se dirigea, tout tremblant, vers le téléphone. Il composa l'indicatif automatique de New York, puis le numéro. Il attendit ensuite quinze secondes, jusqu'à ce qu'il entende le « *hello* » d'une voix familière.

– Où se trouve l'Université du Texas ? Les Texas Long Horns elles sont de quelle université ? de quelle ville ? demanda-t-il à son traducteur américain, Willie Neuman.

– Chef Fierro ? *You are absolutely mad*. T'es cinglé, mec. Depuis quand tu veux étudier dans une fac américaine ?

Secteur 2

Le comble de l'horreur

Le comble de l'horreur,
c'est qu'il n'existe pas d'horreur.

Leonid ANDREÏEV

L'histoire de K. (I)

J'nique ma mère si je dois changer un seul mot de ce que j'ai déclaré la première fois, mec. J'nique ma mère, ouais, et j'le jure sur la croix, par le fantôme de San Pedro Infante.

Elles sont sorties seules de l'hôtel, comme qui dirait bourrées, toutes les deux en train de rigoler. Elles baragouinaient dans leur langue à la con, comme si elles étaient à moitié larguées. Des Américaines qui font la bringue. Enfin, par ici, c'est pas les blondes qui manquent, y en a, en veux-tu en voilà, tellement que maintenant, les brunes courtes sur pattes ont à nouveau la cote ; même si elles serrent bien les fesses, ça oui ! Mais ces deux-là, c'étaient deux blondasses qu'on repère, tellement elles étaient grandes, chef, des putains de sauterelles, les Ricaines. Elles étaient torchées, sur leur nuage. Elles se baissaient aux portes pour pouvoir passer, les *gringas*. Et puis là, je les ai perdues de vue, jusqu'à ce que je sorte, comme les autres, quand j'ai entendu ces putains de cris. Mais comme tous les autres, hein ? Pas le premier, plutôt un des derniers, parce que enfin, s'ils dégommaient quelqu'un, c'était pas ma merde, parce que moi je ruminais dans mon coin, et j'attendais personne. Et c'est parce que j'étais curieux, et puis, bon, tout le monde allait voir et, bon, on y va comme des couillons pour voir ce qui se passe. Et il se passe rien. L'une d'elles était étendue, la plus blonde des deux, étendue sur le sol, devant l'hôtel, une main sur l'herbe du terre-plein et le corps allongé sur la route, dans une flaque d'eau, les jambes découvertes, la jupe relevée. Et il y avait un mec qu'ils appellent l'Aveugle qui criait qu'on l'avait tuée à coups de pied, parce qu'il n'est pas aveugle, même si parfois il ne voit plus clair, tellement il s'en fout dans le gosier, et moi, là je me dis, on tue pas quelqu'un à coups de pied, on te démonte, ça oui, une côte, un coude déboîté, on t'esquinte la putain de mâchoire bien fait, mais mourir vraiment ce qui s'appelle mourir, ça non. Parce qu'aujourd'hui, plus personne ne porte de bottes cloutées. Ici, elles sont plus à la mode, on met plus que des putains de mocassins, et avec ça, faut être foutrement balèze pour tuer quelqu'un à coups de pied. Ferme la fenêtre, s'te plaît, ça caille ici, et je vais me choper la crève. Et l'Américaine était là, couchée, les quatre fers en l'air, du sang qui coulait de sa bouche et de sa tempe, une p'tite blessure de cinq centimètres. Et alors, un mec s'avance et dit : « Je suis docteur, messieurs », comme pour en imposer à sa bourgeoise qui était avec lui, parce que c'est sûr que ce mec-là, il était même pas vétérinaire. Et il se rapproche et nous, on fait un cercle autour de lui, et il dit : « Elle n'est pas morte, mais elle n'en est pas loin. Elle doit avoir une hémorragie interne. Appelez une ambulance. » Ce fils à sa maman qui donne ses ordres ! Et là, il y en a qui ont commencé à se tirer, parce que même si c'est votre sainte maman qui crève, personne ne reste pour attendre les flics, même si vous avez gagné une tire à la loterie, surtout si les fédéraux s'en mêlent. Non, la police locale, vous savez bien, c'est autre chose. Vous fermez pas cette puuuutain de fenêtre, s'y vous plaît ? Alors, vous voyez, plusieurs d'entre nous, on s'est demandé : « Et l'autre ? » Parce qu'il manquait une *gringa*. Et sûrement que l'Aveugle s'en est rendu compte parce qu'il a dit, sans que personne lui demande rien, et sans que personne le regarde : « L'autre, ils l'ont emmenée dans le pick-up. » Non, moi à ce moment-là, j'essayais de me tirer en douce, mais le cantinier m'a dit que je revienne pour payer ma note, « mec, viens par ici, me prends pas pour un con », et au lieu de lui lâcher l'oseille, j'me suis cassé. D'autres, moins cons que moi, ont continué à picoler ; y'en a même un, El Tirantes, qui joue de la *bataca* dans un orchestre de salsa et qu'est trafiquant d'herbe, qui a dit : « Comme tu te vois dans ce miroir, vieux, demain je t'amène le pognon pour payer, parce que maintenant je suis un peu à court. » Et la fille couchée par terre, elle avait les yeux bien ouverts et, pour moi, elle voyait déjà Dieu et les anges, malgré tout ce que cet abruti de vétérinaire pouvait dégoiser. Bon, eh bien, si je viens déclarer tout ça volontairement, pourquoi vous me gardez ainsi à poil, putain ? Pourquoi vous m'avez trempé avec un putain de tuyau d'arrosage et que vous laissez cette putain de fenêtre ouverte ? Vous laissez peut-être les fenêtres ouvertes pour que je me suicide, bande d'enculés ? Je vais me choper la crève, bordel ! Mais oui, c'est ça, je sais, c'est amical. Mais moi, je me demande quand même comment ils ont pu la foutre dans le pick-up, c'était une putain de sauterelle. Ils ont dû la mettre sur le côté. Et alors un mec, qui voulait faire le malin, a demandé à l'Aveugle : « Vous avez relevé les plaques ? » Ça devait être un péquenaud de Guanajuato ou de Mexico, qui doit croire que les aveugles voient tout le temps, pas seulement quand ils veulent. Et l'autre, il s'est rendu compte que tout le monde le regardait et il s'est rendu compte, là, il s'est bien rendu compte qu'ils l'avaient coincé, qu'il était bien en train de faire des pipes à la porte de l'hôtel, quand des salopards sont arrivés et qu'ils ont tué une Américaine à coups de pied et qu'ils ont balancé l'autre dans un pick-up. Et alors, il a dit : « Des plaques, amigo ? Non, non, quelles plaques ? Ici à Ciudad Juárez, tout le monde a des plaques d'ailleurs, et on ne les voit jamais parce qu'il fait sombre. Et moi, j'ai jamais vu aucune putain de plaque dans toute ma putain de vie. » Et pour parler d'autre chose, vous pourriez enlever votre pétard de mes roubignoles et fermer la fenêtre, parce que je vais attraper un rhume à la bite et c'est pas comme ça que ça doit se passer quand on vient faire une déposition volontaire, et j'ai même apporté un sac en plastique avec deux bouteilles de bon brandy, pour qu'on voie bien que je viens ici juste en passant, pour vous raconter une putain d'histoire sur une Américaine morte et sur une autre qui s'est fait enlever par des trous du cul complètement, mais alors, complètement inconnus. Vous avez noté ça ?

Jerry à Saigon (28 avril)

Au cours des années qui suivirent, il se surprit plus d'une fois à dire que ce furent les trois pires journées de sa vie, alors qu'il savait très bien que rien n'était moins sûr ; mais à force de le répéter, parce que cette assertion correspondait à ce que disaient tous les autres, qu'il rentrait ainsi dans le rang et ne suscitait pas les regards soupçonneux, cette phrase finit par faire partie de sa biographie. Elle devint un fait, une donnée.

Les trois pires journées de la vie de Jerry : « lundi 28, mardi 29 et mercredi 30 avril 1975 ». « Trois journées dégueulasses, mec. » Mais lui savait pertinemment que l'histoire de cette histoire ne devrait pas se raconter ainsi. Que ce furent trois journées merveilleuses pendant lesquelles on ne regardait pas par-dessus son épaule, on ne s'excusait pas quand on bousculait quelqu'un, et pas une seule gitane diseuse de bonne aventure n'aurait pu prévoir ce qui allait se passer dans les minutes qui allaient suivre. Trois jours sans Dieu. Trois jours de rédemption. Trois jours de débâcle pendant lesquels il avait brûlé deux millions de dollars en billets de vingt avec de l'essence à briquet, tué deux hommes et une femme sans devoir se préoccuper de remplir des formulaires, loupé un avion et divers rendez-vous et dîné d'un café-crème et de croissants que personne n'avait prétendu lui faire payer.

Ces jours-là. L'adrénaline qui courait librement dans les veines, une sensation d'immortalité qui devait l'accompagner depuis lors, et une foule d'autres petites choses qui restaient dans sa mémoire comme des images vertigineuses, archives des émotions perdues, des rêves.

Pour la première fois depuis très longtemps, ce furent des journées pendant lesquelles le manuel s'avérait inutile, où les règles pouvaient aller se faire foutre et où aucun code ne devait être respecté. Pour un homme comme Jerry, le 28 avril avait été le premier jour de liberté depuis une enfance lointaine qu'il ne se souciait guère de se remémorer. Et les choses se déroulèrent ainsi, tout simplement, comme le crépuscule glisse derrière des nuages roses et moutonneux. Pas d'ordres, pas de préméditation. Personne ne lui dit : « Jerry, aujourd'hui, à partir de 4 heures, tu es libre, tu peux faire ce que tu veux, tuer qui tu veux, tu peux fumer ce que tu veux, et tu peux même le faire ici, dans ce bureau. Tu peux même frapper l'ambassadeur dans les couilles. Si tu en as envie, bien sûr. » Personne ne dit rien de tout cela, les mots ne furent jamais prononcés. Seuls les obus se mirent à pleuvoir. Jerry comprit intuitivement que tout avait changé et il se dit : « Dieu n'existe pas, tout est possible. C'est la fin du monde, tout est permis. » Et il agit en conséquence.

L'ambassade américaine dans la rue Thong Nhut était recouverte d'une espèce de parapluie de béton à l'épreuve des impacts directs de mortier. C'était le cauchemar de n'importe quel architecte moderniste, cette espèce de chapeau de ciment et de métal, mais après l'attaque de l'ambassade au cours de l'offensive du Têt, en 1968, les architectes n'avaient plus leur mot à dire sur l'esthétisme de l'ambassade et sur ses fonctions. Les trois premiers étages étaient régis par la normalité apparente de la routine et des bureaucrates ; les quatrième, cinquième et sixième étages étaient la propriété de la CIA. Début 1975, c'était la base mondiale la plus importante après le quartier général de Langley. Habituellement, soixante Marines assuraient la protection du bâtiment, de deux cents chauffeurs, d'un bar-restaurant, d'une zone de loisirs et de vingt et un jardiniers.

Jerry sortait d'un des ascenseurs internes qui donnaient sur le couloir du sixième étage lorsqu'il perçut la vibration des vitres de l'une des fenêtres et, peu de temps après, au loin, l'impact sec des tirs de mortiers.

C'était une matinée froide et brumeuse, ce qui est inhabituel à Saigon. Curieux, Jerry regarda par les baies vitrées et contempla les colonnes de fumées qui s'élevaient de l'autre côté du fleuve.

– Ils sont déjà là, lui dit à voix haute une secrétaire qui arrosait une vasque de fleurs.

Dans le couloir, certains opérateurs de la base couraient. L'un d'entre eux sortit un M3 d'un meuble adossé au petit réfrigérateur.

Le supérieur direct de Jerry le prit par le bras alors qu'il marchait à vive allure dans le couloir. Lehrman avait une démarche irrégulière, qui se terminait par un sautillement.

– Ces fils de pute ont pris une extrémité du pont Newport. À l'aube, il y a eu une attaque de commandos Viêt-congs et l'armée régulière a décampé. À présent, on a lancé une contre-attaque avec les hélicoptères, mais ils n'arriveront pas à les déloger.

– Ça, on le savait déjà, non ? demanda Jerry. Les seuls à ne pas le savoir, c'est le général Ky, la grosse dondon qui travaille aux câbles et l'ambassadeur Martin.

– Ils veulent une évaluation. Tout de suite.

– Et pourquoi moi ?

Jerry s'arrêta dans le couloir, face à un distributeur d'eau fraîche, ce qui força son chef à trébucher.

– Parce qu'il faut bien un imbécile pour leur transmettre les mauvaises nouvelles. Quelqu'un doit bien leur dire que des unités nord-vietnamiennes progressent par la Route 4, que leurs effectifs doivent atteindre une division et qu'ils se sont dispersés dans les banlieues du sud.

– Pourquoi ce ne sont pas les militaires du DAO qui font ces évaluations ? Qu'ils nous laissent le baratin sur le désastre politique et sur les Français qui voudraient reprendre l'Indochine, ou Minh qui serait en pourparlers avec les Viêt-congs pour sceller un pacte.

– Toi, tu leur racontes tout, au cas où les militaires oublieraient, lui ordonna son chef, qui s'éloigna en clopinant.

Arrivé à la porte du poste de garde, il s'arrêta, la main sur la poignée, et regarda fixement Jerry. « Quand tu en as fini avec l'ambassadeur, reviens ici, fils, il y a d'autres choses que je voudrais que tu fasses. »

Jerry se rapprocha de la fenêtre et sentit les vitres vibrer sous l'impact des ondes de choc expansives produites par les tirs de mortiers. Une secrétaire pleurait. Pas mal, le paradis explosait et personne ne pouvait rien y faire. Au fond, il était même reconnaissant aux Viêt-congs et aux Nord-Vietnamiens pour cette attaque finale. Ce n'était pas plus mal que les unités qui avaient été déconfites au Delta soient coupées de Saigon et ne puissent pas pénétrer dans la ville. Cela épargnerait une guerre de salopards, de déserteurs rendus fous et bien armés qui tirent sur tout ce qui bouge, les pillages...

Personne ne fit grand cas de son rapport, ni de ses évaluations. L'ambassadeur était toujours convaincu que si le président était plus conciliant, les Nord-Vietnamiens seraient disposés à négocier une trêve. Personne ne voulait rien entendre. Jerry s'en fichait tout autant. Lorsqu'il put retourner à son bureau, au milieu d'une ambiance qui frôlait dangereusement l'hystérie, Lehrman avait disparu, mais il y avait une note épinglée sur la porte, avec des instructions à son intention. D'un carton, Jerry tira un .38 à canon court et son holster, qu'il enfila sur l'épaule.

Lorsqu'il sortit dans la rue, une violente averse se déchaîna. Elle dura le temps qu'il fallut à Jerry pour réagir et chercher un abri. Jerry regarda le ciel : les nuages avaient disparu. C'était une pluie magique, venue de nulle part, sans nuages. Dieu n'existe pas, se répéta-t-il. Dans le parking, on lui rendit sa voiture, une Mustang vert pomme. Il écouta le bruit des mortiers. *Ils mettent la pression, mais la pression pourrait encore monter. De toute évidence, ils nous laissent le temps d'évacuer, de vider la ville sans que le sang soit versé. Ils ne veulent pas d'un massacre.*

À trois blocs de l'ambassade, un officier de police se changeait, enlevait son uniforme et enfilait une chemise à petits carreaux, dont l'une des manches était déchirée. Tout ça au beau milieu de la rue. Une heure auparavant, on avait promis à plusieurs officiers de police qu'ils seraient évacués avec leurs familles par voie maritime, à partir du fleuve Saigon, sur des coquilles de noix, s'ils parvenaient à assurer la sécurité militaire des môles. Apparemment, celui-là n'était pas au courant et s'apprêtait à passer à la vie civile sans plus de formalités bureaucratiques.

À l'entrée des quartiers de la CIO, la succursale vietnamienne de l'Agence, Jerry vit des soldats disposer des sacs de terre. Mais les contrôles de sécurité étaient déboussolés et il put passer en montrant une carte du club de tennis de Saigon à un soldat qui regardait nerveusement en direction de la rue. Bill Johnson avait proposé d'évacuer huit cents de ces gars et il avait inclus une liste vierge d'officiers qui pourraient être utilisés par l'Agence en cas d'effondrement total. La liste s'était perdue dans le chaos bureaucratique.

Jerry erra dans les couloirs à la recherche d'un bureau de liaison. La veille, le général Binh, chef de la police nationale, avait quitté Saigon à bord d'un vol clandestin. Ce beau salopard, pensait Jerry, s'était donné beaucoup de mal pour parcourir les bijouteries avec ses amis, en guise de cadeau d'adieu (ils demandaient de l'argent à titre de « contribution pour la défense finale de Saigon »), et pour donner l'ordre de brûler les listes des délateurs et des agents doubles. Mais la faute en incombait à Polgar : cet imbécile craignait que l'ordre de détruire les archives soit interprété comme un signe de désespoir et insuffle un sentiment de panique à leurs alliés.

La pièce était vide. Sur le bureau, un vase de fleurs s'était renversé sur les papiers épars. Il traversa le couloir et se mit à la recherche du colonel Mai. Lorsqu'il ouvrit la porte de son bureau, il vit le chargé de relations publiques de la CIO se mettre un .45 sous le menton et se faire sauter la cervelle ; du sang gicla sur son pantalon au moment où il entrait. Jerry fit un bond en arrière, renversa un portemanteau et tenta ensuite de contrôler le tremblement de ses mains. En sortant, il emporta la bière du suicidé.

Aux archives, il croisa un capitaine de l'armée qui faisait partie de l'état-major des conseillers de Binh.

– Il faut détruire les fichiers des agents doubles et des délateurs. Tu dois t'en occuper.

– Binh n'a pas laissé d'ordres, dit l'homme au regard vitreux.

– Si les Viêt-congs tombent dessus, ils vont couper la tête de tous ceux de tes amis qui n'ont pas réussi à s'enfuir. Tu dois en donner l'ordre.

L'officier, le visage couvert de sueur, continuait à le regarder. La rage marquait son visage. Il tenait un revolver en main, qu'il balançait de droite à gauche comme s'il ne savait quoi faire. Jerry, inquiet, posa lentement sa main sur la crosse du revolver qu'il portait, pour la première fois depuis très longtemps, à la vue de tous, dans un holster. Finalement, l'homme sortit de la pièce. Il revint après dix minutes.

– C'est fait.

– Tu sais où est Mai ?

– Comme toujours... Ils vont nous sortir d'ici ?

– Il y a un plan de prévu, non ? Billy s'en est chargé. Ils doivent se rendre à un certain endroit où ils seront pris en charge par des autobus. De là, on les emmènera vers des avions ou des hélicoptères. Quelqu'un a tout organisé. Mais avec calme, ne stresse pas. Polgar n'a pas envie que tout échoue à cause d'un excès d'hystérie.

Jerry sortit de la pièce. C'était la dernière fois qu'il verrait ce type dont il ne se souvenait même pas du nom. Néanmoins, il ne devait pas oublier le regard chargé de haine que le capitaine du CIO lui lança lorsqu'il sortit. Pendant un moment, il sentit ce regard rivé sur son dos.

Les serveuses du bar voisin de l'ambassade avaient disparu ; quelqu'un avait décidé, la veille, de les envoyer à Guam. Jerry profita du self-service et se servit un vermouth rosé. Vinh était assis à une table un peu plus loin, près de la fenêtre.

– Ils ne voulaient pas me laisser entrer pour te voir. Ils ne veulent pas laisser entrer les Jaunes... Hier, on n'était pas des Jaunes, mais les meilleurs alliés, le bastion anticommuniste du Sud-Est asiatique...

Jerry pensait que le numéro de Vinh manquait de conviction, mais il se tut. Si tout était permis, Vinh pouvait bien se plaindre de n'importe quoi, se refaire une virginité, tenir des discours...

– Ils m'ont dit que tu glandais dans le coin... dehors, dit Vinh, après un instant de silence.

Il indiqua vaguement la rue, où les sirènes des ambulances se mêlaient au vacarme permanent des mortiers et de l'artillerie nord-vietnamienne, qui bombardait à présent la base aérienne. Il mâchonnait du chewing-gum et portait des lunettes noires qui masquaient ses pensées.

– J'ai des ordres très précis. Il faut faire sauter ton usine. L'affaire est close.

– T'es fou ? fit-il, mais il n'essaya pas de se lancer dans un nouveau boniment.

Il resta un moment silencieux, à contempler ses mains, et demanda ensuite : « Déjà, si vite ? »

Jerry exigea le silence d'un regard. Vinh n'opposa guère de résistance. Il plongea la tête dans la poitrine.

– Je dois aller chercher quelque chose. T'as le temps pour un déménagement ?

Jerry acquiesça.

Ils sortirent d'un pas lent. Jerry se rendit compte que personne ne protesterait s'il partait avec le verre de vermouth, et il l'emporta. Ils montèrent dans la Mustang et se dirigèrent vers Cholon, le quartier Chinois. Lorsqu'ils traversèrent un pont sur le fleuve Saigon, une femme leur montra son enfant, un bébé couvert de haillons qu'elle soulevait à bout de bras. Les vitres de la Mustang étaient fermées pour profiter de l'air conditionné. Jerry accéléra. Qu'avait-elle voulu leur dire ? Voulait-elle le leur confier ?

– Il y a des francs-tireurs dans la ville.

– Non, ce sont des cinglés des forces régulières, qui tirent contre les vitres des bâtiments. L'amok, tu sais bien...

L'usine de biscuits se situait dans une ruelle du quartier chinois, un bâtiment à deux étages peint en vert foncé. Deux indigènes Meo, des AK soviétiques en bandoulière, sortirent du cabanon situé à l'entrée. L'un deux portait une chemise à manches courtes ornée de palmiers. Vinh lui aboya quelques ordres dans un dialecte que Jerry ne comprit pas. Le jour tombait.

– Tu m'emmènes ?

Jerry acquiesça.

Une demi-heure après, les deux hommes sortirent de l'usine à bord d'un petit monte-charge et commencèrent à charger dans le coffre de la Mustang trente-quatre petits sacs de trois kilos d'héroïne. Trente-quatre sacs. Cent deux kilos de poudre. La fortune de Rockefeller. Avec ça, il pouvait s'acheter une bonne partie de la flotte d'Air America, qui serait certainement mise en vente dans quelques semaines.

Jerry pénétra dans l'usine et plaça l'explosif comme on lui avait appris à le faire. Ensuite, il poussa sur un bouton rouge et commença le compte à rebours, à partir de 120. Le décompte lui rappela une chanson d'Elvis et il sortit en comptant et en fredonnant tout à la fois. À un moment donné, entre 85 et 80, il se laissa distraire et perdit le fil. Il fit un signe à Vinh et ils sortirent tous les deux, en marchant. Le Vietnamien renvoya ses deux gardes du corps avec quelques poignées de billets, sans même les compter. Ils échangèrent embrassades et baisers sur les mains. Les types disparurent au fond d'une ruelle en serrant toujours les AK contre eux. Lorsque Jerry passa de 37 à 35, 34..., Vinh et lui montèrent dans la Mustang et firent marche arrière de cinquante mètres dans l'impasse. Ils en descendirent à nouveau. 8, 7, 6...

L'explosion n'attendit pas le 0 et leur flanqua une bouffée d'air brûlant en plein visage. Vinh regardait les langues des flammes monter du bâtiment vers le ciel. Une fumée noire et âcre, dégagée par les produits chimiques qui brûlaient, envahissait tout. L'incendie repoussait les ombres qui prenaient déjà possession de la ruelle, qui se remplirait bientôt de curieux. Déjà, des enfants s'étaient rapprochés pour regarder l'incendie.

Jerry sortit son revolver et tira une balle dans la nuque du Vietnamien. Le corps de ce dernier s'effondra sur le sol, comme s'il était couvert de ciment. Jerry regarda autour de lui, pour s'assurer que personne ne l'avait vu. Pas de témoins, une douzaine de badauds qui regardaient l'incendie et leur tournaient le dos, à lui et au cadavre. Cela n'avait pas non plus énormément d'importance.

Lorsque Jerry revint à l'ambassade, il découvrit qu'une multitude de Vietnamiens étaient amassés dans la zone de loisirs située derrière les bâtiments ; ils attendaient qu'on les emmène à l'aéroport. La plupart d'entre eux travaillaient pour les agences qui dépendaient de l'ambassade. Il conduisit sa Mustang verte jusqu'à l'une des zones de sécurité, détacha la clé du coffre de son porte-clés et la glissa dans son portefeuille. Un type pissait dans la piscine.

Les incinérateurs du rez-de-chaussée surchauffaient à force de brûler des papiers. Des cendres flottaient dans l'air.

Lehrman l'interrogea du regard. Jerry opina du chef. Ensuite, son supérieur lui parla des « rêves d'opium » de l'ambassadeur, Martin, qui attendait le cessez-le-feu d'un instant à l'autre. Il avait une pneumonie du diable, la voix rauque, et refusait de faire évacuer sa femme Dotty.

Les journalistes, eux aussi, devenaient complètement cinglés. Jerry sentait bien qu'ils auraient voulu s'armer jusqu'aux dents, pour une fois, et sortir dans la rue avec une mitrailleuse et des grenades à main, un couteau entre les dents, en lieu et place des énormes téléobjectifs de leurs appareils photo. Les petits gars de la presse auraient bien voulu changer de peau. Aucun d'eux ne disait, par exemple, « je vous l'avais bien dit ». Rien ne rassemble mieux les imbéciles, selon Jerry, que les catastrophes.

Quelqu'un lui dit, alors qu'il chiait de trouille dans les couloirs, qu'ils avaient décidé d'évacuer l'aéroport de Bien Hoa, pour ensuite le bombarder, mais pour une raison indéterminée, quelqu'un avait donné un contre-ordre. De toute manière, les Nord-Vietnamiens étaient en train de l'encercler, mais ils n'attaquaient pas.

Durant les dernières heures du jour, Jerry fut le témoin d'une demi-douzaine de situations singulières. Les applaudissements d'un officier lorsqu'il apprit que la présidence avait changé, que Minh avait remplacé Hong, et que des rumeurs de pourparlers de paix circulaient. Des avions volaient très bas. Le souvenir de l'attaque du palais présidentiel, quelques jours auparavant, provoqua une fausse alerte. La proximité de l'ambassade en rendait nerveux plus d'un, des fusils sortaient de tous les côtés et on entendait le bruit des armes qu'on chargeait.

L'une des secrétaires fit une crise d'hystérie et se mit à prier à voix haute.

Polgar était fort préoccupé et il demanda à Jerry de chercher à savoir si Ky fomentait un coup d'État militaire. Jerry se limita à décrocher le téléphone et à poser la question au correspondant du *Miami Herald*. Celui-ci lui répondit que non. Il transmit la réponse au chef de la base, qui sembla satisfait.

Jerry décida de ne pas dormir dans ses appartements. Il y réfléchit à plusieurs reprises. *Le tapis du local des cartes, ou le siège arrière de la Mustang?* Au vu de ce que contenait le coffre, il opta pour la première solution. En outre, depuis la fenêtre du local des cartes, on pouvait surveiller le parking.

La fin du monde s'avérait plus amusante qu'il ne l'eût cru.

L'histoire de K. (II)

Non, pas du tout. Ici, dans le parking de notre hôtel, nous avons deux gardiens et une surveillance vingt-quatre heures sur vingt-quatre. Ici, passez-moi l'expression, on n'a pas ce genre de merdiers, c'est dans l'autre hôtel que ça s'est passé, un hôtel minable, du côté de la 23e Est, qu'ils sont allés foutre la merde. Ici, ils n'ont fait que balancer l'autre *gringa*, celle qui a survécu, à 8 heures du matin le lendemain, c'est-à-dire pas tout à fait le lendemain, mais le matin du jour d'après, après la nuit où ils l'ont enlevée et qu'ils ont tué l'autre à coups de pied. Et ils l'ont balancée ici, pendant mon service, messieurs.

L'un des petits gars du parking est venu m'avertir et j'ai chargé Marisa d'appeler la police et la Croix-Rouge, et puis je suis sorti pour aller voir. Et en effet, la jeune fille était étendue, juste là, sur la petite pelouse entre le hall d'entrée et le parking. Non, on ne voyait rien d'anormal, sinon qu'elle était blanche comme un linge. Et le petit gars me dit : Ils l'ont balancée d'un pick-up noir, et il me donne les numéros de plaque. Un *gringo*, me dit-il ; un *gringo* et un autre petit gros qui semblait du coin. Et moi, je la regardais, parce que, qu'est-ce qu'on est censé faire dans ces cas-là, putain de bordel ? Non, je savais déjà que c'était cette basketteuse américaine qu'ils avaient enlevée. J'avais même été dans sa chambre quand la police est venue fouiller, et j'ai parlé avec un mec du journal *El Paso*, qui m'a montré des photos d'elles en tenue. Je savais qu'elles étaient venues faire la fête après un match qu'elles avaient gagné et tout ça, mais quand on la voyait comme ça, couchée par terre, on aurait dit la fille de quelqu'un qu'on connaît, pas vrai ? Comme la grande fille de quelqu'un qu'on connaît, la pauvre blondinette. C'est pour ça, parce qu'elle me faisait déjà de la peine avant, que lorsque le médecin a dit qu'ils lui avaient prélevé un rein, j'ai vu rouge, parce que c'est pas juste, merde. Tu viens en vacances parce que t'as gagné un match contre des connasses, et des salopards arrivent, ils t'enlèvent, ils t'opèrent comme des bouchers et ils te piquent un rein.

Le mec de la Croix-Rouge a dit qu'elle était en état de choc, qu'elle faisait un choc postopératoire. En fait, elle était sur le point de mourir, et heureusement que l'infirmier s'en est rendu compte tout de suite. Et alors il s'est mis à lui faire une transfusion, ici même, et plein d'autres trucs encore, si bien que, pour finir, il l'a sauvée. Elle était toute pâle, si pâle, la blondinette, pauvre petite, une si grande fille incapable de bouger. Mais ça, bien sûr, si à vous, on vous enlève un rein, vous faites quoi, hein ? Et, bon, voyez un peu, lui voler un rein parce qu'elle sortait se promener au milieu de la nuit. Et encore, elle s'en est quand même bien sortie, parce que sa copine, elle, ils l'ont tuée. C'est ce qu'a dit la police, et les journaux aussi, que c'était la première fois qu'un truc pareil arrivait.

Mais il y a tellement de fils de pute dans le coin ces temps derniers, que ça ne sera certainement pas la dernière.

Jerry à Saigon (29 avril)

Jerry Milligan, presque homonyme du saxophoniste, reçut, à 4 heures du matin, un coup de téléphone qui le surprit. Il s'était endormi une demi-heure auparavant. Ils demandèrent Lorenz, il s'identifia comme Milligan. Il écouta à moitié ce qu'on lui disait, distrait parce qu'il s'était entortillé dans une couverture en tendant le bras vers le téléphone, et parce que le fracas des explosions devenait plus inquiétant que tout ce qu'on pouvait lui raconter. Des particules de mortiers tombaient sur l'aéroport de Tan Son Nhut. Fusées et obus de 130. C'était le bruit qui l'avait poursuivi dans ses rêves. Il y avait sans doute plusieurs heures que cela durait.

– L'heure est venue. Ils arrivent, dit la voix au téléphone.

– Je vous remercie, c'est très aimable à vous, répondit Jerry, à la manière d'un majordome britannique.

La voix de l'autre côté du téléphone s'évanouit. Lehrman apparut à la porte.

– On a reçu l'ordre de se rassembler dans l'ambassade. Si les Nord-Vietnamiens décident de balancer des 130 sur la ville, on l'a dans le cul.

– Il est 4 heures du matin, protesta Jerry.

– C'est pas à moi qu'il faut dire ça. Je viens de

sortir d'une réunion, l'ambassadeur n'était pas là, on a révisé les plans d'évacuation. Personne n'a parlé de *nous*... Je t'informe qu'on a décidé de commencer à évacuer, mais que cent cinquante membres du personnel de l'ambassade doivent rester à leur poste, un noyau dur. Cinquante hommes de la base, qui protègent cent cols blancs du ministère des Affaires étrangères. Et qui est la mère poule ?

Jerry déambula dans les couloirs. Qu'allait-il faire avec le contenu du coffre de la Mustang ? Ça ne servirait à rien à Saigon, à moins que les neveux de l'Oncle Ho se consacrent tout à coup au trafic à grande échelle. Il allait laisser des millions derrière lui.

Les heures filaient. Lorsqu'il s'en rendit compte, il s'était mêlé à une discussion baroque et absurde et on sollicitait son opinion. Polgar souhaitait couper un arbre dans la cour de l'ambassade pour faciliter l'atterrissage des grands hélicoptères Huey. L'ambassadeur, vexé, refusait de laisser paraître tout signe de panique, et couper un arbre dans l'ambassade au beau milieu de la matinée lui semblait un acte de barbarie et de désespoir.

Jerry prit une mitraillette sur une table et sortit sur le parking. Beaucoup de gens, de tous côtés. Ils devaient certainement être en train d'organiser « l'Option IV », l'ordre général d'évacuation par hélicoptère de tous les Américains qui restaient encore au Viêt-nam ; ordre donné à 22 h 51, heure de Washington, dans la matinée ici en raison du décalage horaire. Les files d'attente montraient que l'opération vivait sa phase n° 1, et les petits bureaucrates attendaient leur tour pour l'évacuation du personnel qui se ferait en hélicoptères d'Air America et en autobus, qui les emmèneraient à la base de Tan Son Nhut. Mais les rumeurs affirmaient que la base était de plus en plus instable.

Tout était si foutrement théâtral que, s'il n'y avait eu le bruit des pales des hélicoptères et le rugissement sec des tirs de mortiers, on aurait cru vivre un exercice, une fausse alerte de tremblement de terre, le tournage d'un film-catastrophe dont les caméras étaient extraordinairement bien cachées. Jerry aurait voulu entendre la musique des Birds. Un décrypteur du Bureau des Câbles lui murmura que depuis 9 heures ce matin, des commandos Viêtcongs avaient commencé à infiltrer les terrains de la base aérienne, et l'on entendait des rafales sporadiques.

Jerry, qui ne parvenait pas à se décider entre un film sur un tremblement de terre et une comédie musicale des Marx Brothers, esquiva les figurants de ce chaos et se fraya un chemin jusqu'au parking. Il monta dans la Mustang. Bizarrement, la voiture était couverte de poussière. Au ralenti, il se mit à parcourir des avenues, à la recherche du port. Une station de radio passait *Only You*, dans la vieille version des Platters. À travers la fenêtre ouverte, il regardait les rues qu'il connaissait mais dont la situation lui échappait. Il savait où il était, mais sans vraiment le savoir, un peu comme si la carte de la ville qu'il avait dans la tête avait disparu, comme si elle s'était cachée dans un recoin de son cerveau.

Il arrêta sa voiture à un feu rouge. Quelques mètres plus loin, deux soldats vietnamiens se disputaient au sujet d'une charrette renversée, attelée à un âne mort. Les soldats discutaient avec leurs armes en main ; l'un deux saignait à l'avant-bras. La rue était déserte. De la même manière abrupte dont ils avaient commencé leur discussion, les soldats cessèrent de se quereller et avancèrent vers la Mustang. Pourquoi s'étaient-ils interrompus ? Ce n'était guère le moment idéal pour obéir aux feux qui passaient en un flash du rouge au vert. L'un des soldats le mit en joue et lui cria quelque chose. Il fut distrait par son compagnon qui lui mit la main sur l'épaule. Jerry dégaina alors son revolver et au moment où le soldat se retournait vers lui, il lui logea une balle en pleine tête, pratiquement à bout portant. Il vit à nouveau le visage de la mort tandis qu'il appuyait sur l'accélérateur.

Bourré d'adrénaline, il parcourut des rues tantôt désertes tantôt bondées. La foule semblait se concentrer de manière erratique pour chercher la sortie. Devant les bureaux de l'USIA [1], des centaines de Vietnamiens attendaient leur tour pour l'évacuation.

Le Chinois était assis sur une natte posée au sol, dans une pièce qui, dans le souvenir de Jerry, était pleine d'objets et se retrouvait désormais étrangement vide.

– Je ne te connais pas. Je ne t'ai jamais vu, dit le Chinois.

Jerry ne sut que répondre.

« Tu n'existes plus, la réalité n'existe plus. Nous ne sommes pas dans cette pièce. Il n'y a pas de maintenant », fit le Chinois d'une voix monocorde. Ses yeux étaient vitreux.

Jerry se dit que l'on ne pourrait rien tirer de ce personnage ridé qui, trois jours auparavant, avait été le tsar du trafic d'opium à Saigon.

À la radio de la Mustang vert pomme, il écouta une déclaration du général Binh, qui demandait à ses soldats de ne pas déserter. Jerry sourit. Il savait qu'à l'aéroport le général avait fait encercler un DC6 d'Air Vietnam par une douzaine de ses gardes personnels, et que l'avion devait décoller aux pre-

1. *United States Information Agency*, service des renseignements américains. *(N.d.T.)*

mières heures de l'après-midi, en direction des Philippines.

À l'ambassade, une étrange folie avait pris possession des lieux. Les personnages se déplaçaient de manière maladroite et pressée en même temps, comme victimes d'une mauvaise chorégraphie. Jerry eut la malchance de croiser l'ambassadeur Martin, qui lui ordonna de prendre le commandement de six Marines qui portaient des sacs verts sur leurs épaules.

– Brûlez-les, assurez-vous bien qu'ils brûlent ! ordonna Martin.

Il quitta la scène d'un pas pressé.

Jerry acquiesça et dirigea son étrange commando vers la cour intérieure, se demandant ce qu'il devait brûler. Deux grands bidons d'essence vides attendaient déjà, et les soldats commencèrent à y fourrer le contenu des sacs. Des centaines de billets de vingt, cinquante et cent dollars voltigèrent dans les airs. L'un des soldats s'approcha avec une grande bouteille d'essence à briquet et se mit à arroser le contenu de l'un des bidons vides, tandis que les deux autres chargeaient leur M2 et regardaient d'un air rébarbatif tous ceux qui croisaient leur chemin : deux secrétaires vietnamiennes, un cuisinier en uniforme, un trio de curieux de la Section du Protocole consulaire. Ensuite, ils cherchèrent le regard de Jerry, comme s'ils attendaient qu'il fasse quelque chose.

– Qu'est-ce que c'est ? demanda Jerry au sergent qui semblait diriger le groupe de Marines.

– Deux millions de dollars des fonds d'urgence de l'ambassade, monsieur.

– Et il faut les brûler ? demanda Jerry, tandis qu'une sensation ingrate lui montait du bas-ventre.

Le sergent le regarda et esquissa un sourire.

C'était un jeune Noir. Il semblait avoir autant envie de le faire que Jerry. À ce moment apparut Martin, encore tourbillonnant, entouré d'une cohorte d'assesseurs militaires. Le plus humble était un général bardé de trois étoiles.

– Brûlez-le ! Qu'est-ce que vous attendez ? J'ai une autorisation du ministère du Trésor.

Jerry sortit un briquet et bouta le feu à la pointe d'un billet de cent dollars. Le visage de Benjamin Franklin disparut dans les flammes. Il le lança dans l'un des bidons et la flamme le fit reculer de quelques mètres. Il répéta l'opération. Le sergent vérifiait les sacs pour s'assurer qu'ils étaient bien vides.

Jerry recula pour contempler l'incendie le plus absurde qu'il ait jamais vu de sa vie. S'ils voulaient tellement brûler quelque chose, il aurait pu leur échanger les deux millions contre le contenu du coffre de sa Mustang. Ce n'était pas une transaction très juste, mais dans de telles circonstances, il s'en fichait d'y perdre un peu au change... Un hélicoptère qui s'élevait à moins de cinquante mètres fit voltiger quelques billets en feu, ensuite les dollars s'envolèrent à cause de l'appel d'air provoqué par les pales des rotors. Les soldats se mirent à courir en poursuivant les dollars embrasés, papillons de feu, et, parmi eux, quelques billets verts qui semblaient avoir échappé aux flammes. Le sergent tenta de les retenir, mais Jerry l'en empêcha d'un geste.

Lorsqu'il sortit de l'ascenseur, au sixième étage, il vit une secrétaire lancer deux machines à écrire dans les escaliers.

À la fenêtre, il observa la manière dont les hélicoptères commençaient à charger le personnel. Dans les cours intérieures, des civils portant de petites mallettes faisaient la queue. Jerry sortit, poussé par la curiosité, tandis que dans un recoin de son esprit, il essayait de trouver un chemin, une sortie de secours pour les petits sachets.

Devant la porte de l'ambassade, la folie montait d'un cran. Les Marines avaient fermé les grilles, le voisinage était considéré comme peu sûr. Les rumeurs selon lesquelles les francs-tireurs se trouvaient sur les toits des maisons du quartier rendaient tous le monde hystérique. Une grenade tombée par erreur à trois cents mètres provoqua le mouvement de centaines de personnes qui cherchaient à fuir. On ne pouvait organiser l'inorganisable. Des milliers de Vietnamiens, de Coréens, de Philippins, de Chinois, de métis de la guerre commencèrent à s'agglutiner autour des grilles, attendant que l'on tienne toutes les promesses d'évacuation. Des fonctionnaires civils des diverses agences gouvernementales aux militaires qui avaient abandonné leurs uniformes dix minutes auparavant, en passant par les maîtresses de soldats, les chauffeurs et les serveurs, les putes, les vendeurs de billets de loterie et les épouses illégitimes qui tenaient par la main leurs enfants métis.

Dans le bureau, Lehrman lui tendit un télégramme. Jerry le lut attentivement.

– C'est un mensonge, ils veulent juste mettre la pression.

– Et si c'était vrai ?

– C'est faux, répondit Jerry. Nous devrions savoir faire la différence entre un bobard et une information, c'est notre rôle, non ?

– Si tous ceux qui sont là-dehors, devaient l'apprendre, l'hystérie serait encore plus grande, dit Lehrman.

Il détruisit le bout de papier, un message nord-vietnamien intercepté qui disait que, dans les prochaines heures, le centre de Saigon serait bombardé, avec le palais pour objectif principal.

– L'ambassadeur veut que nous leur fassions savoir par d'autres moyens que nous sommes en train de tout abandonner. Tous, y compris les cent cinquante dont nous parlions tout à l'heure. Tu peux le faire par l'intermédiaire des Hongrois, des Allemands ?

Jerry entra au Cercle sportif. Il sentait le soleil frapper ses verres teintés. Le restaurant du club était vide. Il s'approcha de la machine à café, qui fonctionnait, se servit un café-crème et prit quelques biscuits secs sur un plateau. Il se mit à mâcher lentement et essaya de faire passer les biscuits dans sa gorge desséchée et pâteuse. Christo Mandajsiev apparut après quelques minutes, le visage mangé par d'énormes lunettes vertes. Le Bulgare, vêtu d'une chemise blanche trop serrée qui laissait entrevoir un estomac congestionné, moulé par un tricot trempé de sueur, avait le nez pour les situations inespérées. En effet, il s'avança rapidement vers la machine à café et se servit un double café au lait avec une brioche. Le diplomate bulgare travaillait sans aucun doute à la Sécurité et Jerry l'avait suivi durant quelques mois en 1974. Milligan n'avait rien à perdre. Il alla donc directement au but.

– Je t'offre une Mustang verte.

– De quelle année, Milligan ? Tu n'aurais pas une Chrysler, plutôt ? dit le Bulgare en riant.

– J'ai plusieurs millions de dollars en héroïne dans le coffre.

Le Bulgare ôta ses lunettes de soleil et révéla des yeux tristes et cernés.

– C'est une journée pleine de surprises.

– Si tu les passes en Thaïlande dans quelques mois, je te donne un million de dollars.

Le Bulgare mâchonna sa brioche et évalua soigneusement la situation. Non, Milligan ne plaisantait pas. Non, ce n'était pas un piège de la CIA. Pas un jour comme celui-ci. Ce n'était pas une mauvaise affaire. Avec un million de dollars, il pourrait s'acheter un cinéma sur Broadway.

– Avec un million de dollars, je peux m'acheter un cinéma sur Broadway ?

– Plus, deux ou trois, une chaîne..., répondit Jerry, qui n'en avait pas la moindre idée.

L'histoire de K. (III)

Non, si on n'est pas tout à fait abruti. Ils enlèvent une *gringa*, ils la rendent trente heures plus tard avec un rein en moins. Les médecins disent que l'opération a été effectuée par des professionnels. Ils lui ont volé un rein, bordel de merde. Putain de ta mère, tu sors pour te foutre une muflée et on t'attaque, on tue ta copine à coups de pied, on t'enlève, on te fout dans un putain d'hosto, on t'opère, on t'enlève un rein, on te laisse quelques heures pour te réveiller, puis on te balance dans la rue en état de choc. Bon, eh bien, on pense au plus évident.

Bien que je sois journaliste dans un bled pourri, je ne suis pas tout à fait un abruti. Est-ce qu'on effectue des transplantations de rein à Ciudad Juárez ? Dans quel hôpital ? Y avait-il, il y a une semaine, un cas urgent pour lequel on ne trouvait pas de donneur ? Ça ne se fait pas ici ? Au Texas ? Mais alors, putain, pourquoi l'enlèvent-ils de ce côté-ci de la frontière ? Une transplantation de rein, c'est pas de la gnognotte, il faut un bloc opératoire, une équipe médicale complète, des appareils de dialyse, une certaine préparation ! Et pourquoi est-elle vivante ? Parce que les médecins ont accepté de lui prélever un rein, mais pas de la tuer. C'est pour ça ? Et si ça s'est passé au Texas, pourquoi sont-ils venus la kidnapper de ce côté-ci ? Et ajouter à tout ce foutoir deux passages de frontière, un à l'aller, l'autre au retour ? Eh bien, on n'est pas des cons, et en plus, ça te fout les boules, des putasseries de ce genre. Et qu'est-ce qui se passe si la prochaine fois, ils veulent une transplantation de bite et qu'ils attrapent un mec qui sort d'une taverne ? Alors, quoi ?

Donc, c'est ici que ça s'est passé, dans un hôpital d'ici. Point final. Et eux, ils me racontent qu'à Ciudad Juárez, ils ne pratiquent pas de transplantation de reins, que c'est une technologie sophistiquée, que je me foute pas de leur gueule, « et depuis quand on voit des choses pareilles dans le tiers monde, mec ? » Et moi, je dis : Ça peut se faire, et ça ne se fait pas ? Ou alors, ça ne peut pas se faire convenablement, et, du coup, ça ne s'est jamais fait. Et un pote à moi qu'est docteur à la Sécu m'a répondu : Fais pas le con, vieux, si un jour ça s'était fait, on ne le fait plus, maintenant. Tu vois pas le ramdam qu'il y a eu autour de tout ça ? Si par hasard ils en avaient fait une, de greffe, maintenant ils ont déjà oublié comment y faut s'y prendre.

Jerry à Saigon (30 avril)

Les hélicoptères de la marine volèrent toute la nuit. La ville était illuminée par des flashs successifs, comme si elle était photographiée par des démons. Entre les rotors, le bruit des mortiers et celui des batteries de 130 que les Viêt-congs déchargeaient sur les accès du nord de Saigon, la nuit était un cauchemar sonore.

Jerry se réveilla emmitouflé dans la couverture du local de garde, couvert de sueurs froides. Il avait oublié d'informer le Bulgare que l'évacuation définitive était en cours. Était-ce important ? Est-ce qu'ils allaient bombarder ? Non, ça suffit, arrête. C'était évident. À son retour à l'ambassade, les images et les nouvelles illustraient la débandade. Nguyen Cao Ky, le vice-Premier ministre, avait pris un hélicoptère et abandonné le Viêt-nam pour se diriger vers le *USS Midway*, un porte-avions américain qui attendait les réfugiés en mer, au sud de la Chine. Un autobus bondé de journalistes qui recherchaient le contact perdu qui devait les emmener à l'aéroport à travers les rues de Saigon fut arrêté une fois encore par la foule qui frappait à coups de bâtons sur les portes et les fenêtres du véhicule. Les parachutistes de l'armée sud-vietnamienne échangeaient des coups de feu avec les Marines aux alentours du DOA. Air America ne ramassait plus sur les toits les personnes à évacuer que jusqu'à 18 h 30. Les hélicoptères de la CIA étaient à court de carburant et l'obscurité rendait l'opération de plus en plus dangereuse. Sur le mur qui dominait la grille clôturant la porte de l'ambassade, Harry Polgar, le directeur de la CIA au Viêtnam, sélectionnait certains Vietnamiens. Ceux qui tentaient de se défiler étaient poussés par les Marines. Quelqu'un tenta d'escalader le mur et fut repoussé à coups de pied par les agents de la CIA ou par des Marines transformés en cerbères de la porte qui menait au ciel. Les rumeurs disaient que les Viêt-congs et les Nord-Vietnamiens marchaient sur l'intérieur de la ville depuis minuit. L'aéroport n'avait pas encore été bombardé.

Mais cela, c'était il y a quelques heures. Et à présent ? Jerry tenta de se lever, il avait mal aux bras. Il descendit sur le parking. En chemin, quelqu'un lui proposa un gilet pare-balles. Il était 1 h 45 du matin. Il monta dans sa voiture et tenta de se frayer un chemin. Il dut lancer le véhicule contre une centaine de Vietnamiens qui poussaient devant la porte de l'ambassade. Derrière lui, des coups de feu claquèrent, probablement des sentinelles qui tiraient quelques coups de semonce. Il circula au beau milieu d'une nuit épaisse, illuminée périodiquement par de nouvelles explosions. Devant le parc, le Bulgare l'attendait. Il fumait ces horribles cigarettes blondes qui faisaient planer une fumée âcre tout autour de lui.

– On se verra en Thaïlande, l'ami. Je vais choisir mes cinémas dans Manhattan, lui dit-il en guise d'adieu lorsqu'il prit les clés de la voiture.

Jerry lui tendit les papiers, il reçut en retour un jeu de clés attaché à un porte-clés en forme de marteau et de faucille en faux argent tout oxydé. Il monta à bord d'une vieille Lada polonaise, qu'il abandonna à deux rues de l'ambassade. Il s'en fut à pied et se mêla à la foule, qui lui ouvrait de manière inattendue un passage vers la porte, où elle devenait plus compacte, pour se transformer ensuite en mur sourd à tout argument. Jerry s'éloigna pour fumer une cigarette et observer d'un peu plus loin.

Il ne peut y avoir d'enfer sans spectateurs. Sans badauds, rien n'acquiert sa véritable existence.

Un peu plus tard, il retenta sa chance. *Se donner tant de mal pour rester au Viêt-nam après?* Il tenta de se frayer un passage dans la foule. Malgré les cris, les coups de coude, les nombreux coups de pied, une partie de la foule le laissa passer, comme s'ils attendaient quelque chose de lui, comme s'ils s'identifiaient à son angoisse. Lorsqu'un homme de couleur, caporal des Marines, le prit par l'épaule et lui ouvrit un petit couloir à la pointe de l'automatique, épaulé par deux de ses hommes qui élargissaient le passage avec le canon de leurs fusils, la chemise de Jerry était déchirée et il saignait du nez. Deux militaires coréens essayèrent de se joindre au groupe, mais le caporal les frappa au visage avec la crosse de son arme.

Il arriva juste à temps pour voir les Marines escorter l'ambassadeur George Martin jusqu'au toit de l'ambassade et le faire monter dans l'un des hélicoptères de la marine. L'ambassadeur portait un drapeau américain plié sous son bras. Un instant plus tard, un deuxième hélicoptère emmena Polgar, le chef de la CIA au Sud-Vietnam, et son équipe. Il devait être quelque chose comme 2 heures du matin.

Comme si l'on avait donné le signal de l'imminence de l'abandon total, du dernier départ, le chaos qui régnait autour de l'ambassade avait pris un ton différent, rageur. Les Marines parvenaient à peine à en contrôler l'accès et ils avaient tiré plusieurs coups de feu au-dessus de la foule. À la grille d'accès principale et sur le mur, les chocs étaient constants. Heurts, tentatives pour pénétrer dans les cours intérieures, coups de feu. On astiquait les baïonnettes, les mères désespérées soulevaient leurs enfants au-dessus d'elles. Des hommes rugissants montraient des documents auxquels personne ne s'intéressait.

Une demi-heure plus tard, la brume se dissipait lentement. À la clarté laiteuse de l'aube, Jerry monta sur le toit de l'ambassade. De là, il grimpa par un escalier en colimaçon métallique jusqu'au dernier hélicoptère, qui reposait par miracle sur le petit toit. Le dernier moyen de transport des sans-uniforme.

Si l'immortalité est une photo prise en un instant unique ; si l'immortalité est en noir et blanc, et uniquement en noir et blanc, dans les tons grisés de la photographie qui fixe en une fraction de seconde le bal que nous dansons avec les étoiles ; s'il en est ainsi, ce fut un photographe de l'agence Reuters qui rendit Jerry Milligan immortel.

Sax-Lagrange fut l'homme qui prit une série de clichés, depuis la cour intérieure de l'ambassade, avec un objectif Nikon 800 mm f8 monté sur un Minolta. On y voyait Jerry grimper dans le dernier hélicoptère qui décollait du toit de l'ambassade américaine. Un 45 mm ostensiblement accroché à la ceinture, il tenait par le bras une vieille Vietnamienne habillée de noir et, de son bras libre, il faisait monter un fox-terrier.

L'une de ces photos parcourut le monde, et, pratiquement tous les lecteurs des grands journaux de la planète purent voir la froide impassibilité de

Jerry, dans une ville que l'on devinait incendiée, même si elle ne l'était pas, une ville dont on disait qu'elle était proche de disparaître de la face de la Terre, ce qui était faux. Jerry, sourire aux lèvres, qui soutenait la petite vieille dame d'une main et soulevait un chien de l'autre. Le dernier des Mohicans, le dernier des chevaliers de l'Empire. Il y avait de l'élégance, du *savoir-faire* dans le geste d'un Jerry déguenillé, la manche arrachée. Une touche de danger dans la crosse du .45 attaché à la ceinture, au-dessus de la chemise. Jerry, qui scrutait l'horizon tandis que l'on apercevait deux Marines armés de mitraillettes près de la porte latérale, dans l'attente des hordes qui n'arrivaient pas...

Toutefois...

a) Il ne s'agissait pas du dernier hélicoptère. Uniquement le dernier hélicoptère à transporter du personnel civil, bien que cela n'ait guère d'importance et que la légende de ce cliché ait ignoré cette précision. D'autres hélicoptères devaient évacuer les Marines, dernier rempart contre cette foule anxieuse de s'enfuir, massée derrière les portes de l'ambassade, formée de veuves et d'épouses d'un jour, de secrétaires, d'agents limogés, de collaborateurs, de deux ou trois centaines de membres de la CIO, la sœur sud-vietnamienne de la CIA, de commerçants chinois du marché noir et du personnel indigène des mille et une structures bureaucratiques créées par l'Empire à Saigon, qui se noyaient aujourd'hui comme des petits bateaux en papier dans une rivière déchaînée.

Jusqu'à 19 h 30, le dernier escadron de Marines, qui avait contenu la foule à l'entrée de l'ambassade à grand renfort de coups de feu tirés en l'air, entra dans le bunker et interdit les accès au toit en lançant des grenades sur les mécanismes des ascenseurs. Ils firent exploser des bombes incendiaires étage par étage et, à 17 h 53, le dernier hélicoptère décolla du toit de l'ambassade, pour atterrir sur un porte-avions quelques heures plus tard. Des milliers de collaborateurs vietnamiens restèrent sur place et attendirent l'évacuation promise.

b) Jerry, contrairement aux apparences, ne faisait pas monter la petite vieille dans l'hélicoptère : il essayait de l'en faire descendre. Et lorsque l'hélicoptère s'éleva, surchargé, il tenta de la pousser au-dessus du fleuve Saigon. Et la seule chose qui l'en empêcha, ce fut un Marine de Tusla, aux yeux fous, qui lui flanqua un M2 dans les côtes en lui hurlant qu'il n'hésiterait pas à tirer et que le corps de Jerry irait nourrir les poissons s'il balançait la vieille.

c) Jerry ne balança pas la vieille dans l'océan, et la femme arriva saine et sauve au porte-avions *Coral Sea*, en mer de Chine. Comme elle se trouvait être la mère d'un ancien chef de salle de l'ambassade défunte, elle finit très heureusement ses jours, quelques années plus tard, à Lima, au Pérou, à s'occuper de ses petits-enfants et de son jardin. En revanche, Jerry lança le fox-terrier à la mer, dans un geste de brutalité absurde qui fut loin de stabiliser l'hélicoptère. L'animal disparut dans le vide avec un jappement. Juste un grognement tandis qu'il s'éloignait.

d) Le photographe anglais se réfugia au siège de la Reuters et là, la porte barricadée et barrée par deux bureaux et plusieurs chaises, tandis qu'il attendait l'arrivée des Viêt-congs, il s'enferma dans la chambre noire. Il envoya plus tard une demi-douzaine de photographies à son agence. Le graphiste de Reuters à Bangkok sélectionna la photo de Jerry et la renvoya rapidement à Londres. La même photographie, qui devait être publiée d'abord dans le *Daily News* de Londres, pour ensuite parcourir le monde grâce à la radiophotographie de l'Associated Press. La légende du cliché n'identifiait pas Jerry par son nom, elle disait seulement que c'était un agent de la CIA, le dernier des Américains, le personnage perdu de Graham Greene, le dernier fils de l'Empire, qui négociait avec allure la retraite pathétique.

Une photo.

Secteur 3

À la rencontre de Karen
La ballade des stars

Première partie

Un roman personnel, et un autre sans aucun avenir dans l'édition, qui tentent de s'assembler, tous deux écrits par

José Daniel Fierro
pour Cindy Perez,
infirmière de l'Hôpital général de Ciudad Juárez

Le vécu et sa narration posté-rieure se confondent facilement.

Sigmund FREUD

L'E.T. de la Frontière

Je laisserai tous les cendriers se remplir jusqu'à ce qu'ils débordent : le bleu qui se trouve sur la table de nuit, le gris avec des petits oiseaux sur le frigo, la boîte de pellicule 35 mm remplie de poussière grise et de détritus posée sur la pile de livres. Je les laisserai se remplir de mégots, de trognons de pommes, de cendres, d'emballages de paquets de cigarettes, de chèques annulés déchirés en mille morceaux, d'allumettes en bois qui se consument encore, de photos d'un voyage à la mer avec une autre femme il y a de nombreuses années. Lorsqu'ils seront tous remplis, je prendrai dans un sac en toile le fusil à double canon que l'on m'avait offert à Santa Ana, deux caisses de cartouches, quatre cartes bancaires, un carnet de chèques de voyage et une demi-douzaine de chaussettes, un T-shirt des « Voyages Patito », un pullover gris à col roulé auquel je tiens beaucoup bien que les coudes en soient tout usés, et je sortirai en laissant la porte et les robinets ouverts, avec l'eau qui ruisselle. La hâte ne vous laisse généralement pas le temps de vous fabriquer des nostalgies. Celles-ci suivront, mais plus tard. Et si les nostalgies sont lentes, les tristesses ont besoin de plus de temps encore. Je boitillerai jusqu'à l'ascenseur et je resterai là, à ruminer mon indécision.

Comme on dit chez nous, « le ciel vient en aide aux indécis ». Ensuite, je reviendrai sur mes pas pour fermer les robinets. L'inondation progressera, la carpette devant la baignoire dégoulinera. Je suppose que mon cœur abritera encore quelques vestiges de citadin ordonné et que je serai atterré par l'idée de laisser s'inonder l'appartement et tous mes livres : Quevedo qui flotte dans les ordures, les œuvres complètes de Howard Fast qui naviguent comme des pirogues dans le désordre, l'œuvre littéraire de Pío Baroja gorgée d'eau, les aventures du commissaire Maigret qui nagent dans mon proche passé, tout imbibées d'eau. Par contre, pour compenser ce repentir de la raison, je laisserai ma platine allumée, avec *Black Magic Woman* de Santana à pleins tubes. Et je la laisserai branchée pour qu'elle répète la chanson à l'infini, jusqu'à ce qu'ils coupent l'électricité, qu'il y ait un tremblement de terre, qu'une bombe atomique s'écrase sur Mexico... Tel sera mon monument décibélique, un tourne-disque qui répétera les percussions et le contrepoint à la batterie. Ici vécut José Daniel Fierro, qui laissa tourner pour toujours *Black Magic Woman*. JDF, qui quitta la ville, parce que cette ville ne l'aimait plus.

Il n'y a qu'un seul type de vengeance, celle que l'on exerce sur son propre passé.

Sur le seuil de l'immeuble, je m'arrêterai pour formuler des adieux savoureux, une phrase heureuse, d'une certaine qualité littéraire, tandis que les lumières s'allumeront chez mes voisins, éveillés par le vacarme des congas de Doug Rauch, les timbales de José Chepito Areas, les percussions de Michael Shrieve et la guitare magique de Carlos Santana. Je ne trouverai rien à dire.

Aucun tramway ne passera dans ma vieille rue, cela fera des années qu'ils les auront supprimés, dans une manifestation de génie écologique prémonitoire. L'administration de Mexico aura décidé d'économiser l'électricité, et un réverbère sur deux sera éteint. Je partirai donc dans l'obscurité, et à pied. Tandis que je clopinerai dans la Division du Nord, j'écouterai les déclics des feux de signalisation. Le bruit parfait de la solitude nocturne.

Si l'enfer, c'est soi-même (et je ne sais même pas si je peux m'attribuer la paternité de la phrase), la seule manière de s'échapper de l'enfer, c'est de mettre une distance entre soi et soi-même. Pour l'exprimer de façon vulgaire : c'est aller là où sont les autres.

Et donc, dans cette nuit future à l'obscurité ardente, les seuls autres susceptibles de m'intéresser seront une joueuse de basket américaine au visage constellé de taches de rousseur, qui défiait le public du regard et me devinait parmi eux, par-delà l'immense distance électronique d'une télévision allumée. Veilleuse solitaire, unique bougie sur un gâteau d'anniversaire dans la chambre d'un écrivain malade, au beau milieu de la Colonia del Valle dans la ville de Mexico.

Et je sentirai que tout cela sera très sérieux. Je brûlerai mes vaisseaux, j'incendierai des souvenirs, j'effacerai le passé, j'essuierai les larmes des départs, je ferai mes adieux en boitillant, comme le glorieux Chester de *La Loi du revolver*, je marcherai dans la nuit jusqu'à une station de taxis, début du voyage, pour aboutir à la gare routière du Nord. L'endroit des adieux définitifs.

Par la fenêtre de l'autobus, je verrai Mexico s'évanouir et, arrivé aux immenses tours de Ciudad Satelite et à leurs couleurs pastel, il se mettra à pleuvoir. Cela renforcera mon amour pour la ville qui m'abandonne et prend congé de moi d'un geste grandiose. Elle me dit adieu avec une pluie torrentielle.

Je mettrai six jours pour arriver à Ciudad Juárez. Je dormirai par intermittence. J'interromprai le voyage et m'arrêterai dans des motels. Je reposerai ma jambe cassée dans des stations-service. Je maudirai les sièges étroits des autobus qui remontent vers le nord par la Panaméricaine et qui me rendront fou. Et le voyage sera une transition, je suppose ; de la peur à la peur, en passant par l'euphorie. Une révolution dans mes circuits, un jeu avec l'enfer. Je me haïrai énormément tout en abhorrant ces envies de fumer qui m'envahiront dans les autobus non-fumeurs. Je vivrai dans la confusion, les certitudes qui s'envolent, les assurances évanouies, les paniques latentes qui voyagent sur une roue de la fortune. Mais à mesure qu'augmenteront les kilomètres entre moi et l'autre moi-même, je deviendrai intelligent, aigu, je laisserai cette rare sensation d'angoisse me dominer. Pas pour m'abattre, non, mais pour m'emplir d'énergie. Et je pourrai me souvenir des derniers mois de manière différente, je pourrai sentir les palpitations de la peur, je pourrai me laisser dominer par l'obsession des dernières images de ce match de basket, de ces pathétiques joueuses américaines. Les petites bonnes femmes, les *ladies*, qui observent une minute de silence, graves, effrayées, et portent ces bandeaux noirs incongrus sur la manche de leurs uniformes.

Je serai un autre José Daniel Fierro, tandis que me poussera une barbe que je ne pourrai, faute de miroir, qu'apprécier au toucher, et dont je ne pourrai voir les poils blancs. Je serai un autre personnage, je serai José Daniel Fierro, écrivain vieillissant, mais pas abruti par l'âge. Personnage, et non narrateur. À nouveau un personnage, bordel de merde ! Un putain de phénix, bande de trous de balle ! Ni plus ni moins, je serai un autre, devrai-je me dire, arrivé dans la banlieue aride de Ciudad Juárez, tandis que les dunes viendront lécher l'asphalte et avaler la route. Je verrai défiler les broussailles perdues au milieu du désert, et les chemins vicinaux qui ne mèneront nulle part. Je serai Fierro Qu'ils S'y Frottent (F.Q.S.F.) lui-même, le Narrateur Solitaire, la Trombe Idéologique, la Machine à Écrire Calibre 45, le dur des durs, l'E.T. de la Frontière.

Et allez donc vous faire mettre, mon brave !

Un faux mort

Mais Lénine n'avait pas séjourné à Barcelone au printemps de 1920, pas plus que Trotski, quoi qu'en disent les chroniques de l'*American News* de la capitale catalane qui, sans nul doute, mentaient avec une grande régularité. En revanche s'y trouvait un magicien cubain qui se faisait appeler Leonardo Padura Buenaventura, parce que le jour même où l'on publia dans le journal *El Diluvio* l'histoire des deux dirigeants bolcheviques, on évoqua également le passage sans gloire du Cubain dans les music-halls, et parut le compte rendu de l'un de ses tours manqués, où il tenta sans succès de faire disparaître une danseuse dénudée. En outre, si l'on s'en réfère aux témoignages écrits, ce même jour, Casimiro Perez Arce, médecin et poète, rédigea un bref rapport dans lequel il relatait qu'il avait soigné le même magicien d'un mal français, par un traitement au soufre, rapport qu'il conserva dans ses archives personnelles.

Et Mike Gold, ce jeune Juif ultragauchiste du Lower East Side, n'écrirait pas à Barcelone une pièce de théâtre intitulée *Fiesta*, dont l'intrigue se situait pendant la révolution mexicaine. Ne se trouvait pas non plus à Barcelone – même si cela lui aurait plu – un jeune détective de l'agence Pinkerton nommé Dashiell Hammett qui commençait à écrire des romans noirs pendant la nuit. Inversement Angel Samblancat, journaliste et poète, veste aux coudes déchirés et revers de pantalon pleins de boue, écrivait à Barcelone :

Ceux qui parlent de la tendresse de la rue ne se sont jamais retrouvés nus sur ses pavés.

Autre absent de Barcelone, le docteur Svengali, cinéaste et séducteur fascinant, mais à sa place un homme au cou enflé qu'une chemise emprisonnait à grand-peine, qui dégageait tout autour de lui une odeur hybride d'eau de Cologne et de havane et se faisait appeler *le Baron.*

Dans les eaux sales du port se reflétait la lumière tristounette des réverbères à gaz. La faible marée charriait des morceaux de bois, des lambeaux de journaux et des taches de graisse jusqu'aux môles de la Barcelonnette. Sous la pâleur fuyante de cette lumière, on distinguait le profil du Baron, aquilin mais boursouflé, un profil de faucon empaillé.

Ses traits s'étaient durcis au fil du temps. Il perdait ses cheveux et acquérait cette allure neutre qui est autant l'apanage des policiers que des bouchers, des tenanciers de bordel que des taverniers. Bien que sur les anciennes photos des services d'espionnage alliés, il ait semblé plus fier, plus puissant, plus rubicond, coiffé d'un petit chapeau tyrolien. Comme un mannequin en vacances vantant les mérites d'un chocolat suisse, comme un aristocrate dégénéré, comme un escroc rusé tiré du conte de *Pinocchio.* Comme s'il était ce qu'il voulait paraître.

Son acolyte était un maigrichon, aux bras très longs et au regard torve, un gibier de potence, un fils de l'asile appelé Antonio Soler, alias *le Majorquin*, et il regardait le Baron avec un mélange de crainte et de goguenardise.

À la lumière incertaine des réverbères, les personnages manipulaient quelque chose dans une petite barque, à quelques mètres du môle. Un sac ? Un pantin ? Un mort, un cadavre flasque, qui saignait encore. On entendait au loin les bruits et la musique du quartier Chinois, symphonie de l'ivresse et du vice.

Barcelone était la maison de la mort, et donc la mort se déguisait parfois en fête. À Barcelone, l'on jouait toutes les nuits des fortunes à la roulette et l'on naissait plus souvent misérable que millionnaire. Dans le quartier Chinois, des putes de vingt et un pays vous demandaient l'heure en castillan et l'on trouvait du faux champagne d'au moins quinze marques. On pouvait acheter la mort d'un homme pour vingt-cinq pesetas et une dérouillée pour trente ; c'était plus cher, parce qu'il fallait plus longtemps pour rouer un homme de coups que pour le tuer. La crise succédait à la folle prospérité des années de guerre en Europe. L'industrie catalane, qui avait rempli ses tiroirs-caisses pendant la guerre en vendant aux deux camps des couvertures, des fusées, des jumelles, des mortiers, des boîtes de conserve, de la farine, des biscuits, des pistolets et des matelas, se retrouvait à présent avec des surplus. Quelques mois auparavant, la ville était devenue le théâtre de la plus grande grève générale depuis la révolution bolchevique et l'insurrection allemande, qui devait ouvrir dans le ciel de l'avenir une brèche aussi grande, sinon plus, que celle qui laissait apercevoir les nuages languides de la nuit hivernale.

Le Baron et Soler étaient parvenus à asseoir le mort dans la petite barque, le dos tourné au môle. Ils attendaient désormais la suite des événements. Le Baron fumait un petit havane tordu. Soler se curait les ongles avec un poignard.

À ce moment, le plancher du môle grinça et apparut un personnage drapé dans une cape, qui tenait à la main une lanterne sourde. Soler et le Baron échangèrent un regard entendu tandis que le personnage se rapprochait.

– Le cadavre vous attend, Votre Seigneurie, lança le Baron en forçant son accent guttural.

– Bien mort, pas vrai, comme vous le vouliez, ajouta Soler, le regard rivé sur son couteau.

Le personnage à la cape, qui portait un chapeau aux bords particulièrement larges, s'avança jusqu'au bord du môle et éclaira de sa lanterne le visage défiguré du mort. Il s'approcha du cadavre et parut le toucher. Sa cape laissa entrevoir un gilet gris perle aux boutons d'argent.

– Il a dit quelque chose avant de mourir ?

– Excusez, mais il vous a envoyé vous faire enculer. Il a deviné de la part de qui nous venions, dit Soler.

– Parfait, répondit l'homme.

Il tendit une enveloppe au Baron, qui la prit avec deux doigts, comme s'il s'agissait d'un acte d'une grande délicatesse, et la mit dans la poche intérieure de sa veste. Ensuite, il fit un signe à Soler, qui trancha avec son couteau la corde qui amarrait la barque au môle.

– À bientôt, *señor* del Hierro, lança le sbire en se débarrassant du cadavre, dont le cercueil flottant fut bientôt emporté par la marée jusqu'à l'entrée du port.

La barque émit une douce clarté lorsqu'elle fut illuminée pour la dernière fois par l'un des réverbères. Ensuite, elle disparut dans l'obscurité.

Le Baron regarda l'homme et sa cape disparaître dans la nuit, et entendit le bruit familier du moteur d'une Studebaker. Il se tourna ensuite vers Soler.

– Qui pourrait penser que cet homme a un titre de noblesse et que sa famille fait partie des grands d'Espagne ?

– Il a trempé ses mains dans le sang, vous avez remarqué ? demanda Soler en lançant sa cigarette à l'eau.

– C'était très bien, le coup de l'envoyer se faire enculer. Très imaginatif, Soler.

– Merci, patron.

– Bon, j'espère que del Hierro ne montrera jamais le bout de son nez à Barcelone, sinon toute l'affaire va nous retomber dessus, reprit le Baron, comme pour lui-même.

– On verra bien. S'il réapparaît dans le coin, on le tue encore une fois.

– C'est ça, pour la deuxième fois. Maintenant, fais parvenir la note aux journaux, termina le Baron, et il partit d'un rire un peu forcé.

Il avait peur, parce que del Hierro lui fichait vraiment la frousse, même réduit à l'état de cadavre, et même si le cadavre n'était pas le sien.

Le Transfuge de Telmex

Et cette damnée note de téléphone, me dis-je, en sortant de ma maison de Mexico, qu'ils la fassent payer à leur putain de mère, parce que moi, je me casse, eh oui, et je leur laisse le téléphone, tout est pour vous, pour que vous vous le foutiez dans le cul. Et je laisse mes disques de Leonard Cohen, et cette saloperie de téléphone rose, que je ne donnerai même pas au régent de Mexico comme cadeau d'anniversaire. Et je vous laisse avec d'autant plus de plaisir cette note de téléphone, avec six coups de téléphone à Austin, Texas, sept à Ciudad Juárez, un à New York et une conversation de deux heures avec le correspondant de Notimex à Chihuahua, et une autre d'une heure et demie avec le rédacteur en chef de La Prensa. *Et faites-la payer au premier pigeon qui passe, je m'en contrefous, qu'ils me le coupent !*

Je me réveillai en sueur. Mais pourquoi diable voulais-je m'engueuler avec le gérant de la succursale Mixcoac des téléphones du Mexique ? Moi je ne me trouverai déjà plus à Mexico. Ce ne sera plus Mexico, ça ne se passera pas comme ça. Je me retrouverai dans un motel de Ciudad Juárez, et tandis que j'essuierai la sueur de mon cou avec le bord du drap, le nom, comme une révélation, surgira dans ma mémoire : *Motel Camelia's. Camelia's*. Et sur la petite table de nuit, une boîte de chocolats à la menthe et le nom de l'hôpital où se trouve Karen Turner.

Il s'agira d'une nouvelle routine. Elle sera composée de deux étapes. La première sera la reconstruction de l'ancienne routine : ouvrir les yeux, allumer une cigarette, tenter d'extirper du fin fond de la mémoire la dernière phrase du dernier moment du premier rêve, boire une bière. Deuxième étape : exercices pour la jambe dans le plâtre. Type d'exercice : aucun. Elle est dans le plâtre. Les exercices seront reportés au moment où on enlèvera le plâtre. Je regarderai donc le tout petit soleil vulgaire qui ne réchauffe même pas et, pendant ce temps, je me surprendrai à allumer une sans-filtre délicate et à me diriger vers la salle de bains.

Dans une chambre de l'Hôpital général de Ciudad Juárez, un entretien absurde pourrait m'attendre :

– Non, la demoiselle ne peut pas parler, ni avec vous ni avec personne. Elle est dans le coma.

– Mais je peux la voir, même de loin, non ?

– Vous êtes de la famille ?

– Non, pourrais-je répondre à l'infirmière qui braquerait son regard sur un point inexistant, quelques centimètres au-dessus de mon épaule.

Elle regarderait sûrement mon aura biomagnétique latérale, parce que si elle voulait regarder ma barbe fleurie, elle me traiterait avec plus d'égards. « Alors, c'est encore moins possible », dirait l'infirmière adepte de la scientologie, qui a dû suivre une formation de caractérologie et de respect des usagers à l'ISSTE [1] ; seulement, elle avait raté les deux derniers cours, deux cours fondamentaux, absolu-

1. Institut de Sécurité et de Service social des Travailleurs de l'État ; Sécurité sociale des fonctionnaires. *(N.d.T.)*

ment essentiels, parce qu'on y expliquait que c'était un péché de cracher sur ceux qui vous posent des questions. Sinon, elle regarderait ma barbe, et pas un point dans l'espace où ma navette spatiale devait probablement m'attendre.

– Non, je suis... enfin, écrivain, qui fait quelque chose... euh, pour raconter ce qui, l'histoire... Je m'appelle José Daniel Fierro..., dis-je, radieux.

Qui pouvait bien refuser l'accès à la vérité à l'E.T. de la Frontière et au Transfuge de Telmex ?

Le visage de l'infirmière en chef changerait d'expression, et je mourrais presque d'effroi, de modestie et de peine :

– Celui qui a écrit *La Tête de Pancho Villa* ? demanderait-elle, pleine d'admiration.

– Eh bien oui, celui-là même..., dirais-je, intimidé par la gloire comme un enfant.

Parce que je serais sûrement tombé sur la seule infirmière de tout Ciudad Juárez qui aurait lu l'un de mes livres. Et je serais forcé d'oublier que j'avais traité de suppôt de la dianétique cette merveilleuse assistante médicale si cultivée. Au moins.

Et les portes s'ouvriraient.

Karen serait réelle. Reliée à un respirateur artificiel, aussi pâle que les draps, dans lesquels se fondrait la couleur de ses mains, le visage défiguré par un masque à oxygène, les taches de rousseur disparues.

– Pauvre petite, n'est-ce pas ? Pauvre blondinette ! Ça fait six jours qu'elle est comme ça, dirait l'infirmière dans mon dos.

Et je saurais parfaitement bien pourquoi, parce que la référence est évidente et directe, je me rappellerais une chanson de Procol Harum qui était à la mode dans les années soixante. Je sortirais de la chambre sans un bruit et je m'éloignerais dans les couloirs de l'hôpital en la fredonnant tout doucement, pour ne pas déranger les patients.

À quelle époque avait-on installé l'éclairage électrique à Barcelone ? Comment était la lumière au gaz ? Il faudrait consulter des photos pour vérifier la distance entre deux réverbères, surtout dans la zone portuaire. Le ton n'était-il pas trop feuilletonesque ? Peut-être fallait-il quelque chose de plus direct, de moins artificiel. Mais le feuilleton ne manquait pas de charme...

Un baron rampant

Le petit Antonio Amador entra dans la salle de rédaction du *Progreso* en milieu de matinée, en proie aux plus terribles pulsions, saisi par une sombre et âpre tristesse, une fureur désordonnée qui lui mordillait le foie, et la sensation de faire les choses à moitié, de les laisser inachevées, ce qui était insupportable pour un homme méticuleux comme lui. Tout cela accompagné d'une fièvre qui le perturbait, montait puis descendait, le faisait suer à grosses gouttes ou trembler comme un petit enfant nu. Il pensait : « C'est ça, la malaria des personnages de romans. » Son entrée fut précédée par une quinte de toux qui secoua tout son corps. Lorsqu'il arriva au bureau qu'il partageait avec un critique de théâtre, il s'essuya doucement les lèvres avec un mouchoir rouge, ce qui provoqua un frisson chez les autres journalistes, qui se sentirent obligés de regarder ailleurs, et suscita la compassion des secrétaires, qui découvrirent tout à coup qu'elles avaient beaucoup de retard dans leur travail.

– Avant que je ne continue à travailler sur cette merde que nous ne pourrons jamais publier, j'ai besoin que tu m'écrives une note sur le mort qu'on a retrouvé dans la Barcelonnette, parce que c'était sûrement un de tes amis ! lui lança au passage le rédacteur en chef.

Amador lui répondit par une toux sèche qui incita la Voix du patronat à passer prestement son chemin. Cela portait malheur de tomber nez à nez avec un mort le matin.

Antonio Amador, alias *la Puce*, était un mort-vivant à bien des égards. Le docteur Heredia, qui officiait à la prison Modelo pour le compte de la Confédération [1], l'avait déclaré condamné il y a deux ans, à cause de sa tuberculose, et lui avait juré qu'il ne passerait pas l'hiver. Mais le premier hiver était passé, le deuxième s'était dépêché de filer, et le troisième était maintenant tout proche, malgré les fièvres et la faiblesse qui le poursuivaient obstinément. Un prodige de survie, un hasard de la nature, un miracle de ténacité. Antonio Amador avait été condamné à mort, comme tous les autres rédacteurs de *Solidaridad*, par les bandes d'assassins à la solde du patronat. Il était amoureux d'une grande femme aux pommettes roses, qui faisait semblant de ne s'apercevoir de rien. Il avait passé environ six des douze derniers mois en prison. Il n'y avait à Barcelone aucune personne non affranchie qui veuille s'asseoir pour manger une soupe de lentilles à la même table que lui, par crainte de recevoir une balle perdue. Il avait en suspens trois procès pour délit d'opinion, qui se solderaient probablement par une condamnation. Il dormait avec des amies putes, dans des pensions minables, changeait de matelas

1. *Confederación Nacional del Trabajo (CNT)* : organisation syndicale d'inspiration anarchiste, à caractère fortement anti-bureaucratique et militant, fondée en Catalogne en 1910. Elle sera déclarée illégale de 1911 à 1914 à la suite de sa participation à la grève générale qui paralysa l'Espagne. Toujours sur la scène politique aujourd'hui, elle a néanmoins largement perdu son rayonnement des débuts. *(N.d.T.)*

toutes les nuits et héritait des poux laissés par le dernier client. Il berçait les fils braillards et solitaires de ses amies. Il buvait à l'aube des cafés au lait au petit bar du coin pendant que la chambre était occupée, et avait un emploi misérable au journal *El Progreso*, qui de toute manière ne durerait pas très longtemps. Un emploi pour lequel il touchait un demi-salaire, et qui l'obligeait à signer d'un pseudonyme ; sinon, la Fédération patronale rappellerait au propriétaire du journal qu'il ne pouvait engager des employés figurant sur la liste noire. Et si une telle lettre devait arriver, le directeur préférerait le renvoyer, car le patronat pouvait boycotter le journal, lui retirer les annonces publicitaires ou diminuer ses quotas de papier. Antonio Amador était donc une sorte d'oiseau de mauvais augure blessé.

Il acquiesça aux paroles du rédacteur en chef restées suspendues dans l'air, mais au lieu de passer la porte de son bureau, il déambula dans la salle commune, furibond, jetant des regards de défi aux journalistes et à quelques stagiaires qui faisaient des paquets dans un coin de l'énorme hall rempli de bureaux et de chaises, *où les machines à écrire fleurissaient comme les roses de la sagesse*. Il vola les restes d'une brioche et les dévora avec quelques gorgées de café au lait qu'avait laissé le chroniqueur de corridas, un certain Lagartijo, qui se cachait dans les toilettes depuis qu'il avait vu Amador pénétrer dans la rédaction. En effet, la Puce avait proféré à plusieurs reprises des menaces de mort contre lui *parce qu'il était servile et menteur, parce qu'il léchait le cul du patronat.* Et il avait juré que la prochaine fois qu'il serait face à lui, il lui découperait un testicule en tranches.

Après sa ronde, Amador s'approcha du bureau commun, ôta sa veste, puis la remit lorsqu'il eut un frisson, et sortit un petit bloc-notes de carton noir. La tuberculose le rongeait, les menaces d'attentat lui mettaient les nerfs à vif et l'avaient affublé d'un tic bizarre, qui lui faisait bouger l'épaule gauche et tourner la tête presque constamment. De manière générale, la proximité de la mort le déstabilisait, l'indisposait, et lui donnait des cauchemars les nuits où le sommeil le fuyait.

Il tapait debout, sa machine à écrire posée sur deux tomes d'encyclopédie, appuyé contre le mur, le gilet ouvert, ce qui laissait entrevoir son revolver Star à sept coups calibre 32, qu'il glissait dans la ceinture de son pantalon où il reposait, à la naissance de son sexe.

Il rédigea pendant dix ou quinze minutes, tout en consultant souvent ses notes. Le début ne lui plaisait décidément pas :

Certaines personnes semblent des caricatures du mal. Leur enfance correspond à leur destin futur. Ils tuent des chiens errants lorsqu'ils ne sont encore que des petits enfants et ils finissent par assassiner des ouvriers à Barcelone pour tant d'argent par tête ; ils trompent leur mère sur leur lit de mort et ils mentent à leur médecin. Des personnages comme le Baron de Koenig, dont la biographie doit ressembler, aux yeux du lecteur, à un conte de fées pour vieillards malades, mais qui en est bien loin. Une histoire où se mêlent le manque de scrupules, l'avarice, la luxure et le crime organisé. Et il s'agirait bien d'un conte de fées si le personnage en question n'était pas à Barcelone au moment où vous lisez ce reportage, en train de préparer une escroquerie ou, peut-être, la mort d'un innocent.

Retracer sa biographie à partir de la foule de petites anecdotes que nos informateurs téméraires nous ont fournies, ou grâce aux archives du ministère de l'Intérieur auxquelles des fonctionnaires responsables nous ont donné accès, a été un véritable prodige. Le Baron de Koenig est un homme qui évolue autant dans le secret que dans l'arrogance, qui peut aussi bien chercher ostensiblement du travail que se cacher derrière des douzaines de masques. Dans le cercle de ses intimes, il aime se donner une réputation sinistre et répand de multiples rumeurs sur son propre passé, comme s'il se rendait ainsi plus attirant aux yeux des infâmes qui l'engagent et qui sont, comme vous pourrez le lire dans ces lignes, ni plus ni moins, que les forces prétendument respectables de l'ordre social, l'aristocratie de l'argent de cette Barcelone martyre.

Un jour, les coffres qui cachent les bons de caisse du Fonds des Reptiles [1] *et les livres de comptes secrets de la Fédération patronale de Barcelone s'ouvriront, et cette histoire qui semble à peine percer les ténèbres se terminera, en espérant que ce sera sur les os flétris de l'assassin des prolétaires catalans, le Baron de Koenig. Et là, le sang deviendra littérature, puisqu'on ne peut faire de la littérature à partir du sang.*

Antonio Amador savait que le journal ne pourrait rien publier de tout cela, même pas une version édulcorée du reportage qu'il écrivait sur la bande du Baron, mais c'était un jeu de dupes. Il ne l'écrivait pas pour le journal, mais pour un manifeste dont la Confédération l'avait chargé et qui serait publié à Madrid, à un moment donné, dans *España Nueva*, un journal qui n'était pas soumis à une censure aussi dure que celle qui frappait les journaux de Barcelone. Ensuite, le *Progreso*, en toute innocence, pour-

1. Fonds secrets du gouvernement qui servaient à financer des dépenses illégales ou douteuses. *(N.d.T.)*

rait le publier sous une forme plus modérée, en citant le quotidien madrilène comme référence.

La deuxième partie présentait plus de difficultés et Amador abandonna le texte définitif pour un brouillon, dont le texte était ponctué de ses propres impressions et de ses doutes :

Après son expulsion de Berlin, Rudi Collmann, puisque c'est ainsi que se faisait appeler notre personnage (quel nom de pédale pensait Amador) *prit le nom de Federico Stagni* (même chose), *partit pour le Venezuela, où il convainquit un Juif de lui prêter une petite fortune* (non, c'était à Buenos Aires et le Juif s'appelait Manfredo, et ils vivaient dans la même pension). *Grâce à ces fonds* (ou avec d'autres, ou avec ce qui lui restait de l'argent du Juif s'il s'était d'abord rendu à Buenos Aires), *il monta une maison de jeux.*

Mais il s'agit là de la version de quelques personnes, parce que selon d'autres, il se serait marié en Argentine avec une certaine Mademoiselle Lemoine, fille d'un médecin bien connu, et il semble qu'en Argentine, outre le fait qu'il vécut avec Mademoiselle Lemoine sous le nom d'Alberto Collman, ingénieur de profession et Alsacien d'origine, il ait escroqué quatorze mille pesos à un Juif polonais appelé Heinrich Meyer (et non pas Manfredo, quel dommage, ça rendait tellement mieux), *qui logeait au même hôtel que lui et qu'il avait convaincu de s'associer avec lui pour fonder une maison de jeux.*

Et que faisait-il à Buenos Aires aux alentours de 1908, ce Rudi-Federico ? Pourquoi l'histoire naissait-elle à Berlin dans les deux cas ? se demanda Amador. Il revint ensuite à son texte et, d'un trait de plume, décida que le Juif s'appellerait Manfredo.

Si le journalisme était l'une des sciences exactes, on ne pouvait guère appeler les personnages de trente-six façons. Il s'appelait donc Manfredo. De toute manière, le Juif argentin du Venezuela (ou le Juif vénézuélien d'Argentine) n'allait pas protester.

Il reprit : *À Berlin, parce que...*, pour s'arrêter l'instant d'après. Pourquoi ? Que s'était-il passé à Berlin ?

Première histoire de Berlin. Les origines du Baron. Il s'agissait d'un jeune homme obsédé par le jeu, d'un joueur impénitent *qui acquit rapidement une grande agilité et beaucoup de dextérité dans la manipulation frauduleuse des cartes, des dés et de la roulette.* Et il s'en alla jouer à Berlin. Aux billes ? Aux petits soldats ? se demanda Amador, qui n'était jamais sorti d'Espagne. Depuis son arrivée de Salamanque il y a six ans, il n'avait quitté que de rares fois sa ville adoptive, pour se rendre à Madrid à un congrès de la Confédération, et à Saragosse pour y donner une conférence. Il ne connaissait donc Berlin que par quelques instants cinématographiques et à travers deux romans.

Deuxième histoire de Berlin (ou peut-être, deuxième partie de la première histoire) : *Selon certains habitants de la ville allemande, et jusqu'à la fin du siècle, le fameux Baron dupa au jeu un capitaine de l'armée et lui extorqua vingt-cinq mille Marks, ce qui lui valut un jugement par contumace et une condamnation à six années de prison pour escroquerie. Et c'est là que commença sa fuite, qui devait le conduire en Argentine, en passant par le Venezuela.*

Mais il n'était pas berlinois. *Celui qui serait connu sous le nom de Baron de Koenig* (et ici vint la tentation de faire de ce brouillon un peu plus que des notes) *a dû naître en 1867 ou en 1874* (à sept ans près, plus ou moins), *à Potsdam, Cologne ou Hanovre* (en bref, la seule certitude, c'était qu'il était allemand !). *Son vrai nom était Federico Stallmann ou Rodolphe Stallmann, mais il aurait tout aussi bien pu s'appeler, avant ou après sa naissance : Julio Rodolfo von K., F. Von Rosbeld, Federico Stagni ou Alberto Collman. Merveilleux, tout simplement merveilleux.*

Quelles que soient son origine et sa date de naissance, il ne naquit certainement pas baron, il ne fut pas baptisé du nom de Rud, et son nom de famille n'était pas celui qui devait être son préféré : Von Koenig.

Quelque chose manquait. Il n'avait qu'une seule information sur son père, dont il avait sans nul doute pillé le coffre-fort, qu'il avait empoisonné pour toucher l'argent de l'assurance, et à qui il devait avoir coupé un doigt dans une guillotine à papier. Le courageux fils de pute !

Quant aux relations qu'il entretenait avec son père, un boulanger, ou bien un boucher en Alsace, nous ne possédons qu'une seule information : lorsque son géniteur mourut, Koenig déménagea (d'où ?) *à Bruxelles, où il ouvrit un cabaret avec des tables de jeux où circulait la cocaïne, très à la mode en Allemagne à la fin du siècle.* Si quelqu'un était capable de lire cette histoire, il méritait d'avoir le Baron de Koenig comme fils adoptif.

Mais il semble qu'il soit arrivé plus tôt à Bruxelles. (Après l'histoire de Berlin ?) *Et à Bruxelles, il n'était que serveur dans une brasserie. Ce ne fut qu'à la mort de son père qu'il se décida à ouvrir un cabaret, et celui-ci ferma certainement un an plus tard. Mais il semble que l'histoire de Berlin soit postérieure à tout cela, parce qu'en 1910, K. était en prison.*

Et quand l'avait-on expulsé des casinos de Londres, Amsterdam ou Spa ? Quand fut-il le chef d'une bande d'escrocs professionnels sur la Côte d'Azur ? Il devait tout réécrire.

Épuisé par le feuilleton, Antonio Amador abandonna à ce moment douteux de son brouillon ses réflexions sur l'espace biographique du Baron de Koenig et se mit à se représenter son personnage, qu'il n'avait bien entendu jamais vu en personne. Il l'imaginait en train de vendre des faux billets de loterie dans les rues d'une Vienne de carte postale, aux rues couvertes de neige, tandis que l'on jouait *Le Beau Danube bleu* et que des putes trop grasses buvaient du champagne dans des chaussons de danseuses. Il l'imaginait rondouillard, les pointes des moustaches acérées, un couteau à la lame de quinze centimètres dans le fixe-chaussettes, rôdant dans la brume londonienne. Il l'imaginait vêtu d'un pantalon large, coiffé d'un casque prussien, maigre, presque invisible, les traits anguleux, dans des thermes romains, entouré de chanteurs d'opéra.

Stimulé par la force de ces représentations, Amador se lança de nouveau à l'assaut de sa machine et il tapa :

Et, comble de l'exotisme, comme s'il n'avait pas assez de moustaches et de passeports marqués de sceaux, de couleurs et de noms variés, ce personnage traversa un jour l'Océan et arriva à Caracas, au Venezuela. Il se fit appeler Federico Stagni, représentant du casino de Monte-Carlo, ce qui le servit à merveille pour fonder une succursale du Palais des jeux dans un bas quartier de Caracas. Un ancien inspecteur de police de Barcelone nous raconta l'histoire suivante :

« Les affaires qu'ils firent dans ce ténébreux tripot étaient exceptionnelles. Il suffira de dire que leurs concessionnaires encaissaient quelques milliers de pesos par jour, et que l'essentiel de l'argent joué dans ce repaire de bandits était très mal, horriblement mal acquis ; c'était de l'argent taché de sang : le fruit de vols, d'escroqueries, de filoutages. »

L'affaire devait avoir été si scandaleusement frauduleuse que les autorités qui lui avaient octroyé un permis en eurent assez de lui et l'expulsèrent du pays...

Ici, Amador marqua une pause et fit quelques corrections. Il transforma l'inspecteur de police en un « *inspecteur de police de Bilbao* » (qu'ils s'en prennent à un autre qu'à son informateur). Il ajouta *la tropicale* après *Caracas*, pour mettre une touche de couleur, et se dirigea vers le coin de la rédaction où était affichée une mappemonde pour y trouver la frontière où ils avaient expulsé le Baron. *La Colombie*, décida-t-il.

Il revint à sa machine et tapa furieusement, transpirant plus que jamais.

Après un bref séjour en Colombie, il semble qu'il ait transité par l'Afrique, et certains disent qu'il parvint jusqu'en Asie, dérobant au passage des diamants dans le Transvaal.

Les chroniqueurs anonymes semblent d'accord pour dire qu'en 1914, lorsque la Guerre éclata, il s'établit à Paris où il offrit son expérience aux services secrets français. On dit qu'il combina ses missions d'espionnage et ses escroqueries habituelles sous le nom de Louis Foulier, contre lequel la police parisienne a lancé une douzaine d'avis de recherche et de mandats d'arrêt. Il laissa derrière lui une réputation imméritée d'excellent joueur de dés.

Ce personnage, avec son goût prononcé pour les pseudonymes les plus extravagants et la vie facile – qui s'avère en fait toujours difficile et hasardeuse – arriva en Espagne en 1915 et se lança dans de nouvelles aventures, de la même ampleur et non moins périlleuses. C'est ainsi que nous pouvons offrir au lecteur une série de données très précises et d'histoires très floues.

a) *Il passa la frontière à Irun et s'installa dans une zone de villégiature d'été de l'aristocratie madrilène, Fuenterrabia.*

Amador hésita un instant, chercha dans le cendrier un mégot d'assez bonne taille, qu'il alluma rapidement. Fallait-il parler de la noblesse espagnole décadente qui se trempait le cul sur les plages du nord pendant l'été ? Il décida de s'en tenir à son histoire.

b) *Il semble que presque immédiatement, il réalisa une opération pour les services secrets français, trompant le cantinier du buffet de la gare ferroviaire, un certain Antonio Calvo. En invoquant un prétexte quelconque, il lui fit passer la frontière où les Français l'attendaient pour l'arrêter : il était accusé d'être l'organisateur d'un réseau mis en place pour faciliter l'évasion de prisonniers allemands en fuite. Calvo fut fusillé après un jugement très sommaire. On n'a jamais vraiment su si le cantinier était bien le coordinateur de ce réseau, ou si le faux Baron avait inventé l'histoire de toutes pièces pour soutirer de l'argent aux Français.*

c) *K. s'installa à Fuenterrabia. Il eut rapidement une Mercedes Benz, un chauffeur, une maîtresse et une fille (de la maîtresse). Il distribua de l'argent aux pauvres, remit cinq cents pesetas à la mairie pour les nécessiteux, et fut nommé président du Casino de Fuenterrabia. Il y resta jusqu'en 1917, lorsqu'il fut expulsé par le gouverneur Lopez Monis pour avoir ruiné la réputation d'un casino familial et provincial, où les suicides après une nuit à la roulette n'étaient pas légion.*

Et Koenig disparut, s'évanouit. La rumeur combla les lacunes et l'on raconte qu'en vulgaire touriste, il voyagea et escroqua à Bilbao, Palma de Majorque, Carthagène, Malaga, Séville, Cadix... On dit, parce que parler ne coûte rien, qu'il travaillait sans distinction pour Février, le directeur des services secrets français, et pour Hortwig, le chef de l'espionnage allemand.

Enfin, il arriva à Barcelone au début du mois de septembre 1918. Comme de juste, Barcelone, où les remous de la guerre et la cupidité du patronat ont remué la boue des bas-fonds et attiré tous les viveurs, les déchets du capitalisme, ce qui fait d'elle la Mecque des aventuriers et de la lie de l'humanité.

À Barcelone, il s'est installé à la Rambla del Prat, au nº 25, avec sa maîtresse C.J. Il mène une double vie, allant de la fameuse Conchita à sa femme, Renée Scalda, avec laquelle il habite dans « La Maison meublée », dans la rue Santa Ana. Il semble que notre personnage ait les idées larges et une moralité relâchée, car son épouse légitime est allée vivre au 35 de la rue Enrique Granados avec un maquereau, ancien boucher, appelé A.P. (avec la bénédiction de K., qui avait derrière la tête l'idée de le duper). Et il paraît qu'en fin de compte, ils formèrent un triangle efficace, parce que le type finit par les aider dans leurs entreprises. Le triangle escroqua soixante mille pesetas à une Française commerçante en bijoux appelée Margarita Bernardine, qui avait un grain de beauté sur la fesse gauche.

Lorsqu'il s'arrêta, la machine projetait des étincelles. Amador lui-même semblait dominé par un phénomène électrique. Incroyable, la quantité de bêtises qu'on pouvait connaître ! Il biffa l'allusion au grain de beauté sur la fesse de la Française, pour ne pas compromettre son ami Jorge Fernandez Font.

Tandis qu'il se préparait à entamer une troisième bordée, il fut pris d'une nouvelle quinte de toux, qui lui donna l'impression que son corps se coupait en deux. Il en eut les larmes aux yeux et quelques gouttes de sang perlèrent à la commissure de ses lèvres.

– Bordel, je t'ai dit de passer me voir, il faut bien que quelqu'un s'occupe de ça ! s'exclama le rédacteur en chef.

Il lui fourra dans les bras les journaux de la concurrence, dans lesquels on avait à chaque fois entouré un petit entrefilet qui, à un ou deux mots près, répétait la même histoire.

– Et ça, qu'est-ce que c'est ? demanda Antonio Amador, qui essayait d'éviter que sa voix ressemble trop à un râle et se couvrait les lèvres d'un mouchoir rouge.

– Ça, c'est ce que je me demande. Depuis quand les journalistes diffusent la nouvelle qu'on a retrouvé un cadavre avant que le cadavre n'apparaisse ? Parce que, à ma connaissance, le canot ensanglanté est bien là, dans le port, mais quand on l'a récupéré, il ne contenait qu'un tube en acier et quelques taches de sang. Aucun mort.

Antonio Amador, « la Puce », rassembla précautionneusement les feuillets de son brouillon, les glissa dans sa sacoche et jeta un coup d'œil aux journaux d'un air qui, espérait-il, exprimait un mélange de savoir et d'expérience.

Quelques heures plus tard, Amador sortit de la rédaction d'*El Progreso*, caché dans un camion derrière un paquet de journaux en retard. Les chauffeurs étaient tous membres du syndicat et muets de naissance pour tout ce qui concernait les entrées et les sorties du journaliste. Parfois, il voyageait à l'arrière de la voiture du directeur, avec la complicité du chauffeur de ce dernier, ou il passait par les fenêtres du sous-sol. D'autres fois encore, il portait des lunettes de motocycliste et s'en allait dans le side-car de la moto du coursier. La meilleure des routines, c'était l'absence de toute routine. Et il entrait comme il sortait. La seule difficulté, c'était de trouver un déguisement convenable. Lorsqu'on mesure un mètre cinquante-deux, le mieux, c'est d'être nain. Mais ça ne marchait pas. Trop grand pour être un nain. Aucune moustache et aucune fausse barbe ne pourraient le dissimuler à un regard attentif, aucun costume de Sévillane ne pouvait le cacher, aucune salopette de mécanicien, même pas l'habit de lumière du torero, si vraiment il fallait avoir recours à tant d'extravagance. S'ils voulaient le trouver, ils finiraient par le trouver. Le plus tard serait le mieux. Plutôt par-devant que dans le dos, plutôt de face que de profil, se dit-il, la main sur son pistolet, tandis qu'il mordait dans un demi-sandwich de tortillas de pommes de terre que le chauffeur lui avait offert.

Et c'est là, en lisant de vieux journaux tandis qu'une bruine tenace tombait à l'arrière du camion, qu'il se rendit compte que Lénine se promenait incognito à Barcelone et que le magicien Leonardo Padura Buenaventura ferait disparaître l'une de ses amies danseuse de cabaret (une amie d'Amador, pas du magicien) cette nuit même, dans le Music-Hall Pompeya, pour compenser son échec du soir précédent, et que Mike Gold, le dramaturge qui répétait une pièce sur la révolution mexicaine, avait également écrit un roman où une phrase merveilleuse ressortait du texte : *La rose de la syphilis fleurit dans les rues.*

Le Détective chinois

– Ils ont retrouvé la camionnette, celle-là même, avec les mêmes putains de plaques, là-bas sur la route, à Las Cruces. Ils l'avaient volée de l'autre côté de la frontière une semaine auparavant, dans un putain de bled du Texas. Autant dire que par ici, que dalle ! Ces Amerloques sont des pros. Une opération bien montée et tout et tout. Beaucoup de couilles... Deux *gringas* mortes au Mexique, et déjà plus personne sur leurs traces.

Dans les rédactions des journaux, rien de neuf. Dans les rédactions, terres de certitudes et de confirmations, on ne fait jamais qu'annoncer ce que tout le monde sait déjà. Dans les rédactions, on corrobore les faits, on ne cherche pas des informations, penserai-je, tandis que j'écouterai le journaliste me donner sa version. C'est à peu de choses près la mienne, même s'il parlera de Karen, à laquelle je rendrai visite religieusement, comme si elle était morte.

– Et maintenant, tous les putains de toubibs de Ciudad Juárez, les directeurs d'hôpitaux, les chefs de département de chirurgie et tous les pontes, voilà qu'ils ont subitement oublié comment on fait ces putains d'opérations du rein. Personne n'y connaît plus rien, à la chirurgie, et même le mot dialyse est devenu tabou. Ils l'ont déjà effacé des manuels, ces bandes de trous du fion.

Pourtant, tous les médecins n'auront pas perdu la mémoire. J'en rencontrerai un, l'homme clé, celui qui a pratiqué une greffe de rein en 1991. Mais cette rencontre aura lieu bien plus tard.

Et je poserai mon regard sur le corps silencieux de Karen. J'écouterai le bruit du respirateur artificiel, la douce rythmique sur laquelle Santana pourrait se lancer dans une chanson, comme par exemple *Oye como va*, du grand timbalier Tito Puente, enregistrée en 1970 dans les studios Wally Heider, à San Francisco. Et cette image violente, Karen qui crache au visage de l'arbitre à un moment décisif du match, repassera constamment dans ma mémoire, tandis que Carlos Santana laisse aller sa guitare et que Rico Reyes chante les quelques phrases : *Oye como va mi ritmo, bueno pa' gozar, mulata.* Une image musicale, sauvage, idéale pour le *replay* au ralenti, si différente du paisible portrait d'une Karen pâlichonne qui lutte dans un lit d'hôpital.

Et l'E.T. de la Frontière passera des heures à regarder la petite Américaine inconsciente, à deviner ses désirs, à essayer d'entrer dans le crâne d'une moribonde, à se souvenir de scènes de matchs, des gestes glorieux. Ce coup de coude brutal avec lequel elle balança une adversaire contre le banc ; ce geste de mépris et de défi au public lorsqu'elle marqua un panier, dos à l'anneau. Et toujours, la pâleur mortelle.

Soumis à une routine par les horaires de l'hôpital. Soumis par cette routine à d'autres routines. Le matin, les doutes et les visites à l'hôpital. Le soir, les inquiétudes et les recherches infructueuses. La nuit, l'horrible solitude et le roman.

Et à toute heure, je marcherai dans la ville, je sentirai l'asphalte coller à la semelle de ma chaussure et au renfort métallique de ma botte en plâtre qui racle les trottoirs, à la recherche d'un médecin qui en sache un peu plus long. Je parlerai à de jeunes journalistes qui me vouvoieront et me diront qu'ils ont lu mes livres, qui portent des boucles d'oreilles et conduisent des Chevrolet immatriculées au Texas ou en Arizona. Parcourant cette ville si peu mexicaine, si percluse de distances, hostile aux piétons, desséchée, poussiéreuse. Où mon seul point commun avec les habitants est le culte à la mémoire de Pancho Villa.

Et entre une Karen plus morte que vive et la terre poussiéreuse des ruelles à l'arrière des hôpitaux, je ruminerai de la matière à cauchemars. Et parfois, dans la solitude du motel Camelia's, j'écrirai un roman que je ne pourrai jamais conclure, sur mon grand-père et le Baron maudit, l'esprit tourné vers une autre ville, une ville maritime, celle-là, une Barcelone aussi mythique et irréelle que cette Ciudad Juárez desséchée. Insomniaque, fou, je parlerai tout seul, je balbutierai des inepties et je me dirai que les choses qui s'étaient passées devaient se passer.

Et le Baron, qu'importe, ressemblera à un acteur américain qui joue le Truand dans le film de Leone, Lee Van Cleef. Tout à fait. Parce que dans le désordre de cette quête des assaillants de Karen, je n'en aurai que faire si mon personnage principal ressemble à Lee Van Cleef, ça n'aura que peu d'importance. Enfin, si, ça aura de l'importance : Méchant entre tous les méchants, Rudi Collmann a trouvé son *alter ego* au fil des ans dans un tueur hollywoodien.

Et je serai tel un détective chinois : con et irréel. Tout à la fois idiot et fantasmagorique. Un détective chinois qui remplit de questions l'absence de réponses. Le Tchang Kaï-chek de l'informatique qui cherche une camionnette noire, qui offre du blé, du pognon, du flouze, de l'oseille, un billet à celui qui me dira s'il a vu un gars aux bottes cloutées d'argent qui enlève des Américaines et un autre mec plus rondouillard, un Mexicain qui, si vous voulez de plus amples renseignements, se consacre aux mêmes activités. Un Charlie Chan fouineur qui cherche à savoir si quelqu'un a vu une bande d'assassins multiculturelle et bifrontalière.

Et un jour, je me retrouverai face à cette camionnette noire, abandonnée dans la Colonia Guadalupe. Luisante et toute proprette, parce qu'ils en auront effacé toutes les empreintes, dira la Loi, un sergent en uniforme de la police locale. Une Toyota noire volée à El Paso un mois auparavant, dans laquelle les experts mexicains, en raclant les coutures du siège arrière, parviendront à retrouver des taches de sang sec qui pourrait, ou non, appartenir à Karen.

Et j'aurai beau en faire le tour, tandis que mes yeux injectés de sang se refléteront sur la peinture noire, je ne trouverai rien, aucun indice qui aurait échappé aux autres, et je ne devinerai rien. Le détective chinois que je suis devenu n'aura aucune idée de génie, pas plus que le paysage de la frontière n'offrira de réponse. Et la poussière qui voltige dans l'air et la camionnette abandonnée, à laquelle les rapaces du pillage auront déjà piqué le pare-brise et trois jantes, me donneront une soif infernale, une sensation d'imbécillité que toutes les bières de Ciudad Juárez, du Chihuahua, ne pourront apaiser.

Et j'irai voir Karen à l'hôpital, pour l'informer par télépathie que si elle ne se réveille pas et ne vient pas à moi, nous ne pourrons jamais retrouver les fils de pute qui l'ont enlevée. Que si elle ne me fournit pas plus de renseignements, je continuerai à errer, insomniaque, dans les impasses et les avenues, à poser des questions comme un con. Un fantôme qui parcourt l'avenue des Amériques qui devient avenue Lincoln et se termine en Cordova Free Bridge, sur le Rio Bravo. Qu'un écrivain est un écrivain : il écrit de la fiction, mais il ne fait pas de miracles. Que je n'aboutirai à rien, malgré tout l'amour que je lui porte, même si je veux la venger, même si je partage la haine irrépressible qu'elle voue à toutes les autorités, arbitres de basket-ball compris.

La ballade des stars

Barcelone comptait en 1920 presque une douzaine de quotidiens : *El Progreso*, *El Diluvio*, *La Lucha*, *El Pais*, *Solidaridad Obrera*, l'organe de la CNT, lorsqu'il n'était pas interdit, *La Veu*, *La Publicidad*, *El Correo*. En outre, deux journaux madrilènes avaient une branche catalane importante qui leur permettait d'exercer leur concurrence dans la ville : *El Sol* et *España Nueva*. Amador, par opiniâtreté et par souci de transparence dans l'utilisation des sources, les lisait presque tous (excepté *Solidaridad*, bien sûr, qui était à nouveau interdit), et pas uniquement ceux qu'avait mis sur son bureau son directeur de l'information. Il devait lire uniquement le petit entrefilet relatif à la mort de l'anarchiste dans le port, mais en passant, il en profita pour jeter un œil aux recettes de cuisine, aux informations parlementaires de Madrid, aux résultats des matchs de football, à la chronique des faits divers de Mataro, à un débat intéressant sur l'autorisation ou l'interdiction d'installer des roulettes françaises dans les maisons de jeux de Barcelone, à deux articles d'un médecin partisan du végétarisme et à toutes les informations qu'il put trouver sur une grève à Bilbao. Lire les journaux était un vice, se dit-il, tandis que ses collègues frappaient aux portes des toilettes dans lesquelles il s'était enfermé depuis une heure pour s'informer sur la dure réalité. Il sortit, s'essuya les mains sur une serviette à fleurs bordée de lilas et, sans se préoccuper de ses détracteurs, fit un premier résumé.

Quatre journaux de Barcelone avaient publié un petit reportage qui disait invariablement, à peu de choses près et fioritures mises à part, que le cadavre de l'anarchiste activiste bien connu et membre des groupes de choc de la CNT, Angel del Hierro, avait été retrouvé dans une barque à la dérive, aux abords du port. Selon eux, del Hierro aurait été tué d'une série de coups sur le crâne, probablement assenés avec une barre métallique que l'on avait également retrouvée dans la barque. Sa mort était attribuée à un affrontement entre ces mêmes groupes d'action. C'est ça, se dit Amador, à d'autres !

Le même jour, à la tombée de la nuit, Antonio Amador, « la Puce », peut-être le meilleur journaliste de cette ville désaxée, trompeuse et sanglante, vautour de la vérité, errait dans le port, posait des questions de-ci, de-là. Plus tard, son errance devait le conduire aux rédactions de certains journaux où, prudemment, il procéda à ses propres vérifications sur la manière dont on avait publié cette étrange note.

Angel del Hierro avait été un homme silencieux, auquel les cercles très étroits et très secrets des groupes anarchistes gravitant autour de la Confédération attribuaient, avec Progreso Rodenas, l'attentat qui coûta la vie à Bravo Portillo, l'ancien directeur des services spéciaux de la police de Barcelone. Ce magnifique attentat perpétré au début du mois de septembre de l'année précédente avait fait déboucher pas mal de bouteilles de méchant champagne dans les quartiers ouvriers, et avait fait écrire ceci à Amador :

Les témoins, auxquels on ne peut guère se fier, aujourd'hui plus que jamais, racontèrent que l'attentat eut lieu au coin de Santa Tecla. Peut-être le suivirent-ils depuis la plate-forme d'un tram, peut-être étaient-ils deux ou trois. Les responsables de l'attentat, l'un coiffé d'un béret qu'il devait perdre durant la fusillade, lui tirèrent dans le dos et le blessèrent. Lorsqu'il entendit le premier coup de feu, Bravo tenta de se réfugier sous un portique, et dégaina. Et là encore, les versions diffèrent, et l'on ignore s'il riposta ou non. L'on entendit de nouveaux coups de feu. Un charbonnier et son épouse, qui prenaient leur repas, sortirent dans la rue et virent Bravo s'effondrer. Mais les chroniques s'enlisent dans l'imprécision, et l'épouse du charbonnier devient un autre charbonnier appelé Rafael Barajas. « Le policier avait une main sur l'aine, d'où coulait un filet de sang » et en tombant, il aurait dit : « Ils m'ont tué en traître », tandis que dans la mémoire d'autres témoins, cela devient : « Ils ont tiré en traître », ou : « Je suis un porc et un traître. » Ce qui confirme la théorie selon laquelle il ne faut jamais croire aux « dernières paroles véridiques » d'un moribond. Si l'on résume le récit infidèle des témoins, on a entendu entre quinze et vingt coups de feu.

Et Amador conclut cette chronique qui lui valut trois menaces de mort :

Pour Manuel Bravo Portillo, assassin d'ouvriers, fonctionnaire de police qui espionnait en même temps pour le compte des Allemands, proxénète, vendeur de sauf-conduits pour les ouvriers qui travaillaient à l'étranger, protecteur de trafiquants de drogue, assassin de Pablo Sabater, quelqu'un avait joué la ballade des étoiles, la valse des Stars calibre 32.

Transporté à l'hôpital Dispensario, il mourut dix minutes plus tard. Il laissait à son épouse une assurance qui se montait à la somme astronomique de cent vingt mille pesetas.

Amador était convaincu que l'un des exécuteurs de Bravo, la bête noire de la police de Barcelone, avait été Angel del Hierro, mais cette conviction ne se fondait sur rien de plus solide que certaines rumeurs très minces, qui filtraient à peine de l'enchevêtrement de calomnies, de désinformation et de bla-bla qui inondaient Barcelone. De toute évidence, la police n'avait pas la moindre piste et elle était loin de posséder son signalement ou de pouvoir l'identifier. Même le réseau de mouchards du patronat n'avait aucune idée, même lointaine, de l'identité du coupable. Sinon, del Hierro n'aurait pas pu agir aussi librement ces derniers mois, en tant que délégué de la CNT lors de la grève des ouvriers carrossiers. Amador se souvenait même de l'avoir vu à un match de football quelques semaines auparavant. Solitaire, comme toujours. Avec, autour de lui, quelques sièges vides sur lesquels il crachait, sans se soucier des autres spectateurs, les graines de tournesol qu'il mâchonnait paisiblement.

Sur les doigts de sa main gauche, Amador énuméra les différentes choses qu'il savait sur del Hierro : il était grand, mince, originaire comme lui d'un quelconque bled castillan pourri. Pas plus de vingt ans, ou peut-être en avait-il trente mais son visage lunaire le faisait paraître plus jeune. Il souffrait d'une profonde surdité de l'oreille gauche, qui lui faisait tourner la tête de manière bizarre lorsque les personnes avec lesquelles il conversait se trouvaient de ce côté. Il connaissait tout des pays étrangers, leurs drapeaux, et même le nom de leurs hymnes nationaux. En souriant, parce qu'il avait le sourire facile et ouvert, il pouvait chanter l'hymne de l'ancienne Ukraine, vous expliquer que les Écossais avaient leur propre drapeau, ou vous dire quelle monnaie on utilisait sur les côtes du Sénégal. Ce n'était pas étrange dans ce monde d'anarchistes encyclopédistes à l'étrange culture obsessionnelle. Amador lui-même parlait un italien classique avec aisance, avait lu Boccace dans le texte, baragouinait en latin et se défendait pas mal en français. Mais del Hierro, qu'Amador n'avait pas vu plus de... – et il compta sur le bout de ses doigts – quatre fois ? – était un type singulier parmi d'autre types singuliers, parce qu'il était toujours poursuivi par des rumeurs, des petites phrases prononcées à mi-voix, un halo ténu qui semblait parfois briller comme un arc-en-ciel. Regards d'admiration des uns, méconnaissance des autres. L'anonyme le plus intéressant de Barcelone, déjà si riche elle-même en matière de personnages. On disait – quelqu'un, un ou deux types racontaient – que la première fois qu'il avait fait de la prison, c'était pour avoir pissé dans les fonts baptismaux de l'Église de Santa Coloma, acte anticlérical suprême. Et non content de cela, il avait brisé la mâchoire du curé d'une formidable gifle, après l'avoir accusé d'abuser sexuellement des orphelins qui étaient placés sous sa garde.

Mais tous ces racontars le dépeignaient comme un type solennel, alors qu'Amador s'en souvenait comme d'un personnage farceur et satirique, hanté par ses obsessions, mais capable d'en rire.

Un jour, une femme qu'Amador partagea avec del Hierro, qui lui aussi prenait plaisir à protéger les prostituées et à les fréquenter, lui raconta que le maigrichon reprisait ses vêtements avec une grande dextérité, et qu'une fois il lui avait même cousu une jupe à pois.

Et del Hierro était mort ? Amador poursuivit son enquête avec la même intensité qu'il semblait mettre dans tout ce qu'il faisait. Il ne s'interrompit que pour manger quelques poissons frits, surtout constitués d'arêtes, que lui offrit un serveur sur la Barcelonnette. Et de là, avec la sensation de n'avoir rien mangé et l'estomac qui protestait contre cette promesse non tenue, Amador errait dans le port, en posant des questions.

Une barque ensanglantée était apparue à la dérive, un patron basque qui fumait à la proue de son bateau à vapeur l'avait accrochée ; et en effet, on avait retrouvé dans ce bateau un tube couvert de sang. Voilà où en étaient les choses. Mais la barque était apparue le matin, alors que l'information circulait déjà dans les journaux. Qu'est-ce que c'était que ce bordel ?

Amador reprit ses pérégrinations. Un nuage de pluie s'immobilisa au-dessus du port et se mit à dégouliner sur le petit journaliste. Remontant les Ramblas, il se dirigea vers la zone de l'Ensanche. Il fuyait la pluie, et la pluie le suivait. Dans les journaux, les choses étaient plus claires, ou plus obscures. Un billet était parvenu aux mains des journalistes qui, dans tous les cas, étaient très liés au patronat. Et l'enquête d'Amador provoqua plus d'un regard torve. Qui pouvait souhaiter que le cadavre de del Hierro apparaisse avant qu'il n'apparaisse vraiment ? Qui souhaitait que le corps soit identifié le plus rapidement possible ? Dans cette Barcelone des coups de feu nocturnes, des feux de Bengale mortels, c'était tout à fait limpide : l'annonce de la confirmation de la mort d'Angel del

Hierro n'intéressait que celui qui devait toucher quelque chose pour ce travail.

Ils l'ont assassiné, ils l'ont balancé dans une barque et ils ont passé une annonce pour toucher l'argent. Mais le mort avait glissé et il nourrissait les barracudas au beau milieu de la Méditerranée. C'était vraiment ça, l'histoire ? Y avait-il des barracudas dans le *Mare Nostrum* ? S'il en était ainsi, celui qui avait passé le billet à ces salopards de journalistes était l'assassin. Et merde, ils avaient assassiné del Hierro. Un de plus sur la longue liste de ceux qui étaient tombés cette année. Amador caressa la crosse de son pistolet et se promit d'en savoir plus sur la question. S'il y avait quelque chose qu'il détestait plus que les bandes du patronat, que les maîtresses des nobles espagnols et que les vendeurs de loterie (ces derniers parce qu'ils nourrissaient l'espoir d'un paradis factice), c'étaient les journalistes pourris : les plus salopes des putains, infiltrées dans la plus noble profession du monde.

Le Boy-scout des sociétés inexistantes

Et donc, personne ne saura combien d'habitants comptait Ciudad Juárez. Combien elle en comptait, combien elle en avait compté. Une ville d'alluvions et de passage, insignifiante et étendue, dont on dit qu'elle frôle le million d'habitants. Les chiffres oscillent entre huit cent mille et un million deux ; il faudrait donc croire les uns et les autres et en rester là, à ce chiffre de « un million environ », qui me plaît dans ce qu'il a de rond et d'imprécis.

Les premiers jours, je chercherai à changer de tenue, dissimuler cette étrangeté ou trouver un déguisement. J'achèterai donc des bottes de cowboy dans une vente de faillite d'usine, devant laquelle il y aura une file de voitures et de pick-ups, parce que la marchandise part en quelques heures, et puis tout disparaît : *Tu es poussière...* Ce ne seront pas des bottes quelconques, mais de fausses bottes texanes, c'est-à-dire mexicaines, à tiges, mais j'utiliserai le pluriel indûment parce qu'il ne s'agira pas de bottes. Uniquement la gauche, et basta.

Une canne d'aveugle, pour celui qui ne sait pas marcher, et des lunettes noires pour celui qui se perd dans la lumière d'un tel aveuglement. Botte(s), lunettes sombres, canne blanche et souple qui sifflera dans les airs lorsqu'on la déplace. Des chemises aux inévitables carreaux bleus et rouges, des jeans noirs, un ceinturon de cuir avec une grosse boucle ornée de deux urubus de fer-blanc. Je croirai aux personnifications. Aux mises en scène. J'aurai l'apparence d'un quémandeur. Il n'y aura pas de réponses. Des détails, des vétilles resteront sans réponse, comme la question de savoir où je vais bien pouvoir mettre cette botte excédentaire. L'accrocher par une corde à la ceinture ? La laisser pendre à l'épaule ? Des broutilles, donc.

Y a-t-il des précédents quelque part ? Un enlèvement, avec opération chirurgicale et soins postopératoires compris ? De l'autre côté de la frontière ? Du trafic d'organes. Des rumeurs. Est-ce que les yeux s'achètent ? On achète des enfants. Des rumeurs.

Dans la solitude de la nuit, tandis que je lis le dernier roman de Carlos Fuentes, les rumeurs ne me consolent guère. Quelqu'un m'a proposé de donner une conférence à la Maison de la Culture. Je suis en pleine décadence. Il ne manquerait plus que j'écrive une critique littéraire pour le supplément culturel du *Diario de Juárez*, que je signe un contrat pour la réalisation d'un film, que je dédicace des livres à Sanborns.

Et pourtant, je laisserai couler les rumeurs et, sur un mur, comme un tatouage, je les consignerai, mêlées de notes destinées à un roman qui ne veut pas aboutir. J'aurai punaisé des photos, des notes et des coupures de journaux. Si quelqu'un savait lire les tatouages, il pourrait déchiffrer ceux qui parsèmeront les murs de ma chambre. Grâce à eux, il pourrait écrire deux romans.

Ici, une coupure d'un journal de Juárez qui criait au scandale et demandait la chaise électrique pour les voleurs de reins. Dessous, une petite carte rose avec une grossière représentation des rues parallèles aux Ramblas qui montent jusqu'au port catalan. Là, une note qui consigne la rumeur selon laquelle un type surnommé « le Viking » disait dans un parking de la rue d'Azucenas que *lui*, il savait... Là, une étrange note sur une conversation que les deux basketteuses américaines auraient eue avec deux types, dans ce bar de Sanborns, sur les missions coloniales qu'il faudrait visiter. Juste à côté, trois cartes postales des lieux où elles auraient pu se rendre, les plus vieilles églises du Texas : Socorro, San Elizario, La Mission de la Isleta, également connue sous le nom de Notre-Dame-du-Mont-Carmel, des îles sur la frontière qui servirent de refuge au XVIIe siècle aux Indiens pacifiques et aux Espagnols qui craignaient la vraie révolte des Indiens... Tout près du miroir où je refuse de me raser tous les matins, une photo des deux Américaines prise dans la rue et qu'elles n'étaient jamais venues récupérer : souriantes, elles tenaient deux packs de six bières, vêtues de leur uniforme, un short jaune. Plus loin, une note au crayon écrite à la hâte qui résume les rumeurs sur les enlèvements d'enfants. Ici, une note qui m'est destinée : pourquoi Antonio Amador n'a-t-il jamais d'argent bien qu'il gagne tout de même un demi-salaire au *Progreso ?* Là encore, le numéro de téléphone d'un journaliste, ou l'adresse d'un instituteur qui disait qu'il en savait long sur ce qui se passait, et qui ne savait rien de rien. Là, la carte d'un restaurant où on mangeait de l'excellente viande grillée sur la braise. Sur la lampe de bureau, une description physique de mon grand-père, l'Ange-Noir de Barcelone. Il n'était pas comme Amador se le rappelait, il ne ressemblait pas non plus au souvenir qu'il me faudrait inventer des années plus tard. Maigre, les yeux tristes et enfoncés qui contredisaient son sourire et le brisaient presque, une chevelure très noire qui cachait un côté de son front. Dans le coin, deux polaroïds de Karen sur son lit d'hôpital.

Et si je ne parviens pas à bouffer les tripes de Ciudad Juárez, je ne pourrai pas non plus le faire avec Barcelone, bien que les deux villes me captivent et m'épuisent.

Je l'aimerai, cette Barcelone meurtrière et désaxée, et il m'aurait plu de pouvoir la décrire. Grandes échoppes et Art Nouveau, métal orgueilleux, rails de chemin de fer qui forment des enchevêtrements aériens, gigantesques expositions de machinerie. Beaucoup de brique rouge et d'acier brillant. Et ce palais de la Pedrera où le Baron devait avoir ses bureaux, non pas dans la Rambla de las Flores, mais au beau milieu de la Barcelone des nouveaux riches qui effraient les anciens avec leurs impertinences architecturales et leur Art Nouveau imprégné d'exotisme hindou.

Pourquoi étais-je venu me perdre à Ciudad Juárez, bordel de Dieu ?

Mexico commencera à me manquer.

Mourir nu, avec un béret de matelot

Antonio Amador, abusant de sa taille et de la crainte qu'il inspirait à la majorité des gens, entra dans la rédaction d' *El Progreso* par les toilettes des dames, après avoir pénétré dans le bâtiment du journal par la fenêtre desdites toilettes. Il fumait, ce qui, plus que son apparition extravagante, provoqua les regards de répulsion des secrétaires.

– Si jeune, et il va mourir, murmura une petite blonde délavée qui travaillait au guichet des abonnements et des petites annonces.

Éperdument amoureuse du petit journaliste, elle essayait de ne pas dévoiler ses sentiments, et y avait si bien réussi que ce dernier ignorait totalement les ardents émois qu'il éveillait chez la blondinette.

Amador marcha directement vers la table du rédacteur en chef et lui lâcha de but en blanc :

– Il y a eu un mort, mais je ne crois pas que le mort était celui qu'ils disent, parce que mes amis, ils ne se font pas descendre par une bande de pédales. Et les journaux qui ont reçu la note, ils l'ont reçue bien avant que la police ne découvre la barque. Donc, ceux qui ont tué le mort, c'est ceux qui ont envoyé la note, et ils en ont tiré du pognon. Et del Hierro a disparu de chez lui et de son travail quatre jours avant que n'apparaisse la barque ensanglantée. Et tout ça, ça me fait deux feuillets et dix lignes, et que quelqu'un d'autre s'occupe de trouver les réponses à toutes les questions que je vais laisser ouvertes ! Ou alors, vous vous torchez le cul avec ce texte. D'accord ?

Le rédacteur en chef acquiesça, l'esprit embrumé par la tirade.

Amador épongea sa sueur avec le mouchoir qu'il utilisait pour essuyer ses crachats sanguinolents. Bien que, dans la rédaction, la température hivernale avoisinât les 5° et guère plus, il fit clairement comprendre à ceux qui l'observaient qu'il rôtissait, qu'il était un brasier humain, un foyer de fièvre, même s'il n'enlevait pas sa veste. Et il ne le faisait pas parce que : *a)* c'était un gentilhomme, *b)* il ne voulait pas qu'on voie trop son pistolet et c) la manche droite de sa chemise était déchirée.

Et tout en tirant sur sa cigarette, essayant craintivement de ne pas avaler la fumée, il rédigea les deux feuillets et dix lignes (qui malgré l'incartade devinrent une douzaine bien tassées), les laissa tomber théâtralement sur le bureau du directeur et revint à son manuscrit inachevé sur la bande de Koenig, dont le chapitre suivant commençait par cette phrase pompeuse :

Le ciel des uns est l'enfer des autres. De temps à autre, il lui arrivait de sortir des phrases ronflantes comme celle-là, et peut-être, peut-être seulement, pourrait-il devenir romancier s'il parvenait à passer cet hiver-là. Du moins si Dieu, qui était sans aucun doute le comte de cette Espagne pourrie, le Baron et le colonel Arlegui, le chef de la police de Barcelone, le lui permettaient.

Le Baron de Koenig gagne quatre ou cinq mille pesetas par mois, fruits de pots-de-vin, de chantages et de gages reçus pour des assassinats et des passages à tabac, alors que, à Barcelone, le salaire d'une tisserande est d'à peine cent vingt pesetas, et celui d'un maçon inférieur à quatre-vingt-dix, et ce depuis la victoire qui a couronné la dernière grève de novembre.

Cette saloperie de Baron était une ombre qui ne pouvait être devinée que par ses actes, qui échappait aux regards. En était-il vraiment ainsi ? Ou tout simplement, Amador craignait-il de lui faire face et de le regarder droit dans les yeux ? *Lui faire face et le regarder droit dans les yeux*, mon petit Antonio. Bite, couille et cul, l'oraison complète, se dit le petit reporter, qui se remémorait en même temps les expressions de ses lointains père et mère. Il continua à rassembler ses informations :

Il semble que pendant la grève générale, le baron apocryphe se fit présenter par un Belge à Bravo Portillo. Celui-ci était à l'époque le chef de la Brigade spéciale de la police de Barcelone, aujourd'hui heureusement décédé. Il fut fasciné par le personnage dans lequel il se reconnut comme dans un miroir inversé, comme un égal. Il lui offrit donc une part du gâteau et un bureau dans la rue Vallirana, au n° 71, pour y recueillir les mouchardages. C'était une époque tourmentée pour la bande de Bravo Portillo, exposée au grand jour par une campagne de presse, et les relations entre K. et B.P. ne furent guère productives.

Était-ce bien certain ? Il le tenait d'une chanteuse à la voix rauque, la sœur d'Armengol, un informateur que les membres du syndicat du bois avaient menacé de tuer s'ils le voyaient jamais à Barcelone, mais cela manquait de substance. Personne ne parlait plus des relations entre K. et B.P., les deux monstres noirs des bandes du patronat, et il est fort probable qu'ils ne se soient jamais connus. Il décida donc de tout laisser tel quel et de relier ces informations à quelque chose qu'il savait de source sûre. Bref, *se non è vero, è ben trovato.*

Il semble donc parfaitement correspondre à la personnalité de mystificateur du Baron qu'à la mort de B.P., K. se présente dans les locaux de la Fédération patronale de Barcelone en proclamant que le policier assassiné était comme un frère pour lui, et qu'il souhaitait le venger.

Ils considérèrent qu'il pouvait s'agir d'un agent provocateur et se défirent rapidement de lui. Rappelons qu'à cette époque, de graves tensions régnaient au sein de la Fédération patronale et la volonté générale, proche de celle du gouverneur de Barcelone, était de négocier une trêve avec la CNT, avec le gouvernement comme intermédiaire. Koenig ne se laissa pas décourager et, convaincu qu'il pouvait tirer les marrons de ce feu qui couvait, il s'adressa au trésorier de la Fédération, Miro i Trepat. Il raconta à ce dernier une longue histoire, qui disait en résumé que « lui-même collaborait à ce travail très important et délicat dont était chargé le policier disparu, auquel il avait été uni par les liens de l'amitié la plus sincère et cordiale ». Il semble que Miro mordît à l'hameçon et qu'il fût captivé par le personnage car il le chargea de reconstituer la bande, grâce à l'argent du Fonds des Reptiles du Patronat.

K. loua donc un bureau dans le bâtiment principal du n° 6 de la Rambla de las Flores et remit sur pied l'organisation avec les membres restants de la bande de B.P., qui s'étaient dispersés à la mort de leur chef, dangereusement mis en lumière et sans protection d'aucune sorte. K., qui n'était pas un novateur, rétablit la même structure éprouvée par Bravo Portillo : un va-et-vient de mouchards à sa solde infiltrés dans les syndicats, un réseau recruté dans la lie de la société, qui avait ses contacts dans tous les bas-fonds de la ville, et un groupe de tueurs à gages auquel il pensait faire fréquemment appel. Il ne dédaigna pas d'acheter quelques policiers qui pouvaient lui être utiles, comme l'inspecteur Luis León. Il ajouta à ces personnages tous les déchets qu'il parvint à ramasser dans la mer agitée par la tempête sociale.

Les bras droits du Baron étaient Antonio Soler, alias « le Majorquin », qui assurait la cohésion du groupe des tueurs ; Lopez Crespo, alias « le Blond » (ici, Amador eut une hésitation parce que, selon ses notes, il fallait également compter avec un certain Epifanio Casas, mais celui-ci s'était fait un ennemi du Baron en rejetant toujours la faute sur les autres membres du groupe)*; un revenant appelé Bernardo Armengol, qui avait fui Barcelone à la mort de Bravo Portillo et avait passé deux mois à l'ombre, à Valence, pour avoir vendu des faux passeports à des ouvriers qui souhaitaient émigrer ; Manuel Grau, un informateur ; Conrado Gimeneo, alias « Capitaine Conrado », un criminel tout droit sorti des pages de Lombroso, emprisonné pour avoir vendu une lettre secrète de Vidal, le chef de la milice, contre un verre de vin ; l'ancien forçat Julio Laporta, alias « le Bouc » ; le célèbre Espejito ; Mariano Sanz,* (Amador, mettant son carnet de côté, ajouta :) *homosexuel répugnant ; Gonzalo Jubiate ; Pedro Torrens, boulanger et informateur de la police ; Antonio Jillete ; Julio del Clot ; Manuel Martin et l'ancien policier Jeronimo Batanero* (et ici, Amador inscrivit un point d'interrogation à côté du nom de l'ancien policier. N'avait-il pas fui Barcelone il y a deux mois ?).

Une fois cette bande réorganisée, Koenig se présenta tous les vendredis dans le bureau de Miro i Trepat (Amador se souvint du trésorier du patronat et se demanda s'il devait ajouter plus de détails, par exemple le fait qu'il était propriétaire d'une usine de matelas ; un homme au visage acariâtre, comme s'il souffrait toujours de l'estomac, et que sa maîtresse le cocufiait avec un torero), *situé dans le Paseo de Gracia n° 80, presque au coin de la rue Mallorca, pour lui remettre ses rapports, recevoir des ordres et percevoir les commissions.*

Le soir tombait. Le petit journaliste se leva, mit les nouvelles feuilles de notes dans la poche de sa veste et ressortit du journal par où il était entré, par la fenêtre des toilettes des dames, ce qui coupa le souffle à une secrétaire qui était en train de pisser, sa culotte vert émeraude sur les chevilles.

Il déambula dans le quartier Chinois et finit par rechercher un peu de chaleur dans un bar appelé *El Rapido*, fréquenté par des camarades. Il n'aperçut pas de visages connus, mais depuis le comptoir, la main de l'une de ses amies prostituées lui fit signe de s'approcher.

– Un café, Antonio ?

Amador y consentit d'un geste. Assis à côté d'elle, il lui arrivait au menton et s'il s'approchait, il courait le risque de plonger dans la poitrine de la Rauque.

– Ils veulent que je me déshabille et que je danse habillée en matelot, lui dit la femme.

– Qui ça ?

– Des clients.

– Mais si tu te déshabilles, comment peux-tu danser déguisée en matelot ?

– Rien qu'avec le béret, mon petit gars ! Mais qu'est-ce que tu peux être con, parfois ! Avec le froid qu'y fait, ils veulent que, rien qu'avec le béret...

– Maître Amador, z'auriez pas une cigarette ? demanda une voix douce.

Amador leva les yeux pour regarder l'adolescent qui lui tendait la main.

– Je m'appelle Joaquin, de la *Soli*, le livreur. Nous sommes camarades.

– Tu frappes à la mauvaise porte, mon garçon. J'ai même pas d'allumettes.

– Il faut tout considérer, mon petit Antonio, continua son amie la Rauque, reprenant la conversation.

– Ne fais pas attention à eux, qu'ils aillent voir ailleurs.

– Et on dort où demain, nous deux, mon petit vieux ? répondit-elle en se dirigeant vers la porte du bar, haussant les épaules.

Amador la suivit du regard. Elle avait un chouette cul, en forme de cœur. En plus, c'était une brave fille, elle voulait gagner de l'argent pour ouvrir un bar à Oviedo. Un bar sans putes, qui aurait au bout du comptoir une collection de romans sociaux pour ceux qui voudraient les lire, gratuitement. Tout en la regardant, il vit les deux types qui venaient de passer la porte. Le premier, qui portait une écharpe blanche, sortit un revolver du baudrier accroché à son gilet. *El Mico*, le Sagouin. Amador mit la main à sa ceinture et recula jusqu'au bar. Le premier coup de feu arracha le bois du comptoir et ricocha contre un crachoir tandis qu'il se jetait par terre.

Des tirs fusaient de tous les côtés, des bouteilles se brisaient, des chaises et des tables tombaient au beau milieu des cris, les affiches de corridas volaient dans tous les sens, les ivrognes tombaient les quatre fers en l'air.

Amador rampait derrière le comptoir tandis qu'il dégainait son pistolet lorsque soudain, il se rendit compte que les coups de feu avaient cessé. Il montra lentement le bout du nez. Les deux tueurs avaient quitté le bar. Le Sagouin était un briquetier qui avait déserté le syndicat et qui travaillait avec Soler, le Majorquin. Il avait foiré. Peu à peu, le reste de la clientèle réapparut entre les tables. Un adolescent était étendu par terre, au milieu d'une mare de sang. C'était celui qui lui avait demandé une clope un peu auparavant. Le journaliste resta là, à regarder ces yeux grands ouverts qui ne voyaient personne. Il prit sur le comptoir un sandwich au chorizo, secoua la sciure de son pantalon et avança jusqu'à la porte d'une démarche rapide. La police ne tarderait pas à arriver et il n'était guère opportun de rester là pour fournir des explications.

– Ils ont tiré une putain de chiée de coups de feu, une chiée, s'exclama un ouvrier débraillé, qui récupérait son verre d'anisette. Enfin, combien de coups ils ont tiré ?

– Deux chargeurs, répondit Amador en mordant dans son sandwich. Quatorze coups.

– Et alors, comment ça se fait qu'ils ne t'ont pas eu ?

– Parce que c'était des tapettes et qu'ils n'ont pas osé se rapprocher, répondit la Puce.

Mais lorsqu'il arriva à la porte, il ajouta : « Aussi, parce que je suis une petite cible. »

Et il regretta ensuite d'avoir fait de l'humour devant le cadavre du petit camarade mort. Mais il était trop tard.

L'Interrogateur de chirurgiens

J'entrerai dans le cabinet du docteur Espinosa, le seul néphrologue qui ait dirigé publiquement une greffe réussie à Ciudad Juárez, le 27 octobre 1991. Une transplantation intéressante, où le donneur était un frère de la patiente. Huit heures d'opération.

Hôpital général de Montes de Oca, le 16 septembre. Un édifice insignifiant, dont la morgue est située à l'arrière. Je me sentirai comme Amador qui menait l'enquête dans les sous-sols de l'Hôpital de Barcelone, que j'ai visité un jour alors qu'ils n'étaient déjà plus ce qu'ils avaient été, même si la sordidité et l'humidité imprégnaient encore les murs.

Un hôpital agréable, où travaillaient de nombreux spécialistes bénévoles et qui dépendait de l'État du Chihuahua. Des sièges en plastique jaune, gris et vert criard un peu incongrus, des familles qui attendaient aux urgences.

– Oui, à El Paso, il y a quelques hôpitaux qui pratiquent des greffes de rein : Providencia, Sierra. Dans tous ces hôpitaux, on trouve des dialyseurs. L'hôpital Sierra possède même une unité externe à l'ouest de la ville. À Ciudad Juárez, il n'existe qu'une seule machine, qu'on utilise uniquement en cas d'insuffisance rénale aiguë.

Je prendrai des notes et me promettrai de ne pas les perdre. Je parviendrai bien à tirer quelque chose de tout ça.

– Habituellement, un patient qui subit une greffe de rein a vécu sous dialyse un certain temps mais le traitement finit par ne plus être efficace.

Nouveaux messages destinés à moi-même : *Liste des patients qui ont subi une dialyse.*

– Une opération de transplantation peut durer quatre heures, le donneur doit ensuite rester quarante-huit heures en soins intensifs...

Où l'ont-ils gardée pour la surveillance postopératoire? lira-t-on plus tard dans mon cahier.

– Le groupe d'intervention pourrait être composé de – disons – deux équipes de deux chirurgiens chaque fois, l'une qui prélève et l'autre qui transplante, de deux à quatre anesthésistes, huit infirmières et un coordinateur. Ce sont deux opérations simultanées. Et même ainsi, il peut y avoir un rejet, quel que soit le nombre d'analyses préliminaires effectuées. Un rejet, et tous les efforts auront été vains.

Est-ce qu'ils ont pris en compte la possibilité d'un rejet? Qu'est-ce qu'ils auraient bien pu faire dans ce cas?

– Le donneur doit être identifié par des tests de compatibilité. Ce n'est pas simple, il faut déterminer son groupe sanguin, effectuer des tests sur les globules blancs, sur la compatibilité des tissus, tout un tas de choses. Les tests se font généralement à Mexico, ça coûte environ mille dollars si on les effectue de l'autre côté de la frontière, beaucoup moins s'ils sont effectués ici. Ça prend quelques jours, une semaine au maximum.

Où a-t-on effectué les tests préliminaires? Qui a prélevé des échantillons à Karen? À l'université?

Comment savaient-ils qu'elle viendrait à Juárez ? Ils l'ont choisie bien avant ce voyage. Ce fut un hasard si cela s'est passé à Juárez. Ce sont des gringos, *putain de merde ! Ce sont des gringos* et ils la suivent depuis Austin.

– Le receveur doit avoir souffert de maladies vasculaires, glomérulaires, une néphrite interstitielle chronique. Voilà probablement son état avant la greffe.

Je prendrai des notes en épelant les noms : glo-méru-lai-res.

Et le surprenant boy-scout des mutilations écoutera, le plus sérieusement du monde, toutes les explications techniques relatives aux greffes de reins, et je m'appliquerai à observer les petits schémas que le médecin dessinera, tandis qu'il indiquera les zones de suture et ce qu'il fallait relier et coudre et...

– Ici, à Juárez, il y a plusieurs mois, on a effectué une transplantation qui a échoué.

Le médecin, les bras croisés, refusera de me donner le nom de l'hôpital privé où l'on avait procédé à la greffe manquée, au cours de laquelle le receveur était mort. Quelque chose à voir avec l'éthique.

– Et la possibilité qu'on le lui ait prélevé ici et qu'on l'ait transporté ailleurs pour le greffer au receveur ? Ailleurs, je veux dire, à mille cinq cents kilomètres, demanderai-je.

– On ne peut pas extraire un rein et le conserver, juste comme ça. Un rein meurt en vingt-quatre heures, et il n'existe aucun précédent de greffe différée avec transport de l'organe, dira le médecin.

La recherche de Karen en tant que donneuse a commencé bien avant qu'elle ne vienne ici pour fêter une victoire, mais l'opération a été pratiquée ici ou à El Paso.

– De toute manière, personne n'a pu faire ce que vous me dites qu'ils ont fait à l'Américaine. Personne d'ici. Je vous en prie, c'est impossible, pas l'un des nôtres. Il faut vraiment n'avoir aucune éthique, aucune conscience professionnelle... Enfants de putain ! dira le médecin, qui élèvera la voix pour la première fois.

Enfants de putain, inscrirai-je dans mon cahier.

Bombes et investigations

Et les pétards et les bombes se mirent à éclater, des déflagrations se firent entendre. Plus spectaculaires que dommageables, les dégâts que provoquaient les bâtons de dynamite s'étalaient à la vue des passants, les détonations qui retentissaient dans le centre-ville étaient clairement audibles. Un bruit chargé de sens, aurait dit Quevedo. Les bombes éclataient en deux temps : la première explosion provoquait une brèche dans un mur ou cassait une demi-douzaine de vitres ; la deuxième, beaucoup plus puissante, résonnait le lendemain dans les journaux. Le 21 novembre, un terrible pétard secoua une maison sur la Diagonal. Le 23 novembre, une bombe éclata dans la rue Pelayo et trois bâtons de dynamite de taille raisonnable explosèrent dans l'état-major de l'armée, ni plus ni moins, blessant légèrement un chauffeur et un soldat. Tout volait en éclats. Le 26, une bombe explosa dans une usine de brioches dans la rue de Boteros, et la presse fit un énorme battage autour d'un étudiant qui avait arraché la mèche d'une cartouche de dynamite et empêché la détonation d'une bombe devant le monument du docteur Robert. Deux jours plus tard, un nouveau pétard fit sauter les toilettes du Cercle libéral, causant d'immenses dommages aux cabinets (Amador déplora dans une notule publiée dans *España Nueva* que personne n'ait été en train de chier, ce qui lui valut un autre procès pour délit de presse), et un autre éclata dans l'usine de pneus de la rue Recaredo, sans que l'on déplore de victimes humaines. Le 29 novembre, on trouva une bombe qui n'avait pas explosé dans la rue Salmeron et le 30, quatre nouvelles bombes sautèrent.

Le gouverneur de Barcelone envoya une note à la presse, dans laquelle il disait : *Nous devons tous supposer qu'une nouvelle époque de terrorisme est née. Des bombes et des pétards explosent en tous lieux. Les rumeurs, très en vogue dans une ville inquiète, les attribuent aux groupes anarchistes et syndicalistes. C'est ainsi que j'ai donné l'ordre de fouiller toutes les personnes qui appartiennent aux sociétés ouvrières et aux rédactions des journaux, et je juge opportun de procéder non seulement à des perquisitions dans ces mêmes bureaux et rédactions, mais aussi à la fouille des personnes qui en sortent (et) à partir du crépuscule, ces fouilles doivent être exécutées avec la plus grande rigueur. J'ai en outre ordonné une surveillance supplémentaire dans les stocks de dynamite et les carrières* ».

Mais Amador, qui savait tout, apprit de la bouche d'un huissier que Julio Amado, le gouverneur de Barcelone, tandis qu'il écrivait ce mot destiné au public, demandait au ministre de l'Intérieur : « C'est l'œuvre des syndicalistes ? Vous êtes bien sûr que c'est un acte de sauvagerie des terroristes, et pas de ceux qui ont intérêt à susciter l'indignation (...) des militaires et des forces de l'ordre, qui sont prêts à se ranger du côté du patronat pour éradiquer le syndicalisme ? »

Ces arguments à l'esprit, fort de la parole d'un représentant des groupes qu'il interviewa dans une ruelle et qui lui certifia que ce n'était pas leur œuvre, Antonio Amador, dit « la Puce », alors qu'il se limitait à consigner froidement les faits dans *El Progreso*, écrivit pour le journal madrilène *España Nueva* un deuxième reportage qui accusait le patronat de Barcelone d'être derrière les pétards et les bombes. Une information qui l'obligea à faire une déposition devant la Préfecture de Police pour avoir souligné une coïncidence suspecte : l'étudiant qui enlevait les mèches des bombes réitérait ses exploits – puisqu'il l'avait déjà fait deux fois –, ce qui représentait une coïncidence à la fois étrange et suspecte. Le papier d'Amador fut considéré avec dédain par d'autres journaux, d'autant plus qu'il établissait une relation entre l'étudiant César Campillo et un membre de la milice, portant le même nom, qui une semaine auparavant « avait fait l'objet d'un attentat dans la Riera de San Miguel au cours duquel on lui avait tiré dessus dix fois sans le toucher ».

Mais Amador voulait toujours aller plus loin en toutes choses, et tout en continuant à poser des questions indiscrètes sur la disparition d'Angel del Hierro, il entrait au journal à des heures incongrues et par des moyens qui l'étaient tout autant. Il dormait et mangeait mal. Il parcourait, fiévreux, les rues de Barcelone, et arrivait sur les lieux des attentats alors que l'écho des détonations s'était à peine évanoui, que l'épaisse fumée de la poudre flottait encore dans l'air et que les murs achevaient de s'écrouler. Et il posait des questions, allait et venait, vérifiait, prenait des notes. Ce don d'ubiquité lui permit d'être présent, au milieu des dépouilles sanglantes, lorsqu'on arrêta un obscur personnage appelé Juan Puig et qu'on fouilla les restes de son chariot de chiffonnier réduit en miettes par une bombe qui avait explosé trop tôt. Amador se composa le visage d'un passant accidentel, d'un voyeur involontaire, d'un imbécile perdu, et il entendit ainsi ce premier interrogatoire, tandis que le sang coulait encore. Il suivit le fil qui se transforma en corde, attentif aux rumeurs qui venaient de Via Layetana [1], aux renseignements qui filtraient du commissariat du District du Centre sur les déclarations de Puig. Il avait avoué être l'auteur des attentats de la rue Pelayo et de la Granja Royal, et l'on ne savait pas très bien à qui il rendait des comptes, ni qui le payait, bien qu'il ait reconnu avoir agi pour de l'argent, et que quelqu'un dont il taisait le nom, par peur ou par conviction, guidait sa main, moyennant quelques pesetas, afin qu'il place les pétards.

Et Amador, à qui on ne la faisait pas, marchait dans Barcelone, pressentant qu'une balle qui lui était destinée se trouvait déjà à mi-chemin. Il s'arrêtait pour prendre un café au lait lorsqu'il croisait quelqu'un qui lui en offrait un, il posait des questions de-ci, de-là, à l'ombre des platanes, sous un soleil qui vous réchauffait à peine, il se lançait dans de mystérieuses conversations dans des gargotes, devant des comptoirs, sous des portails où ses amies les putes lui faisaient une place pour le laisser travailler, même s'il était interrompu dans ses interrogatoires par la toux sèche de la mort. Et il prenait des notes dans son petit cahier à reliure noire, il écrivait des choses comme celles-ci : Les bombes placées dans la ruelle Simon Aller, celles qui avaient provoqué les dégâts à l'état-major, avaient eu un bien étrange épilogue. Pourquoi, lorsque le général Milans del Bosch fit son apparition pour voir les

1. Rue où se trouvent encore aujourd'hui de nombreux bâtiments officiels, entre autres la Direction générale de la police et la Préfecture de Police de Barcelone. *(N.d.T.)*

dommages causés par les pétards, était-il flanqué d'Antonio Soler, alias le Majorquin, bras droit de K., qui se faisait passer pour un flic et était accompagné par un couple de vrais policiers? Il informa le général commandant de sa conviction absolue que les bombes avaient été placées par les syndicalistes. Que faisait là le Majorquin, quelques minutes après l'explosion? Comment savait-il ce qu'il ne savait pas?

Et Amador allait d'un côté à l'autre, il voyageait en tram sans payer, montrait sa carte de la CNT aux contrôleurs et aux inspecteurs syndiqués et leur expliquait vaguement qu'il était en mission. Et il continuait à suivre ses pistes parce qu'elles révélaient des choses étranges, par exemple le fait que la nuit même où les bombes explosèrent à l'état-major, deux femmes étaient sorties de leur domicile, dans le quartier Chinois, des valises à la main. Au beau milieu de la nuit, quelques heures avant l'attentat, elles étaient arrivées à la Rambla, avaient traversé la place de la Paix et pris par la promenade en direction de la ruelle. Qui étaient ces femmes? Ces valisettes contenaient-elles les bombes qui devaient exploser peu de temps après?

Et il fit en sorte que les journalistes bourgeois, avec lesquels il ne frayait pas, mais qui lui vouaient un certain respect, lui racontent certaines choses tandis qu'ils mangeaient; et lui les regardait manger sans se faire inviter, alors qu'il sentait un nœud un peu au-dessus de l'entrée de son estomac qui lui rappelait que cela faisait des heures qu'il était à jeun, que la ville était inondée d'anonymes qui menaçaient les patrons et les organismes publics à grand renfort de bombes.

La Puce, Amador, aurait juré que la bande de Koenig était derrière les attentats, que les menaces et les offres de protection provenaient simultanément de la même source, le bureau de K. dans la Rambla de las Flores, que le Baron tentait de faire régner un climat qui justifierait l'intervention militaire des patrons. Et, d'une certaine manière, il atteignait son but, parce que c'étaient les groupes anarchistes qui portaient la responsabilité dans les pages des journaux, même si des journalistes comme Amador tentaient de percer l'écran de fumée créé par la presse conservatrice, dans une ville où les tensions n'en finissaient pas de s'exacerber.

Le Karatéka aztèque

Et le Boy-Scout des villes inexistantes brisera avec sa canne une bouteille de vieille tequila Cuervo pour obtenir un silence qu'il estime obligatoire. Il fera taire le trio qui interprète des boléros, et même un lointain juke-box dans le bar d'à côté, tandis qu'il sentira la peur pousser sa vessie contre son bassin.

Les morceaux de verre et la tequila éclabousseront la chemise blanche du gars, qui ne verra pas un écrivain de romans policiers à la patte folle au bord de la schizophrénie qui chie dans son froc, mais l'inégalé, inviolé et paradoxal *Karatéka aztèque*, que partout l'on craint et calomnie.

Quelle est la taverne la plus pourrie ? Et qui est le plus pourri des pourris dans cette taverne ? Mes informateurs solidaires me montreront La Perla et le maigrichon à la chemise blanche, l'air louche, le regard fuyant et un renflement à moitié bizarre à hauteur de la ceinture, tout comme moi.

Et je broderai autour d'un des lieux communs de la littérature que j'écris parfois, celui selon lequel la contreviolence, pour être efficace, doit être complètement irrationnelle. Je serai passé simultanément de mes personnifications précédentes (le Transfuge de Telmex, l'E.T. de la Frontière, le Boy-Scout des villes inexistantes, l'Interrogateur de chirurgiens) à celle-ci, qui péchera par ce qu'elle a d'inacceptable et qui, semble-t-il, ne me laissera pas beaucoup de temps devant moi. Cette version de la réalité appelée le Karatéka aztèque dans laquelle on peut fondamentalement m'apprécier, parce que cette putain de rage qui bouillonne en moi (réelle ou simulée) fige les poils de ma moustache, en hérisse les pointes, et fait trembler mes lèvres lorsque je parle.

– Qu'esse tu veux, mec ? dira l'agressé, de son plein droit.

– Je vous ai posé une question.

– Désolé, je ne vous ai pas entendu, répondra le dur, victime d'une crise d'éducation mexicaine traditionnelle.

C'est que ça va marcher, malgré tout.

– Je vous ai demandé si vous connaissiez un marchand de volailles appelé Jésus, Jésus le Rauque.

– Non, connais pas.

– Ah, ça bien sûr, parce que je viens de l'inventer... Mais vous connaissez certainement quelqu'un qui voudra bien me raconter ce qui est arrivé à deux *gringas* il y a un mois. La *gringa* qu'ils ont butée et l'autre, les deux basketteuses.

– Et si au lieu de casser des bouteilles, vous en mettiez une ?

– Qu'est-ce que vous prenez ?

Et le dur, faisant étalage de son sens de l'humour, secouera les morceaux de verre dispersés, reniflera sa chemise et dira :

– La même chose, vieux, de la tequila Cuervo.

Cela sera suffisant pour que reprenne le brouhaha de la taverne, interrompu pendant quelques secondes. Les observateurs qui auraient voulu me voir mort se consoleront avec une petite anecdote, et le dur à la chemise blanche et le Karatéka aztèque (votre fidèle serviteur) entameront une conversation privée, loin du comptoir.

– On m'a déjà parlé de vous, un connard d'écrivain qui mène sa petite enquête, et qui traîne la patte dans le coin. Vous êtes complètement taré, pas vrai ?

– Un peu, dirai-je en souriant, comme pour m'excuser.

– C'est qu'on ne pose pas ce genre de questions dans le coin, l'ami. Ici, on ne pose pas de questions du tout. Elles avaient quelque chose à voir avec vous, les deux *gringas* ?

Et il n'attendra pas la réponse.

– Parce qu'on ne pose pas de question, un point c'est tout. Ce n'est pas qu'on soit au parfum, hein, mais bon, celui qui sait, il entend les autres parler et il se met à douter, et celui qui ne sait pas, pourquoi il devrait faire le mariole pour avoir des emmerdes, maintenant que...

Et il ouvrira la bouteille de tequila, versera quelques gouttes dans le bouchon, reniflera et goûtera ensuite de la pointe de la langue.

– Beaucoup mieux que de s'amuser à les casser, vieux frère. Et donc, comme je vous le disais, celui qui ne sait rien, 'vaut mieux qu'il continue à ne rien savoir, à moins qu'il n'ait quelque chose à y gagner, et que ce qu'on gagne soit mieux que ce qu'on va perdre... C'est bon, dira-t-il à la fin, en s'adressant à la tequila.

« Ce type parle aux bouteilles », me dirai-je, troublé par tout ce que je découvrirai, sans jamais rien trouver. Et le gars confirmera ma théorie :

– C'est-à-dire qu'il ne faut pas poser des putains de questions ni donner des putains de réponses, mais je vous dirai qu'ils étaient quatre, celui qui commandait était un *gringo*, et les deux dont on parle tant, ils se sont déjà tirés, perdez pas vot' temps. Ils se sont fait la malle. Il y a eu beaucoup de ramdam, beaucoup de raffut. Romero et Mike sont partis, expliquera le mec au cerf qui orne la bouteille. Il lèvera ensuite son verre pour lui porter un toast.

– Je vous raconte tout ça uniquement parce que je vois que vous êtes un connard, un connard qui me plaît bien. Assez con pour poser vos questions tout haut et casser des bouteilles. Et moi, je suis encore plus con pour répondre à vos questions, dira-t-il cette fois au verre de tequila en le remplissant juste un tout petit peu, avant de le vider.

– Mec, merci. On m'avait dit que vous étiez un pourri, mais...

– Je suis tellement pourri que je t'ai raconté ce que je t'ai raconté. Si j'étais moins pourri, si j'étais un couillon, si j'étais une poule mouillée, je vous aurais bousillé votre autre jambe avec ça, lancera-t-il en montrant le .38 qu'il tirera de sa ceinture et qu'il posera sur la table.

Et moi, dans ma personnalité du Karatéka aztèque, qui me plaît tellement que je crois que je vais l'adopter de façon permanente, je prendrai le pistolet et je mélangerai avec le canon le contenu de mon verre de tequila, puis le mettrai de côté et m'enverrai la tequila cul sec. Tout le contraire de ce qu'il faut faire avec une tequila Cuervo.

Et je me demanderai alors : « C'est de la littérature, ça ? » Ce sont des romans comme ça qu'on n'écrit pas parce qu'ils ne veulent pas être écrits. Et je serai venu à Ciudad Juárez pour faire un tas de voyages, surtout à l'intérieur de mes frayeurs. Et ensuite, travesti littéraire, je changerai de peau, me transformerai en E.T. de la Frontière, qui deviendra le Transfuge de Telmex, qui à son tour se révélera être le Détective chinois, pour enfin devenir le Boy-Scout des villes inexistantes et, dans un moment orgasmique, le Karatéka aztèque.

Et peu de temps après, Karen ouvrira les yeux et demandera, le regard rivé sur ma moustache à la Pancho Villa qui pousse de manière inégale des deux côtés :

– *Who are you ?*

– *The Shadow*, l'Ombre, ma petite, répondrai-je. Parce que, qu'est-ce qu'on peut bien dire dans des moments transcendantaux comme celui-là, foutre Dieu ? Mais elle glissera à nouveau dans un sommeil comateux, sans me laisser le temps de lui expliquer à toute pompe ce que j'avais fait, le grand geste théâtral de tremper le canon d'un .38 dans un verre de tequila, sans que je puisse lui raconter que cette folie avait commencé quand je l'avais vue cracher sur un arbitre.

Le mort

Lorsque les bombes éclatèrent, Angel del Hierro revint d'entre les morts et apparut en milieu d'après-midi chez la dame qui lavait son linge. Les draps blancs ondoyaient dans le patio, comme une fête de fantômes blancs dans la brise.

Sans dire un mot, sinon pour lui parler de cette époque funeste pour tous (le mari d'Inès, la lavandière, était métallurgiste à la Fonderie Girona et sans travail depuis sept semaines à cause du lock-out), del Hierro ramassa deux chemises blanches, trois paires de chaussettes, un mouchoir rouge et noir et des pantalons de toile verdâtres usés aux genoux, et il remit à la femme le double de ce qu'il lui devait. Parce qu'on allait peut-être traverser des moments difficiles.

Inès, le nez crochu et la poitrine arrogante, ne lisait pas les journaux, à en croire son mari. Elle ne put donc pas expliquer à Angel qu'il était mort ni comment il avait été tué, elle n'aurait même pas pu lui raconter qu'il avait reçu un coup de tube en métal sur le crâne, qu'ils l'avaient déposé dans une barquette au beau milieu du port de Barcelone, pour que le corps se perde ensuite en mer. Inès aurait bien aimé être le témoin de cette histoire de ressuscité, mais...

Elle le vit sérieux, ça oui, parce que la vie ne souriait guère à Angel del Hierro Mallen, dont le fils devait changer son nom en Fierro à son arrivée aux Amériques, en 1942. Bien au contraire. Plus encore, cela faisait bien longtemps, très longtemps, qu'il n'avait plus été heureux, ou bien il ne s'en souvenait plus. Depuis que Julia Goldman était morte de la tuberculose dans ses bras en 1912, le bonheur s'était évanoui, seule l'obstination demeurait. Bien sûr, Inès fut sensible à l'amabilité de routine, qui se manifeste chez les gens tristes par des sourires sans destinataire et des regards languissants. Et del Hierro était triste, même si son sentiment n'avait rien à voir avec sa mort, parce que lui non plus n'avait pas lu les journaux au cours de ces onze derniers jours qu'il avait passés à la prison Modelo, sous un nom d'emprunt.

Del Hierro avait été appréhendé lors d'une rafle organisée par l'inspecteur Mas dans un café du quartier de Sarria, au cours de laquelle deux pistolets (dont le sien) étaient apparus sur une table. Del Hierro s'était rendu au Café Ventura pour y rencontrer un manchot qui coordonnait un groupe appelé « Les fils du Soviet », avec lequel il aurait souhaiter monter un attentat contre l'un des receveurs de la Fédération patronale. Le rendez-vous n'eut jamais lieu, et à peine entraperçut-il un manchot parmi ceux qui observaient la scène tandis qu'on l'emmenait hors du café. Ils l'attachèrent à onze autres ouvriers et il traversa les rues de Barcelone à la tombée du jour jusqu'à la prison Modelo. Des centaines d'ouvriers avaient été arrêtés ce jour-là, et on n'avait pas respecté la procédure habituelle des commissariats. C'est ainsi qu'il se retrouva à la Section 3 sous un faux nom, protégé par une lettre de recommandation qu'il avait lui-même falsifiée, dans laquelle un patron de León le recommandait auprès d'un patron marbrier de Barcelone.

Son entrée dans la Section 3 fut sensationnelle. Il se rendit compte ensuite que la réception de bienvenue ne lui était pas particulièrement destinée, elle se répétait chaque fois qu'un nouveau prisonnier arrivait. Un chœur de vétérans du pénitencier se mit à entonner tout le répertoire des chansons révolutionnaires, comme *Fils du Peuple* ou *L'Internationale*, ainsi que d'autres moins connues, des chansons en vogue aux textes ouvertement insurrectionnels.

Del Hierro aperçut quelques visages connus, mais il se tint à l'écart. Les camarades comprirent qu'il ne s'agissait pas d'une nouvelle crise de folie et d'isolement du taciturne mécanicien automobile, mais qu'il y avait là une manœuvre quelconque. Ils le laissèrent donc faire, et l'un des plus malicieux, pour enfoncer le clou, lui demanda son nom. C'est donc sous ce faux nom qu'il reçut le repas qu'achetait le comité pour les prisonniers à la taverne de Collado, en face de la prison Modelo. La Section 3 comptait une centaine de prisonniers, auxquels l'organisation de Barcelone payait un salaire complet. Del Hierro refusa de percevoir ce salaire et de s'inscrire sur la liste, prétextant, avec un clin d'œil pour le représentant du comité des prisonniers qu'il n'était pas lié à la Confédération. Tout ceci au bénéfice des possibles mouchards qui pouvaient se trouver dans la section. Mais il ne fallait pas seulement nourrir quelques centaines de prisonniers, environ deux cent mille ouvriers dans les rues avaient perdu leur travail à cause du lock-out patronal.

Cette volonté de passer inaperçu fit que del Hierro ne sut jamais ce que plusieurs (au moins une demi-douzaine) de ses compagnons de prison savaient bien, eux : qu'il était mort, et qu'ils pensaient que c'était là le principal motif de son isolement parce que, c'est bien connu, les morts n'ont pas de vie sociale. C'est ainsi que, les uns ne s'étant aperçus de rien, les autres jugeant que le mort qui ne l'était pas souhaitait le rester pour ne pas être reconnu par les gardiens et rattrapé par un casier déjà assez chargé, la grande roue des malentendus continua à tourner.

Donc, Angel del Hierro ignora que pendant quatre de ces onze jours, la bande du Baron de Koenig tourna autour de sa maison, l'attendit aux portes des ateliers de carrosserie de Meneses où il travaillait, puis se lassa, qu'elle choisit un autre mort, parce qu'il fallait rapidement toucher les mille pesetas que le patronat offrait pour sa tête, et qu'enfin la presse avait annoncé officiellement qu'il était mort, le crâne fracassé à coups de tube. Son décès était officiel depuis le mardi.

Entouré du silence de ses camarades, enveloppé du halo de l'histoire de sa mort, que lui-même ignorait, il révisait les noms des principales villes industrielles du monde et essayait de les ranger par ordre alphabétique : Glasgow après Berlin et avant Orizaba...

Onze jours plus tard, de la même manière qu'il fut arrêté, il fut libéré pour laisser la place à d'autres détenus.

À sa sortie de prison, il se dit que ce n'était pas le meilleur moment pour retourner à l'atelier et qu'il était grand temps qu'il fasse le tri de ses amitiés, parce que quelqu'un avait dû vendre la mèche et parler de son rendez-vous au bar de Sarria. Del Hierro s'en fut donc rechercher son linge propre pour voir s'il parviendrait à dissiper l'odeur de la prison et toutes les craintes qui l'étreignaient. Vêtu de sa chemise blanche et de son pantalon de toile, il marcha vers le port. Les uns diraient que c'était pour voir son cadavre, les autres, les rationalistes, que c'était pour respirer la brise. Et sur la Barcelonnette, il acheta *España Nueva* et se rendit compte qu'Amador, alias « la Puce », le journaliste pour lequel il éprouvait le plus d'affection, écrivait un article sur les bombes qui explosaient aux quatre coins de Barcelone.

Ce qu'Amador suggérait entre les lignes était parfaitement exact, la bande du Baron était bien derrière les attentats. Del Hierro pouvait en jurer. Au cours de ces derniers mois, les nombreuses informations qu'il avait glanées sur le bras armé du patronat l'avaient conforté dans cette opinion. Et une fois arrivé à cette conclusion, il se souvint qu'il avait deux cents pesetas de côté, cachées dans un foulard accroché au sommet d'un réverbère dans le quartier prolétaire de Sans. Il se dit que faire un tour du côté de l'usine n'était pas une excellente idée, pas plus que retourner dans la pension où il vivait, s'il en croyait les journaux. Alors, del Hierro se chargea d'une mission, de celles qu'il avait souvent l'habitude de se confier, ces dernières années. Une mission personnelle qu'il s'engageait à mener à bien, quitte à mourir à mi-chemin. Une obligation, un mandat, un engagement. Une mission digne d'un mort qui aurait ressuscité. Une mission qui, comme peut facilement le deviner tout lecteur passionné par les grandes causes morales et amateur de feuilletons, consistait à attenter à la vie du mystérieux Baron, l'homme qui, sans que lui-même le sache, l'avait auparavant assassiné. C'est-à-dire qu'il avait décidé de tuer son assassin. Un cas typique de règlement de comptes métaphysique.

L'Aventurier immobilier

Ce sera certainement sur la musique du troisième L.P., prosaïquement intitulé *III*, celui où Carlos Santana est représenté avec un *sarape* [1] de Saltillo et où il chante avec une voix douloureuse le morceau *Sin depender de nadie*, du joueur de congas Michael Caravello et de Coke Escovedo, que j'arriverai à élaborer le scénario. Une chanson essentielle pour tous les amoureux de Santana, parce qu'elle est simple, passionnée et lucide. Où se mêle aux paroles, de manière obsédante, pour que personne ne s'en rende compte, la phrase bilingue *No tengo a nadie that I can depend on*. Et la phrase musicale se décompose en une guitare hendrixienne et une base rythmique multiple, de timbales, de congas et d'autres percussions étranges. Ensuite, Santana et sa guitare prennent le commandement de la phrase mélodique pour l'enrichir à nouveau.

Ce même disque, qui lança le « Guajira » au top 100. Un disque éclectique, qui ne compte que neuf morceaux et qui remercie, entre autres, les frères Zopilote Villanueva pour leur gentillesse. Une portée digne d'un Pégase en vol, aux couleurs psychédéliques. Un disque où, déjà, les neurones de

1. Sorte de poncho d'Amérique Latine. *(N.d.T.)*

Santana perdaient le nord, bien qu'il n'ait jamais perdu cette merveilleuse empathie avec sa guitare.

Avec la musique de ce disque en tête, avec cette phrase *No tengo a nadie that I can depend on* qui se répète dans ma boîte crânienne, je me rendrai dans un immeuble de l'avenue du Cinq-Février. Le parcours aura été relativement simple. Un contact avec un policier de Juárez, qui identifiera Mike et Romero pour quelques billets ; pour quelques billets supplémentaires, il m'aura refilé ses dossiers complets, photos comprises. Pour les derniers billets, il aura effectué une vérification auprès de l'immatriculation et m'aura fourni le numéro de plaque de la vieille Mustang de Romero plus une adresse, celle-ci.

Je passerai deux jours à faire le guet depuis le bar à *tacos* d'en face, utilisant tous les artifices de la patience et de la concentration bouddhiste que j'ai appris dans les séries de kung-fu. Le regard fixe, une cigarette toutes les demi-heures, les yeux insondables rivés sur l'objectif, sans que la poussière, la circulation ou le soleil puissent me distraire.

Le deuxième jour, le serveur demandera :

– Vous attendez votre dame ?

Mais ce sera le moment où l'on entend un roulement de batterie et où, ensuite, la guitare monte lentement comme si elle grimpait le long d'une cascade de coton, et je tarderai un moment à répondre.

– La dame est une salope.

Ce qui sera un argument suffisant pour que, sans rien me demander, il dépose devant moi une nouvelle Corona et m'offre même des cacahuètes japonaises.

Dans l'après-midi de cette même journée, alors que j'en aurai plein les bottes du bouddhisme kung-fu, je passerai dans une droguerie, achèterai un pied-de-biche et monterai jusqu'à l'appartement n° 6, qui heureusement est à l'écart du passage des autres voisins, sur un palier au dernier étage. Je donnerai un coup de pied-de-biche dans la porte de l'appartement vide de Romero (ou de Dieu sait qui), transformé en Aventurier immobilier.

Je n'aurai même pas à sortir mon pétard de mon sac de toile, parce que l'appartement de Nico Romero sera tellement vide que la télévision sera couverte de poussière et il y aura des fourmis courant autour d'un petit pain sucré oublié là une quinzaine de jours auparavant.

Les murs de la chambre seront tapissés de photos de *Playboy*. Je choisirai ma préférée : Samantha Fox, dont la magistrale poitrine semble menacer le photographe. Ensuite, je remplirai mon sac de toile avec tous les papiers, les photos, les notes, les coupures de journaux, les documents ou les kleenex usagés que je trouverai dans les tiroirs, sur la table de la cuisine, dans un vase en plastique, sous le matelas. La vie, comme le savent tous les écrivains, laisse derrière elle un long sillage de papiers.

Je quitterai l'appartement en flanquant un coup de pied dans la porte enfoncée. Je prendrai un taxi. L'Aventurier immobilier s'en ira heureux avec son butin jusqu'au motel Camelia's, pour écrire un roman et passer en revue tout un chargement de conneries.

Au Camelia's, je disposerai ce trésor sur le lit et sur le sol. Les photos, d'abord les photos. Nico Romero sur une carte de flic de Sabinas, Coahuila, qui me regarde. Si c'était lui, alors c'était lui aussi au centre d'une photo avec deux boudins, une main agrippée à la cuisse de l'une et une canette de bière dans l'autre main. Et tandis que je regarderai fixement Nico Romero, des questions viendront s'insinuer dans ma tête : *De quand date le monument d'Espartero ? Est-ce qu'on disait déjà cette phrase dans les années vingt ? Est-ce que c'est vrai que le tram bleu montait jusqu'aux abords du Tibidabo ou allait-il seulement vers Valvidriera ? Où se trouve Valvidriera ?*

Autre photo : Nico Romero, ex-flic de Sabinas, qui tire sur une cible, flanqué d'un *gringo* de mon âge, avec une tête d'auteur de romans policiers. Une liste de courses pour un supermarché, principalement dans le rayon surgelés, du shampoing, de la bouffe pour chiens (? ?). *Pourquoi Antonio Amador n'avait-il jamais d'argent ? Ne gagnait-il pas un demi-salaire au* Progreso ? Des relevés bancaires d'octobre et novembre 1992, sur un compte chèques de la Banco Internacional. Des rentrées pour quatre millions, des rentrées pour onze millions de pesos. Un chèque de huit millions à la mi-novembre. *Il lui fallait un bon plan de Barcelone dans les années vingt.* Des notes d'une teinturerie, « la Roma ». Des lettres d'amour d'une fille du Nord, criblées de fautes d'orthographe. Beaucoup de fautes. Je retarderai leur correction pour les lire attentivement. Et je me demanderai : comment a-t-il pu abandonner tout ça ? *À Barcelone : utiliser un ton rocambolesque, dans le genre Ponson du Terrail ou Eugène Sue : descriptions et dialogues, information secondaire au contexte, beaucoup, beaucoup d'adjectifs. Les événements sont retentissants, les sons stridents, tout est lugubre et tous les planchers grincent.* Un numéro de téléphone sur un kleenex, un autre au recto de la carte de visite d'un agent d'assurances. *Et est-ce que le bon Antonio Amador, alias la Puce, ne prenait pas le dessus sur mon pauvre grand-père? Ce n'était pas mon grand-père. Une ombre parmi les ombres*, bien plus que ce Nico Romero qui avait acheté quatre bombes de Raid contre les cafards, le 28 novembre, dans un magasin d'El Paso. *Quatre?* me demanderai-je. J'abandonnerai alors l'Aventurier immobilier pour faire place à...

Visites

L'immense appartement se trouvait au cinquième étage en plein Paseo de Gracia, mais on n'avait pas rénové l'ancienne splendeur. Des taches d'humidité criblaient le papier peint comme autant de cicatrices. Iribarne en avait hérité d'un oncle et son salaire de correspondant du journal madrilène *El Sol* ne lui permettait guère de conserver les cristaux et les serrures. Même ainsi, le nouveau mélange lui donnait un ton décadent et original, que le journaliste barbu s'efforçait de préserver : des meubles laqués javanais achetés au port à un navire anglais qui les ramenait de Turquie, un samovar russe qui crachait de la vapeur, une collection de revues de cinéma très usées et une masse d'aquarelles des artistes les plus talentueux et les plus pauvres de Barcelone, échangées pour des repas ou des petits déjeuners, qui feraient d'Iribarne un homme riche au fil des ans.

– C'est un excellent homme, il a tellement de courage que parfois, il me fait peur. Ce courage tellement espagnol, suicidaire. Tu te rends compte que c'est une caractéristique nationale ? Il n'y a que les Russes et nous qui produisions des types de ce genre.

– Et qu'est-ce que tu dis des Afghans ? Des Arméniens ? Des Péruviens ?

– Je ne sais pas...

– Eh bien alors, ne dis pas de conneries, rétorqua Francisco Madrid, un journaliste éternellement de mauvaise humeur, desséché, à la chevelure parsemée de cheveux gris bien qu'il n'ait pas encore trente ans.

– Mais Amador a de plus grosses couilles que le cheval de l'*Espartero*, déclara le maître de maison, qui se référait aux testicules sculpturaux du cheval du général à Madrid et à « la Puce » Amador.

– Oui, mais tu dois reconnaître qu'il est un peu timbré, complètement maboul, qu'il n'a aucun sens de l'orientation. Souviens-toi quand il a écrit cet article sur les lions du zoo de Barcelone. Les pauvres, ils mouraient presque tout de suite, et cet abruti en a tiré la conclusion que Barcelone était une terre néfaste pour les lions, qu'ici les bêtes sauvages mouraient d'ennui ou de dégoût, ce qui a provoqué la fureur de tous les petits bars du Paralelo. Comme s'il n'avait pas assez de la haine que lui vouent le patronat, les royalistes, la police, les armateurs, qui l'ont inscrit sur une liste noire toute particulière, lui interdisant l'accès de tous les bateaux à Barcelone depuis l'histoire de la « Maison Taya ». Il n'en avait pas encore assez, il s'est attiré les foudres des commerçants et des boutiquiers nationalistes.

– Il n'avait pas tout à fait tort, ils leur donnaient à bouffer de telles merdes, à ces lions du parc zoologique, qu'ils les faisaient crever.

– Ce n'est pas ce qu'Amador sous-entendait.

Iribarne était vêtu d'une veste d'intérieur de soie un peu râpée et effrangée. Le salaire de rédacteur en chef d'une chaîne de quotidiens madrilènes à Barcelone, *El Sol* et *La Voz*, libéraux et flirtant avec le républicanisme, vous laissait de quoi bien manger, sans plus. Son compagnon, Francisco Madrid, était correspondant du *Socialista* de Madrid, ce qui voulait dire un peu moins de la moitié du salaire du premier. Tous deux avaient fondé le syndicat des rédacteurs de presse avec Amador et Angel Pestaña lui-même, qui avait été, six mois auparavant, directeur du journal interdit *Solidaridad Obrera*.

Quand la sonnette retentit, Madrid se leva d'un coussin persan qui perdait son rembourrage et marcha jusqu'à l'entrée, ce qui fit grincer les lames du parquet de l'appartement jusqu'à ce qu'il ouvre la porte. Antonio Amador haletait sur le seuil.

– Seigneur, il n'y a jamais que cinq étages ! La prochaine fois, on prend rendez-vous avec toi en pleine rue.

– La rue ne convient pas pour ce genre de choses, répliqua le petit journaliste, qui entra et ôta sa veste.

Il se laissa tomber sur un coussin et se mit à tousser.

– Nous parlions justement de toi, dit Madrid, qui essayait de regarder ailleurs pour ne pas voir la toux d'Amador lui déchirer les poumons.

– Et qu'est-ce que vous disiez ? demanda Amador dès qu'il se fut remis.

– Moi, que tu étais fou, Iribarne, qui t'aime bien, que tu n'as peur de rien.

– Je n'ai peur que de Koch, répondit Amador.

– De qui est-ce qu'on parle ? demanda Iribarne, distrait, qui revenait avec des tasses.

– De Koch, celui du bacille, répondit Madrid en souriant, qui serait le seul gars dont il ait peur.

– Est-ce qu'on ne serait pas un peu rocambolesques ? Et même pédants, dirais-je, absorbés que nous sommes dans une histoire de gangs mystérieux, dont le chef est une tête couronnée ; ici où le patronat est le plus ferme défenseur de la monarchie, on a affaire à un tas de ducs et de comtes pusillanimes, qui ne sont même pas capables de gérer leurs terres.

– C'est ça, ricane, répondit Amador. Koenig dirige un réseau de chantages, d'assassinats, de jeux immoraux à faire pâlir Alphonse XIII. C'est lui qui est derrière les attentats. Il fait et défait sous le regard complaisant de la police.

– On nous a dit que c'est pour cela que tu voulais nous voir, pour qu'on te dise ce que nous savions. Mais entre gitans, on ne se lit pas les lignes de la main. Qu'est-ce que tu fais ? Qu'est-ce que tu sais ? Tu sais quelque chose sur ceux qui posent les bombes ?

– T'as quelque chose à manger ? demanda le petit journaliste au maître de maison.

– Rien, le chat bouffe tout.

– Eh bien, vous savez quelque chose que je ne sais pas sur ces porcs ?

Iribarne se mit à rire et servit le thé.

– Moi, je ne compte pas. Ce que je sais, tu le sais aussi.

– Moi, oui, peut-être que j'ai quelque chose de neuf. Mais avant, je veux savoir quand on va publier tout ça.

– La semaine prochaine. Tous ensemble. Je commence dans *España Nueva* et vous continuez.

– Je crois que l'attentat de la semaine passée contre Pestaña est leur œuvre. Et je peux même te dire qui étaient les trois qui ont tiré : Soler, le Sagouin et l'Argentin. Pestaña venait d'arriver de Madrid et il se trouvait dans une maison à Pueblo Seco. Ne me demande pas où, ni ce qu'il y faisait, ça tu dois le savoir mieux que moi. Quand il est sorti, trois types lui ont tiré dessus du trottoir d'en face, mais les amis de Pestaña, c'était pas des mariolles et ils ont riposté, si bien que les trois types se sont enfuis en voiture. Comme toujours, il s'en est tiré par miracle. Six ou sept coups de feu. Le reste, c'est de l'histoire ancienne, des trucs que je t'ai racontés le mois dernier.

– Et que sais-tu de la mort d'Angel del Hierro ? Cette histoire selon laquelle on l'a retrouvé mort dans une barque, mais il n'y avait personne dans cette barque...

Amador mit six cuillerées de sucre dans son thé, puis commença son récit.

Quelques heures plus tard, Antonio Amador se promenait dans les rues de Barcelone, les mains enfoncées dans les poches arrières de son pantalon. Une folie, parce qu'il aurait été incapable de dégainer en cas de besoin. Mais comme le disait son ami Llarch : « Le seul foyer que possède un ouvrier, c'est son cul, c'est pour cela que l'hiver, il se met les mains au fond du pantalon pour les réchauffer. » Sur la Rambla del Centro, une colombe chia sur la manche de sa veste, dont les coudes avaient été reprisés des centaines de fois. C'était pas son jour. Cela faisait – voyons voir – le déjeuner d'avant-hier, le dîner chez Susana... deux jours qu'il n'avait rien avalé de solide. Il trompait son estomac avec des cafés au lait, des thés très sucrés et un genièvre que lui avait offert un typographe russe, qui lui avait raconté des blagues polonaises et montré une photo de l'escalier d'Odessa pendant les émeutes de 1905 en Russie ainsi qu'une photo de sa nièce, un petit bout tout bouclé.

Dans le tramway qui montait jusqu'à Valvidriera, le tramway bleu, il se dit qu'il allait voler une écharpe. Un vent glacial entrait par les fenêtres brisées. Tout au fond, on apercevait le Tibidabo.

Depuis le sommet, on voyait Barcelone. Une Barcelone étrange, paisible. Il contempla le paysage semi-désertique du parc d'attractions du Tibidabo balayé par le vent, et se dirigea ensuite vers le Palais des Glaces. L'employée le connaissait bien et le laissa entrer. Amador chercha le miroir qui le faisait grandir et il se contempla quelques instants, pour ensuite sortir dans le froid.

Au centre, l'esplanade du parc d'attractions ; en face, les petites lunettes d'approche ; l'église sur la droite, et le café-restaurant. Un monde en modèle réduit, sur une cime de montagne d'où l'on pouvait contempler la ville, et imaginer qu'on la possède. Il s'avança jusqu'aux longues-vues, mais il n'avait pas d'argent pour en utiliser une. Même sans leur aide, il voyait de là tout l'Ensanche et la vieille ville, jusqu'à la mer. Les petites cabines du téléphérique arrivaient, vides. Mauvaise heure et mauvais jour.

L'homme à la veste en toile et aux espadrilles se rapprocha :

– Salut, camarade. On m'a chargé de te dire que les bombes posées durant la grève des tanneurs, celle du quartier de San Martin et la deuxième de l'entreprise de Rafael Turro à Pueblo Nuevo, c'est pas nous qui les avons placées, pas plus que la bombe de l'état-major.

– Il n'y a pas eu de victimes, les dégâts étaient mineurs, récapitula Amador.

L'homme attendit, pour voir si Amador ajoutait quelque chose. Il poursuivit :

– On a dit que c'était les groupes, mais j'ai pour mission de te dire que ce n'était pas nous. C'était pas quelqu'un des groupes de Barcelone. C'est tout. L'Organisation ne nous contrôle pas et nous ne travaillons pas pour elle. Il y a des choses qu'on fait ensemble, et d'autres qu'on fait séparément. Nous sommes presque tous confédérés, mais la carte ne nous oblige pas à rester dans le syndicat. Pour d'autres pétards, c'était nous, ou des amis à nous, ou des gens qui pensent comme nous. Mais ceux-là, ce n'étaient pas des pétards d'anarchistes. J'ai dit.

Amador le regarda d'un air moqueur : il était trop solennel.

– Et alors, c'était qui ?

– Renseigne-toi pour savoir qui a payé une vendeuse de loterie du Paralelo appelée Rosa la Plate pour les poser.

– Que sais-tu de la mort d'Angel del Hierro ?

– Qu'il n'est pas mort, répondit le type.

Et ce fut l'homme qui rendit son sourire à un Amador déconcerté qui, pour se donner le temps de remettre de l'ordre dans ses questions, chercha sans succès une cigarette dans ses poches. Mais quand il voulut reprendre la conversation, il se rendit compte que l'homme à la veste de toile verte s'éloignait vers le restaurant.

Le journaliste n'essaya même pas de le poursuivre, il était exténué. La lassitude avait fondu sur lui comme un linceul de ciment. Puisant des forces dans le néant, il vit la nuit tomber sur la ville et reprit le téléphérique en sens inverse. Il avait rendez-vous au coin d'une rue. À l'heure bleue, à l'heure du loup. Dans la Gran Via, une petite fille avec des nattes, vêtue d'un tablier à carreaux rouges, l'attendait. Elle le prit par la main et l'emmena jusqu'à une grande bâtisse qui se divisait en une multitude de cours intérieures. Elle l'y laissa et partit en sautant à la corde. « La Puce » voulut prendre une cigarette. Il en avait tellement envie qu'il ne se rendit pas compte qu'il se retrouvait face à Angel Pestaña, l'homme le plus recherché de Barcelone, qui se lavait le visage dans un bassin.

Tandis qu'il se séchait avec un linge blanc, Pestaña lui offrit un paquet de tabac et des feuilles. Ensuite, il le conduisit, à travers un dédale de couloirs entre les patios, jusqu'à une petite pièce en entre-sol.

– Cette maison appartient à des amis, dit-il, comme pour s'excuser.

Pestaña était tellement célèbre ces derniers mois, peu avant sa fuite spectaculaire et son voyage en Union soviétique, qu'on lui donnait le rôle principal dans des chansons des music-halls de Barcelone, avec le lock-out comme toile de fond :

Mon homme, il a deux portraits de Pestaña / accrochés au mur de la maison / il s'est abonné à España Nueva */ il parle de Gorki et de Soviets / Nous allons vers le communisme, dit-il partout autour de lui / j'lui donne la moitié de ce que je gagne / Mais quand je lui parle de mariage / il me répond tout sérieux /Je te déclare le lock-out / le lock-out matrimonial.*

Le petit journaliste et le dirigeant de la CNT entrèrent dans la pièce, dans les bras l'un de l'autre. Sur la table de la cuisine, au-dessus d'un vieux journal, une montre démontée. Pestaña s'assit, prit des petites pinces et une loupe qu'il se plaça sur l'œil droit.

– Je n'ai même pas de café.

Ils l'appellent l'Ange-Blanc, peut-être par comparaison avec del Hierro, connu dans certains milieux syndicaux sous le nom de « l'Ange-Noir ». Amador ne pouvait le traiter avec trop de respect, ils s'étaient faits ensemble. Lorsque Pestaña se chargea en 1918 de diriger la rédaction de *Solidaridad Obrera*, « la Puce » était son journaliste vedette. Lorsque Pestaña prit en main la campagne qui visait à démasquer Bravo Portillo, c'était Amador qui cherchait et trouvait les informations, lui qui mettait sa vie en danger pour faire pression sur Chato Belles et lui soutirer les écrits qui compromettaient Bravo et les messages que ce dernier envoyait aux sous-marins allemands au sujet des marchands. Lui aussi, qui rédigeait les reportages avec Pestaña, l'encourageait par-dessus son épaule, le poussait à aller plus loin, à resserrer encore la vis, à prendre des risques. Ce fut Amador qui révéla le scandale à la face de Barcelone tout entière, à savoir que le chef de la Brigade spéciale de la police était un agent des services secrets allemands.

– Avec Maestre Laborde comme gouverneur, nous n'avons plus qu'à attendre le moment où on va lancer la répression. Non pas *si* on va la lancer, mais *quand*, sous quel prétexte réel ou inventé, on va lâcher une véritable meute de chiens contre nous.

Maestre Laborde était gouverneur depuis quelques semaines. Il est certain que l'article avec lequel Amador accueillit sa nomination dans *Solidaridad*, à l'une des rares périodes où le journal circulait librement, était simple : « Un type médiocre, pas très intelligent mais têtu, précédé de la triste réputation d'avoir pacifié Séville au prix de la destruction des organisations syndicales. » Cela lui valut un nouveau procès. Si la vie suivait son cours et que ses avocats n'avançaient pas, il allait passer plusieurs mois en prison quand ses affaires seraient jugées et il serait couvert de dettes.

– Nous sommes encerclés, insista Pestaña. Le lock-out affecte déjà deux cent mille de nos camarades dans toute la Catalogne, on va devoir bouffer les semelles de nos chaussures. Aucun syndicat n'est légal. Ils veulent revenir aux contrats individuels, les bandes et la police s'attaquent aux collecteurs de cotisations syndicales, et sortir pour récolter l'argent, c'est mettre sa vie en danger. Les camarades deviennent fous, ils considèrent les groupes armés comme une solution, mais il n'y a pas de solution à trouver de ce côté-là. Si nous ne pouvons pas déployer une action de masse, tout cela va se réduire à une guerre d'assassins, les leurs contre les nôtres. Et on finira comme des rats. Entre la faim et les coups de feu. On organise des soupes populaires dans les rues...

– Où ça ? demanda Amador, franchement anxieux de vérifier une information aussi essentielle.

– Devant la Bosquería, au marché de San Antonio, au syndicat des serveurs...

Pestaña toucha un engrenage, et les petites roues se mirent en mouvement. Il leva ensuite les yeux de son travail d'horlogerie, comme s'il allait de soi que la mécanique fonctionnerait, puis changea de sujet.

« Antonio, tu en sais plus que nous tous. Toi, comme un vautour solitaire, tu en sais plus que l'Organisation, qui a mis toute sa confiance en nous dans cette histoire », dit Pestaña de ce ton sec, aimable et languissant tout à la fois, qui caractérisait tous ses discours y compris les remontrances, comme celle-ci.

Amador acquiesça, attristé. Comme toujours, Pestaña avait raison, mais il n'allait pas expliquer maintenant à Angel, l'Ange-Blanc de la CNT, comment on parvient à contrôler sa rage, comment on pratique le journalisme sans se mordre les poings.

« L'Organisation te charge d'écrire un manifeste public à partir des informations dont tu disposes. Je te donne tout ce que j'ai. Si tu ne peux pas me le faire parvenir dans les jours qui suivent, à cause de la manière dont la situation évolue, fais-le parvenir à Bajatierra, à Madrid. Lui se chargera de le faire publier dans *España Nueva* et ensuite, d'en faire parvenir une copie à un proche de Bueso, qui saura comment le faire circuler à Barcelone. Cela, évidemment, si nous sommes toujours en vie dans une semaine. Si ce n'est pas le cas, eh bien tant pis. S'ils te tuent, ou si tu meurs pour ne pas avoir soigné cette tuberculose dont tu te fous éperdument, eh bien ça revient au même, tu seras mort et tu publieras l'histoire. Tu désignes un héritier qui continuera le travail. Dis-le à Nin, le petit gars du syndicat des marchands, ou à Iribarne, qui est aussi fondu que toi et qui nous rend des services de temps en temps. Ça revient au même. »

Amador acquiesça. Même mort, il publierait l'histoire du Baron. Il l'écrirait, même mort, s'il le fallait.

« Les premières choses que nous ayons reçues », dit Pestaña, qui alluma une cigarette en déposant les petites pinces avec lesquelles il avait réparé la montre, « ce sont des lettres des salopards et des informateurs de la bande qui mouchardent un ouvrier, qui vendent un camarade pour une peseta, ou qui sont disposés à vendre des informations aux syndicalistes. Regarde ça, c'est une lettre datée du 24 octobre qui est arrivée à *Solidaridad*. Elle est signée par un Français qui s'appelle André Penon et qui avait été informateur à la solde de la bande de Koenig, aujourd'hui repenti. J'ai pris mes renseignements, et on m'a dit que c'était un ivrogne. »

Il prit la lettre à l'intérieur d'un livre et la tendit à Amador :

Si les circonstances l'exigent pour des éclaircissements, je peux affirmer que j'ai été au service du susdit Allemand Keniz, qui est en relation avec Antonio Soler dit le Majorquin, pour faire des révélations sur les syndicats et les attaquer si nécessaire.

Leur argent leur était remis par un patron qui

s'appelle Miro, à ce que j'ai entendu dire, et qui rencontrait Keniz au n° 80 du Paseo de Gracia, au coin de Mallorca.

Je fournis des preuves de mon intervention et affirme que je savais qu'il s'agissait d'attaques contre des ouvriers.

– Miro, bien sûr, c'est le trésorier du patronat. Miro i Trepat. Ce Miro, je le coince de tous les côtés.

– Il y a plus encore, ajouta Pestaña. Conrado Gimeo, un autre ivrogne, a également approché l'Organisation et offert de raconter ce qu'il savait contre un verre de vin. C'est un personnage franchement trouble, nous savons qu'en septembre 1919 il avait offert ses services de tueur à gages à la milice et ils l'ont éconduit.

– C'est un ex-policier et, dernièrement, il a essayé de vendre des informations aux journalistes, dit Amador, qui se souvenait du gars.

– De toute manière, voici une autre lettre de lui, où il confirme que le patronat paie les salaires de la bande de Koenig. Quinze pesetas par jour, ni plus ni moins. Il lui tendit un autre papier chiffonné qu'Amador lut attentivement.

– Moi, je suis moins payé au journal, et on me tue plus lentement, déclara le petit Amador en souriant.

– Ils veulent instaurer l'état d'urgence et faire intervenir les militaires à leur côté. Ils veulent la dictature des généraux et de la Fédération patronale main dans la main, la disparition des syndicats. Ils veulent provoquer nos esprits les plus échauffés, les petits jeunes des groupes qui ne tiennent pas en place à l'idée de se promener avec un pistolet et de rendre coup pour coup.

– Autre chose ? demanda Amador.

– Un ami, qui prend son mal en patience et qui est fatigué de toute cette pourriture au sein de la police, nous a fourni quelques renseignements. La bande a plusieurs inspecteurs à sa solde : l'inspecteur Serrano, avec lequel Koenig est convenu qu'il intercepte et ouvre la correspondance à la gare de France, et l'inspecteur Luis León, qui reçoit un complément de traitement de la bande.

– C'est le type même du flic pauvre. Ou plutôt, du pauvre flic. Mal habillé, avec un costume râpé et plein de taches de graisse, qui voulait voir son nom cité dans la chronique des faits divers. Il ne faut pas s'en inquiéter. Ce qui doit nous inquiéter, par contre, c'est la relation de la bande avec Arlegui. Tu vas les laisser faire ?

– Tu aurais confiance en un colonel de la *Guardia Civil* qui est en plus chef de la police de Barcelone ?

Amador haussa les épaules.

– C'est urgent. Ne tourne plus autour du pot. Compile tout ce que tu as et vas-y. Et ne va surtout pas le signer. Ne le signe pas, tu m'entends ?

Sur le seuil de la petite pièce, Pestaña se retourna pour serrer la Puce dans ses bras. Le grand échalas triste de León lui tenait la tête entre les mains.

– Je crois que tu devrais te cacher. Ce n'est pas une bonne période pour aller travailler ou pour qu'on te voie au journal.

– J'ai besoin d'argent, Angel.

Pestaña sourit, de ce sourire triste qu'il arborait sur toutes les photos et qui le faisait aimer des ouvriers de Barcelone, qui savaient bien que les sourires tristes viennent directement du cœur de la réalité.

Amador se mit à tousser, parce qu'il avait envie de pleurer. C'était vrai, ils allaient les tuer tous.

– Tu vas mourir, Antonio, tu devrais partir en

Castille, dans une région sèche. Le climat de cette ville ne te vaut rien, tu dois te soigner.

– Et où pourrais-je bien aller où on m'aimera plus ? répondit la Puce.

– T'es assez grand, bon sang, mais moi je te dis qu'il faut que tu apprennes un métier, que c'est pas le moment de faire du journalisme. Nous avions une organisation de deux cent mille hommes et nous paraissions invincibles. Nous paraissions, seulement. Tu te souviens, Antonio, après la grève de la Canadienne ?

Mais la Puce s'était perdu dans la première réflexion de Pestaña. Rêveur, il songeait aux après-midi de tension dans la rédaction du quotidien, lorsque les articles de *Solidaridad Obrera* étaient le pain et le sel de tout Barcelone.

– Le journalisme, c'est la gloire, Angelito. Le reste n'est que mensonge. Même quand l'anarchie sera là, je ne laisserai pas tomber. J'écrirai sur les corridas, le théâtre, la danse, les prisons, je ferai des feuilletons qui raconteront comment était cette Barcelone de merde, pour ceux qui ont la mémoire courte, répondit le petit homme.

Et il s'éloigna sans se retourner. Contrairement aux autres mortels, il grandissait avec la distance.

Le Docteur X

Conscient qu'il me faudrait une personnalité *ad hoc* pour lire les lettres mal orthographiées envoyées par la fille du Nord à Nico Romero, ancien officier de police de Sabinas, (Coahuila), aujourd'hui mon suspect principal et préféré, j'opterai pour celle du Docteur X qui, selon ma mauvaise mémoire, était un personnage de contes pour enfants, spécialiste des maux du cœur et des sciences parapsychologiques. J'aurais pu choisir le jeune poète de la revue *Vuelta*, mais franchement, c'est une personnification que, même dans mes pires cauchemars... Ce n'est qu'après avoir pris cette sage décision dans la sécurité fœtale de ma chambre du Camelia's, où non seulement on s'occupe de moi, mais on m'aime bien (hier, le préposé est venu me proposer de passer à la formule de location au mois, qui est meilleur marché), je m'arracherai les poils de la barbe et comme lorsque je lisais des sonnets de Quevedo aux étudiants de la faculté de philosophie à la fin des années soixante, je m'écouterai réciter à voix haute les mots d'un autre.

Mon Nico adoré, tu m'a dis que t'allait allé avec la Lola et comme tu est pas venu moi je ne t'attend plus parce que je sait qu'il faut jamais t'attendre sens prévenir.

Tu verra bien si je t'attend encore parce que tu peut me le répété mile fois, je n'ait plus confience, tu peut dire ce que tu veut, moi c'est fini je le ferais plus une fois, même si tu le demande à genoux et que tu dit s'il te plait. T'est pas venu alors et tu viendra plus, sa s'est ce que je penses et vient me le dire si j'ai tor.

Ton Emilia pour toujour.

Une lecture qui sera pour le Docteur X toute une expérience, digne d'interrompre les recherches et de faire une pause éthylique de rhum-coca confectionné dans le self-bar de la chambre 11 du Camelia's, où se sont accumulés au fil du temps les ustensiles nécessaires pour faire les meilleurs *Cuba Libre* de Ciudad Juárez, y compris la glace, le zeste de citron et le Coca-Cola *classic*.

Et donc, après la première, il passera à la deuxième :

Nico je sé que tu a des mauvaise compagnie et que tu baize ta voisine du cinq et que sa lui plait pas pasque elle, elle aime bien les chattes mais elle dis oh que s'est bon et que tu est sont petit chéri pour que tu soit conten et s'est tous et te sifler des dolars parce que tu est trè con comme tout les homes et tu te rend pas conte.

Emilia

Et, déjà en transes, il lui faudra faire le lien avec la troisième :

Nicolas, je t'écrit cette letre passe que je ne sait plus ce que je dois penser après se qui s'est passer hier, quant tu m'a dis que moi j'était toute sinsère mais que je me mèlais de ta vie et que je ne te laissait pas faire les chose qu'un homme doit faire mais je ne voit pas pourquoi en plus de torturé des gens tu doit en plus t'envoyé cette femme qui n'es même pas une femme.

Emilia qui es bien sinsère.

Et je penserai qu'Emilia n'a pas tort, que la sincérité est une très bonne chose, et qu'il vaut mieux ne pas baisouiller avec ses voisines.

La présence du mendiant

La clarté de l'après-midi s'estompait. Il s'agissait, pour Amador la Puce, de l'une de ces journées où la différence entre le jour et la nuit commençait à perdre de son importance et qu'il percevait comme un continuum sans repos et sans fin, à la poursuite de vérités dans une ville qui paraissait décompter ses dernières heures sur un sablier. Amador déambulait sans savoir quelles questions poser, à qui et où, comment aller plus loin dans son questionnement permanent, son observation d'histoires, sa recherche de ragots et d'anecdotes.

Épuisé, il marcha jusqu'au quartier Chinois, cherchant, plus que des réponses, quelqu'un pour lui offrir une cigarette ou l'inviter à partager un fauteuil de sa chambre, la carpette à côté de son lit. Ses pas l'avaient conduit à l'entrée de la Baja de San Pedro, pour voir si aux alentours du syndicat du bois, à présent fermé, il apercevrait un visage connu, et il se retrouva soudain face à face avec un mendiant couvert de plaies, dont on devinait à peine le visage dissimulé derrière un linge sale. On entendait au loin une petite musique d'orgue, et tout en cherchant d'où venait ce son, Amador se rendit compte que la rue était dangereusement déserte. Il tenta d'échapper au mendiant, mais celui-ci, dans un silence coupant, traîna la patte jusqu'au milieu de la route et s'appuya contre un réverbère, pour lui barrer le passage dans la ruelle étroite. Antonio Amador se savait proche de la mort, et il avait ce courage un peu fou que peu de gens peuvent se vanter d'avoir très longtemps, ce courage absurde qui accompagne les meilleurs personnages durant les dernières semaines de leur vie. Il leva les mains pour bien faire comprendre qu'il n'envisageait pas de dégainer son arme et sourit dans l'attente de voir surgir un pétard monumental dans la main que le mendiant avait plongée dans son énorme gibecière.

Le mendiant sortit deux cigarettes et en tendit une au petit journaliste.

– Toi, le petit, tu cherches le Baron de Merde, le monstre, la bête féroce de Barcelone, affirma-t-il, et il alluma sa cigarette avec un briquet dont la flamme rougeoyante lui illumina le visage dans la rue solitaire.

Amador approcha sa bouche du briquet et alluma la sienne. Le mendiant sentait le moisi. Le journaliste ne se sentit pas obligé de répondre.

– Demain à 8 heures du soir, sur la place del Peso de la Paja. Je te le montrerai, petit.

– Si je voulais trouver le Baron, j'irais le chercher dans son bureau de la Rambla de las Flores. J'entre à mon aise et je lui envoie deux balles.

– Oui, mais tu n'es pas de ceux qui tirent, et il y en a d'autres qui le sont. Tu es de ceux qui croient à l'importance des grèves et des journaux, de ceux qui regardent et qui racontent. Si tu veux voir, petit, viens avec moi sur le toit, pour le voir de haut, comme les petits messieurs.

– Je te remercie, l'ami. Mais si tu veux que l'on nous tue ensemble, tu vas devoir m'appeler d'une autre façon. Les hommes, ça se mesure à partir des couilles jusqu'au ciel, et toi il va te manquer un mètre ruban, pouilleux.

– Tiens, tiens, un philosophe de la vie ! dit le mendiant dans un sourire.

Il se retourna et disparut dans les ténèbres.

L'Agent de voyages de l'irrationnel

Et je marcherai dans l'avenue Lopez Mateos, la prolongation de l'avenue Lincoln, profitant de la caresse du néon sur ma figure, comme le soleil des riches sous les Tropiques, le néon sur le visage de la frontière nocturne, lorsqu'un mendiant lépreux se tiendra en face de moi, main tendue, me demandera la charité et, sans me laisser le temps de prendre de la monnaie, me dira :

– Vous cherchez à savoir ce qui s'est passé pour les *gringas*. Cow-boy de minuit, chien des lettres. J'ai tout lu, tous vos livres... quand je savais lire.

– Et ils vous ont plu ?

– Assez, surtout celui des policiers qui mangent un de leurs camarades sans le savoir. C'est couillu, ça. Très fort, le coup du rialisme de la rialité.

Est-ce que j'avais vraiment écrit un roman aussi anecdotique ? me demanderai-je. Je mettrai quelque distance entre le mendiant et moi et glisserai la main dans le sac où repose le pistolet qui m'accompagnera fidèlement depuis la veille.

– Et ensuite ? demanderai-je.

– C'est tout, je sais des choses, comme ça.

Et je me transformerai alors en l'Agent de Voyages de l'Irrationnel, parce que le mendiant de la réalité (ou de la *rialité*, selon lui) ressemblera trop au mendiant de la littérature qui interpella Amador dans la Baja de San Pedro. Beaucoup trop pour que je ne me sente pas mal à l'aise, victime d'une tromperie métaphysique, dans cette nuit du futur à Ciudad Juárez.

Le mendiant aura le cou couvert de crasse et de pustules, une main bandée, le pantalon déchiré aux deux genoux, un côté de la moustache rongé par la gale, une casquette de base-ball, un sac de toile bleue comme le mien accroché à l'épaule. Portera-t-il un pistolet ?

– Qu'est-ce que tu sais ?

– Que Mike a tué l'un de ceux qui l'avaient aidé et qu'il l'a enterré sur la route de Jimenez, au kilomètre 32, à côté d'un vignoble.

– C'était Nicolas ? Nico Romero ?

– Non, un aut' mec. Pour des problèmes de coke, un gramme en trop, un gramme en moins. C'est des trafiquants de dope, vieux...

Le bruit intermittent de la sirène d'une voiture de patrouille qui se rapprochera de nous, venue de nulle part, poussera le mendiant à se renfrogner et à se cacher dans l'ombre, devant la vitrine d'un marchand de jouets.

– C'est ici que ça se termine, l'écrivain. Faites-vous oublier, envolez-vous en fumée. Vous n'allez rien tirer de tout ça. C'est très gros, comme saloperie, tout ça. Ici, on vous dégomme pour trois fois rien.

La voiture de patrouille passera dans l'avenue, toutes sirènes hurlantes, et je suivrai du regard ses lumières clignotantes. Lorsque je chercherai les yeux du mendiant pour y trouver d'autres réponses, il aura disparu.

Et il faudra faire attention aux ombres, aux ombres et aux accidents métaphoriques, dans une

Ciudad Juárez illuminée au néon et une Barcelone éclairée par les réverbères au gaz, où l'Ange-Noir sera en train de s'évaporer et les pièces s'assembleront en un casse-tête sans aucune signification.

Seul un vaniteux peut croire qu'une métaphore est quelque chose de direct. Des flèches qui cherchent une cible tracée en noir sur le mur. Il n'en est rien. C'est un matériau dangereux, à double tranchant. C'est une ressource ambiguë. L'écrivain est celui qui la crée, mais c'est le lecteur qui l'interprète, l'adapte à ses douleurs particulières. On n'est même pas maître du ruban de la machine sur laquelle on écrit.

Je reviendrai au néon de l'avenue, en boitillant, unique piéton dans une ville d'automobiles, partisan convaincu de la marche à pied, la piétonnerie des obstinés, fervent adorateur des miracles de la volonté. Fidèle à cette réflexion de l'adolescence qui disait que lorsqu'on sautait dans le vide, on retombait toujours quelque part, et que cet endroit était toujours mieux que celui d'où on venait.

Et je marcherai plus droit aux abords de l'hôpital, parce que je saurai qu'elle, Karen, sera en dehors du roman. Parce qu'elle est une personne et non un personnage, et que les personnes ont leurs propres règles occultes, leurs vocations et leurs destinées. Elles sont bizarres, elles ne se comportent pas comme elles le devraient. Elles prennent les mauvais carrefours. Elles se réveillent quand elles veulent, elles ouvrent les yeux sous l'influence de raisons dramatiques, étrangères à la vie elle-même, dont l'essence, comme tout le monde le sait, n'est capturée que par la fiction. Mais tout comme je n'aurai aucun doute sur la situation de Karen Turner, je serai beaucoup moins sûr de la place que moi, José Daniel Fierro, j'occuperai dans cette histoire. Je ne me sentirai ni personne ni personnage. Et s'il en sera ainsi, c'est peut-être qu'il y aura un piège, il y aura un autre salopard qui écrira mon roman, qui fera de moi un personnage : l'E.T. de la Frontière, le Karatéka aztèque, pour ensuite me transformer en cet Agent de Voyages de l'Irrationnel, unique, désorienté et angoissé.

La maison de la mort

La ville sombrait dans la folie, et Angel Samblancat, sans doute son poète le plus nonchalant et apocalyptique, écrivait dans *Vida Social* :

Aux détonations des armes dans les carrefours, succèdent les claquements de bouchons de champagne dans les cabarets.

Au terme de leur journée de travail, en abandonnant les môles, les ouvriers jettent leurs vestes et leurs blouses sur leurs épaules, et les agitent comme des drapeaux au cours de leurs discussions.

Les armes tirent sans désemparer. Instinct ou intuition venue du cœur, les pauvres reconnaissent les coups de feu amis et ils les saluent.

Ils ont arrêté une vieille femme qui voulait entrer dans le siège du gouvernement civil. Elle portait dans sa manche un couteau de boucher.

Sur les marchés, on refuse de vendre des provisions aux femmes de flics.

Amador referma le journal et pénétra dans l'hôpital Clinico de Barcelone. La morgue se trouvait dans le sous-sol du vieux sanatorium. Il tituba dans les escaliers métalliques, abandonna des bribes d'idées sur les murs blancs et fissurés, et se dit qu'il avait envie de fumer. Peut-être le corps d'Angel del Hierro se trouverait-il là, comme un inconnu, sans étiquette d'identification. Un anonyme parmi les anonymes. Peut-être qu'après tout ils l'avaient vraiment assassiné. Il croisa les doigts et chercha du bois, sans en trouver. Et vive la pensée scientifique ! Il était beaucoup plus rationnel de réciter ces mots d'Espronceda : *Avec cent canons sur chaque flanc, vent en poupe, toutes voiles dehors, il ne fend pas la mer, il vole...* Le meilleur remède contre la peur.

Un infirmier à la blouse ensanglantée apparut au milieu d'un couloir et lui fit un geste de reconnaissance.

– Comment se passe la nuit, Manolo ?

– Ça va, gratte-papier, disons que ça va. Y'en a plus que d'habitude. Ici, les morts par balle arrivent par charretées. Il est 2 heures du matin et on en a déjà six.

Ensemble, ils avancèrent dans les détours souterrains du Clinico. Dans cet hôpital, Amador se sentait en pleine zone de combat, comme s'il se mouvait dans les tranchées de l'absurde.

À la faible lumière des ampoules, l'on voyait une dizaine de planches occupées. Des draps sanglants, des gouttières par lesquelles coulaient les fluides de la mort. Au fond, le docteur Ricart pratiquait une autopsie. Divers policiers, silhouettes inimitables, gilets et cravates desserrées, avaient déposé leurs cartouchières et leurs baudriers ici et là et fumaient à l'une des tables. L'un d'entre eux était tombé cette nuit.

– Est-ce qu'il y a un certain Juan Pérez, ici ?

– C'est un ami à toi ?

– Un inconnu, un Juan Fernández, qu'est-ce que j'ai dit ? J'ai dit Pérez ? Peu importe.

L'infirmier acquiesça.

– Un seul, une femme, ils l'ont trouvée hier dans la rue, elle a mis de l'arsenic dans son café. Deux cafés à l'arsenic avec un sucre. 'l'était jolie. Quel gâchis... T'as une clope ?

Amador fit non de la tête.

Soudain, ce fut la confusion totale, des brancardiers, un groupe d'inconnus, des cris de toutes parts. Amador rasa les murs et tenta de se confondre avec les ombres.

– Silence, bordel de merde ! Ça suffit maintenant, on travaille, nous ! cria Ricart depuis sa table.

Louche, mal embouché, c'était le meilleur chirurgien de Barcelone, et l'un des meilleurs violoncellistes amateurs de Catalogne. Il touchait une fortune pour opérer et pourtant, de temps à autre, il faisait des gardes de nuit, gratuitement. Il devait aimer les morts. Il devait beaucoup aimer les morts.

La Puce arrêta les derniers brancardiers qui amenaient un autre cadavre sur la planche la plus proche de l'entrée. Un homme travesti, qui portait en guise de chemise quelques fleurs rouges sur des faux seins, avait reçu deux coups de revolver dans la poitrine.

– Qu'est-ce qui se passe, bon sang de bonsoir ?

– Ils ont attaqué Graupera dans la rue. Ils lui ont refait sa bagnole à coups de flingue. Trois morts.

– Et lui ?

– Il semble qu'il ait survécu. Il est en haut, avec quelques blessures. Le premier bouquet de fleurs est arrivé. Mais qui ils sont, ces patrons ? À quelle heure on leur ouvre, chez les fleuristes ? demanda l'infirmier.

– Putain, quelle histoire, la bagnole avait quelque chose comme cinquante impacts de balles, une vraie passoire.

Les policiers s'étaient mobilisés et ils se déplaçaient entre les brancards. Ils devaient avoir reconnu l'un des morts, parce que tous élevaient la voix et le ton s'envenimait. Les mains allaient et venaient vers les pistolets, puis ils sortirent en groupe jusqu'à l'entrée des ambulances. Amador se faufila derrière eux. Ça allait faire un sacré grabuge. Graupera était le président de la Fédération patronale. Si les groupes l'avaient descendu, ça allait vraiment faire du grabuge. Barcelone allait voler en éclats.

Il déambula dans les couloirs en essayant de glaner plus de renseignements, mais ça commençait à grouiller de policiers et l'endroit n'était plus très sûr. Au contraire. Ses nerfs le lâchaient; on commençait à avoir la détente facile. Deux des morts étaient des policiers de l'escorte de Graupera, l'autre était le chauffeur.

– Cinquante, soixante coups. Ils arrivaient de partout. Au moment où la voiture tournait dans la Baja de San Pedro. Un beau mec, sans chemise, s'est mis devant la voiture et a vidé son chargeur, sans s'occuper des autres qui ripostaient. Et puis, au coin de la rue transversale, ça canardait aussi, et plusieurs types en motos depuis l'arrière. Mais ce mec qui s'est planté au beau milieu de la rue et qui a criblé la bagnole de balles, comme ça, debout face à eux, et il les regardait droit dans les yeux pendant qu'ils lui fonçaient dessus... Putain...

Cela ressemblait à ce fou de Del Hierro. Le mort qui revenait de la tombe pour se faire le président de la Fédération patronale. On disait que, quand il en voulait à la vie de quelqu'un, il enlevait sa veste et marchait de front, deux pistolets en main, et qu'il tirait mieux de la gauche. On murmurait tellement de bobards.

– Ils lui ont expédié trois balles, à Graupera, mais

il n'a rien, des blessures comme celles-là, ici on les soigne en un tour de main.

Amador se mit à chercher la sortie de l'hôpital. Il faisait froid, très froid. Les morts appelaient les vivants pour qu'ils leur tiennent compagnie.

À la porte, il vacilla. La faiblesse le rongeait de l'intérieur. Un énorme ver lui travaillait les tripes. Il s'éloigna de l'hôpital d'un pas lent, essayant de laisser derrière lui les images des morts, couvert de sueur dans cette nuit glacée.

Le Cavalier accompagné

Celui qui a de bonnes idées ne se retrouve jamais seul. Et, à l'heure du grand recensement, je me transformerai, entouré de bières bien fraîches et de deux tartes cubaines avec beaucoup de piment *chipotle,* tandis que la télé diffusera les clips vidéo infâmes d'une certaine Lucerito, je me transformerai, disais-je, en Cavalier accompagné, une version mexicaine et améliorée du Cavalier solitaire.

C'est ainsi que (dirai-je à mon bloc-notes) :

a) Tout ce bordel est né aux États-Unis, probablement à Austin. Les mecs ont donc eu accès au dossier médical de Karen, mais comment ont-ils effectué des tests sans qu'elle s'en aperçoive ? Est-ce qu'elle s'en était aperçue ?

b) Les ravisseurs de Karen et les assassins de O'Brien étaient quatre, et ils travaillaient pour un *gringo*. Leurs noms : Nico Romero, Mike et deux illustres inconnus.

c) L'opération a été pratiquée à El Paso. La salle d'opération devait se situer à El Paso ou non loin de là. Même chose pour la salle de réveil où ils avaient gardé Karen pendant quarante-huit heures.

d) Nico avait un chien. Quelqu'un devait avoir un chien pour que Nico lui achète de la nourriture. Il y avait une saloperie de chien dans cette histoire.

e) Mike était américain, de grande taille, et trafiquant de came, même si, selon le dossier, Mike Gardner avait été arrêté pour viol dans le Parral et libéré six semaines plus tard. Nico était le petit gros aux bottes à la pointe d'argent, avec les photos de Samantha Fox au mur ; un ex-flic de Sabinas, (Coahuila), mis à pied pour avoir fait flamber un magasin de matériel agricole, ce qui lui avait valu six mois de prison.

f) Pourquoi acheter quatre bombes de spray anticafards ? Quatre, et pas une seule ?

g) L'hôpital où ils ont opéré Karen possède une infrastructure importante, au moins quatre à cinq médecins devaient participer, à l'intervention ainsi qu'une demi-douzaine d'infirmières.

h) Le cadavre de l'un des inconnus était enterré au kilomètre 32 de la route de Jimenez, dans un vignoble au bord de la mer.

i) Le receveur du rein avait quelque part un dossier médical bien épais, difficile à dissimuler, une relation suivie avec des hôpitaux en raison de ses problèmes rénaux.

j) Deux téléphones. Un répondeur à Austin qui répétait un message relativement innocent : « Larry, articles de sports. Si vous voulez envoyer un fax, faites-le maintenant. Après le signal, laissez un message. Laissez-moi une liste de vos commandes et votre adresse si vous avez besoin d'un article en urgence. »

k) Lorsque Santana enregistra *Lotus* à Osaka en 1973 avec l'ingénieur du son local qui répondait au nom de Tamoo Suzuki, exotique aux oreilles des fans habituels de Santana, il n'avait vraiment aucune idée de l'ignorance crasse dans laquelle je me trouverais.

l) Pourquoi Antonio Amador n'avait-il jamais

d'argent ? Quelle histoire secrète l'obligeait à être pauvre ? Où flambait-il le misérable salaire qu'il recevait d'*El Progreso* ?

m) L'autre numéro de téléphone devrait correspondre au bureau du chef du 5e Groupe de la Police fédérale du Chihuahua.

n) Si l'on tient compte de ce que racontent les filles du Nord du pays qui font des fautes d'orthographe, on pourrait en apprendre plus sur Nico en interrogeant la voisine du n° 5, et lui demander au passage pourquoi Nico avait quitté Ciudad Juárez si soudainement.

La lumière de la chambre du motel Camelia's vacillera et le Cavalier accompagné en personne, c'est-à-dire moi, cherchera son pistolet dans le sac de toile. Je vérifierai que les cartouches sont à leur place et ensuite, une fois les tartes cubaines terminées, je passerai au dessert : sandwiches au beurre de cacahuète, le fin du fin au milieu de toute cette solitude et de toute cette lucidité de détective privé...

La place del Peso de la Paja

Un jour, Amador, par esprit de vengeance, avait décrit le Ve District, les bas-fonds de Barcelone, sa terre adoptive, et il l'avait fait à la manière de toutes ses étranges obsessions, comme un acte d'amour et de haine tout à la fois :

Le Ve District est la plaie de la ville : ce sont les bas-fonds, le repaire des mauvaises gens. Certes, des familles honorables y vivent. Et c'est là que réside la tragédie. Dans la masse informe de déchets et de douleur, d'inconscience et de péché qui forme le Ve District, se mêlent l'ouvrier et le bandit, la lavandière et la péripatéticienne qui, dans un cabaret élégant, ressemble à une fille de nobles et qui dort, dans sa propre maison, sur une couche sordide... Les vieux quartiers de Gênes, le quartier du Port de Marseille, la Villette à Paris, Whitechapel à Londres n'ont rien de commun avec notre Ve District, avec l'atmosphère équivoque de notre zone interdite. Pire, le Ve District les surpasse. Se mélangent de manière absurde et unique les maisons closes et les crémeries pour les ouvriers matinaux ; les endroits où on loue les services de gros bras et où on prête de l'argent aux artistes de music-hall, et le palais du comte Güell ; Cal Manco et la « Maison du peuple radical » ; l'hôpital *de Santa Cruz et la taverne de Mina; la caserne d'Atarazanas et la petite foire aux livres anciens; les meublés et les attractions pour touristes... Le bien et le mal, la civilisation et la sauvagerie, qui est une véritable politique nationale. La pauvre malheureuse de Los Moños promène ses guenilles et des calicots imbéciles, et quelques prostituées qui sentent le foin de Pravia lui font chanter une chanson grotesque pour se moquer de sa folie. Juan, serein, traverse la rue, et il se couvre le visage pour ne pas être reconnu des petits voyous. Certains cireurs de chaussures vendent de la cocaïne et les invertis se montrent en pleine rue, exhibant leurs infamies, leur impudeur et leur péché. Les gitanes de Villa Rosa chantent d'une voix rauque et, à l'affût, une procession de quémandeurs les assaillent presque violemment. Les pauvres dorment dans les portails et, appuyé contre un réverbère, un ivrogne expose une théorie philosophique sur fond de chanson populaire... Il reste néanmoins, sous l'irréelle lumière de l'éclairage au gaz, quelques rues romantiques et silencieuses...*

À présent, Amador tournait sans relâche dans ces rues, dans ces rues romantiques et silencieuses, qui n'avaient rien de romantique, non, c'étaient plutôt des bouches de tunnel à la lumière incertaine qui laissaient deviner tout au fond la couleur de la peur. Il s'asseyait de temps en temps sur un banc des Ramblas et couvrait sa tête d'une écharpe qu'effectivement, il avait volée dans un bar. Non seulement les nuits étaient dangereuses, mais les journées étaient ardentes, et les camionnettes de la Guardia Civil, bannière au vent, passaient souvent près de lui.

La Puce n'avait pas osé retourner au journal. Le gouverneur Maestre Laborde avait déclenché la répression. C'est ce que disaient les rumeurs et on reconnaissait les signes avant-coureurs, disséminés partout dans la ville. Au cours des dernières heures de la nuit, des *guardias civiles*, des policiers des Brigades spéciales en uniforme, des policiers municipaux étaient entrés dans les maisons des syndicalistes. Dans la rue, la rumeur circulait que Segui, le secrétaire général de la CNT, avait été arrêté, que les quelques syndicats qui travaillaient dans la légalité avaient été interdits. Ils s'en prirent à la rédaction solitaire de *Solidaridad Obrera*, parce que le journal avait été censuré depuis plusieurs semaines, et aux ateliers de *Tierra y Libertad*, où des membres de la milice détruisirent les boîtes de caractères d'imprimerie avec des barres à mine. Le matin suivant, plus de cent dirigeants syndicaux avaient été arrêtés. Les miliciens étaient dans la rue, et on avait déclaré l'état d'urgence. Sur la place d'Espagne, un groupe de soldats se racontaient des blagues autour d'une mitrailleuse. En milieu de matinée, le nombre de détenus dépassait les quatre cents. Ils s'en étaient même pris aux avocats des syndicalistes Guerra del Rio et Lastra, Companys et Ulled avaient été arrêtés et détenus au commissariat du Centre. Les prisonniers étaient emmenés sur le bateau à vapeur *Barcelo* parce que la prison Modelo était comble. On avait imposé une censure très stricte aux journaux et on contrôlait même les télégraphes des bureaux des correspondants de Madrid. Les rues étaient glacées d'effroi. On poursuivait sans rime ni raison. Il suffisait d'être un ouvrier avec une carte syndicale dans la poche pour être arrêté. Les grèves étaient illégales. La vie aussi.

Amador avait un rendez-vous en tête, un rendez-vous permanent, convenu quelques mois auparavant : si la Fédération locale tombait, en tant que sous-secrétaire suppléant du syndicat des rédacteurs de presse, il devait se rendre à 9 heures du soir dans un dépôt de tramways à Sarria et attendre qu'un homme qui porterait un bouquet de fleurs le mette en contact avec la nouvelle Fédération locale. En outre, le mendiant lui avait donné rendez-vous sur la place del Peso de la Paja à 8 heures.

Amador déambula dans la Ronda de San Antonio ; il dériva jusqu'à la fameuse place, un recoin dans la rue, avec quelques bars et un bordel au deuxième étage, duquel s'échappait un joyeux vacarme.

Amador sentit la chaleur lui remonter dans les veines et se déposer sur son visage brûlant dans ce crépuscule glacé qui devenait déjà la nuit. Il avait envie d'une cigarette. De l'embrasure sombre d'une porte, une main enveloppée de guenilles surgit et lui en offrit une.

Amador ne s'effraya pas, il accepta l'aimable attention et la flamme du briquet pour l'allumer. Il y avait aussi des ombres amies, pas uniquement des ombres ennemies.

– Ils vont passer cette porte d'un moment à l'autre. Bientôt. Ils sont peut-être déjà en train de descendre, dit la main, en indiquant le bordel.

– Et toi, comment se fait-il que tu en saches autant ? demanda Amador en étouffant sa toux.

Le mendiant se redressa et ôta une partie des bandages qui couvraient son visage.

– Tu es Angel del Hierro, décréta Amador, et il esquissa un sourire.

Le mendiant transformé en Ange-Noir, l'Ange de la Mort, tira de sa gibecière une paire de pistolets. Depuis le portail de la maison close, des voix s'élevèrent à l'arrivée des personnages. Le Baron portait un habit élégant et un petit chapeau d'astrakan.

Soler le précédait, accompagné d'un autre homme qu'Amador reconnut instantanément, dérobant l'information aux ombres : le Sagouin. À une fenêtre, une femme qui fredonnait une chanson se mit à arroser des parterres de fleurs avec une bassine d'eau. L'Ange-Noir, un pistolet Star dans chaque main, s'avança jusqu'à la moitié de la place et sauta sur un banc de fer.

– Baron de merde ! Je suis ici, tu peux vraiment me tuer, cette fois !

Amador, déconcerté par la théâtralité de la mise en scène et la violence du cri d'Angel, recula jusqu'à l'intérieur du portail et dégaina son pistolet.

Soler, plus prompt à réagir, sauta vers le centre de la place et tenta de se couvrir derrière une fontaine dont la statue représentait une femme boulotte portant une cruche. Il tira un premier coup de feu, qui cracha des étincelles sur les pierres de la maison où le journaliste se cachait. L'Ange de la Mort tira deux fois sur le Baron et dut le toucher, car ce dernier vacilla, s'appuya contre le mur et glissa jusqu'au sol, puis resta couché sur le côté, une main sur l'estomac. Ensuite, en un instant qui parut interminable, Angel del Hierro suivit avec le revolver qu'il tenait dans la main gauche, la trajectoire du Sagouin qui courait vers la partie nord de la Ronda de San Antonio, puis tira. Il dut atteindre le tueur du Baron à la tête, parce que celui-ci fut secoué de convulsions, comme une autruche qui plonge son bec dans le sable, avant de tomber et de rouler sur le sol dans une étrange cabriole.

Soler et un autre membre de la bande agenouillé aux côtés du Baron, comme pour le protéger, faisaient pleuvoir les coups de feu sur Angel del Hierro, mais l'Ange semblait les ignorer tous et il cribla la fontaine de balles, obligeant le Majorquin à plonger dans un massif de grosses marguerites alors qu'il avançait vers lui pour l'achever.

Les coups de feu illuminaient la place d'éclairs intermittents qui persistaient sur la rétine ; quant à l'écho des détonations, il restait encore plus longtemps dans l'oreille. Les feux d'artifices de la mort. Amador se vit en train de dégainer son pistolet, et cet autre lui-même, qui croyait, lui, en la ballade des Stars, tira deux fois sur la porte du bordel avant de sentir qu'il était sur le point de s'évanouir de faiblesse. Il se dit alors que si le Baron était mort, il pouvait tout aussi bien aller manger un sandwich au chorizo et des calamars.

On entendait les coups de sifflet des gardes de nuit, les cris des patrouilles de police et des rondes de la Guardia Civil. Mais Angel del Hierro continuait à marcher vers la fontaine en tirant avec ses deux pistolets. Il cherchait le corps du Majorquin qui s'enfuyait en rampant. Il tirait une balle après l'autre. En criant des insultes étranglées et incompréhensibles.

L'amant distant se rapproche

– Et on n'est jamais venu la voir ?

– Rien que vous, c'est tout. Je pense bien que la famille... Elle ne doit pas avoir de famille. Ils ont appelé d'un endroit aux États-Unis, de l'Oregon, je crois, mais ce n'est pas avec moi qu'ils ont parlé. Moi, je ne compte pas ici, ils ont parlé au docteur Estrada. Il y a aussi un type du consulat américain qui est venu.

L'infirmière qui lisait mes romans manifestera de nouveau son approbation.

– Vous êtes de la famille ? Un ami de ses parents ?

– Je suis venu..., dirai-je. (Je me sentais un pauvre diable, un Mexicain menteur, un...) Je suis venu à Comala en cherchant une basketteuse américaine qui connaissait Pedro Paramo.

– J'ai lu ce roman-là aussi, il est de Rulfo, dira l'infirmière toute contente, ce qui finira de me convaincre qu'elle mérite que je lui dédie mon prochain livre, si ce livre devait exister un jour.

Je noterai son nom sur un bout de papier (Cindy Perez) et m'apprêterai à sortir de l'hôpital pour parcourir la ville et la nuit. « Vous ne voulez pas entrer ? Elle est réveillée. Elle s'est réveillée il y a une heure. »

Karen regardera le plafond, et lorsque j'entrerai, elle me lancera un de ces regards qu'elle destine généralement aux entraîneurs des équipes adverses.

– *Where am I?*

– Hôpital général de Ciudad Juárez, dans le Chihuahua.

– *And this?* demandera-t-elle.

Elle soulèvera le drap et montrera la cicatrice qui lui barre l'abdomen.

– Opération du rein clandestine. C'est une longue histoire.

– *That's what they said*, et elle semblera pendant un moment dominée par le désarroi. Toi, tu es déjà venu, non ?

Chaque mot coûtera à la jeune fille.

– Depuis douze jours. Tous les soirs.

– Tu es un policier ? Les policiers sont déjà venus.

Presque un murmure.

– Écrivain.

– *Shit. A writer.* Merde, un *writer*. Moi, je voulais être écrivain, mais avant, pompier et...

– Tu savais que tu allais marquer ce panier quand tu as tiré de dos, dans le coin ? Ce match contre l'université de Washington, le score était de 27 à 27...

Mais Karen sera à nouveau partie.

Et alors, je prendrai la photo du dessin de la bicyclette de Vinci, la photo qui est le seul héritage du grand-père del Hierro, et je la fixerai avec une punaise à côté de la petite table de nuit. Une curieuse photo, qui prouve que Léonard a inventé la bicyclette quatre cents ans avant ceux qui prétendent l'avoir inventée. Une photo d'un dessin grossier qui, pour mon grand-père, était la preuve définitive que le Magicien avait démontré l'impossibilité de l'impossible, ce qui laissait libre cours au fleuve de l'espérance.

Regarder Arlegui droit dans les yeux

Angel del Hierro dut plonger son regard dans les yeux d'Arlegui et découvrir qu'au fond de ceux-ci, contrairement à ce qu'on aurait pu penser en lisant les témoignages de l'époque, il n'y avait ni un nid de vipères, ni les flammes de l'enfer. Il dut découvrir qu'au plus profond des yeux du colonel de la Guardia Civil, Miguel Arlegui y Bayones, il y avait le Néant.

Del Hierro, l'Ange-Noir, devait être à cet instant, dans cette Barcelone moitié maison de plaisirs et moitié maison de la mort, un homme ivre d'idées, froid, sec, puni par les cauchemars et par la peur. Mais il était surtout dominé par la panique de perdre la face, de tomber dans l'abîme de la déchéance face au chef ennemi. On pouvait mourir plusieurs fois, mais on ne perdait la face qu'une fois. Horrifié par la crainte de devenir un autre, il ne devrait haïr personne avec autant d'intensité que lui-même. Ni avoir autant de crainte que pour ses propres faiblesses.

C'est ainsi que lorsque Arlegui se trouva devant lui et prononça les mots qui précèdent ce type de rencontre, il se tut.

– Eh bien, Hierro. Enfin, nous voilà face à face.

Angel del Hierro fixa le colonel avec intensité

pour que celui-ci, au-delà du vide de son propre regard, perçoive un reflet dans les yeux d'Angel : le destin. Peut-être Arlegui, dont la poitrine était maculée de sang et qui devait, quelques jours plus tard, étrangler le secrétaire général de la CNT, Evelio Boal, dans un mouvement de colère, avait-il trouvé au fond des yeux de del Hierro une étincelle, une flamme, une prémonition : il recula de quelques pas et, saisissant son revolver, se mit à hurler qu'ils l'emmènent, qu'ils l'emmènent hors de sa vue.

Et l'Ange de la mort, qui s'était oublié dans son pantalon quand un des sbires du colonel lui avait balancé un coup de pied dans la vessie, quelques minutes auparavant, l'Ange au nez cassé et tout gonflé, qui avait été conduit devant le colonel avec deux balles dans le corps, s'en fut, sourire aux lèvres. Ou plutôt une tentative de sourire, la bouche tordue.

Tandis qu'ils sortaient del Hierro du bureau, le journaliste Antonio Amador, étendu sur deux chaises, la veste déchirée et des crachats sanguinolents sur la manche de sa chemise, couvert de son propre sang, fit un mouvement pour lui tendre la main ; mais tous deux étaient attachés par des menottes, et il parvint tout au plus à effleurer les mains de l'anarchiste.

– Tuez-le. Personne ne peut nous accuser de tuer un mort, dit la voix d'Arlegui qui lui arrivait depuis l'intérieur du bureau, alors que la porte se refermait.

Amador venait de reprendre ses esprits et regardait, abasourdi, sa propre chemise couverte de sang. Il se toucha pour trouver des blessures, sans succès. C'était un vomissement, ou une hémorragie interne. En revanche, plusieurs côtes cassées le faisaient souffrir.

– Arlegui ! Arlegui ! cria le petit journaliste.

Les policiers qui conduisaient del Hierro s'arrêtèrent, l'un deux plaqua l'anarchiste contre le mur et se dirigea vers Amador.

La porte s'ouvrit à nouveau et Arlegui apparut. Il essuyait ses lunettes avec un mouchoir.

– Et moi, tu ne vas pas me tuer ? Tu vas me laisser filer, moi, un témoin, espèce de tapette ? demanda Amador dans un murmure rauque.

– Tuez-les tous les deux, répliqua le chef de la police de Barcelone.

Secteur 4

La tromperie des désirs

Nos désirs nous trompent; le temps nous fait défaut, la mort se rit de nos préoccupations; une vie d'angoisse n'est rien.

Léonard

Jerry à Manhattan (I)

En ce temps-là, Jerry dormait à l'hôtel Chelsea, une ruine de six étages qui s'élevait dans la 32e Rue. Monument aux soldats new-yorkais de la survie, aux pionniers du dollar, un hôtel aux prestations mal définies, dans lequel avaient séjourné avant lui Kirk Douglas, de passage à New York quand il était acteur et pauvre, le général Mac Arthur alors qu'il n'était qu'un capitaine à la carrière prometteuse, et le jeune Dylan Thomas, qui aurait eu aujourd'hui des frissons fantasmagoriques devant sa population actuelle, principalement composée de punks aux chevelures vert pomme ou roses, et de prostituées jamaïquaines aux coiffures exotiques.

C'était en outre un hôtel où les cafards pullulaient, ce qui expliquait le prix raisonnable de trente-deux dollars la nuit hors taxes. On se permettait de monter des bicyclettes dans l'ascenseur, le réceptionniste prenait les messages qui lui étaient remis en main propre, mais pas de messages téléphoniques, et l'on trouvait dans chaque chambre une télévision de marque différente, toutes achetées à quelques recéleurs à des moments chronologiquement variés. La télé de la chambre de Jerry était une Motorola noir et blanc des années soixante, avec écran de trente-cinq centimètres, qui émettait un ronronnement presque félin lorsqu'elle chauffait. Néanmoins, l'hôtel, dans une crise de modernité, recevait la télévision par câble de New York.

C'est ainsi qu'en cette nuit d'été, Jerry régla le canal 35 et put voir sa mère dans un film porno des années quarante. Une brève séquence de deux ou trois minutes diffusée entre des annonces pour des services « d'escorte » et des vidéos triple X.

Il la vit, et ça lui plut.

Tout d'abord, ce fut la surprise. Qu'est-ce qu'on est censé faire lorsqu'en allumant la télévision, on tombe sur sa mère (dans une image que l'on perçoit comme préhistorique, dans un noir et blanc délavé) qui enlève son soutien-gorge et joue avec un petit chat noir, la poitrine découverte ? De toute évidence, sourire. D'abord s'en assurer, et ensuite sourire. C'était sa mère, pas de doute. Il se rappelait les cheveux coupés quelques centimètres en dessous des oreilles, le nez droit, les cils blonds, presque inexistants.

Il s'agissait de l'un de ces courts métrages de trois minutes, sans son direct, souvent accompagnés par la musique de Glenn Miller, qui par comparaison avec les autres pornos télévisés ne paraissait pas excessivement *hard*. Il semblait destiné aux phantasmes d'un tas de New-Yorkais qui rêvaient de coucher avec leurs mères, leurs tantes, leurs nourrices ou de vieilles amies de la famille. De vieux films, qui montraient des femmes à la beauté désuète en porte-jarretelles et bas nylon, aux culottes volumineuses et aux soutiens-gorge en dentelle mal assortis au reste de leur lingerie. Ces femmes qui s'étaient dénudées devant une caméra voici quarante ans, sans prendre conscience de l'éternité, et que l'on voyait de temps en temps remuer les lèvres pour demander des instructions, avec leurs seins pointus aux grandes aréoles brunes, semblaient assouvir ce besoin œdipien de jouir dans la machine à remonter le temps.

Le scénario était très simple : une ménagère de l'Illinois s'avance vers un réfrigérateur (il se souvient fort bien de ce réfrigérateur Westinghouse, couleur crème, toujours rempli de compote de pommes que personne ne mangeait). Elle y prend une bouteille de Coca-Cola et accroche sa jupe dans la porte en la refermant. La jupe déchirée se libère parce que la ménagère tire dessus de manière invraisemblable (personne n'irait tirer sur une jupe si elle devait se coincer dans la porte d'un réfrigérateur, les ménagères normales se tournent vers le frigo et rouvrent la porte, dans l'éventualité douteuse où une chose pareille se produirait, se dit Jerry avec son esprit ultrarationnel), ce qui révèle des culottes bouffantes et des bas soutenus par un porte-jarretelles. Les jambes sont bien faites, mais un peu trop charnues.

Après ce contretemps, la femme sourit aux spectateurs inexistants et se dirige vers une chambre, tandis que la caméra la suit fidèlement, en perdant parfois la mise au point. À hauteur de la porte de la chambre, le corsage de la femme se prend dans un portemanteau en forme de crochet qui dépasse très bizarrement d'un miroir. Et là, on dirait que les choses se gâtent, parce que la caméra descend pour cadrer les cuisses de la femme, massives et dodues, tandis que cette dernière se démène, puis elle remonte de manière un peu forcée lorsque la femme se retrouve avec son corsage déchiré entre les mains, révélant un soutien-gorge blanc aux larges bonnets, qui cuirasse ses seins plus qu'il ne les dévoile.

Et Jerry se demanda à quelle heure sa mère tournait ces films. Qui tenait la caméra ? Combien était-elle payée ? La lumière du jour qui filtrait ici et là, semblait indiquer que le tournage avait eu lieu le matin, lorsque son frère et lui étaient au lycée.

La femme avance alors jusqu'à la salle de bains qui se trouve au fond de la pièce et, en passant à côté du lit, prend un petit chat noir et lui parle tout en le soulevant. Jerry se maudit de ne pas savoir lire sur les lèvres. Il ne se souvenait pas du chat, c'était probablement le réalisateur-cameraman-producteur du film qui l'avait apporté.

Le chat dans les bras, la mère de Jerry entre dans la salle de bains, et la pellicule réagit mal à l'excès de lumière. Lorsque le diaphragme est réglé, on aperçoit la femme qui regarde la caméra fixement, avec un regard qui voudrait exprimer la lascivité, mais qui laisse plutôt transparaître de la panique contenue. Le champ s'élargit, et on la voit glisser le chaton à l'intérieur de sa culotte et passer sa langue sur ses lèvres.

L'histoire était déjà suffisamment incongrue jusqu'ici, bien que dotée d'une certaine logique primitive. Mais à partir de cet instant, elle semblait se désorganiser totalement, parce qu'apparaissait la première coupure de ce film tourné de manière linéaire, sans structure séquentielle. Probablement parce que le chat, serré dans l'espace réduit de la culotte, avait sorti ses griffes, ce qui avait provoqué une totale confusion.

La scène suivante montrait la femme avec sa culotte baissée un peu plus bas que les genoux ; elle tenait le chat entre ses deux seins dodelinants et semblait expliquer quelque chose.

Et le film s'arrêtait là.

Le court métrage fit place à une série d'annonces

pour des spectacles sadomasochistes et des compagnes nocturnes, suivies finalement d'une publicité vraiment originale : *Pluies dorées par téléphone, composez le xxxx PISS.*

Jerry se laissa tomber sur le lit et chercha son Pepsi sur la table de nuit. Il ne se laissait pas surprendre par grand-chose en ce bas monde, en revanche, il pouvait succomber à la curiosité. Pourquoi sa mère, une paisible femme au foyer de Chicago, divorcée, qui vivait de sa pension alimentaire, de son travail dans une usine de donuts et d'une petite assistance financière du grand-père de Jerry, directeur d'une ferronnerie dans l'Idaho, avait-elle besoin de se faire de l'argent de poche en tournant des films pornos à quatre sous ? Qui l'avait filmée ? Un ami de passage ? Un « ami de la famille » ? Un semi-professionnel ? Jerry essayait de se rappeler comment il était lorsque sa mère avait l'âge qu'elle affichait sur la pellicule. Jusqu'à quand cela avait-il duré ? À quoi ressemblaient leurs vies à cette époque ? Un phénomène étrange dans sa mémoire l'empêchait de se souvenir de toutes ces années.

Faute de souvenirs, Jerry étudia sa propre réaction. Elle était absolument normale. Ce qui était anormal. Qu'auraient fait John Wayne ou George Bush ou Angel, le garçon d'ascenseur du Chelsea, s'ils avaient vu leur mère, rajeunie de quarante ans par la magie du cinéma, dans un film porno ? Ce n'était pas si évident. Mais cela lui avait plu. Il ignorait jusqu'à cet instant les dispositions de comédienne de sa mère. Il se souvenait d'elle comme d'une femme amère, sans grâce, ennuyeuse, puritaine et divorcée. Une femme sans hommes, qui jouait à la canasta uruguayenne avec des amies qui changeaient souvent en raison des haines féroces que pouvaient susciter la vie en société et la mauvaise qualité des gâteaux et du thé. Fanatique de la télévision, lectrice des romans de Vicky Baum, de Mika Waltari et de Mickey Spillane. Ignoble. Elle était beaucoup mieux ainsi, en train de se fourrer un petit chat dans le vagin.

Jerry fut sur le point de prendre son téléphone et d'appeler sa vieille mère en Floride pour tout lui raconter. Il fut même tenté de se procurer le film auprès de la chaîne câblée de Manhattan pour l'envoyer à tous les membres de la famille encore vivants. Finalement, il se résolut à laisser les choses comme elles étaient, ou presque, parce qu'il téléphona à la chaîne pour leur demander les horaires de programmation du court métrage. Et lorsqu'ils lui annoncèrent qu'il serait diffusé dans onze jours, à 1 h 13 du matin, il prit soigneusement note de la date et de l'heure sur un feuillet jaune qu'il colla au centre de l'écran de télévision. En outre, ils l'informèrent que, dans le même genre, ils avaient également *Le Petit Train de Shanghai* et *La Poulette de velours*, mais qu'ils n'étaient pas programmés. Rien d'autre avec le même petit chat noir.

Léonard (IV)

Lorsque Léonard arriva à Venise en mars 1500, le port de l'Adriatique vivait dans la terreur et dans l'attente du prochain débarquement des troupes du Sultan. L'hystérie avait gagné les rues. Une déroute de la flotte vénitienne faisait craindre la proximité des Turcs et les rumeurs les disaient déjà dans les faubourgs de la ville.

Flânant entre les hommes qui rassemblaient leurs possessions pour pouvoir fuir, les ferronniers qui aiguisaient leurs vieux sabres, les femmes qui pleuraient et les enfants qui couraient dans les ruelles et jouaient aux janissaires, Léonard fut fasciné par le paysage vénitien. Il retrouvait là une ville qui avait eu le privilège d'être le pont d'or commercial entre l'Orient et l'Occident, et le monde des eaux qui l'avait tant fasciné. Néanmoins, ses cahiers de notes ne rendent guère compte de ces émotions et la situation militaire sembla stimuler ses idées les plus secrètes, les projets les plus obscurs qu'il avait engrangés dans un recoin de sa mémoire au cours des années précédentes.

Quelques jours après son arrivée dans la ville, Léonard de Vinci offrit ses services au gouverneur de la Sérénissime, lui proposant la manufacture d'un engin grâce auquel un homme pourrait s'approcher des navires turcs sous l'eau, pour les couler.

Il s'agissait d'une tenue de plongée complète, avec un casque, une chemise spéciale et des pantalons qui permettaient au plongeur d'uriner sous l'eau. Ce problème avait semblé fondamental à Vinci et, après moult cogitations, il avait trouvé le moyen de le résoudre, afin qu'uriner ne représente pas un terrible obstacle pour le porteur de la tenue.

Sur les dessins du projet, une large place est réservée à la pièce principale de l'objet, le scaphandre, une sorte de caisson muni de fenêtres en verre et d'un dispositif reliant le nez et la bouche à une grande vessie remplie d'air, fermée par des anneaux, qui pompait de l'oxygène depuis la surface. Léonard effectua plusieurs croquis de la tenue de scaphandrier dans ses cahiers et les accompagna d'une minutieuse description de la manière de s'approcher du vaisseau amiral de la flotte turque et de le couler en perforant la coque, sous la ligne de flottaison, grâce à un vérin. Les sous-mariniers incendieraient ensuite les autres galères.

Mais il ne devait pas se limiter à ce projet, puisque le Magicien avait également conçu un « petit navire » sous-marin, dont la fonction serait de naviguer sous l'eau sans être vu.

Léonard conversa avec des architectes navals, avec le capitaine Alvise Simon et l'amiral Antonio Grimani, mais devant tant de merveilles, il n'y eut que des yeux surpris, des visages méfiants et des réponses incrédules, preuves que l'on considérait son projet comme de la charlatanerie.

La menace turque finit par se dissiper et Léonard cacha ses dessins. À la page 33 de ce que l'on connaîtrait plus tard sous le nom de *Codex atlanticus*, il inscrivit la phrase suivante : *Pourquoi ne pas décrire ma méthode pour rester sous l'eau et le temps qu'il est possible d'y rester sans remonter pour respirer ? Je ne veux ni la divulguer ni la publier, à cause de la nature perverse des hommes, qui l'utiliseraient pour perpétrer des assassinats au fond de la mer.*

Ainsi, ses propositions sous-marines plongèrent-elles dans l'oubli des siècles.

Le 24 avril, il était de retour à Florence.

Jerry à Manhattan (II)

La vague de chaleur qui avait envahi New York provoquait des situations inquiétantes : vingt-sept assassinats sur un week-end ; un petit Jamaïquain de onze ans avait tiré à coups de revolver sur sa petite sœur de cinq ans parce qu'elle pleurait trop ; une femme s'était suicidée en se pendant aux fils électriques de sa lampe de chevet. Tout cela s'expliquait par les 38 °C annoncés dans les programmes télé. Les sempiternelles bouches d'incendie ouvertes pour les parias qui jouaient dans la rue au milieu du jet soulageaient la pression et ramenaient fugitivement des souvenirs de bagarres raciales dans les quartiers, qui se terminaient sur la plage. Et ce n'était pas fini : au milieu de la matinée, la température était montée à 40°5, comme le signalait un panneau électronique dans le centre de Times Square, où le sol grillait comme un hot-dog. Deux vieux étaient morts, calcinés par la chaleur lorsque l'air conditionné était tombé en panne dans un hospice du New Jersey. Les choses ne faisaient que commencer là-bas, parce qu'une centaine de vieillards refusaient de déménager de la maison de retraite, quoi qu'il arrive... Mourir à quatre-vingt-dix ans pour être un cadavre souriant... Et les chauffeurs de taxi. Trois nouveaux morts. L'un deux effondré sur le volant de son taxi jaune, la gorge béante, faisait hurler son klaxon à jamais.

Jerry gardait une attitude mitigée face à la folie qui semblait régner sur la ville. D'une part, la chaleur humide lui rappelait d'autres chaleurs et lui paraissait plaisante. Se rôtir à l'intérieur d'une pièce, recueillir une chaleur qu'il disperserait ensuite d'un geste de la main et d'une décharge de sueur acide. Par ailleurs, il se sentait observateur et non participant. New York était pour lui un spectacle dont il n'avait jamais fait partie auparavant. Il pouvait voir et entendre, comme les petits génies des films, sans qu'on le voie, qu'on l'entende ou qu'on le bouscule.

Si Paris était une fête, Bangkok un bordel, Zürich une maison de retraite, Venise une nostalgie et Asunción le décor d'une pièce de théâtre inexistante, New York était un supermarché, un magasin aux rayons gigantesques, avait dit un écrivain mexicain dans un moment de lucidité. Et Jerry s'était déplacé pour se rendre au supermarché dans la seule intention de faire une bonne affaire, de toucher ses bons de réduction, de remplir son chariot.

Plus maintenant. Il avait cessé d'être l'homme invisible. Bien que ce ne soit ni la première fois, ni la dernière, qu'il avait rendez-vous avec un inconnu. Un coup de fil, une description. *Monsieur X veut vous parler.* Un lieu, une heure, un jour.

Jerry rencontra *Monsieur X* dans un petit *delicatessen* en plein air, qui jouxte la bibliothèque publique de New York, une cafétéria qui se vantait de ses sandwichs italiens. À la table voisine, deux étudiants vénézuéliens se lançaient des serviettes roulées en boule et discutaient de leurs thèses sur le pétrole, des Caraïbes et de la piraterie industrielle américaine. Sur tous ces sujets, Jerry en savait beaucoup plus long qu'eux.

Il s'assit prudemment au point de rencontre, la troisième table à droite de l'escalier, demanda un rafraîchissement et, presque immédiatement, un étrange personnage s'assit sur la chaise voisine et lui tendit la main. Monsieur X semblait absurdement courtois dans la chaleur intense du matin.

– Je sais que ce que je vais vous dire va vous surprendre, monsieur Milligan, et l'homme qui m'a engagé a insisté plusieurs fois pour que j'en appelle à votre sens de l'humour, à votre patience. Je suis – il m'a dit que c'était comme ça que je devais me présenter, avec ces mots bien précis – un messager du passé. O.K. ? dit Monsieur X en faisant une pause théâtrale, dont il profita pour allumer une cigarette. Il fumait des Benson & Hedges, des longues. Très élégant.

– O.K., vous avez ma patience et ma bonne humeur. Je vous reconnais comme un messager du passé, répondit Jerry dans un sourire.

Au moins, il était sûr qu'il ne s'agissait pas de la CIA, personne à l'Agence n'aurait employé ce ton ou ces termes. On voulait probablement lui vendre des assurances, ou l'engager comme mercenaire en Afrique.

– J'ai de bonnes nouvelles pour vous : Monsieur C se trouve sur ce continent et il m'a demandé de vous dire qu'il reconnaît sa dette.

Jerry contempla l'avenue. Le trafic s'intensifiait, les étudiants avaient envahi les escaliers entre les deux lions ridicules pour y manger leurs sandwiches. Pour qui travaillait ce gars ? Était-ce un piège ? Lentement, en prenant tout le temps du monde, il scruta les personnages assis autour d'eux. Il choisit comme suspects possibles un couple de mulâtres antillais qui lisaient le *Sunday Times* et une jeune fille rousse qui portait un énorme sac dont elle n'ôtait pas la main. Il était vieux, il manquait d'entraînement.

– Monsieur C ?

– Monsieur C m'a dit que vous n'auriez peut-être pas bonne mémoire. Il s'agit de quelqu'un avec qui vous aviez rendez-vous en Thaïlande à la fin de 1975, quelqu'un qui malheureusement n'a pu se rendre au rendez-vous.

Jerry regarda fixement Monsieur X. Un Noir à la peau presque bleutée, vêtu de la tenue typique du Nigéria, qui pourrait travailler dans un magasin de disques ou être l'un des secrétaires de la légation de son pays aux États-Unis, ou un Ghanéen déguisé en Nigérian, ou un footballeur argentin déguisé en Cubain cultivé.

– M. Christo qui resurgit du passé. Allons donc ! Il va me falloir un moment pour m'en remettre, monsieur X.

– C'est ce qu'il m'a dit... Vous pouvez prendre tout le temps que vous voudrez. Moi, j'ai mis six mois à vous retrouver.

Jerry sirota lentement son punch hawaïen et fit tinter la canette en aluminium avec ses ongles. Quinze ans. Quinze putains d'années. Et maintenant, le Bulgare réapparaissait. Maintenant, quand il en avait envie, et pas quand Jerry l'avait cherché dans tous les coins du monde connu.

– Comprenez bien ma situation, monsieur Milligan. J'ignore de quoi Monsieur C et vous êtes convenus il y a des années, j'ignore en quoi consiste la dette de Monsieur C envers vous, et je préfère continuer à ne rien savoir. Je sais seulement que je dois vous transmettre quelques messages et un chèque, une fois que vous vous serez identifié... Et ensuite, vous demander une faveur.

– Allez-y, monsieur X.

– Bien. Monsieur C me charge de vous dire qu'il reconnaît la dette qu'il a envers vous, qu'il regrette le temps perdu, qu'il a eu ses raisons pour ce retard... Vous avez une pièce d'identité ?

Jerry sortit son permis de conduire et l'approcha du Noir en le poussant avec deux doigts sur la table. Monsieur X le regarda attentivement. Son regard voyageait de la photo à l'homme. Ensuite, il ouvrit son porte-documents et en sortit une enveloppe sur laquelle était inscrit le numéro 1.

– C'est un chèque à votre nom pour une somme de deux cent mille dollars. Monsieur C me fait dire que vous pouvez le considérer comme une avance sur le paiement de la dette.

Jerry contempla le chèque tiré sur la Chemical Bank de New York. Il avait l'air valable.

– Et le service ?

– Monsieur C voudrait que vous lui rendiez visite pour régler ses comptes en personne.

– Où ?

– Au Mexique.

– Pour quelle raison ?

Monsieur X sortit une deuxième enveloppe marquée d'un grand numéro 2 sur le devant.

– Tout est expliqué ici.

Jerry prit l'enveloppe et la mit dans sa poche. Il se leva, et il était sur le point de partir lorsque le Noir tira une troisième enveloppe de son porte-documents, bien évidemment marquée d'un numéro 3.

– Monsieur C m'a demandé de vous montrer ces photos. Il voudrait savoir de quelles sommes il faudrait disposer s'il voulait s'en rendre propriétaire. Vous pouvez peut-être vérifier le prix de ces salles de cinéma à Manhattan, avant d'aller lui rendre visite.

Il s'agissait de polaroïds de qualité médiocre prises à l'extérieur de divers cinémas, le Gramercy, le Regency, le complexe Embassy sur Broadway, et même un cinéma porno sur la 42e Rue.

– Dites à Monsieur C qu'il aura bientôt de mes nouvelles, dit Jerry avec un sourire, en se levant.

– Je lui transmettrai textuellement votre message.

Jerry se mit en route. Il descendit les escaliers en trois petits sauts et disparut dans la 42e Rue, en direction du nord. *Mister X* se résigna à payer la note.

Léonard (VII)

Nous allons également décrire comment l'air peut être pompé en dessous de l'eau pour soulever d'énormes poids, et donc comment l'on peut remplir des peaux avec de l'air une fois que celles-ci ont été amarrées au fond de l'eau à l'aide de poids. On trouvera de plus des descriptions de la manière dont on peut soulever des poids en les attachant à des bateaux submergés remplis de sable et comment l'on peut vider ces bateaux de leur sable.

Voilà ce qu'écrivait Léonard dans l'un des cahiers qu'il emporta avec lui cet été de l'an 1502. Le destinataire de cette proposition audacieuse de renflouer des bateaux qui, coulés à pic au fond des océans, pourraient renfermer de somptueux trésors, n'était pas l'un des barons italiens, l'une des figures de cette dramatique Italie de la Renaissance, mais, comme on le découvrit cent cinquante ans plus tard, le sultan de Constantinople, Bajazet II.

Les propositions de Léonard sur la manière de renflouer les bateaux gisant au fond des mers, son dessin illustrant un gigantesque pont qui relierait Galate et Istanbul, ses projets de moulins à vent et un tas d'autres petites merveilles, durent sans doute apparaître, aux yeux de l'homme tout-puissant de l'Empire ottoman, comme les délires d'un peintre de vierges italien, parce qu'ils demeurèrent sans réponse.

Léonard s'était aventuré à écrire cette lettre, encouragé par la présence à Rome d'un ambassadeur de la Cour turque qui parcourait la péninsule en 1502, à la recherche d'ingénieurs italiens qu'il pourrait mettre au service de son seigneur.

La lettre de Léonard, comme tant d'autres choses dans sa vie, devait disparaître, jusqu'à ce qu'en 1952, un groupe de chercheurs britanniques qui étudiaient avec une diligence tout académique les documents du palais de Topkapi Serayi, trouvent une traduction de ce texte.

Ce que l'on ne trouva jamais, en revanche, ce fut la description, évoquée par Léonard, du système mécanique servant à sortir de l'eau la coque des bateaux coulés.

Sans aucun doute, ce texte, ainsi que les dessins explicatifs que Léonard joignait généralement à ses textes, fait partie des documents perdus au cours de la dispersion de l'œuvre du Magicien de Vinci après sa mort. Toutefois, une autre référence à cette méthode pour renflouer des bateaux coulés devait apparaître plus tard dans un ouvrage que l'on connaît sous le nom de *Manuscrit L*, qui se trouve à Paris et rassemble une partie des notes de la période 1502-1503.

Néanmoins, il semble que le sujet ait sérieusement préoccupé Léonard et qu'il ne s'agissait pas là d'une simple proposition condamnée à l'oubli, une autre de ces merveilles vinciennes naufragées au cours du temps. Dans le célèbre *Codex Madrid I*, au feuillet 82 verso, on trouve d'autres informations qui pourraient se rapporter à ce même sujet : un projet de bouée et un dessin de chaussures flottantes de grandes dimensions. Deux idées fort intéressantes dans la perspective de la recherche de trésors sous-marins.

Le retour à ces idées marines et sous-marines qui avaient surgi à Venise au début du millénaire était-il lié à un projet concret ? Léonard avait-il un bateau bien particulier à l'esprit, ou bien ses spéculations se bornaient-elles à un simple dessin théorique ? Existait-il dans ses notes quelque chose de plus que les descriptions d'outres en peau, de soufflets, de canalisations, de systèmes de plongée servant à mettre en place des peaux qu'il fallait ensuite gonfler ? Était-il revenu sur son projet de scaphandre qui ne serait pas, cette fois, destiné à couler des navires ? Existait-il une carte ? Des informations sur un bateau dont le sort sous-marin préoccupait particulièrement le Magicien ?

Jerry à Manhattan (III)

Jerry avait séjourné à New Delhi et s'y était senti comme à New York. Comment en aurait-il été autrement ? Les chauffeurs de taxi locaux étaient tous indiens, comme dans le Bronx, à Brooklyn ou à Manhattan. Et, de plus, qui imitait qui ? Est-ce que les Indiens imitaient les New-Yorkais ? Ou étaient-ce les mêmes ? Parce que les Indiens avaient une façon bien new-yorkaise d'appuyer sur l'accélérateur sans lâcher le frein, de cracher sur les conducteurs des voitures d'à côté et de donner d'élégants coups de volant hydraulique pour piloter leur voiture à la manière d'un vaisseau galactique, envahissant les autres couloirs de circulation et provoquant bon nombre de coups de klaxon. Ils insultaient de la même manière, jouissaient pareillement de l'expression terrifiée des clients qui descendaient de leur taxi, et surfacturaient la course s'ils en avaient l'occasion. Ils étaient merveilleux, tout à fait new-yorkais.

Toutefois, ce matin-là, lorsqu'il regarda attentivement la plaque d'identification du chauffeur comme il avait coutume de le faire avant de donner une adresse, et qu'il découvrit qu'il se trouvait entre les mains d'un autre de ces chauffeurs suicidaires appelés Singh, Jerry fut plus que ravi.

– Au Flatiron Building, plus bas, sur la 5e, dit-il en allumant une cigarette, en espérant que le chauffeur lui dise qu'il était interdit de fumer, ce qui lui donnerait l'occasion de se lancer dans une grande discussion sur les droits du fumeur.

Mais non seulement Manabendra Singh ne protesta pas, mais d'un geste nonchalant, il lui demanda une cigarette.

Jerry était un fervent amateur d'histoires de taxis new-yorkais. C'était une faune unique, d'une grande mobilité sociale, riche en conflits et en informations, aux caractéristiques raciales complexes. Jerry était un homme au cynisme facile, mais il n'avait jamais permis à ses mépris et à ses haines d'altérer sa vision : c'est pour cette raison qu'il considérait les chauffeurs de taxis comme le centre de l'ouragan racial qu'étaient devenus les États-Unis. C'est là que se trouvaient les haines les plus intéressantes et les amours les plus aberrantes, surtout si l'on pouvait les observer de loin.

Au cours de ces trois derniers mois, Jerry avait découpé des articles du *New York Post* qui racontaient des histoires de taxis. Bébés nés dans un taxi, femmes qui oubliaient sur la banquette un paquet contenant la tête de leur mari, concours entre chauffeurs de limousine pour le plus grand nombre d'infractions en un mois, la plus grande opération de trafic de cocaïne de l'histoire de New York sur le siège arrière d'un taxi... En outre, Jerry prenait note des conversations, des noms, des rumeurs, des histoires de mafias, d'étranges groupuscules fermés, plus exotiques que des sectes religieuses, de groupes organisés par nationalités qui fêtaient chaque fin de mois par des barbecues avec des viandes et des sauces épicées aux noms imprononçables.

Jerry s'intéressait par-dessus tout aux langues. Les taxis new-yorkais avaient construit un monde linguistique tout à fait à part. L'anglais n'y était déjà plus la langue véhiculaire habituelle. Ils se parlaient par radio comme s'ils faisaient partie d'une multitude de sectes mystérieuses, ce qui déconcertait leurs clients. Dans les Marquis de location qui vous emmenaient à Kennedy ou à La Guardia, on parlait portugais, ou une de ses variantes brésiliennes gesticulantes. Les gitans qui conduisaient de vieilles voitures grises et noires, reliées par radio, communiquaient dans un espagnol rapide venu de Colombie et du Honduras, en avalant les consonnes. Les radio-taxis jaunes étaient un territoire linguistique où dominaient l'iranien, l'hindi et le grec. Les réseaux de services des stations de CB étaient dominés par des groupes et des clans encore plus étranges, dont les opérateurs parlaient le pushtu ou le tojolabal de la sierra de Guerrero, le polonais de Gdansk, ou racontaient des blagues en ukrainien. Un réseau de taxis jaunes qui prenaient des passagers à partir de Newark communiquait par radio en coréen.

Il était particulièrement fasciné par l'histoire de ces vingt-huit gitans du volant assassinés depuis le début de l'année, les fameux *gypsies*, des opérateurs de radio-taxis qui conduisaient des limousines et des Oldsmobile de vingt mètres de long à Brooklyn et dans le Bronx, presque tous latino-américains. Assassinés pour quelques *cents* après avoir répondu à un appel. Qui avait décidé de les transformer en grandes victimes de la fin du millénaire new-yorkais, et comment ? Peut-être était-ce dû à la xénophobie que la ville réchauffait périodiquement dans le chaudron où bouillonnait sa folie ?

Jerry accumulait notes, coupures de journaux,

cassettes et annotations griffonnées à la hâte sur une serviette en papier. Il savait que, tôt ou tard, ces notes lui seraient utiles. Ainsi, il avait appris que le nom de famille colombien de Macias était maudit dans le monde des taxis, que les chauffeurs qui parlaient le plus mauvais anglais étaient iraniens, que les conducteurs qui accumulaient le plus de contraventions par jour étaient ukrainiens, que les maîtres dans l'art de soutirer des pourboires étaient honduriens, et ceux qui se perdaient le plus dans New York, nigérians. Il avait également repéré une douzaine de pizzerias et de fast-foods qui étaient généralement le lieu de rencontre des chauffeurs, un magasin d'amulettes pour les chauffeurs de taxis haïtiens et un fabricant de petits Jésus de Prague pour les tchèques.

En fin de compte, il valait mieux s'occuper des chauffeurs de taxis que des aberrations et des égarements paranoïaques dans lesquels le plongeait la réapparition de Monsieur C, ce dinosaure revenu d'un lointain passé.

Singh, le chauffeur indien, freina brusquement au n° 175 de la 5e Avenue, au Flatiron Building, fit demi-tour et demanda à Jerry une autre cigarette.

Suivre Monsieur X était sans aucun doute la manière la plus facile d'accéder à la cachette du Bulgare, mais le dénommé Christo était un vieux renard qui avait roulé sa bosse, et il devait avoir établi un système de liaison avec le Ghanéen suffisamment complexe et baroque, pensé du point de vue d'un survivant bulgare, et donc incompréhensible, pour que Jerry, qui ne péchait pas par naïveté, suppose qu'il serait plus facile de rencontrer son homme en parcourant les milliers d'hôpitaux de New York un par un, plutôt que de tenter de le localiser à travers le Ghanéen, un professionnel du travail déjà professionnel en soi de *go-between*, de *middle-man*, d'intermédiaire. Était-il vraiment à Mexico ? Ou envoyait-il Jerry dans un enfer organisé ?

Le portier de jour du Flatiron accueillit Jerry avec un sourire, cessa de trier le courrier qu'il devait distribuer et attendit. Il aimait bien ce Ricain aux cheveux grisonnants qui distribuait des billets de vingt dollars comme on étale son jeu à un poker sur table.

– Est-ce que tu peux faire parvenir ceci à Nicolas ? demanda Jerry en lui remettant une enveloppe en papier kraft. Ça, et un message. Dis-lui que je le verrai dans trois jours à El Paso, comme d'habitude, qu'il vienne me chercher à l'hôtel.

Vicente prit l'enveloppe. Il attendit de voir surgir le billet de vingt dollars et entonna un vieux boléro mexicain, *La nave del olvido*, sans aucune raison.

– C'est une chanson de Armando Manzanero, lança Jerry, que bien peu de choses étonnaient encore.

– Pas du tout, c'est de Carlo Liso et c'est José José qui la chante, répliqua promptement le portier.

Mais le Ricain avait sûrement raison. Vicente le regarda avec circonspection. Ce putain de Ricain était une vraie boîte à malices. Jerry lui tourna le dos et sortit.

Dans la rue, il chercha une cigarette dans la poche de son pantalon. C'était toujours plus difficile de trouver du bon tabac à New York. Ni Príncipes mexicains, ni Parisiens argentins, des Ducados espagnoles mais avec difficulté et parfois, des Gitanes françaises.

Il regagna son hôtel sans se presser. Là, il relut attentivement la lettre du Bulgare. Il s'assit pour réfléchir, la télévision allumée, sans se laisser distraire par le bric-à-brac qui décorait la chambre.

Dans sa chambre du Chelsea, Jerry possédait une collection de canettes de bière exotiques et une espèce de grande fresque dont le sujet était les chauffeurs de taxis. Sur un énorme plan de New York étaient marqués les assassinats commis cette année. Pour autant qu'on s'efforçât de les découvrir, on ne trouvait aucun schéma bien défini, aucune règle. Il était néanmoins parvenu à isoler une zone, à identifier un type de taxi et un mode de comportement de l'assassin. Dans la partie haute du Bronx, un tueur de *gypsies* avait perpétré sept crimes en un an, que l'on pouvait relier grâce au *modus operandi.* Peut-être pourrait-il en tirer quelque chose.

Cette histoire de chauffeurs de taxis était née comme une diversion, alors qu'il attendait du neuf. Peu à peu, elle se transforma en obsession. Jerry se prépara un sandwich de filet de dinde à la moutarde de Dijon tout en contemplant sa fresque.

Lorsqu'il découvrit que penser ne le rendrait pas plus intelligent et ne lui apprendrait pas plus qu'il n'en savait, il mit dans le lecteur de cassettes une sélection de chansons de mariachis. C'était la seule évocation du Mexique qu'il ait sous la main. Bon, eh bien, il devrait mettre au rancart pendant quelque temps son histoire de chauffeurs de taxis. Une histoire qui, un de ces jours, le propulserait en première page du *New York Post :* UN EX-AGENT DE LA CIA DÉMASQUE LES ASSASSINS DES CHAUFFEURS DE TAXIS NEW-YORKAIS. LA FIN D'UN FLÉAU. Quelque chose de ce genre. Mais à présent, le Mexique et le Bulgare. Une rencontre différée depuis quinze ans.

Rien de bon n'allait sortir de tout cela, non, rien

de bon. Mais il s'était enrichi de deux cent mille dollars et il pouvait tout aussi bien mourir à Mexico qu'ailleurs.

Sous l'influence de la trompette des mariachis, Jerry se rappela quelque chose qu'il savait depuis bien longtemps : parfois, il était bon de se laisser tromper par ses désirs.

Léonard (VIII)

À la fin de l'an 1503, l'homme qui avait inventé la méthode de renflouement des bateaux gisant au fond de l'océan, celui que nous pourrions appeler le précurseur de l'alpinisme, celui qui devait inventer la bicyclette et le sourire énigmatique féminin, écrivait : *Nos désirs nous trompent; le temps nous fait défaut, la mort se rit de nos préoccupations; une vie d'angoisse n'est rien.*

Toutefois, ce qui pouvait sembler l'expression d'un pessimisme structuré, n'était en fait qu'une plainte élevée contre les terribles limites technologiques de son époque. Léonard, dans les terres infinies de son imagination et sur le papier, pouvait concevoir n'importe quoi, mais où étaient les artisans, les bailleurs de fonds, les forgerons, les souffleurs de verre, les fabricants d'appareils, de poulies, d'engrenages, de soufflets géants, d'outres, de toiles spéciales qui auraient pu suivre les indications du Magicien ?

Léonard avait écrit :

Si un homme dispose d'une tente de douze bras de large sur douze de haut, couverte d'une bâche, il peut se lancer de n'importe quelle hauteur sans se blesser.

Et il ne s'était pas limité à concevoir dans son imagination cette chose que l'on appellerait un jour parachute. À la bibliothèque Ambrosienne de Milan, dans ce que l'on connaît aujourd'hui sous le nom de *Codex atlanticus*, au recto de la page 381, l'on peut voir un merveilleux dessin d'un homme qui se lance avec un parachute, une espèce de coupole de toile segmentée, à l'armature de laquelle est accroché le petit homme. Une pyramide de toile sous laquelle est suspendu un homme qui descend.

Toutefois, pour construire ce parachute, il devait mener des expériences, effectuer des essais, et même trouver des volontaires. Lui-même ? Et la vie le poussait d'un lieu à un autre, d'une commission à une autre ; une commande, un mécène, un conseil municipal, un noble qui voulait le portrait de son épouse. Tout semblait partir en fumée, à l'instar de son projet de roman.

Lorsque, le 18 août 1502, César Borgia le nomma ingénieur militaire, Léonard semblait avoir trouvé l'espace, le temps et le financement nécessaires. Pendant plusieurs mois, suivant les fortunes diverses de l'un des personnages les plus noirs de la Renaissance, Léonard parcourut la Romagne avec la cour, dessina des cartes, projeta des tours, conçut des forteresses et des murs, imagina des engins de guerre, sans qu'aucun de ses projets, ou presque, ne soit exécuté, en raison de la précarité des campagnes.

Enfin, en novembre 1504, il atterrit à Piombino, où il étudia les marées depuis la baie du vieux port, ou Porto Falesia, jusqu'au golfe de Baratta, avec comme axe la ville fortifiée d'origine étrusque de Populonia. Ses cahiers se couvrirent de notes sur les marées, de dessins de petites embarcations, de cartes du fond marin, bref, de toute une série d'observations sur l'océan. Ses va-et-vient dans la région provoquèrent les murmures et l'étonnement. Que cherchait-il ? Pourquoi regardait-il la mer avec une telle ardeur ? Savait-il quelque chose que les habitants du lieu ignoraient ? Sa connaissance allait-elle bien au-delà des marées ? Possédait-il des informations sur un objet qui se trouvait au fond de l'océan ?

Secteur 5

À la recherche de Karen
la ballade des stars

Deuxième partie

Une paire de romans (assez confus) de

José Daniel Fierro

Ma vie est un désert,
Fleur que je touche est fleur
qui meurt.
Sur mon chemin fatal,
Quelqu'un sème le mal,
Pour que je le recueille.

Gustavo Adolfo BECQUER

Un bouquet de roses

Antonio Amador ne se sentait pas particulièrement immortel, bien au contraire. La mort était là, parfois comme une obligation, parfois comme une dette, parfois comme un bouton sur le cul. Mais bien qu'il en perçût la proximité, qu'il pût même sentir son odeur les mauvais jours, il savait également comment l'éloigner d'une subtile pichenette. Non pas la faire reculer de beaucoup, mais l'éloigner de quelques centimètres afin que son halo, sans l'abandonner, ne le touche pas. Il s'agissait de garder la mort à distance respectable. Ainsi, la mort donnait un sens à la vie. Et ce savoir le poussait à conclure que ce ne serait ni la première, ni la dernière fois que le hasard lui sauverait la peau.

Outre sa conviction habituelle que la mort avait déterminé pour lui une heure et un moment précis et qu'elle n'abandonnerait pas son programme préétabli pour satisfaire les médiocres desseins d'un vulgaire et mortel chef de la police, Amador comptait, pour survivre, sur deux autres éléments plus tangibles : il pleuvait à torrents, et la camionnette qui conduisait les prisonniers emmenait également le magicien cubain Leonardo Padura Buenaventura, les mains emprisonnées dans des menottes. La présence du magicien pouvait être un facteur déterminant et la pluie venait à point nommé parce qu'Amador était persuadé – allez savoir d'où lui venait cette conviction – qu'il ne devait pas mourir un jour de pluie, inversant avec dix ans d'avance les mots d'un petit poète péruvien qu'il devait rencontrer un jour.

Il pleuvait à verse, de façon désespérée, et le ciel s'était obscurci. La camionnette se frayait lentement un chemin au milieu des ruelles, conduite par un policier en uniforme flanqué de deux tueurs à gages d'Arlegui. À l'arrière, séparé du siège avant par des barreaux, l'Ange-Noir était étendu, à demi évanoui et lié par un pied au petit journaliste. Ce dernier était attaché par des menottes au magicien cubain, qui lui aussi avait apparemment été tabassé par les policiers.

Amador, se concentrant sur le moyen par lequel le magicien et la pluie devaient le sauver, ne prêtait pas attention aux bavardages des policiers. La camionnette sortit du dédale des ruelles et prit l'avenue Icaria pour se diriger vers les môles.

– *Ma vie est un désert / fleur que je touche est fleur qui meurt*, dit Angel del Hierro, d'une voix hachée.

Amador s'approcha de lui et essaya de comprendre les mots qu'il prononçait. Il dut se placer très près du visage du blessé.

– Qu'est-ce que tu racontes, bon sang ?

– *Ma vie est un désert / fleur que je touche est fleur qui meurt / Sur mon chemin fatal / quelqu'un sème le mal / pour que je le recueille.*

Amador regarda l'Ange fixement, et éclata de rire.

– Il est complètement allumé, il récite du Becquer.

– Tu n'aimes pas ? demanda l'anarchiste.

Amador frotta ses lèvres ensanglantées avec la manche de sa chemise.

– J'adore, mon frère. J'adore.
– Eh bien, ne l'oublie pas.
– Jamais.

L'Ange tenta de se redresser sur son coude.

– Je les ai tous eus ?

– T'as crevé le Sagouin, tu as sûrement dû blesser le Baron et Soler t'a échappé. Quand tu as été à court de munitions, d'un coup de pied tu as cassé les dents d'un autre mec que je ne connais pas, résuma le petit journaliste, du fond de ses souvenirs : Le Baron, courbé dans une embrasure de porte, Soler qui fuyait les coups de feu de l'Ange-Noir tandis que la place se remplissait de policiers.

– Que dit notre ami ? demanda le magicien qui émergeait de ses rêves tropicaux.

– Il récite un poème de Becquer. Celui qui dit : *Ma vie est un désert / fleur que je touche est fleur qui meurt / Sur mon chemin fatal / quelqu'un sème le mal / pour que je le recueille.*

– Ça me plaît. Ça me plaît beaucoup, dit le magicien cubain.

Ensuite, d'un seul geste, il ôta sa cheville des menottes sans même enlever sa chaussure.

– Par cet enfoiré de saint Pierre et tous les saints ! Comment t'as fait ça ? demanda Amador, surpris, retrouvant une expression de son grand-père, qui n'avait pas son pareil pour les injures.

– Pour fumer une cigarette.

– Non, pas *pourquoi, comment* ? demanda à nouveau Amador, la main tendue pour que le magicien lui passe le paquet.

Leonardo Padura Buenaventura tripota un moment la menotte attachée à la cheville d'Amador et retira proprement les bracelets. Il produisit ensuite une petite flamme entre son pouce et son index, qu'il approcha d'Amador pour que celui-ci puisse y allumer sa cigarette. Le journaliste se dépêcha de fumer sans plus poser de questions.

– J'ai toujours voulu compter dans nos rangs un magicien anarchiste, dit Amador, fasciné. Et toi, pourquoi ils veulent te tuer ?

– J'ai enlevé la culotte de la maîtresse du capitaine général, p'tit frère. Ensuite, j'ai enflammé le plastron du frac d'un comte et, pour couronner le tout, j'ai fait disparaître le pistolet d'un garde du corps.

– Par la magie ?

Le magicien cubain sourit, découvrant des dents en or. Ce fut un sourire félin, jouissif. L'Ange-Noir s'agitait dans ses rêves de blessé.

– Il perd tout son sang, dit Amador, regardant son ami.

– Il faudrait faire quelque chose, dit le magicien cubain, qui tirait sur sa cigarette comme s'il voulait la fumer en une seule bouffée. Quelque chose de sensationnel, de superlativement beau, quelque chose qui soit vraiment spectaculaire. Pas de la magie bon marché, petit, quelque chose..., termina-t-il en tirant un bouquet de roses de sa manche pour l'offrir au petit journaliste.

Le porteur du syndrome Blanche-Neige

Lorsque le prince lui donne un baiser dans son sommeil, Blanche-Neige se réveille. Ou était-ce la Belle au Bois Dormant ? Ou les deux ? Qui avait mangé la pomme empoisonnée ? En tout cas, elle (il y a toujours une « elle ») se réveille sous l'effet du baiser. C'est ce que raconte Walt Disney sur une musique de Wagner, ou Spielberg sur une musique de Vangelis, ou Amado Nervo sur une musique de Carlos Santana, c'est la même chose, peu importe. C'était égal que ce soit Vangelis, Beethoven, Santana, Borodine ou Mark Knopfler, parce que le lendemain matin, lorsque le tour de garde de l'infirmière complice sera terminé, ils ne me permettront pas d'embrasser Karen Turner. Pire encore, ils me tiendront à une distance de trois mètres, comme si j'étais l'homme de la maladie, le porteur de mort. Karen, pendant ce temps, ouvrira les yeux et regardera les médecins, la pointe de ses pieds sous la couverture, le paravent de toile bleuâtre qui séparera son espace vital de celui des autres patients.

– Je veux voir le monsieur aux moustaches, dira-t-elle en anglais.

L'une des infirmières fera celle qui sait, et peu de temps après, étourdi, impatient, je me trouverai devant elle.

– *I feel like shit*, dira Karen.

– Ça va être une longue histoire..., répondrai-je, en mordillant ma moustache.

Elle me regardera attentivement. Ami ou ennemi ? Et moi, à ce moment, j'aurais voulu déposer à ses pieds des trophées sanglants, les têtes coupées des ravisseurs, mais je n'aurai qu'un bouquet de roses rouges à déposer sur les draps, un bouquet que j'imaginerai aussi brillant et odorant que celui que le magicien cubain avait sorti de nulle part dans la camionnette.

J'essaierai de me voir avec les yeux de Karen Turner. Un personnage aux moustaches frondeuses, une jambe dans le plâtre, vêtu d'une chemise à carreaux, le ceinturon orné de l'aigle national doré, affligé d'une bronchite chronique. Il semblera venu d'une autre réalité... mais tout semblera venu d'une autre réalité, même le bouquet de roses rouges.

Et l'E.T. de la frontière, cet imbécile-connard-trou-de-balle, au lieu de déclarer son irréductible amour pour Blanche-Neige, sortira un petit enregistreur portable Phillips et tentera de commencer une enquête criminelle, ce que la gigantesque basketteuse empêchera d'un geste.

– Non, je vais poser les questions d'abord, dira Karen en découvrant ses dents dans un sourire amer. Qui tu es, toi, bordel ? Qu'est-ce que tu fous là ?

Et le porteur du syndrome Blanche-Neige, qui se rappellera alors, (je me rappellerai, il faudra que je me rappelle) qu'il a déjà cinquante-trois ans et qu'elle mesure vingt centimètres de plus que lui, dans un mauvais jour et quand la pluie l'a fait rétrécir, se passera la main sur le crâne et s'arrachera les cheveux blancs autour des tempes.

Je chercherai du regard médecins et infirmières,

pour voir s'ils vont me sortir du pétrin, et enfin, contrevenant aux règlements hospitaliers, j'oserai allumer une cigarette et choisirai la méthode la plus directe.

– On peut fumer, ici ? demandera Karen.

– Oui, c'est un hôpital mexicain. On est très permissif, dans ce pays.

– Ça se voit. *You can see it.*

Elle me regardera bizarrement et m'encouragera d'un geste à commencer mon histoire.

– Je venais juste d'entrer dans la vieillesse, et je me trouvais dans la ville de Mexico, en train de regarder un match de basket féminin à la télévision...

– Lequel ?

Et tout semblera tellement absurde que je recommencerai :

– Je suis l'E.T. de la Frontière, une espèce d'*alien* littéraire, ma petite. Je suis écrivain. Le vampire des histoires d'autrui. Je suis venu à Ciudad Juárez pour écrire un roman.

– On l'a gagné celui-là, pas vrai ? On a battu ces salopes de l'Iowa ?

– Parce que si je n'étais pas venu...

– 91 à 67, et puis Jackie O'Brien et moi, on est venues fêter ça à El Paso. Elle, ils l'ont tuée, n'est-ce pas ?

– Oui. Elle, ils l'ont tuée. Toi, ils t'ont endormie, ils t'ont enlevée et tu es réapparue ici deux jours plus tard, à Ciudad Juárez, après une opération illégale où ils t'ont prélevé un rein. Mais ça, on te l'a déjà raconté. Et moi, j'étais à Mexico, j'attendais de voir le match et j'ai vu que ni toi, ni Jackie n'étiez présentes sur le terrain, que tes camarades portaient des rubans noirs de deuil, alors j'ai pris l'autobus et...

Karen me regardera avec attention à la lumière de ces nouvelles informations. D'un geste, elle appellera l'infirmière qui se trouvera à quelques pas de nous :

– Que fait ce monsieur, dans la vie ? me montrant d'un doigt presque accusateur.

– Il écrit des romans, mademoiselle, répondra Cindy Perez, apparition providentielle.

Karen semblera tout reconsidérer, partant du principe que les infirmières ne mentent pas. Romancier...

– C'est toi qui as mis ça ici, non ? dira-t-elle en montrant la bicyclette vincienne de mon grand-père.

J'acquiescerai. Je lui aurai certainement déjà raconté cette histoire, mais était-elle éveillée ? La bicyclette de Léonard. Une basketteuse qui revenait à la vie. Karen Turner touchera la vieille photographie du bout des doigts, comme pour y trouver un relief qui n'existe pas.

– Qu'est-ce que tu écris ? Tu as un de tes livres en anglais ? Tu peux me donner un de tes livres en anglais pour que je le lise ? Mon père disait que les écrivains, il faut les lire, pas les connaître. Qu'en personne ils sont insupportables, qu'une fois il avait rencontré Hemingway dans un magasin de vêtements. Hemingway essayait un gros blouson en toile... Je veux un de tes livres. Maintenant.

Et pour la première fois, cette Blanche-Neige (ou était-ce la Belle au Bois Dormant ?) qui donnait des coups de coudes dans les côtes, sourira ouvertement.

Sauvés

Le policier en uniforme fut le premier à s'enfuir en courant comme s'il avait vu le diable en personne lorsque Leonardo Padura Buenaventura le regarda fixement et lui dit :

– Vous ne sentez pas, cher monsieur, qu'un serpent s'enroule autour de votre cou ? Comment se fait-il que ce qui semble une innocente cravate soit un cobra venimeux, un aspic malin ? Vous ne sentez pas ses écailles rugueuses sur votre cou ? Vous ne vous rendez pas compte que...

À ce moment-là, l'une des deux gâchettes d'Arlegui était déjà à genoux, en train d'essayer d'éteindre un feu imaginaire qui dévorait les manches de sa veste, mais l'autre, qui devait être partiellement immunisé contre l'hypnotisme, dégaina son Star et le dirigea contre la poitrine de son compagnon. Puis il eut un doute et chercha le regard du magicien, comme pour tenter d'y voir clair dans un monde où amis et ennemis se confondaient.

– Je vais te descendre, dit-il.

Mais le magicien cubain, de but en blanc, porta la main gauche à la poche de son frac bousillé et sortit lui aussi un pistolet. Avant que le policier puisse réagir, il lui tira deux coups de feu dans la poitrine en disant :

– Prends ça, en attendant !

Amador, assis à l'arrière de la camionnette, poussa la porte de ses deux pieds et se mit à applaudir. Il descendit ensuite du véhicule que les policiers avaient laissé sous un réverbère, son bouquet de roses à la main. Il pleuvait toujours.

– Putain, c'était génial. Comment t'as fait ce dernier tour de magie ?

– Magie mon cul, c'était le pistolet du garde du corps qui avait disparu, répondit Padura Buenaventura.

Quelques mendiants recouverts de journaux s'approchèrent pour féliciter le magicien. Au passage, l'un d'eux donna un coup de pied à la tête du policier étendu sur le sol. Très cérémonieusement, les mendiants tendirent la main au Cubain, et celui-ci les remercia pour leurs éloges. Le deuxième policier était toujours la proie des flammes, malgré la pluie.

– Aide-moi, allons voir si on peut encore sauver del Hierro, dit Amador, qui tirait sur la manche du frac déchiré du magicien.

– Qui, moi ? demanda del Hierro qui se traînait vers le bord de la camionnette, tombant de la plateforme dans une flaque.

Le sang de sa chemise commença à se diluer dans l'eau sale illuminée par un réverbère. Amador s'approcha et essaya de le soulever. Si del Hierro ne mourait pas exsangue, il mourrait certainement de froid.

– Je dois prendre un bateau, moi, dit le Cubain.

– Lequel ?

– N'importe lequel.

Prudemment, les mendiants s'étaient éclipsés. Le policier essayait de se rapprocher d'une gouttière pour voir si l'écoulement d'eau pouvait éteindre l'incendie des manches de sa veste. La scène semblait illuminée par cet incendie inexistant.

Traînant le corps inanimé de del Hierro, les deux personnages disparurent à l'entrée d'une rue qui débouchait sur l'avenue Icaria. Au loin, un magasin de céréales et son môle leur offraient un refuge. On entendait des sirènes solitaires. Un phare semblait leur montrer le chemin.

– Tu ne connaîtrais pas un médecin, un ami à toi ? demanda le Cubain.

Amador réfléchit.

– Oui, un, mais presque à l'autre bout de Barcelone.

– Eh bien, on rebrousse chemin, et on prend la camionnette. Ensuite, tu me conduiras jusqu'au môle.

– Tu sais conduire ?

– Non, et toi ?

– Non plus.

Amador regarda fixement le désastreux magicien, qui soutenait seul le blessé, parce que le journaliste ne pouvait faire deux choses en même temps. Soit il pensait, soit il soutenait Angel. Amador semblait accuser du regard les limites de la magie. Mais les journalistes étaient souvent des hommes pleins de ressources. Il fit volte-face et marcha jusqu'à la première porte, sous la pluie. Il appuya sur une sonnette qui émit un son strident.

Un homme en tricot de corps, un couteau de cuisine à la main, qui avait probablement observé les événements depuis sa fenêtre, apparut sur le pas de la porte.

– Oui ? dit-il, circonspect.

Amador montra ses mains vides pour qu'il soit bien clair qu'il n'y avait rien à craindre de lui.

– Vous savez conduire une camionnette ? Nous

avons besoin qu'on nous aide à transporter un ami jusque chez un médecin.

– Vous êtes des policiers ? demanda l'homme au couteau de boucher.

Il ne s'était pas rasé depuis longtemps, et dégageait une forte odeur de vinasse.

– Bien au contraire, les chiens d'Arlegui nous emmenaient pour nous exécuter, dit Amador, qui pensait sentir dans quel camp se trouvait le personnage.

– Bon sang, fallait le dire avant ! Je suis le meilleur chauffeur de Barcelone. Gervasio Menea, se présenta l'homme.

Et sans plus attendre, il salua le petit journaliste d'une poignée de main vigoureuse, balança son couteau à l'intérieur et sortit dans la rue sans se préoccuper de la pluie, qui trempa instantanément son tricot. Lorsqu'il passa à côté du policier qui, dans son délire, continuait à danser en solitaire sous la gouttière, il lui donna un violent coup de pied dans les burnes.

– Et vous pensiez être le seul à faire des tours de magie ? On est à Barcelone, l'ami, dit Amador au magicien cubain.

Et il leva le visage et les mains vers le ciel, désignant les étoiles, embrassant tout, le visage trempé, dans un moulinet qui tournait vertigineusement pour l'élever vers les cieux. Dans un geste de triomphe, il cherchait la mer, comme toujours, et tournait telle l'aiguille d'une boussole. Mais la mer, comme toujours, était cachée par les murs des magasins et par un épais rideau de pluie.

L'Indiana Fierro des balcons

– Vous couchiez avec Nico Romero ? demanderai-je à brûle-pourpoint à la voisine du n° 5.

– Une citronnade ? répliquera-t-elle tout de suite, mais en bloquant de son corps l'entrée de l'appartement.

Une femme aux cheveux très courts, à peine quelques centimètres au-dessus de la racine, si courts que l'on devinait qu'ils avaient été coupés ainsi pour porter une perruque. Vêtue d'une veste de pyjama à carreaux et d'un short noir très court, sourire aux lèvres, elle me regardera dans le couloir d'un immeuble que je connais déjà et où je fus, un étage plus haut, « l'Aventurier immobilier ».

– Avec deux sucres.

La femme entrebâillera la porte. Et l'Indiana Jones des Situations absurdes la poussera de côté pour entrer dans l'appartement. La femme me lancera un regard en coin tandis que, dans la cuisine, elle déplacera des verres et dénichera un presse-fruits. Des coussins posés sur le sol de la salle de séjour, des cendriers pleins, des verres vides.

– Dolores, n'est-ce pas ?

– Et vous, pourquoi vous posez des questions sur Nico ? Nous étions amis, mais un jour il était ici, le lendemain il n'était plus là... Il est parti.

– Ah bon, c'est vrai ? dirai-je, suivant le fil de mes idées.

– Et vous, qui êtes-vous ? demandera la femme.

Elle me tendra un verre d'une citronnade douteuse.

– Moi...

– Et qu'est-ce que vous lui voulez ?

– Tout le monde le cherche, Nico.

– Une de ses fiancées le cherche aussi, une connasse qui s'appelle Emilia. Mais celle-là, elle n'aime pas les hommes, elle aime les femmes.

– Dites-moi, pourquoi Nico avait-il acheté quatre bombes de spray contre les cafards ?

– Pour la maison qu'ils avaient à El Paso, elle en était infestée. Des saloperies de cafards partout, vous voyez ? Où qu'ils aillent, les cafards arrivaient avant eux.

Nous marcherons jusqu'à la terrasse. Rien à voir, le désert urbain, des maisons à un étage, des voitures. Le soir tombera.

– Comment vous vous êtes cassé la jambe ?

– En sortant d'un cinéma.

– Et vous sortez beaucoup ? Ici à Juárez, ça bouge pas mal, côté sorties. Pas mal de bringues, pas mal de sauteries, partout, et ça baise beaucoup, dira Lola en me regardant dans le blanc des yeux.

– Eh bien, à Mexico, à cause de la pollution, des pluies acides, des inondations, de sa position au-dessus du niveau de la mer, on baise de moins en moins, vous comprenez ?

Elle me regardera d'un air narquois. Elle portera ensuite son regard vers la rue. Je m'appuierai de nouveau à la balustrade de la terrasse, sans savoir comment je pourrais balancer la citronnade sans me faire remarquer.

– Et le chien ? dirai-je pour voir si, en changeant de sujet, je pouvais avancer dans mon enquête.

– Quel chien ?

– Celui de Nico. Il achetait beaucoup de nourriture pour chiens, non ?

– Non, Nico n'avait pas de chien. Là-bas, à El Paso, ils avaient un chien, c'était celui de cet étranger.

– Et cet étranger, il baisait beaucoup ?

– Non... Écoutez, qui êtes-vous, vous ? C'est-à-dire, qu'est-ce que vous faites ?

– Je suis écrivain. J'écris l'histoire de Nico (et je ferai un mouvement du bras, pour embrasser le monde entier). Passionnant.

– Vraiment ?

Elle lèvera la main vers ses cheveux courts, presque inexistants.

– Je veux aussi savoir des choses sur cet ami de Nico, un certain Mike Gardner. Son associé.

– En fait, ce qui se passe, c'est que Nico et sa bande, ils me foutaient les chocottes, comme qui dirait. Tellement que je crois que je vais aller faire un tour ailleurs, dira Dolores avec un regard mauvais.

– Et par là-bas, il y a des sauteries ? Ça baise beaucoup, dans le Nord ?

La femme mettra la main sur une de mes cuisses, celle qui repose sur la balustrade. Pour dissimuler mon embarras, je prendrai ma dernière cigarette et j'essaierai de l'allumer lorsqu'elle posera ses deux mains sur ma poitrine et me poussera.

– Et merde !

– Crève, connard ! me lancera la femme.

Elle sortira en courant tandis que je resterai accroché à la balustrade, ma bonne jambe coincée entre les barreaux, une main agrippée à la barre d'appui, tandis que le reste de mon corps me poussera, par son inertie, à descendre trois étages la tête en avant. Ma casquette, mon briquet tomberont au sol sans que je puisse rien faire pour les arrêter. Je contemplerai les dix mètres, les voitures, les enfants qui jouent au football sur la rue, et je tomberai, je tomberai presque, parce que mes doigts ne pourront...

Et je me dirai : Ça oui, c'est comme dans les romans. Ça, c'est la réalité, et pas ces conversations à la con sur les chiens des autres, et pendant ce temps, quelques taxis passeront à toute vitesse à dix mètres de ma tête qui verra le monde à l'envers.

Et je penserai, tandis que j'essaierai de rétablir l'équilibre avec ma bonne jambe, tout en luttant contre l'affreux poids de mon plâtre qui s'efforcera de me faire plonger dans le vide, mais qui en même temps me retiendra, je penserai que le roman de Barcelone agite de la merde à grands coups de ventilateur, et lance à chaque page des questions qui ne devraient pas s'y trouver. Les romans ne sont pas des questionnaires. Je n'aurai pas de bonne bibliothèque à portée de main pour m'y plonger et j'aurai peur de trouver les réponses. Et en plus, malédiction, mes doigts cramponnés perdront de leur force, ça ne peut pas se passer de cette manière, ça ressemble trop à la réalité et pas assez à de la fiction. Les personnages suivront un fil grossier, une corde énorme, un filin qui guidera les destins de la Barcelone anarchiste des années vingt, mais ne tissera pas d'histoires personnelles, ne générera pas d'énigmes. Et Amador n'aura pas de frère jumeau fils d'un comte de Burgos, de mystérieux personnages ne traverseront pas les pages. Et mon grand-père, le brave Angel, sera condamné à rester dans l'ombre tandis que le petit journaliste apparaîtra au premier plan. Et si je ne meurs pas entre-temps, me dirai-je, en essayant de me servir de ma jambe plâtrée pour faire un rétablissement vers le haut et atteindre le rebord de la terrasse de l'autre main, haletant, il faudra que je me mette sérieusement à ce roman. Dans un effort suprême, j'appuierai mon épaule contre la barre et je reviendrai à la vie. Tout ça avant de rencontrer Nico et Mike. Et bon, au moins, penserai-je en posant ma jambe sur la terrasse, j'aurai balancé cette saloperie de citronnade de Dolores, et L'Ange sera toujours vivant à Barcelone...

Une religieuse sans moustaches

Dans les retombées de la crise gouvernementale, on eut l'intuition, puis la certitude, qu'il fallait remplacer le gouverneur de Barcelone ce qui eut pour corollaire la disparition temporaire de la censure. La nouvelle se répandit avant que l'encre d'imprimerie ait eu le temps de sécher. On lisait passionnément les journaux dans toute l'Espagne, et plus particulièrement dans la ville objet de toutes les chroniques. Les ouvriers faisaient la queue au coin des rues aux premières heures du jour pour attendre les vendeurs. On commentait les nouvelles dans les cafés et aux portes des usines, dans les bureaux, dans les queues devant les boulangeries et aux guichets des agences bancaires. Angel Pestaña, depuis sa cachette, écrivait dans *Solidaridad Obrera*, encore illégale :

Le Lion d'Or, café du centre-ville qui réunit les membres les plus éminents de la vie dissolue, est devenu un lieu de réunion pour ceux qui tuent. On donne des dîners, on organise des banquets, on monte des orgies scandaleuses et, entre les coupes de champagne, les entrées et les desserts de ces dîners, on travaille. (...) Parfois, l'on interrompt un dîner copieux et somptueux pour sortir quelques minutes et perpétrer un mauvais coup, et lorsque celui-ci a été exécuté, on reprend le dîner interrompu et on l'agrémente du récit des détails, des incidents et des circonstances de l'exécution. On parle de la manière dont on a attaqué, de la résistance de la victime, de ses appels au secours, de celui des tueurs qui a porté le coup de grâce et autres menus détails qui révèlent la dépravation et le cynisme propres aux dégénérés et aux anormaux. La façon d'opérer de ces gens est invariable, presque identique chaque jour. L'après-midi, ils visitent les préfectures de police, où on leur indique la ou les victimes prévues ce jour-là. Ensuite, exercices de tir pour ne pas rater son coup et en finir rapidement, comme ils disent. Entre chien et loup, ils visitent l'endroit où la victime doit tomber, et enfin vient l'exécution.

Ce fut le signal. Mais tout ne se passa pas de manière aussi bien orchestrée.

Un personnage trouble qui était arrivé jusqu'à la rédaction d'*El Sol*, à Barcelone, proclamait au milieu de toute cette ivresse qu'il était Bernardo Armengol, bras droit du Baron de Koenig, et qu'il était disposé à vendre sa confession. Au début, après avoir consulté Madrid, on lui donna mille pesetas et on mit en face de lui deux sténographes, auxquelles il infligea onze heures de délires et d'aveux, un mélange d'histoires criminelles et de blagues de concierge, tandis qu'il leur livrait le nom des figures du patronat catalan impliquées dans les crimes de la bande de Koenig et leur collusion avec l'état-major de l'armée et la Préfecture de Police de Barcelone. Une fois que ces informations furent mises en ordre, le journal reçut de Madrid la consigne d'attendre, de geler les confessions du gangster, comme s'il s'agissait de poisson plus très frais.

Ce fut certainement l'article tant attendu d'Antonio Amador qui dévoila définitivement le scandale insinué dans les pages des autres journaux. Amador et ses blocs-notes, qui menaçaient de se transformer en encyclopédie, luttèrent pendant trois jours. Enfermé dans un grenier qui appartenait à Benito Melindres, roi de la numismatique et souteneur bien connu, et soumis à un régime de thé indien très sucré, volé à un cargo britannique dans le port, le petit journaliste utilisa toutes les ressources littéraires connues, y compris sucer la pointe de son crayon, pour enfin pondre un texte de quatorze pages qui en valait vraiment la peine. *España Nueva* le publia à la une et vit son tirage épuisé en quelques heures. Le même phénomène se produisit pour les trois éditions successives qui arrivèrent par les trois trains reliant quotidiennement la capitale espagnole et le port catalan.

Néanmoins, l'article, signé Rocambole, négligeait certaines informations que l'Organisation fit circuler plus tard, dans un bulletin intitulé *Histoires de la Barcelone noire* où le petit journaliste, signant de son nom dans un acte suicidaire audacieux, révélait les activités de la bande dans le détail en une prose piquante, ponctuée d'anecdotes sur les bas de la maîtresse de Koenig, les réunions secrètes dans les bureaux de Miro, les relations entre la bande et les serveuses de l'Apolo, la collusion entre les tueurs à gages et l'état-major de l'armée, les agendas criminels de Soler le Majorquin, l'argent que touchait l'inspecteur Luis León pour vendre de faux passeports, les liens avec la drogue qui circulait dans les salons, les directions de maisons de jeux illégales protégées par la police et la liste des assassinats commis par la bande. Le bulletin fit scandale dans l'Espagne tout entière, et dépassa les frontières grâce aux agences de presse. Amador fut l'homme de la semaine, et dans le syndicat du textile d'une usine de Badalona où abondait le personnel féminin, on vendit aux enchères l'une de ses photos avec une fausse dédicace, sur laquelle on le voyait en train de fumer, bien sûr. Il était assis, ce qui dissimulait sa véritable stature.

Pendant les trois jours qui suivirent, le bulletin passa de main en main chez tous les ouvriers de la ville, une bonne partie des commerçants, tous les journalistes, la majorité du personnel de maison, les artisans et presque tous les illettrés, et il fut réédité six fois. La septième, la Puce Amador fut arrêté par la police alors qu'il venait chercher les exemplaires encore humides du bulletin avec sa couverture rouge dans une imprimerie clandestine, à Igualada.

– C'est toujours ça de pris ! déclara Amador avant d'être arrêté et de s'évanouir dans les bras d'un *guardia civil*, étrangement respectueux de la légalité, qui empêcha que ses compagnons profitent de cet évanouissement pour le tabasser.

Un médecin de quartier reconnut tout de suite ce petit corps étendu sur la chaussée et ordonna :

– Consunción, cet homme est en train de mourir de faim. Cela fait au moins trois ou quatre jours qu'il n'a pas mangé, et en plus, il a quelque chose aux poumons.

La police le conduisit immédiatement à la prison Modelo pour le mettre à la disposition des juges, ce qui montrait bien que les temps avaient changé étant donné que, dans d'autres circonstances, ils auraient invoqué la *ley de fugas* [1] pour le descendre

1. Littéralement, « loi du délit de fuite », euphémisme invoqué par l'État pour justifier les meurtres d'opposants au régime, qu'ils tuaient d'une balle dans le dos en prétextant qu'ils « s'enfuyaient » pour se soustraire à la police. *(N.d.T.)*

dans une impasse obscure. Et puisqu'il avait six procès pour délit d'opinion en attente, le petit journaliste se prépara à passer en prison de longues vacances forcées.

Le 17 mai, le patronat se vit obligé de démentir les accusations, mais les dénonciations devenaient tous les jours plus nombreuses. Une campagne, c'est une chose qui grandit au-delà de ceux qui l'ont déclenchée, et a fortiori de ceux qui veulent la contenir. Les autres journaux y mirent également du leur, et il ne se passait pas un jour sans que l'on n'enregistre des dénonciations contre la bande à la solde du patronat.

Amador, qui était plus en sécurité en prison qu'à l'extérieur et qui, grâce aux comités pour les détenus mangeait trois fois par jour, parcourait sa cellule en posant des questions auxquelles personne ne pouvait répondre.

– Pourquoi ne descendent-ils pas Koenig ? Il leur est plus préjudiciable qu'utile, aujourd'hui. Le scandale va éclabousser le colonel Arlegui. Le Baron va-t-il se retrouver sans protection, à présent que la police ne peut plus l'aider ? Que fabrique l'Ange-Noir ? Que pense-t-il de ma Dolores ?

Et il toussa, ce qui provoqua les regards furieux de ses compagnons de cellule, qui ne parvenaient pas à se concentrer sur leurs jeux d'échecs ou sur la lecture de *L'Homme et la Terre* de Reclus.

La rumeur selon laquelle Angel del Hierro arpentait les alentours du bureau de Koenig dans la Rambla de las Flores, déguisé en bonne sœur et muni de deux revolvers sous son habit pour régler son compte une fois pour toutes au faux baron, était arrivée jusqu'à la prison au milieu des quintes de toux rouges d'Amador. Ce dernier fut envoyé plus d'une fois à l'infirmerie mais la fièvre ne paraissait pas baisser. Amador croyait à cette histoire : il imaginait même son ami, qu'il avait laissé un mois auparavant dans un dispensaire avec deux perforations de balles dans la clavicule et la poitrine, habillé en religieuse cloîtrée et coiffé d'une cornette, portant un habit qui descendait jusqu'au sol pour couvrir ses espadrilles, la moustache soigneusement rasée.

Et le petit journaliste tournait, tournait. Il se promenait dans un monde limité et profitait du fait que ses courtes enjambées, compte tenu de la longueur des cellules, lui permettaient de parcourir le monde en dix-sept sautillements et une pause finale pour fumer un quart de cigarette qu'il semblait toujours sortir de sa manche, malgré ses compagnons de cellule qui lui cachaient son tabac. Il avait appris quelque chose de ses relations éphémères avec le magicien cubain qui s'était certainement évaporé, comme l'Ange-Noir, dans le néant des néants.

Et pendant ces promenades, Antonio Amador écoutait les rumeurs qui voyageaient de bouche à oreille, de cellule en cellule, selon lesquelles le ministre de l'Intérieur à Madrid avait décrété pour le 1er juin l'expulsion du ressortissant allemand Rudi Collmann, plus connu à Barcelone sous le nom de Baron de Koenig. Et quatre jours plus tard, le gouverneur de Barcelone avait rendue effective cette expulsion et avait reconduit à la frontière française le baron et son épouse, cette Renée Scalda aux bas noirs (tout reprisés espérons-le).

Amador accueillit la nouvelle avec un mélange de plaisir et de désespoir. Le type allait quitter l'Espagne vivant. L'Ange-Noir avait échoué dans sa partie de chasse.

D'autres informations arrivèrent à la hâte et aux moments les plus propices : au beau milieu de la soupe de midi, la nuit durant le premier sommeil agité, lors de la visite de la sœur d'un compagnon de la cellule voisine qui avait attaqué un vendeur de billets de loterie pour redistribuer l'argent aux orphelins. Toutes rendaient compte de la débâcle de la bande de Koenig.

Les jours passaient, les informations sur la dissolution de la bande devenaient plus précises et l'on apprenait que l'un s'était enrôlé dans la Légion étrangère, l'autre était mort devant une briqueterie et un autre, inspecteur de police, avait demandé sa mutation à Guadalajara. Amador se mit à craindre que la vie ne perde tout son sens et, face à cette menace existentielle, il se consacra à ses amours impossibles et platoniques.

Il imaginait Dolores en train de lier du tabac et de bouger les seins de manière lubrique, tandis que quelqu'un lui lisait le *Roman de la semaine*, quand arrivèrent des nouvelles de Soler, le Majorquin : il avait trouvé la mort sur un bateau à vapeur à destination de La Havane. Il transportait beaucoup d'argent et était accompagné de deux femmes. Il voulait monter une maison de jeu et un bordel dans les Caraïbes. On rapportait qu'il avait eu des mots avec un Galicien pour une histoire de femme et que les deux hommes s'étaient battus à coups de couteau. Il mourut cinq heures plus tard, en disant qu'il ne voulait pas emporter ses secrets dans la tombe. Le bruit courait aussi que celui qui l'avait tué n'était pas un Galicien mais un syndicaliste qui vivait à Porto Rico et que les confessions de Soler étaient destinées à Amador. Rien n'était clair dans cette histoire.

Amador vit derrière cela la main justicière d'Angel del Hierro, déguisé en bonne sœur, en Galicien coureur de jupons ou en Sénégalais bossu. Et il fêta l'événement en suçant jusqu'à les faire briller, les arêtes rachitiques du petit poisson qu'on lui avait servi à dîner ce jour-là. Ensuite, il médita plus attentivement la question et en arriva à la conclusion que cela ressemblait davantage à Leonardo Padura Buenaventura, le magicien cubain.

Le Fournisseur de livres de poche

Au milieu de sa lecture de quelques éditions de poche de mes romans, que j'aurai trouvées dans une librairie d'El Paso, Karen voudra savoir exactement ce qui est arrivé à sa compagne, O'Brien. Je lui montrerai dans les journaux les photos du corps étendu à l'entrée de l'hôtel et de l'enterrement. Elle regardera attentivement, sans verser une larme. Plus tard, elle demandera un téléphone et passera quelques coups de fil : à son *coach* de l'équipe de basket de l'université, et à l'un de ses frères qui doit travailler dans une banque en Alaska. Ensuite, sa curiosité apparemment insatiable disparaîtra et Karen se désintéressera de tout, de sa convalescence, de ce qui s'est passé, de la mort, du rein qui lui manque, des picotements dans la blessure qui cicatrise, des informations fournies sur ce que peut faire une personne à qui il manque un rein (ne pas faire trop d'exercice, ne pas se hasarder à accoucher, être sous surveillance médicale constante, bref, mener une vie presque normale, vous verrez), de ses ravisseurs, de l'histoire noire qui doit se dérouler dans sa tête, et même de l'auteur des romans qu'elle était en train de lire. Elle se consacrera exclusivement à la lecture.

Je serai donc un paquet de nerfs, parce qu'il est plus reposant de se faire balancer d'un troisième étage de temps à autre que de voir quelqu'un lire vos romans sous vos propres yeux. Il y a les accidents et la torture. Vigilant, à l'affût d'un geste d'assentiment, d'un sourire à la fin d'un chapitre, je surprendrai un geste de lassitude, et je ne saurai si je dois l'attribuer au roman qu'elle lit, ce qui me rendra très nerveux, aux anges noirs qui doivent traverser son imagination, ou aux fantômes amis et ennemis qui vivront à présent avec Karen Turner.

Parfois, Karen sombrera dans un moment de tristesse, qui finira par une crise de larmes tandis qu'elle regardera le jardin à l'arrière de la clinique. Parfois, un geste rageur. Cette Karen que je reconnaîtrai, en colère contre tous, suivant un ordre hiérarchique qui commence par elle-même.

Tandis que je parcourrai d'autres salles, d'autres services où de jeunes médecins pleins d'humour discuteront pour savoir si le fait d'avoir été pendu à une terrasse peut améliorer les possibilités de soudure de l'os de la jambe dans le plâtre, s'il faut enlever le plâtre ou attendre la semaine prévue, et s'ils doivent recommander la méthode qui consiste à se flanquer par la fenêtre pour réduire les fractures de la cheville. Est-ce que tout ce que l'on vit, tout et plus encore, est matière à roman ?

Cinq jours après avoir observé Karen Turner, basketteuse à la retraite, entamer sa vie de lectrice furieuse, sans ongles à ronger, ils nous laisseront nous promener une demi-heure dans les couloirs de l'hôpital. De paisibles petits vieux en convalescence. Et merde ! penserons-nous tous deux, lorsque cette idée nous traversera l'esprit, à des moments différents de notre promenade dans les couloirs, où quelques plantes moribondes s'étiolent par manque d'eau. Je verrai Karen avec sa blouse blanche, traînant une perfusion vingt centimètres au-dessus de ma tête, ses vingt-trois ans contre mes cinquante-trois. Formidable. Un papy à la patte folle, qui promène sa petite-fille qui vient de subir une opération.

Et Karen continuera à lire, m'ignorant presque.

La nuit du septième jour après la réapparition de la Belle au Bois Dormant, Karen ôtera sa main des draps, elle bougera précautionneusement le cathéter qui relie la perfusion à son bras et dira :

– Je ne pourrai pas jouer au basket avec un rein en moins, mais je pourrais peut-être devenir écrivain.

Enfin à l'air libre

Si la Barcelone du début des années vingt avait une caractéristique, c'était bien de ne pas être condamnée à l'immobilisme. Les forces sociales prises dans une avalanche, dans un tourbillon de passions, évoluaient à une rapidité telle qu'elles emportaient avec elles les petits événements. Un jour, le syndicalisme anarchiste était au bord de la grève générale révolutionnaire, avec ses trois cent mille affiliés qui, comme un seul homme, étaient prêts à abandonner usines et ateliers, ce qui aurait provoqué la fin du monde connu, et ouvert la voie vers le paradis solidaire et le coopératisme industriel. Une semaine plus tard, l'état de siège régnait et la grève s'était repliée. Un jour, c'étaient les bandes armées du patronat qui dominaient la rue, et le lendemain, les groupes d'action anarchistes perpétraient des attentats contre cinquante patrons et accablaient de funérailles les panthéons de la bourgeoisie catalane. Un mois, l'on vivait la gloire du commerce guerrier avec les alliés et, le mois suivant, les entrepôts des usines regorgeaient de marchandises invendables. L'apathie et les gitanes diseuses de bonne aventure succédaient aux pensées de Bakounine et du prince Kropotkine, aux rumeurs de révolution bolchevique et au soulèvement des marins en Allemagne. Parfois, les assemblées syndicales se tenaient dans les arènes, trop petites pour contenir tout le monde et, quelques jours plus tard, on fermait les locaux des syndicats puis des hommes de la police secrète, armés jusqu'aux dents, faisaient la ronde devant leurs portes. On vivait à la limite, avec cette idée étrange que tout était proche, tout était possible ou impossible, tout, et surtout la mort.

Ainsi, le 22 juin, le gouverneur de Barcelone, le comte de Salvatierra, présenta sa démission. Un monarchiste libéral, José Carles Bas, fut nommé à son poste. Et avec lui, vint l'amnistie. Antonio Amador se peigna soigneusement, embrassa tous ses compagnons, ceux qui sortaient et ceux qui restaient, parce qu'avec ces amnisties on ne savait jamais sur qui ça allait tomber, suivant les labyrinthes de la loi, les ambiguïtés des édits, les négligences des bureaucrates et la petite cuisine des tribunaux. Il quitta la prison Modelo un jour de beau temps.

Amador fit siens les mots que devrait écrire plus tard un conteur au nom de famille aristocratique, alors très jeune et écrivain en herbe, Ramon Maria del Valle Inclan : *Je suis la douleur d'un mauvais rêve*, et pour ne pas abandonner la prémonition, en voyant passer un corbillard, il se dit avec les mots d'un autre : *Comme le soleil brille sur les chars funèbres, sur les dorures*. Ces réflexions lugubres correspondaient bien à son caractère et à son état de santé.

Il fit une liste de ses priorités : 1. - emploi ; 2. - santé ; 3. - l'endroit où se trouve Angel ; 4. - voir Dolores de loin ; 5. - logement. À *La Publicidad*, ils lui avaient clairement fait comprendre qu'ils ne l'admettraient plus, même s'il parcourait toutes les ramblas à genoux. À l'hôpital Clinico, après l'avoir examiné attentivement, on lui dit que cet endroit n'était ni une entreprise de pompes funèbres, ni un hôtel, deux choses dont Amador semblait avoir plus besoin que de médicaments. Mais une chambre coûtait deux pesetas par jour, si le petit journaliste tenait absolument à en trouver une.

Il rencontra Liberto Calleja, sur un banc de la Gran Via de las Cortes.

– Les camarades sont une masse volubile qui souffre des effets de l'isolement. C'est l'heure où les lâches traînent la patte.

Amador, qui ne péchait pas par optimisme, mais que l'air de la rue mettait de bonne humeur, n'en était pas arrivé là.

– N'essaye pas de chercher du travail par là, ils vont te cracher au visage. Ne t'abuse pas, le patronat est sorti renforcé de tout cela, surtout du lock-out. Nous allons devoir commencer à cotiser en secret, les délégués d'atelier ne peuvent pas agir ouvertement.

– Et alors ?

– Tu es le seul à avoir une chance. *España Nueva* a ouvert une rédaction à Barcelone. Tu peux y aller. Ils ne paient pas beaucoup.

– Ils censurent encore moins, dit Amador, que le soleil invitait à l'optimisme.

La chaleur séchait les effluves malignes de ses poumons et lui donnait envie de fumer.

Amador fouilla dans ses poches et y découvrit un mouchoir sale, un pamphlet avec les paroles et la musique de *A las barricadas*, une publicité pour des préservatifs, sur présentation de laquelle on vous accordait une réduction, son livret d'affiliation à la Confédération, une peseta et deux cure-dents. Il prit le livret et tendit la peseta à Liberto, qui colla cinq timbres de vingt centimes sur le quadrillage de l'une des feuilles.

Le Témoin sans fin

Et on s'en foutra pas mal de ce que je voudrai entendre et de ce qu'elle sera prête à raconter parce que, dans le fond, ce qui m'intéressera vraiment, c'est de savoir ce qu'elle a pensé du chapitre 5 de *La Tête de Pancho Villa* ou de la scène finale de *La Fin du monde*, quand le type monte sur la moto... Mais, dans cette Ciudad Juárez où les jours se succéderont trop lentement et où les chaînes de glaciers américains feront avantageusement concurrence aux glaces au citron des rues, il semblera que personne ne puisse dicter un rythme à Karen, pas même moi, le Témoin Sans Fin, le TSF qui, en ces jours funestes, ressemblera à une version expurgée du Traité de Libre-Échange.

Et soudain :

– Ils étaient deux, ceux qui se sont jetés sur Jackie et moi à l'entrée de l'hôtel. L'un d'eux portait des bottes en argent. Des bottes ? Non, des pointes... L'autre, c'était un Américain, comme nous. Il a dit quelque chose en anglais, je ne me rappelle plus quoi. La voiture était noire. Rien d'autre, je ne me souviens de rien d'autre. L'odeur du chloroforme qui me serrait la gorge.

– D'abord, il devait y avoir une maison, puis une salle d'opération, ou alors ils ont fait ça dans la maison elle-même ? S'ils t'ont emmenée à l'hôpital, ils ont dû retourner à la maison.

Karen fit non de la tête.

« Rien du tout ? Une maison ? Un chien ? Un étranger ? Quelqu'un qui n'était ni un *gringo*, ni un Mexicain. Des cafards... Des conversations... Ça devait se trouver à El Paso. »

Karen secoua la tête.

– Rien. Jusqu'à ce que je me retrouve ici. J'ai ouvert les yeux, senti que je ne pouvais pas parler, que j'étais devenue muette. Il y avait un type avec une moustache qui me regardait. Toi.

– Rien ?

– Rien... Désolée.

L'étrange beauté de Karen Turner se révélera, pour qui voulait la voir, pour qui voulait l'inventer. Ses longs cheveux blonds avaient poussé. Une bouche fière, peut-être à cause de ce sourire aux longues dents qu'elle affichait parfois, le menton prognathe, les yeux diaboliquement verts.

– Tu en sais plus que moi.

– Des clous. Et tout ça ne se recoupe même pas. Les gars à la camionnette étaient deux, comme dans tes souvenirs. Je suppose que celui que nous connaissons comme le type avec les bottes aux pointes d'argent s'appelle Nico. C'est un ancien flic de Sabinas, dans le Coahuila, et c'est lui qui a tué Jackie à coups de pied. Celui qui t'a chloroformée est un *gringo* qui s'appelle Mike Gardner. Ils vous cherchaient. On ne t'a jamais fait passer d'examens médicaux, à Austin ?

– Je ne sais pas. Je suppose que si, ceux qu'on passe toujours dans l'équipe, tous les trois mois.

– Tu n'as jamais eu des problèmes de rein ? Tu ne t'es jamais proposée comme donneuse ? Un membre de ta famille a perdu un rein ? Quelque chose du genre ?

Nouvelle dénégation de Karen. Elle s'angoissera. Ses mains, sans ballon pour jouer, s'agripperont aux draps.

– Tu n'es jamais allée à l'hôpital ? Ici, ou là-bas ?

– Quand je suis née, andouille ! Ensuite, l'année dernière, à cause de l'accident... (Une lueur traversa son regard.) Un accident de voiture, alors qu'on revenait d'un match.

– Ils t'ont fait passer des tests ?

– À moi, non, je me suis juste cassé ce bras-là (elle le montrera), mais à d'autres filles...

Une longue pause. Karen fouillera dans ses souvenirs.

– Quoi ?

– Serait-il possible qu'ils se soient trompés ? Qu'ils aient voulu enlever Jackie et que ce soit moi qu'ils aient kidnappée ?

– Elle avait des problèmes rénaux ?

– Je ne sais pas, mais au moment de l'accident, ils lui ont fait passer des tests...

– Ça, on peut vérifier... Tu ne te rappelles rien de cette maison, de la salle d'opération, rien du tout ?

Karen fera non de la tête. Elle secouera à nouveau la tête. Elle commencera à désespérer. J'allumerai une cigarette.

– Je ne sais pas si je veux vraiment en savoir plus, dit-elle. (Et ensuite, après une pause :) Et toi, on te laisse fumer dans les hôpitaux mexicains ?

L'Ange triste

Le Baron avait disparu. Il franchit la frontière française à Figueras. Ôtant son monocle, il laissa couler une grosse larme et s'évanouit dans la nature. À présent, il devait être à Paris, à Monte-Carlo ou à Milan sous un faux nom. Le bureau de la Rambla avait été vidé en quelques heures. Le Baron était sorti, avait pris un taxi et, une mallette en peau de porc à la main, probablement pleine de pesetas, il avait disparu. Sa bande s'était complètement dispersée. Ses héritiers étaient encore dans les limbes. Cela pouvait être cet avocat accusé par les syndicats de s'être vendu au patronat et de leur avoir transmis des informations à partir des parloirs de la prison Modelo. Cela pouvait être les nouvelles bandes de tueurs à gages du Syndicat libre, qui s'étaient organisées lors des dernières semaines du lock-out, constituées presque entièrement de monarchistes et de jaunes liés au clergé, mais dont les groupes d'action se nourrissaient de traîtres qui avaient auparavant joué du pistolet pour les syndicats ou qui faisaient partie de l'immense monde de la pègre que Barcelone offrait, générait et régénérait de jour en jour dans le quartier Chinois. Ou cela pouvait être ce briseur de grèves détraqué, qui s'était fait cracher dessus par les femmes des ouvriers lorsqu'il osa conduire un tramway le jour de la grève générale et qui avait la folie des grandeurs, qui pensait qu'il était le fils illégitime d'un comte, que la vie ne lui avait pas rendu justice...

Angel devait être très attentif, les observer tous, surveiller, écouter, tandis qu'il entretenait une correspondance avec des groupes anarchistes de France, d'Italie, et même des lointaines Allemagne et Suisse, dans l'attente d'une réapparition du Baron.

Et pendant ce temps, nourriture végétarienne, promenades à la campagne le dimanche, un travail d'employé de bureau sous un nom d'emprunt dans une entreprise de navigation. Vivre dans une pension, dans un quartier où on ne le connaissait pas et bien nettoyer ses pistolets. Aucune apparition au syndicat et, surtout, peu de réunions, avec des gens de confiance, des réunions où on parlait peu, parce que Angel était surtout l'homme des dialogues muets, des gestes moqueurs, des regards et des amitiés. Ce n'était pas un personnage de comités ou de discours publics, de tavernes ou de fêtes, ni même de bals.

Était-il triste, l'Ange-Noir ? Il était perdu dans le marasme ambiant. Ne se trouvait-il pas au cœur de la lutte ? S'était-il trompé lorsqu'il avait choisi le pistolet pour être le grand démocrate, le grand aplanisseur des différences sociales ? Est-ce que Angel Pestaña avait raison quand il disait que ceux qui avaient choisi les revolvers et les Stars pour prendre le chemin de l'attentat individuel étaient perdus pour la lutte collective et que, tôt ou tard, ils n'auraient plus leur place dans la société en gestation dans les catacombes, dans les caves sociales de la Barcelone bourgeoise ? Le chemin le plus court vers la justice, la justice des coups de feu à bout portant dans une ruelle, face à face avec l'ennemi, vous fermait-elle la voie vers une justice à plus long terme ? Angel pensait parfois à ce genre de choses. Il pensait que la révolution s'était approchée de quelques centimètres grâce aux hommes qu'il avait tués : deux assassins de la bande du Baron, un patron du textile qui volait le fonds de retraite de ses ouvriers, un policier corrompu, un mouchard, le chauffeur du président du patronat... Il pensait à contre-cœur à ses morts, parce qu'ils étaient les siens et qu'ils devraient l'accompagner pour toujours. Dans cette guerre, on ne tirait pas contre des formes lointaines dans les ombres des tranchées, contre des anonymes qui portaient des uniformes différents des vôtres. On tirait sur des visages, à quinze, à dix, à trois mètres, de face, pour qu'avant de partir pour l'enfer des riches, ils voient le baiser d'adieu de l'Ange de la mort des pauvres. C'était une guerre de vengeances. On tuait facilement, mais on mourait plus facilement encore. L'Ange-Noir pensait à tout cela, et il attendait.

Le temps était à l'attente, mais à Barcelone, on n'attendait jamais très longtemps. Et dans ce cas précis encore moins, parce que ce fut l'époque où Angel del Hierro se remettait des deux blessures par balle gagnées à ce duel de la place del Peso de la Paja, où il observait les bords roses de ses cicatrices et retrouvait l'envie de manger, où il reprenait des forces ; ce fut lors d'une réunion du syndicat des imprimeurs à laquelle il assistait, déguisé en joueur d'orgue de Barbarie, qu'il connut celle qui allait devenir sa femme.

L'Amoureux des porcelaines de Sèvres

Ma grand-mère. Il avait connu ma grand-mère. Je penserai à cela. Et aussi à un matin lointain.

Ce matin d'automne à Manhattan, où la pluie refusait de tomber, j'étais arrivé à deux conclusions : *a)* Dieu n'était pas mexicain et *b)* le vent n'avait aucun sens à New York. Ces deux réflexions étaient reliées par un fil ténu.

Je penserai tout cela à Ciudad Juárez, à la chaleur d'un vent qui déplace la terre poussiéreuse et dissipe la chaleur. Les plantes jauniront dans l'arrière-cour. Karen sommeillera, sous le regard attentif de l'*Amoureux des porcelaines de Sèvres nostalgique*, une personnalité que je croyais reléguée dans mes souvenirs les plus lointains.

Ainsi, à New York, évitant la foule du *lunch-time*, que je considérais avec tout le mépris qu'un carnivore peut vouer à des mangeurs de salade, je revins à mon argumentation : Si Dieu avait été mexicain, le vent aurait soufflé tous les jours dans Mexico, et son intensité brutale et merveilleuse aurait dispersé le brouillard chimique. *Ergo*, Dieu n'était pas mexicain, ou du moins s'il l'était, il n'était pas de Mexico.

Dieu venait peut-être de Toluca. Même si Dieu, avant ce voyage et cette chaîne de réflexions absurdes, me semblait être américain. Pas de New

York, bien sûr. Si Dieu était un enfant de putain, comme l'avaient clairement démontré les vingt-cinq dernières années d'histoires personnelles et publiques qui avaient traversé ma vie, il ne pouvait venir d'une ville aussi grouillante de races, de visages et de cultures. Ça devait être un pauvre crétin qui haïssait les autres, un Texan, un trou du cul du Nebraska, un intégriste musulman, un commerçant catalan, un nationaliste serbe. Convaincu que tous ceux qui étaient nés à plus de dix *miles* de la Mecque, de Lerida, de Montenegro ou d'El Paso étaient de pauvres et sinistres connards.

Ensuite, à Ciudad Juárez, veillant sur le sommeil de ma basketteuse assassine, surveillant la douce musique de sa respiration, je me rappellerai l'histoire du plat en porcelaine de Sèvres qui m'avait tant plu ; un plat vert et merveilleux, de Maximin Doat (1851-1939), un personnage sur lequel le dictionnaire Webster ne souffle mot. Un plat fabriqué aux alentours de 1900, avec des silhouettes de femmes et de lutins très estompées, incrustées, presque suggérées. Un plat que l'étiquette du Metropolitan Museum appelait « porcelaine avec incrustations de pâte sur pâte ».

– Tu vas bien ? me demandera Karen émergeant de son sommeil.

J'opinerai du chef, parce que je n'arriverai pas à y croire. Comment était-il possible que je sois tombé amoureux d'un plat en porcelaine de Sèvres ? Karen sombrera à nouveau dans le sommeil, la montre à mon poignet marquera 4 heures et demie. Karen deviendra mexicaine. La sieste. L'heure de la sieste.

Un amoureux des plats en porcelaine de Sèvres. Attention ! De certains, d'un seul, pas de tous. Est-ce que c'était compatible avec l'écriture de romans policiers et la fondation de comités estudiantins de solidarité avec la grève des chemins de fers en 1958 ? Est-ce qu'on pouvait être à la fois santanophile et joycien ? Wagnérien et amateur des *comics* de Frank Miller ? L'éclectisme comportait sa dose de culpabilité. Ça vous en coûte, d'être impur. Mais la culpabilité était un sentiment positif, un moteur aussi bon que les autres, toujours dans la mesure où ça ne se remarquait pas trop.

Et donc, dans l'hôpital de Ciudad Juárez, j'en conclurai que Dieu était avec eux, que Dieu était texan, que...

– On vous appelle au téléphone, chuchotera une infirmière.

J'essaierai de me lever sans trop faire de bruit, et je traînerai la patte jusqu'au téléphone public à l'entrée des urgences.

– Mais qu'est-ce que tu fous là, bordel de merde ? Ça fait une journée entière que je te cherche !

– À qui ai-je l'honneur ? demanderai-je, prenant le risque de recevoir la réponse que je recevrai.

– Dieu, mec, répondra la voix caverneuse.

Le Pompeya

Les témoins devaient raconter plus tard, la voix rauque, entrecoupée de sanglots ou simplement d'angoisse, bouleversés, que peu après 11 heures et demie, un individu de stature moyenne et ressemblant à un ouvrier avait pris place sur l'un des sièges ajoutés derrière les fauteuils, au Music-Hall Pompeya, ce 12 septembre.

À quelques mètres de lui, des étudiants de Saragosse s'amusaient à regarder les danses lascives d'une demi-douzaine de choristes emplumées. Sans lui accorder d'importance particulière, les étrangers virent l'homme maigre, le visage tendu, déposer son béret sur un siège voisin et quitter la salle tout de suite après. Dans l'inconscient de l'un des jeunes gens, l'homme était parti pisser.

L'un des étudiants qui occupaient les sièges du fond, parce qu'ils étaient moins chers que les parterres, les loges et les tables proches de la scène, un étudiant donc, appelé Antonio, sentit une odeur âcre, comme une mèche qui brûlait. Il vit de la fumée s'élever du béret, il se rapprocha du siège, ce qui éveilla l'intérêt de ses compagnons. Il souleva le béret et vit une bombe, mèche allumée. Sa réaction fut de s'enfuir en courant et il avait à peine fait deux pas que la déflagration retentit.

L'explosion de la bombe dans les derniers rangs du parterre fut accompagnée d'une flamme très vive et d'une épaisse fumée qui envahit toute la salle. L'étudiant saragossain essaya alors de s'approcher du lieu où se trouvaient ses amis. Il découvrit que l'un d'eux tenait le béret en main et qu'il saignait abondamment du bras gauche, où un éclat lui avait presque arraché la main. Ce fut la terreur, les spectateurs abandonnaient la salle en se piétinant. Plusieurs tables furent brisées, une fumée noire emplissait la salle et, au milieu des cris et des flammes qui s'élevaient des sièges et des rideaux en feu, la sensation de chaos semblait encore plus grande. Le sol était jonché de blessés et de vaisselle cassée. Plusieurs femmes s'étaient évanouies, et l'une d'elles avait perdu conscience sur la scène. Une énorme flaque de sang marquait l'endroit où la bombe avait explosé.

Les survivants se concentrèrent autour de la porte, se joignant aux centaines de personnes attirées par l'explosion. L'indignation grandissait. Le Pompeya était un cabaret populaire, pour les ouvriers. Qui avait posé la bombe ? On commença à transporter les blessés sur les épaules des spectateurs et des policiers, vers les hôpitaux voisins. Neuf hommes et une femme furent évacués vers la Casa de Socorro de la rue Barbera. Par chance, le docteur Riera et plusieurs infirmiers y étaient de garde.

Huit autres blessés graves, dont trois devaient mourir pendant le trajet, avaient été emmenés dans un nouvel hôpital. C'est donc trois morts qui arrivèrent au service des urgences, tandis que les cinq autres étaient restés dans l'amphithéâtre du Pompeya. Beaucoup d'entre eux étaient très jeunes, entre dix-sept et dix-huit ans. À mesure que l'on procédait aux identifications, les professions apparaissaient : un conducteur de voiture de charge, un employé, un couple d'ouvriers, un laboureur, deux marins, deux étudiants amis du Saragossain, un maçon, un teinturier... On comptait au moins dix-huit blessés graves.

Alors que la fumée ne s'était pas encore dissipée, le petit Antonio Amador surgit au beau milieu de la rue, prenant note des noms sur son minuscule carnet noir, cherchant des descriptions de l'homme à l'apparence d'ouvrier qui avait laissé le béret. Et il obtint ainsi de l'étudiant saragossain, en état de choc, une description de la bombe cylindrique en fer fondu, chargée de mitraille.

– Grand comment ? Comme ça ?

Et il leva la main beaucoup plus haut que sa propre tête.

– Moins.

Un brancard qui transportait une femme dont la jambe avait été arrachée passa à côté de lui. La foule se mit à marcher vers la Casa de Socorro, répondant à l'appel d'une voix inexistante. Une manifestation pleine de murmures à laquelle se joignaient les passants, qui suivaient les brancards et les ambulances. Amador leur emboîta le pas. Au coin d'une rue, quelques camarades, appuyés contre la porte d'un bar, lui firent signe.

– C'est un coup du patronat. Ils veulent provoquer l'affrontement, lâcha l'un d'eux, à brûle-pourpoint.

L'autre, un jeune homme qui se nettoyait les dents avec un cure-dents, évitait son regard.

– À quoi vous savez ça ?

– À rien, des bruits...

– Quels bruits ?

– Muntada, celui du patronat, offrait quinze mille pesetas à celui qui oserait faire une saloperie du genre.

Quelques heures plus tard, Amador aurait un nom et plusieurs versions contradictoires : Inocento Feced, un anarchiste torturé par Arlegui il y a quelques mois et qui avait retourné sa veste. Et les rumeurs disaient que la bombe avait pour cible l'usine de lampes où l'on avait procédé à plusieurs licenciements, mais qu'il n'avait pas pu s'approcher parce qu'on fouillait tout le monde à l'entrée, et que c'était pour cela qu'il était entré au Pompeya. Qu'il voulait poser la bombe pour s'attirer à nouveau les bonnes grâces des groupes qui lui avaient tourné le dos. D'autres rumeurs étaient plus précises : la bombe était destinée au music-hall, et c'était une provocation patronale pour déclencher l'affrontement entre les syndicats et l'armée.

Amador arriva à la rédaction à 3 heures du matin et il tapa son article dans un bureau vide, à la lumière d'une bougie, parce que les ampoules avaient grillé. Ensuite, il télégraphia le texte à Madrid. Il racontait les scènes dantesques, les tableaux d'horreur qu'il avait vus. Il fit mention des déclarations de la direction de la CNT : « brutal, barbare, dirigé contre les ouvriers, une provocation du patronat ». Mais il n'osait pas avancer d'hypothèse, et encore moins le nom d'Inocento Feced, un petit jeune homme d'aspect maladif, membre du syndicat métallurgiste, qu'il se rappelait avoir vu à une quelconque réunion.

Des milliers d'ouvriers entouraient l'hôpital aux premières heures du jour. La Fédération locale de la CNT avait convoqué tout le monde aux obsèques. Amador, les yeux épuisés d'avoir trop vu, la gorge sèche d'avoir posé trop de questions, contempla l'arrivée de milliers d'ouvriers qui avaient arrêté le travail dans les usines. Il se mit à compter, juché sur le toit plat d'une maison située devant l'hôpital Clinico. Il n'y avait pas moins de soixante-dix mille ouvriers.

Les journaux conservateurs offraient leur propre version des faits. Un attentat anarchiste ; Angel del Hierro, l'homme le plus recherché par la police de Barcelone, le coupable.

La foule attendait en silence, mais l'enterrement ne devait pas avoir lieu, le gouvernement civil avait interdit la manifestation et retardé la cérémonie. Une délégation de travailleurs se rendit au palais du gouvernement, Amador parmi eux. Son arrivée coïncida avec la sortie du chef de la police, le colonel Arlegui, qui fut accueilli par des sifflets.

Après négociation, l'enterrement fut autorisé pour le lendemain. Lorsque la cérémonie débuta, à 3 heures de l'après-midi, près de cent vingt-cinq mille travailleurs étaient rassemblés. Quelques heures plus tard, les arrestations de syndicalistes commencèrent.

Amador avait mis ces nuits à profit pour rechercher deux personnages, le jeune Feced, dont la description coïncidait avec celle de l'auteur de l'attentat, mais qui avait disparu de la pension où il vivait, et Angel del Hierro, qui semblait s'être évaporé dans le néant de la ville.

Il ne trouva ni l'un ni l'autre.

Le Romancier de minuit

Non seulement Nicolas se serait évanoui, mais Lola aurait suivi le même chemin, et leurs deux appartements seraient vides. Si les choses prenaient ce tour-là, mon enquête viderait bientôt Ciudad Juárez. Et pendant que j'attendrais la résurrection de Karen, des portes se fermeraient devant moi. Dieu, contrairement à mes souhaits, ne s'était pas révélé un informateur anonyme, mais un de mes éditeurs, qui exigeait que je remplisse mon contrat et que je lui envoie un roman qui n'existait pas le moins du monde, qui semblait ne pas vouloir se laisser écrire. Le chien et le spray anti-cafards ne menaient nulle part. Quant à la lettre envoyée à l'Université du Texas à Austin, demandant si quelqu'un avait eu accès aux archives médicales de l'équipe de basket ou si l'on avait effectué des tests avant l'enlèvement, tout ce qu'elle me permit d'obtenir, c'est une réponse furieuse et bureaucratique, où l'on me précisa que les dossiers étaient confidentiels. C'est-à-dire que si l'information était venue de chez eux, ils ne le reconnaîtraient pas. Il restait donc les hôpitaux d'El Paso et la piste perdue de Mike Gardner.

Mais, stimulé par le coup de téléphone de Dieu, j'aurai endossé une nouvelle personnalité, qui se contrefichait de parcourir les hôpitaux américains, de procéder à des vérifications qui finalement ne menaient nulle part : ma version du *Romancier de Minuit*.

J'écrirai à mes moments perdus, pendant mon temps libre, durant les heures d'insomnie, à la cafétéria de l'hôpital, dans la chambre de Karen pendant que je veillerai sur son sommeil. Mais j'écrirai aussi au milieu de mes rêves, durant les veilles, pendant les cauchemars. J'écrirai des mots dans l'air, dans ma mémoire, des mots sans papier.

Ce sera un roman sur mon grand-père et j'essaierai vainement de reconstruire un grand-père que je ne connaissais pas très bien. Pas un vieux grand-père taciturne, qui mangeait de la confiture sur des tartines grillées, mais un homme drapé dans une cape noire à une époque sanglante. Mon grand-père, le magique et évanescent Angel del Hierro, l'Ange-Noir de Barcelone.

Un jour, un autre moi-même que le Romancier de minuit, cette nouvelle personnalité appartenant à Juárez, s'était trouvé à Barcelone, dans la bibliothèque municipale, pour y consulter des journaux et des bulletins, lorsqu'un nom se glissa subrepticement dans mes carnets de notes. Un certain Antonio Amador, connu par ses contemporains sous le nom de « la Puce » Amador, journaliste qui changeait de moyen d'information comme de sous-vêtement, objet de dizaines d'emprisonnements pour « délits d'opinion », fondateur du syndicat de la presse de la CNT. La Puce apparaissait régulièrement dans les archives de l'Institut international d'Études sociales d'Amsterdam, où se trouve la plus belle collection de journaux anarchistes du monde entier.

Ses articles, que je lus passionnément tandis que l'après-midi glissait par les grandes fenêtres romanes des Archives municipales de Barcelone ou que la neige tombait sur les canaux d'Amsterdam, me captivaient. Il risquait sa peau à chaque fois ; ses papiers laissaient transparaître la furie, les manies, la démence salutaire de l'anarchisme espagnol du début du siècle. Ils défiaient le pouvoir, les assassins protégés par les militaires, la police, les organisations patronales, les gouverneurs, la sagesse éternelle du clergé, les encyclopédistes, les manuels de cuisine, les médecins, les ministres... Et Amador n'apparaissait pas uniquement comme un auteur, c'était un personnage des bulletins d'autres journalistes et écrivains. Amador avait fait partie de mes rêves : l'irréductible, l'espace des principes implacables, le non-négociable. Et sa littérature instantanée, sa conception du journalisme, qui péchait parfois par son côté baroque ou par ses phrases faciles, mais que rachetait sa causticité, me rendait nerveux, couvrait ma propre littérature de questions. À présent, à Ciudad Juárez, en ces jours de poussière que menaçait l'automne, il était entré dans le roman.

Donc, comme le Romancier de minuit qui, malgré toutes ses belles histoires, n'était pas content du manuscrit et savait que quelque chose derrière les touches du clavier empêchait que le livre s'écrive, je m'embourbais dans un exposé qui disait textuellement ceci : si le roman devait servir à quelque chose, c'était à nous raconter comment étaient ceux que nous ne pouvions pas être. Il ne s'agissait pas, comme on le pensait durant la première moitié du xxe siècle, d'une force pédagogique, qui contienne une leçon, une morale, un conseil, une image à imiter ou à rejeter. Ils n'y connaissaient rien. Et c'était encore moins une matière première servant à faire des expériences sur le langage. Des clous ! La littérature était une richesse pour l'avenir, un matériau au service de l'intuition : il y a le livre-programme, le chapitre-projet de réalité à mettre en pratique dans la vie, essentiellement dans le domaine des illusions et des rêves. Donc, le meilleur roman est celui qu'on ne lit pas parce que ce sont les faits qui l'écrivent, il est pré-écrit dans la réalité. Soyons sérieux, une telle fiction n'existe pas, on tente, à travers la fiction, de mettre en scène le quotidien. Alors, pourquoi l'écrire si on peut la vivre ? Fondamentalement, parce qu'on peut ainsi *pré-vivre* la réalité, bien qu'on ne puisse la prévenir. Et si l'on creuse encore, parce que la fiction rend mieux les choses, et que le réel a le don de tout gâcher.

Et je me dirais : va te faire foutre, abruti ! S'il en était ainsi, il n'en allait pas ainsi, parce que la distance séparant l'Ange-Noir et son ami Amador, du contemplateur bucolique de Karen dans lequel je me serais transformé, celui qui écrit la nuit par balbutiements, grandirait de plus en plus.

Et peu à peu, les pages émergeraient au milieu des doutes, comme d'habitude.

Rencontres journalistiques

À cette époque de convictions, à cette époque où l'erreur semblait impossible, où tout était comme la transparence de la Méditerranée lors d'un crépuscule imbécile, Antonio Amador, dit « la Puce », pensait que l'absence de certitudes était elle aussi une certitude.

La ville s'était déplacée, Amador le percevait depuis le taudis où se trouvaient les bureaux d'*España Nueva* à Barcelone, un cagibi sous les toits qui sentait toujours l'humidité et qu'il partageait avec un comptable payé à l'heure, un gars chargé de la distribution du journal (il ne le voyait jamais mais il devait faire son travail parce qu'on trouvait le journal partout), quelques téléphones, une table avec deux machines à écrire, un assistant toujours dans la rue à la chasse aux rumeurs, et un siège gris aux ressorts proéminents, dans lequel Amador dormait. Lorsqu'il dormait.

En sifflotant une chanson, Antonio commençait à mettre en forme les deux pages dont il disposait pour l'édition du jour. Par la misérable petite fenêtre, on apercevait ce qui pouvait être de la brume ou une certaine envie de pleuvoir.

Parmi un tas de correspondance, il avait choisi une lettre d'un certain Lorenzo Lorente, pour son langage particulier. L'ouvrier des Aciéries hispaniques dénonçait le fait que la direction de l'entreprise métallurgique, non content de l'avoir licencié, avait mis sa tête à prix, qu'il s'agissait des mêmes qui avaient obligé les ouvriers de la fabrique de plomb de Santa Ana à déchirer leur carte syndicale pour être embauchés chez eux. Il terminait toutes ses lettres en disant qu'il les attendait et que « ...j'ai deux poings, deux couilles et un pistolet comme celui que vous avez offert à vos informateurs ».

Pour le bas de sa première page, il disposait d'une série de notes de collaborateurs anonymes :

Affrontements à l'entrée de l'usine textile Pujol lorsque les grévistes ont essayé de bloquer l'entrée.

Felipe Villiana Baeza, vingt-trois ans, a été blessé à la cuisse sur la route de Montjuic par deux inconnus qui ont pris la fuite.

L'émigration des ouvriers vers la France continue. « Deux ou trois douzaines d'ouvriers dans le besoin abandonnent la ville tous les jours. » C'était un reportage de son collaborateur, un petit jeune de dix-huit ans au plus, qu'il avait choisi parce que c'était un as de la rédaction, avec toutes les erreurs du monde, mais la plus grande vitesse de frappe qui soit sur une machine à écrire (162 mots minute), et aussi parce qu'il mesurait moins d'un mètre cinquante.

Il rédigea à nouveau un appel à la grève des vendeurs de journaux, auxquels, à la suite d'une augmentation du prix de leur marchandise, on avait refusé une augmentation de leur commission, qui avait même diminué d'un centime.

Il inclut un article d'Amichatis qui adoptait le même ton catastrophiste que lui-même affectionnait :

L'argent abonde, on peut jouer à la Bourse dans son lit, le prix de l'essence et des bas de soie augmente. On construit des tours tournées vers la montagne, le trente-et-quarante[1] *devient populaire. Dans les hôpitaux, le nombre de chambres est limité, le recteur de l'université demande l'aumône pour qu'on ne ferme pas l'hôpital Clinico. Tous les bancs des promenades ressemblent à des hôtels nocturnes. Des jeunes filles de quinze ans se partagent leurs amants. De nombreux théâtres ont fermé leurs portes et installé des tables de jeux sur la scène. Des maladies inconnues abondent dans les cliniques, le proxénétisme est une profession reconnue. Les femmes du théâtre Apolo sont connues sous le nom de « jambes à vendre ». Les rumeurs de grève générale font que les gardes de sécurité patrouillent dans les rues, armés de mousquetons. Cela fait des mois que les réunions syndicales sont interdites.*

Amador, frénétique, infatigable, passa de la correction de l'article de son ami au choix de certaines déclarations faites par Arlegui la veille et publiées dans *El Progreso*.

Journaliste : *Mon général, peut-on savoir pourquoi les gardes de sécurité font leurs rondes avec des mousquetons ?*

Arlegui (hystérique et congestionné) : *Parce que tout ça commence à me sortir par tous les trous !*

Et continuant sa revue de presse, il inclut un article au titre approprié : « Les chiens aboient, Sancho », une petite note publiée la veille dans *La Publicidad* : *L'insolence n'aura jamais autant prospéré qu'en cette période syndicaliste. Les gens de*

1. Jeu de cartes, aujourd'hui tombé en désuétude. *(N.d.T.)*

maison se soulèvent en brandissant leur livrée devant leurs maîtres.

Il utilisa les déclarations de Layret prononcées la veille à la Chambre des Députés à Madrid comme chapeau pour son article : *Le patronat n'a jamais été aussi dur, il impose des amendes et exerce des pressions sur ses associés qui acceptent que des syndicalistes travaillent chez eux. Ces misérables ont créé un syndicat libre.* Il réunit ensuite toutes les informations dont il disposait sur les échanges de coups de feu auxquels avaient participé les groupes armés du Syndicat libre contre des syndicalistes de la CNT. Il possédait au moins une demi-douzaine de renseignements dispersés ou de fragments de lettres de correspondants dans les usines, qui rendaient compte de l'expansion du cancer. Quelque chose était pourri, et pas uniquement l'argent du patronat ou le traitement de faveur des patrons envers les syndicats blancs ; il y avait aussi la lassitude des travailleurs, l'épuisement après deux ans de lutte acharnée, presque sans aucun jour de répit...

Mais les Blancs n'étaient pas les seuls à agir, les groupes réagissaient et, la plupart du temps, ces derniers avaient le dessus : à grand renfort de coups de feu, ils démantelaient un siège du Syndicat libre dans le quartier de Sans ; à coups de feu, ils chassaient Miranda, le tueur à la solde des Libres qui avait empoisonné le café d'une cantine commune... Tous les jours, des fusillades. Des ouvriers mouraient, mais des patrons tombaient aussi. On posait des bombes dans les couvents où les Libres se réunissaient...

Ensuite, Amador marqua une pause, ce qu'il n'avait pas coutume de faire et qu'il interpréta comme un « péché de réflexion », et il se dit que la polarisation qui se créait était dangereuse.

La première page était prête. Il s'arrêta un instant pour coller une phrase de Valle Inclan sur sa table. Quelqu'un, dans ce qu'avait été cette pièce avant de devenir son bureau, avait accroché sa photo de famille, coloriée à la main, d'employé d'usine avec trois filles en âge d'être mariées. À côté, pour ne pas démériter, Amador mit le bout de papier qui disait : *Le journalisme est une plaisanterie, tout comme la politique.*

Il recula pour contempler son œuvre. Pas mal. Mais un peu court. Plus encore dans une ville où, un de ces jours, ils allaient fusiller les journalistes dissidents. Tu parles d'une plaisanterie ! Une ville où l'on mentait pour des motifs obscurs. Ici, on ne cachait pas l'âge des héritières ou les millions d'un industriel, ici on montrait d'un doigt journalistique un homme en le désignant comme coupable, ce qui revenait à le condamner à mort.

En mordillant un quignon de pain que l'un des multiples visiteurs devait avoir laissé derrière lui, Amador se lança dans l'élaboration de la deuxième page. Il disposait d'un article juteux, se dit-il en rédigeant le chapeau :

L'inspecteur Fernando Torner (qui succombera) et le capitaine Del Toro du corps de garde, gravement blessé, se sont battus à coups de sabre. Ils demandent la destitution d'Arlegui pour les avoir poussés à s'affronter en duel. Ils avaient auparavant échangé des insultes et des gifles.

Tandis qu'il savourait d'avance la chute, il sentit une présence dans la pièce, une vague sensation de ne plus être seul. Des fantômes dans les neurones. Il porta lentement la main à son arme, comme pour en caresser la crosse, et leva les yeux. Un Hindou avec un turban le regardait fixement.

– En quoi puis-je vous aider ? demanda le journaliste en soulevant la crosse de son revolver, qui glissa doucement à l'intérieur de sa poche.

– On m'avait dit qu'en plus d'être une pédale vous étiez orientaliste, dit l'Hindou, d'une voix à l'accent bizarre. Et je suis venu vous instruire sur l'art mystérieux du mesmérisme et de la résistance à la douleur, qui vous seront utiles quand vous vous en prendrez une dans le cul. Je pense qu'en principe le mieux ça serait un sandwich au chorizo...

L'Hindou posa sur le bureau un énorme sandwich au chorizo et le poussa vers le petit journaliste.

Amador regarda fixement le personnage et se demanda s'il devait à nouveau dégainer son arme. Peu à peu, il distingua les traits sous le déguisement.

– Tu es vivant, dit-il.

– Tout à fait. Et je te remercie d'avoir pris ma défense dans l'affaire du Pompeya. Je n'aurais jamais pu faire une saloperie de ce genre.

– Je sais. T'aurais pas une clope ?

Le Pistolero santanophile

Le 14 octobre 1982, pendant une session de répétitions aux Automat Studios de San Francisco pour la préparation du disque *Shango*, l'on enregistra un morceau, dont les paroles et la musique avaient été composés par Carlos Santana. Il était intitulé *Ange noir*, sans aucun doute involontairement dédié à mon grand-père.

Le morceau était échevelé, inachevé, et finit donc aux oubliettes des morceaux ratés. Et il y serait resté si, en novembre 1987, on n'avait pas terminé l'enregistrement. Cinq années s'étaient écoulées. En mai de l'année suivante, la chanson fut mixée par Jim Gaines à Sausalito. Dans la version finale de ce morceau accidenté, Carlos Santana était à la guitare et au chant, avec Alex Ligertwood, Richard Baxter et Greg Rolie aux claviers, Graham Lear à la batterie, Orestes Vilato aux percussions et au chant, ainsi que Raul Recow. Armando Peraza aux congas fut, selon Santana, celui qui donna sa texture et son sens à la chanson :

Elle disait quelque chose de ce genre :

Un ángel negro / que todito anunció / ¡ esa mi gente ! / la hora ya llegó / Y dijo temblando / la libertad será / la música es lo único / que el alma pedirá [1].

Je réfléchirai à tout cela en sortant de l'hôpital et je marcherai jusqu'au Camelia's pour changer de sous-vêtements, fredonnant le morceau du magicien d'Autlan. Encore tout surpris que Santana ait deviné l'existence de mon grand-père, l'Ange-Noir. Quand le musicien de Jalisco et l'anarchiste de Barcelone avaient-ils échangé des messages ?

Mon enquête sur les ravisseurs de Karen sera une cause perdue, elle sera partie en fumée entre mes mains. Par contre, le roman avançait. Pourquoi les fantômes dansants pouvaient-ils apparaître dans les romans alors que, dans la réalité, il n'y avait rien de plus irréel que les fantômes ?

1. Un ange noir / qui vint tout annoncer / voilà, mon peuple / l'heure est venue / et il dit tout tremblant / la liberté sera / la musique est la seule chose / que l'âme demandera. *(N.d.T.)*

Les trous dans les bottes

– Tout est sur le point d'exploser et je suis amoureux d'une camarade blonde qui porte un petit manteau vert pâle, une petite Polonaise, dit l'Hindou au turban.

Il tendit une cigarette à Antonio Amador qui, au comble du bonheur, oublia qu'il lui manquait plus de la moitié de la deuxième page et posa les pieds sur son bureau.

– Est-ce qu'il n'en est pas toujours ainsi ?

– Non, répondit Angel en s'asseyant sur le sol, jambes croisées.

– Et maintenant, tu médites comme si tu étais un brahmane.

– Mais non, putain, c'est qu'il n'y a pas une seule chaise potable dans ce bureau.

Amador parcourut la pièce du regard, comme pour vérifier ce que disait son ami.

– Il y a toujours le fauteuil, vieux frère.

Angel fit non de la tête.

– Et cette tenue de singe ? demanda Amador.

– J'ai toujours aimé l'hyperbole. Si on se déguise en prêtre, par exemple, autant que ça soit en évêque, pour le moins.

– Lorsqu'on mesure moins d'un mètre vingt, le

mieux, c'est d'être nain, répliqua philosophiquement Amador, qui se répétait.

– Tu t'en es sorti tout juste, l'ami.

Amador alluma une cigarette, monta sur la table et, piétinant les reportages, dansa quelques pas de *chotis* [1].

– Eh bien oui, ils vont tous nous tuer, et moi aussi je suis amoureux. Je suis toujours amoureux et, en plus, s'ils ne nous tuent pas, c'est la tuberculose qui « va me faire mourir », dit Amador avec un sourire, en redescendant sur la chaise.

– Il y a une différence. Toi, tu es celui qui raconte les histoires. Moi, il faudrait que je meure d'une autre façon. J'ai toujours pensé que mourir devait être quelque chose qui fonctionne de manière symbolique.

– Bon sang, qu'est-ce que vous devenez religieux, vous les anarchistes purs et durs, mon vieux ! Et quant au fait que je sois un de ceux qui racontent les histoires... Ne viens pas me servir des contes de Schéhérazade, pas à moi. Raconter des histoires, ici, à Barcelone, ça revient à les vivre.

– Je retire ce que j'ai dit, reprit Angel, qui à ce moment de la rencontre était en train de pleurer.

– Putain, c'est sérieux, alors !

Et sans plus en douter, immobile sur son horrible chaise, à laquelle manquaient quelques barreaux, montrant les semelles de ses bottes à qui voulait les voir, avec leurs deux trous symétriques au centre, résultat de ses marches incessantes sur les pavés, il se mit lui aussi à pleurer.

1. Danse typiquement madrilène, ressemblant à la mazurka. *(N.d.T.)*

Le Diseur d'adieux des hôpitaux

En 1990, Santana, sa calvitie naissante couverte par un bandeau, enregistrait *Spirits Dancing in The Flesh*, où il envoyait un petit message dédié au champion de boxe Julio César Chávez : *En el tiempo de hoy, la gente depende demasiado del dinero, la comida, la gasolina; esta declaración musical es un puente para recordarles de la gasolina interior (el espíritu) que los llevará a su destino final*[1]. »

Il me sera difficile d'assimiler la métaphysique de Santana, mais sans aucun doute, j'allais avoir besoin de beaucoup de carburant intérieur pour parcourir les chemins fourchus qui s'ouvraient devant moi à la porte de l'hôpital.

Karen remplira en grand nombre des documents qui permettraient à l'hôpital mexicain de toucher une assurance universitaire américaine. Et elle lèvera les yeux de temps en temps de la liasse de papiers pour me sourire.

Ces derniers jours avec Karen auront été un mélange de communication intuitive et de non-communication absolue. Moi, je n'en aurai rien à

1. À notre époque, les gens dépendent trop de l'argent, de la nourriture, du combustible; cette déclaration musicale est un pont pour vous rappeler le carburant intérieur (l'esprit), qui vous mènera à la décision finale. *(N.d.T.)*

foutre des monstres des Muppets, et elle ne sera pas le moins du monde intéressée par la biographie de Santana ni par le terrible problème qu'est la narration à la première personne et au futur.

Cela n'aura pas été facile d'expliquer à Karen pourquoi dans mes souvenirs, Santana, presque sans le vouloir, ressemblait toujours plus à Tin-Tan [1]. Pourquoi le musicien rock, dans ma mémoire, avait la moustache et l'apparence de Tin-Tan. Je n'éprouvais pas de difficulté à rationaliser ma passion pour Santana, que la basketteuse américaine, démolissant les barrières de génération, parvenait à comprendre, mais il était pratiquement impossible de lui expliquer qui était Tin-Tan, ou pourquoi il était fondamental que l'image de Tin-Tan habillé en sultan dans un harem, plaisantant avec le personnel, ne se perde pas dans les brumes de la mémoire.

Différences culturelles.

Karen se promènera dans les couloirs avec les documents roulés. On aurait dit qu'elle voulait patiner, se mettre à courir, voler le ballon du docteur Suarez et marquer un panier devant le regard stupéfait des nourrissons des couveuses. Karen sans un rein serait un oiseau avec une aile coupée.

J'ôterai la punaise qui fixe la carte postale de la bicyclette de Vinci sur le bureau de sa chambre et je ferai un paquet de mes romans.

Le soleil brûlant s'abattra sur nous à la porte de l'Hôpital général de Ciudad Juárez. Karen mettra sa main en visière devant ses yeux.

– Et maintenant ? demanderai-je, m'attendant à tout sauf à la réponse, adieu, on se voit un de ces jours, chacun chez soi, voyeurs de la vie, viveurs du regard, va te faire foutre chez les Grecs...

1. Comique à succès du cinéma mexicain des années cinquante. *(N.d.T.)*

– Eh bien, on va les chercher, non ? Si je ne peux pas jouer au basket, on peut toujours jouer les détectives. Et si notre pari réussit, eh bien, tant mieux, dira Karen Turner.

Et elle tentera d'avancer, mais elle vacillera. Elle s'appuiera alors à mon bras, et nous traverserons l'avenue pour prendre un taxi.

Mais il n'en sera pas ainsi, et Karen dira vaguement qu'elle doit retourner à l'université, qu'elle a des affaires à régler... et elle prendra de mes mains, tout en trébuchant, les livres et la carte de la bicyclette. Cérémonieux, nous nous dirons adieu à la porte de l'hôpital d'un chaste baiser sur les joues. Je t'en donne un, tu m'en donnes un autre, le dernier. Quelques mots sur le combustible spirituel de Santana pour entretenir l'obstination et la vigueur. Moi, un José Daniel Fierro reconstitué, sans plâtre à la patte, prêt pour une enquête. Elle, une ex-basketteuse à la retraite, prête à passer la frontière et à disparaître dans la brume d'un rêve américain inexistant.

Secteur 6

La passion par la queue

Avec la conviction que la passion ne s'attrape pas par la queue, et qu'elle se poursuit jusqu'au bout, elle ne nous montrera jamais plus son visage, mais elle nous laissera un éternel vide dans le cœur.

Carlos FUENTES

Jerry quitte New York

Jerry était un Américain universel, ce qui était, en principe et pour beaucoup, une contradiction. Mais il était pourtant universel, c'est-à-dire cosmopolite, citoyen du monde, ou plutôt, citoyen d'aucun monde. Il ne partageait pas le nationalisme étriqué de la plupart de ses compatriotes et n'adhérait pas à dix des douze principales valeurs qui, selon Jerry, étaient la norme aux États-Unis (la tarte aux pommes, les chemises hawaïennes, l'amour des télécommandes, la passion pour les voitures japonaises, la croyance en la liberté de la presse, la peur du contact physique lorsqu'il fallait saluer son voisin, le libre-échange, la supériorité relative du sexe sur les consoles Nintendo, la véracité des sondages et la supériorité des mascottes sur les *homeless*). Il n'en partageait que deux : les vertus de la libre entreprise et la conviction que l'absence d'un *senior partner* dans votre vie pouvait être formidable. Comme il était un personnage d'exception, il ne correspondait donc pas à l'Américain moyen : il n'était pas une femme, même s'il était blanc, ne vivait pas dans les faubourgs d'une grande ville, n'avait pas deux enfants, n'aimait pas les cocktails de crevettes, ne regardait pas la télévision six heures par semaine et ne lisait pas deux livres par an. Il n'était pas comme eux. Mais il n'était pas seulement universel, il était jetable, *wash and wear and use and throw*, à usage unique, *wasted*. Un déchet. Cela avait-il un rapport avec son caractère cosmopolite, avec le fait qu'il préférait le Pepsi russe à celui de Detroit, qu'il plaçait son argent dans une banque parisienne et non à la Chase Manhattan, qu'il aimait la cuisine thaïlandaise de Nakhon Ratchasina et non pas sa version civilisée de Greenwich Village, qu'il préférait lire *Der Spiegel* plutôt que *Newsweek*, et qu'en matière de cinéma, il préférait les westerns de Sergio Leone à ceux de John Ford ? Et en fin de compte, peut-être tout cela était-il lié au fait qu'il n'en avait rien à battre du destin des États-Unis.

Jerry sortit de chez lui pour se diriger vers la Chemical Bank. Il changea le chèque de deux cent mille dollars, ouvrit un compte à son nom sur lequel, après quelques transactions financières, il ne laissa que quatre mille dollars ; il se fit virer plusieurs chèques en francs suisses et en Marks allemands, se remplit les poches de billets de vingt et glissa huit mille dollars en chèques de voyage dans un portefeuille qu'il avait acheté au coin de la rue.

Son portefeuille en main, chargé d'un sac de voyage où il avait fourré son passeport, deux T-shirts, quelques slips, un maillot de bain et deux livres de poche, il flânait dans la 5e Avenue tout en cherchant une compagnie aérienne mexicaine.

C'était peut-être ce qu'il y avait de mieux à New York : Taxis et promenades. Le paysage urbain quand on se déplace à pied, une sociologie instantanée fournie dans le taxi par l'homme derrière le volant. Peut-être était-ce le fait que, même s'il était difficile de trouver du tabac noir, du moins personne ne vous crachait au visage chez un marchand de tabac si on demandait autre chose que des Marlboro

Lights. Ce qui faisait de New York une ville étrangère au reste des États-Unis, le pays des autoroutes, des voies rapides, des *freeways* et des grand-routes. Ici, on marchait. New York était une ville de parias universels, piétons, usagers du métro, enfants des taxis jaunes dans le meilleur des cas. Et puis, les lignes aériennes. Une ville unique, déboussolée. Nulle part ailleurs, on ne trouvait si peu d'espace pour les gens normaux, nulle part ailleurs, on ne chassait le dollar avec tant de passion unanime, dans aucun autre coin du monde, on ne pouvait être aussi différent.

C'était une ville où tous se sentaient partiellement déracinés et presque tous étaient des étrangers, si l'on excluait les quelques vingtaines de milliers de secrétaires et quelques autres vingtaines de milliers de cadres moyens, masculins et féminins, qui pensaient que la ville leur appartenait, mangeaient mal en croyant bien manger et buvaient du Pepsi Light. Les autres faisaient partie du troupeau.

Ces dernières années, Jerry avait vécu dans une demi-douzaine de pays et dans une autre demi-douzaine de villes des États-Unis, New York mise à part, car il l'associait plutôt à la liste des pays étrangers qu'à celle des villes américaines. Il avait vécu seul, sans chien ni chat, sans oiseaux ni hamsters, sans femmes ni hommes, sans père ni mère, sans épouses ni cousins ni enfants. Et cela avait donné une force incroyable à ses monologues intérieurs. Comme un personnage joycien, il élaborait dans les rues des romans illisibles, se racontait de nouvelles histoires et transformait les anciennes. Parfois, il passait en revue sa biographie : il avait été propriétaire d'un sex-shop en Espagne à l'époque postfranquiste, gérant d'un hôtel en Thaïlande et prêteur sur gages en Alabama ; il avait à nouveau travaillé pour l'Agence en Espagne et en Argentine, et vécu de l'argent qu'il avait escroqué dans le Cono Sur, en Amérique latine. Il avait six mille dollars en pesetas convertibles dans une banque espagnole et une fille de trois ans à Lyon. Il avait pris sa retraite à quarante ans ; il en avait à présent quarante-trois, et il allait quitter la seule vraie ville qu'il ait véritablement connue. Du moins temporairement.

Mais tout cela, ce n'était que des anecdotes et des villes, se disait Jerry tandis qu'il traversait l'Avenue des Amériques à hauteur de la 17e Rue et passait devant un magasin de fournitures de bureau spécialisé dans tous les types d'enveloppes, son billet d'avion en main.

Retour

La première chose qu'il vit de la ville de Mexico lorsqu'il ouvrit les yeux, alors que l'autobus était arrêté à un feu, ce fut deux pères Noël qui se tapaient furieusement sur la gueule dans une lutte qui en était arrivée au stade des coups de pieds. Les curieux commençaient à s'approcher de la bagarre dûment éclairée par les néons.

Ils lui donnèrent l'envie de descendre de l'autobus pour participer à l'empoignade, mais il ne parvint pas à se tirer de son engourdissement et réagit avec lenteur. Ainsi, lorsqu'il voulut se lever, le rouge avait fait place au vert et il se trouvait déjà dans une autre rue. On aurait dit que les choses lui glissaient toujours entre les doigts.

José Daniel Fierro se lissa la moustache, mit son sac de toile sur son épaule et prit un taxi depuis le terminal du Nord jusqu'à la Colonia Del Valle. Le bâtiment était sombre, les lumières de son appartement étaient éteintes, on avait vraisemblablement coupé l'électricité. Vers quoi rentrait-il ? Un roman qu'il ne parvenait pas à écrire ? Une maison probablement inondée ? Est-ce qu'il avait laissé les robinets ouverts ou n'était-ce là que de la littérature ?

Le taxi avait tourné au bout du pâté de maisons

pour reprendre la Division du Nord. José Daniel Fierro leva la main et arrêta le véhicule.

– Au terminal du Nord, l'ami, dit l'écrivain.

– Vous avez oublié quelque chose ? demanda le chauffeur.

– Oui, quelque chose.

Les trois premiers feux étaient au vert. Arrivé au pont des Insurgés, le feu rouge arrêta le chauffeur de taxi. José Daniel prit à nouveau la décision contraire. Quelques vendeurs de roses s'approchèrent de la voiture.

– Laisse-moi ici, petit. C'est combien ?

– Vous êtes sûr, patron ? Je vois bien que vous êtes un peu à côté de vos pompes.

Il ouvrit la porte et déposa le bouquet de fleurs sur un fauteuil. La maison avait souffert de la tentative d'inondation. À la porte de la salle de bains, la flaque d'origine avait séché, ce qui donnait au tapis vert deux nuances aussi variées que plaisantes. La platine de la stéréo était fichue, le moteur avait chauffé d'avoir tant joué *Black Magic Woman*.

Heureusement, il lui restait des ressources, comme mettre dans un lecteur la cassette de *Europa* à plein tubes, cette chanson de 1976 qui portait le sous-titre suggestif de « Cri de la terre, sourire du ciel », et où le talent de Santana se mêlait à celui de Tom Coster aux claviers, que le plus grand des santanophiles (à l'exclusion de José Daniel lui-même), Jordi Serra i Fabra, certainement un autre auteur de romans policiers comme le chef Fierro, devait qualifier de « pièce maîtresse ».

Europa était un morceau à l'accompagnement très simple, très bas, avec quelques touches de clavier en toile de fond, et tout, absolument tout, était fondé sur le phrasé musical de Santana à la guitare, qui évoquait pour le chef Fierro une série de questions destinées aux personnages absents. L'interrogatoire de ceux qui ne sont plus. Des questions qui deviennent de plus en plus angoissantes à mesure que progressent les aigus et les retours du thème. Il préférait le début beaucoup plus mélodieux et doux aux parties de guitare plus folles, mais même celles-ci l'encourageaient et l'invitaient à s'asseoir pour écrire ces choses que l'on sait et que l'on ne parvient pas à exprimer par des mots.

José Daniel Fierro s'assit derrière son ordinateur et ouvrit un nouveau fichier. Sur l'écran vierge s'inscrivirent les mots *La ballade des étoiles*. Il alluma une cigarette et repéra une boîte de pellicule 35 mm qu'il utilisait comme cendrier, *Un roman de José Daniel Fierro*. Quelqu'un frappait à sa porte, probablement les voisins, qui avaient été sevrés de Santana pendant un mois et regrettaient le retour à la normale. *Chapitre I,* et ensuite la première ligne :

– *Putain de ta mère, que les défaites sont horribles !* dit à voix haute José Daniel Fierro, en même temps qu'il le tapait...

Jerry à Mexico (I)

Le Bulgare n'avait pas fondamentalement changé en quinze ans, bien que son visage émacié fût marqué par les signes de sa maladie. La saleté de sa chemise à bretelles pleine de sueur et de cendres de cigarettes le trahissait. Qui portait encore des chemises de ce genre à la fin du millénaire ? Jerry l'observa attentivement. Le bruit de la circulation pénétrait dans la pièce, filtrant par la baie vitrée aux carreaux sales et cassés, recouverts de cartons de lait. Deux télévisions et un grand ventilateur trônaient dans la pièce. Une énorme pile de *Playboy* et de *Caballeros*. Dans tous les coins, des cendriers qui débordaient.

– Pourquoi tu vis comme ça, Christo ? Tu ne vis pas comme un millionnaire bulgare. Est-ce qu'il y a des millionnaires bulgares ? De faux millionnaires, qui ne valent pas grand-chose, je suppose ? Avec des propriétés sur la mer Noire ?

Le Bulgare était couché sur le lit, relié à une machine qui émettait des gargouillis tout en soutirant et en introduisant des liquides dans son corps. Les tubes en plastique de la machine étaient cachés sous les draps roses. L'un des bandits lui tendit ses lunettes à verres épais et le Bulgare les posa sur son nez, pour regarder Jerry tout à son aise. L'autre était assis dans un fauteuil à bascule et se balançait doucement. Bercé par les bruits des autobus de la rue Guerrero, il se curait les ongles avec un poignard. Au-dessus du lit, une Vierge de Guadalupe incongrue semblait souhaiter au Bulgare la pire des destinées.

– Tu as vérifié pour les cinémas, Jerry?

– Oui, et tu n'auras aucun problème à en acheter deux ou trois, du moins si tu as encore les petits sachets que je t'ai laissés à Saigon, mentit Jerry.

Le Bulgare soupira.

– Je suppose que maintenant, je vais devoir t'expliquer pourquoi je ne suis pas arrivé à temps en Thaïlande. Ou plutôt, pourquoi je suis arrivé trop tôt et que je n'ai pas pu t'attendre. Et il faudra que je t'explique pourquoi je ne peux pas me rendre à New York et pourquoi nous sommes obligés de nous voir ici. Je vais devoir t'expliquer tout un tas de choses... Tu ne travailles plus pour l'Agence, n'est-ce pas?

Jerry secoua la tête.

– Tu es resté le même, Jerry?

– Et toi, tu es resté le même, Bulgare de merde?

Mandajsiev éclata d'un rire tonitruant, qui le secoua dans son lit. L'un de ses hommes de main, plein de sollicitude, lui passa un sachet de cacahuètes.

– Je ne peux pas rentrer aux États-Unis. Maintenant, ils n'acceptent plus les déserteurs de la démocratie, dit le Bulgare en riant.

La machine à ses côtés émit quelques gargouillis. « Interpol me recherche. J'ai attaqué un hôtel de luxe sur la mer Noire pendant une convention de cardiologues... J'ai cassé à coups de pied le cul d'un ex-député communiste, qui était alors député chrétien démocrate. J'ai écrasé le chien de l'ambassadeur américain à Sofia. »

– Seulement le chien ?

– Aussi l'un de ses gardes du corps. Mais c'était un accident, vieux. Personne ne ferait intentionnellement des imbécillités pareilles... Tu peux me procurer des papiers ?

Jerry émit un doute.

– Non. Ceux qui pourraient te les faire seraient très heureux de te mettre la main dessus. Les réfugiés d'Europe de l'Est ne sont plus à la mode, et encore moins les anciens membres des services secrets. C'est votre faute, il ne fallait pas essayer de buter le pape. Je ne pense pas qu'ils puissent te donner quelque chose de convenable, rien qui résisterait à un agent de l'Immigration qui sait lire.

Le Bulgare s'agita dans son lit. Jerry perçut une tension qu'il n'avait pas remarquée auparavant.

– Pourquoi tu ne restes pas ici ? Tu n'aimes pas le Mexique ? lui demanda-t-il.

– Ça revient très cher, répondit Mandajsiev, qui désigna les deux gardes du corps. Le gars que je paie pour mon séjour me prête ces deux-là. Et je ne suis pas certain qu'un jour, il ne va pas se retrouver sans emploi et me demander double tarif. Tu veux quelque chose à boire ?

– Un rafraîchissement.

Mandajsiev s'adressa en espagnol à l'un des jeunes hommes, qui se leva pour aller chercher à boire dans la pièce voisine. Jerry, qui parlait très bien l'espagnol, ajouta qu'il préférait de l'eau minérale.

Les deux hommes se regardèrent un moment.

– Tu me dois beaucoup de choses, dit finalement Jerry.

– C'est vrai... Exactement quatre cinquièmes de ce que j'ai. Attends... (Il tira de la table de nuit un petit carnet.) Presque deux millions de dollars... Je suis un bon payeur.

– Je veux des chèques certifiés, des chèques de voyage et du comptant.

– Bien sûr. C'est ton argent.

– Je sais.

Le silence se fit à nouveau.

– Mais comme je te disais dans ma lettre, je dois te demander une faveur, dit le Bulgare.

– La faveur vient avant que tu me paies ce que tu me dois ?

– Je crois que oui.

– Je vais y réfléchir, dit Jerry.

Il se leva et se dirigea vers la porte.

Léonard (IX)

Léonard de Vinci avait toujours voulu écrire un roman, et d'une certaine manière, au fil des ans, il laissa dans ses cahiers des traces de ses intentions. En particulier, dans le *Codex atlanticus*, l'on trouve l'ossature d'un roman, suivie d'un chapitre expérimental sous forme d'une lettre avec illustrations, adressée à l'inexistant Devatar de Syrie, lieutenant du tout aussi fantomatique sultan de Babylone.

Les fanatiques de Léonard furent toujours déconcertés par ce texte. Ils essayèrent de le relier biographiquement aux mouvements connus de Léonard, croyant qu'il s'agissait de notes prises lors de voyages ; et quelques-uns des passionnés qui étudiaient son œuvre croyaient que ce matériau littéraire prouvait les relations de Léonard avec une scission de l'Ordre du Temple et témoignait d'un supposé voyage secret du Magicien au Moyen-Orient.

Toutefois, n'importe quel écrivain pourrait facilement confirmer que le texte de Léonard appartient au domaine de la fiction, et il est assez évident que la lettre fait partie de la trame d'un roman, tout comme il n'est guère difficile de démêler la toile tissée par Léonard :

Le roman, qui devait peut-être s'intituler *Le Mont*

Taurus, comprend, à l'état de plan, douze chapitres et trois chapitres/annexes. Les chapitres racontent successivement l'histoire d'un prédicateur prévenant ceux qui voulaient l'entendre de l'imminence d'un futur holocauste. Un prédicateur scientifique ? Une idée si chère à Léonard. Il semble que le prédicateur prêche dans le désert ; il a beau annoncer l'arrivée de catastrophes, on ne lui prête guère attention.

Les prédictions s'avèrent et la région souffre d'une terrible inondation (chapitre 2) qui détruit la ville (chapitre 3), ce qui provoque le désespoir de la population (chapitre 4) et entraîne la persécution du pauvre prédicateur (parce qu'il dit la vérité). Comme si les catastrophes n'étaient pas suffisantes. Lorsque le prédicateur est libéré (on ne sait pas très bien comment), il lui faut raconter la destruction que provoque l'effondrement d'une montagne (chapitres 6 et 7), une avalanche, l'apparition d'un prophète (le prédicateur dans sa nouvelle personnalité ?) et la prophétie qu'il prononce à ce moment (chapitres 9 et 10) et, enfin, « l'inondation des parties les plus basses de l'Arménie occidentale, dont le drainage eut lieu avec l'effondrement du mont Taurus » (chapitre 11). À la fin, la science triomphe et le prédicateur démontre que ce qui s'est passé et qu'il avait prédit a été un phénomène naturel, et non un produit du dessein divin ou de la magie ; il démontre également que les phénomènes naturels ont des causes et des explications.

Dans les chapitres/annexes, Vinci, s'intéressant plus au mont Taurus, aux causes naturelles et aux comètes qu'à la trame du roman, se livre à trois descriptions : celle de la montagne elle-même, celle du fleuve Euphrate, et celle d'un phénomène étrange qui provoque la stupéfaction lorsque « le sommet du mont resplendit pendant une moitié ou un tiers de la nuit, et ressemble à une comète pour ceux qui habitent à l'Occident, après le coucher du soleil, tandis qu'il semble tout à fait identique à lui-même aux yeux des habitants de l'Est avant l'aube ».

Quant à la façon dont le roman est raconté, il semble que Vinci ait affectionné le style épistolaire, ce qui explique les lettres destinées à Devatar de Syrie et à son ami Benedicto Dei.

Léonard n'en reste pas là et, dans d'autres notes, il développe la possibilité d'intégrer au roman l'histoire d'une baleine. Il flirte ensuite avec l'idée d'ajouter à l'histoire un géant venu du Liban et couvert d'adjectifs, qui « naquit dans le mont Atlas et était noir. Il lutta contre Artaxerxès, les Égyptiens, les Arabes, les Mèdes et les Perses, il vécut dans la mer avec les baleines, les orques et les bateaux ». Il avait « un visage horrible et terrifiant, des yeux gonflés et rougeâtres sous des cils sombres et redoutables, qui pouvaient obscurcir le ciel et faire trembler la terre ».

Peut-être que, à mesure qu'il racontait l'histoire, il découvrit que celle-ci se réduisait et que la synthèse succédait à la narration. Il découvrit en outre qu'il préférait décrire une formation géologique plutôt que raconter la manière dont un personnage l'escaladait. Il goûta donc aux énormes difficultés posées par le métier de conter des histoires, ou tout simplement, il s'ennuya et vaqua à un autre de ses nombreux projets volatiles.

Jerry à Mexico (II)

Jerry décida d'accepter pour deux millions de raisons plus une. La raison singulière qui s'ajoutait aux deux millions de dollars était que cela faisait trop longtemps qu'il avait erré sans accès à aucune forme de pouvoir et que, d'une certaine manière, le Bulgare lui rappelait le coup de chance qui avait été sur le point de tout changer, pour ensuite s'évaporer et foutre en l'air son avenir. D'une manière très particulière, l'appel à l'aide du Bulgare lui faisait sentir qu'il était toujours différent. Qu'il avait été différent toute sa vie et qu'il continuait à l'être.

Avant la rencontre, il avait utilisé ses contacts à Mexico et tissait petit à petit un filet dans lequel il pouvait retomber s'il glissait du trapèze, au cas où le Bulgare voudrait lui tirer dans le dos. Est-ce que ça en valait le coup? Naturellement, si la situation avait été inversée et si c'était lui qui avait eu les millions en sa possession, Jerry aurait joué un tour de cochon au Bulgare. Il aurait gardé tout l'argent. Bien sûr que ça en valait le coup. La possession, c'est 99 % de la propriété. Les morts pouvaient toujours protester. Le ferait-il? Bien évidemment. Au moment où il n'aurait plus besoin de lui, le Bulgare disparaîtrait. Jerry était donc convaincu qu'il n'était pas disposé à lui payer tout l'argent de Saigon. Probablement une partie, en échange de ces quelques services.

Il finit par appeler, depuis une suite dans la « Zone Rose » où il logeait, le numéro de contact que le Bulgare lui avait donné.

– Alors, Jerry, qu'est-ce que tu en penses ?

– C'est d'accord. Que veux-tu que je fasse pour toi ?

– Je veux une bonne greffe de rein. Un truc sûr, sans questions, le médecin qui s'occupe de moi me dit que c'est urgent, que je réponds mal aux dialyses. Et je voudrais aussi que tu me libères de mes protecteurs actuels. Que tu m'éloignes de mes nounous.

– Tu vas les échanger contre les miennes ?

– J'ai des choses qui t'appartiennent. C'est mon assurance. Et en plus, tu m'aimes bien, Jerry Milligan, tu as dû rêver de moi pendant des années, et maintenant, tu ne peux pas me laisser mourir. Je suis dans une situation telle que je n'aime que toi, mes amis actuels ne me plaisent plus.

Jerry réfléchit un moment.

– Le tiers de ce que tu me dois quand nous commencerons le travail. Et de l'argent pour que je puisse me mettre en route tout de suite.

Ce fut alors le Bulgare qui garda le silence pendant un instant.

– Je t'ai envoyé deux cent mille dollars...

– Ça fait partie de la dette, tu savais que, sans cet argent, je ne t'aurais même pas écouté.

– Je n'ai pas tout sur moi, il va falloir que je prenne certaines dispositions.

L'ami du poseur de mines

Parmi les histoires que l'on racontait sur le compte de José Daniel Fierro, il y avait celle où il avait appris à placer et à enlever des mines antichars. Il est curieux qu'il ait été initié à une activité de ce genre, aussi éloignée de ses intérêts habituels, mais en 1989, il avait partagé une chambre dans un hôtel de Prague avec un Cubain singulier, appelé Ambaraja de Cuito qui, outre le fait de posséder dix-sept décorations cubaines et angolaises, ronflait comme un moteur d'ascenseur industriel.

L'histoire était si compliquée qu'elle pouvait être racontée simplement : José Daniel s'était rendu à Prague à un congrès de l'Association internationale des Auteurs de romans policiers qui devait se tenir au château de Dobris. L'ambassade mexicaine à Madrid s'était arrangée avec lui pour prévenir ses amphitryons de son vol d'arrivée, mais le Département des Télégraphes de l'ambassade prit un week-end de congé et, lorsque José Daniel atterrit à Prague, un dimanche, personne ne l'attendait à l'aéroport. Après avoir constaté l'état du change sur le marché noir et observé le labeur des chauffeurs de taxis et des prostituées dans ce triste aéroport, il prit un taxi et demanda qu'on l'emmène à l'hôtel le plus central de Prague, pour retarder au lundi la recherche de ses acolytes tchèques. L'hôtel était complet. Ils avaient de la tequila au bar, à un dollar et demi le verre. En buvant sa tequila, il rencontra le Cubain, qui donnait des cours sur les mines à des militaires tchèques. Le Cubain avait lu deux de ses romans. Lorsqu'il apprit ses mésaventures, il lui proposa de partager sa chambre. José Daniel retrouva ses collègues le lundi matin, mais il resta à l'hôtel, parce que les histoires que lui avait racontées le major Ramon Ramon Ruenes Rodriguez (alias bien évidemment Quatre R) l'avaient fasciné.

Une semaine plus tard, le congrès se clôturait dans une atmosphère tendue, parce que l'AIAP s'était prononcée en faveur de la libération du dissident tchèque Vaclav Havel dans une conférence de presse qui n'avait été relayée ni par la presse, ni par la radio, ni par la télé, mais avait trouvé un écho dans la ville grâce aux rumeurs. Les autorités tchèques de l'Union des Écrivains les délogèrent du château un jour avant la fin officielle du congrès, et la section tchèque de l'organisation se trouva menacée.

José Daniel resta quelques jours à Prague. À la fin du séjour, il en savait énormément sur les mines et était devenu capable de traduire du havanais en espagnol, théoriquement dans les deux sens.

Ambaraja, surnommé ainsi [1] par les Angolais parce qu'il faisait des tours avec des cartes, apprit à ôter les mines au Cabinda en 1975, au début de la guerre d'Angola, et à les poser en 87, à Cuito Canavale.

Il racontait des histoires bizarres, par exemple que les Sud-Africains avaient expérimenté de nouvelles mines en Angola :

1. *Barajas* signifie jeu de cartes. *(N.d.T.)*

– Ouais, mec, c'est oune vraie melde. Y'avait dé tout, dans sé trouc : corps et esplosif soud-africains, horloyerie yaponaise, pile belge. Oune melde, yé té dis, pasqu'ils la font péter au contact, quand on pose oun pied dessous, ils la ploglamment pour oune heure donnée, ou ils la font péter par contrôle radio. Donc, ou elle té nique, ou elle té nique, poutain. Oune salopérie, vieux frère. Y'en ai pris oune, oune fois et yé l'ai emportée, pour essayer. Tou sais, pour faire oune espélience. Yé savais, yé savais bien qu'il y avait deux niveaux dé mercoure, qu'ils fondent en oun temps, et lé circouit est activé et elle esplose. Yé l'ai désarmorcée et y'ai enlevé la fousée, et yé la tripotais quand elle m'a pété à la gueule. Pouuutain de merde, tout noir, y'étais tout noir, vieux. Ils voulaient mé remballer à Cuba pour mé soigner mais moi, non, y'étais mauvais, braqué sour cé que yé voulais rétrouver l'endroit où yé l'avais prise et leur espliquer aux copains pourquoi cette saloperie dé melde elle avait esplosé comme ça.

Et il dessinait des schémas, il montrait des pièces, il illustrait ses propos par des gestes sous le regard attentif de l'écrivain qui, depuis la première nuit, s'était senti obligé de prendre des notes.

« Y'avait des cossonneries dé melde comme ça qu'on voyait pour la première fois. Et alors y'en trouve oune, qui ressemblait à oune autre, idem kifkif qu'elle était, et qui sé désactivait avéc oun pitit bouton, et que là y'avait plous de lésard. C'était facile, alors y'appelle oun petit gars et yé loui dis viens par là, pour qu'il voie bien comment ça sé passe, et quand y'appuie sour la pétite clé, cette bestiole dé melde elle commence à faire tacata-tacata, et loui il sé casse dale-dale et elle commence à faire tiririririiiii. Pouuuuutain ! Et bon, tout le monde courait en sautant les ouns sur les autres, comme dans sé film, tou sais, des frères Mars. Quinze minoutes après, elle né faisait plous ni tiririii ni qué dalle, elle n'esplosait pas, pas oun pet de chien, même pas sa poute de mèle ! Et moi yé dis aux gars, mais non, voyez oun peu les mecs, c'est oune blague ! »

José Daniel prenait des notes, et il observait, atterré, le type sortir des cartouches de dynamite, du plastic, des détonateurs de dessous son lit (le sien, où il avait dormi si tranquillement avant de savoir) et des mines désamorcées du dessous de son lit à lui (du Cubain), comme on sort des lapins d'un chapeau, et il avait des sueurs froides tandis que l'autre lui montrait les détonateurs au mercure.

« C'est soupère dé parler avéc toi, mec, mais yé dois y aller, là, yé dois me barrer en vitesse », disait-il au beau milieu d'une expérience, mêlant des mots portugais à son explication. Et il lançait une grenade entre les mains de José Daniel tandis qu'il allait dans la salle de bains pour pisser et arranger son uniforme.

Parfois, des bouffées de fumée noire sortaient de la pièce, ce qui provoquait la terreur des femmes de chambre blondes, qui détestaient le major cubain à la peau noire et l'écrivain mexicain, et qui leur faisaient leurs lits aussi mal qu'elles le pouvaient, avec des plis partout et des oreillers durs comme de la pierre.

– Dans la salle à manger, ils ont pésé.

– Pesé ?

– Non, mon ami, dans la mèle.

– Quelle mère ? ?

– Non, clétin, dans l'oséan, péser des pitits poissons, avéc oune canne à pèse, qu'on flit et pouis qu'on mange.

– Et qu'est-ce que ça a à voir avec les mines ?

– Oh, rien.

Un jour, ils mirent le feu à la télévision de la chambre parce que le major Ambaraja faisait de l'électronique élémentaire en dépeçant l'appareil.

– Oune vraie melde, ces poutains d'appareils, dit-il tout sérieux.

De toutes les histoires qu'il lui raconta, la plus passionnante était celle d'un assistant du major qui se rendit compte un jour qu'il chiait au-dessus d'une mine en plein milieu d'un champ, et qui se mit à hurler.

– Et toi, qu'est-ce que tu lui as dit ?

– Tou bouges pas, mon pitit pèle, pas'qué si tou chies beaucoup, tou pètes très fort !

Et ainsi, entre des détonateurs belges et des explosifs turcs, le major Rodriguez se faisait un complice et un ami de l'écrivain de romans policiers. José Daniel essaya de le remercier en lui offrant en retour quelques-uns de ses romans, ce qui provoqua un amour instantané du major pour son élève et traducteur.

– Et qu'est-ce que tu faisais quand tu avais un énorme champ de mines en série, tu les faisais sauter ?

– Noooon.

– ?

– On prénait le temps.

– Beaucoup ?

– Beaucoup, oun tas, dés tonnes, cé qu'il fallait.

– Que dalle, quoi ! traduisait Fierro, appréciateur.

À la fin de la semaine, Ambaraja avoua que José Daniel avait été le meilleur élève de ce putain de cours, bien meilleur que ces connards de Tchèques, qui étaient incapables de faire la différence entre une mine et le cul de leur belle-mère, par manque total d'intérêt.

Jerry se prépare à quitter Mexico

Jerry tira Romero de sa léthargie à El Paso et il trouva Mike dans un des nombreux conteneurs à ordures où l'Agence entreposait les restes humains de l'une ou l'autre opération ratée. Mais ce n'était pas une solution.

La première chose à faire, c'était de tirer le Bulgare des pattes de ses gardiens et « amis », l'enlever à la protection douteuse d'un commandant de la Criminelle qui avait commencé à servir le Bulgare pour de l'argent, lui procurant un séjour illégal, et qui avait ensuite élargi le cercle de ses « faveurs » en lui soutirant tout l'argent qu'il pouvait. Voilà pourquoi il fallait le faire sortir de Mexico, une ville où Jerry n'était pas tout à fait à l'aise.

Lors de la deuxième rencontre, Jerry apporta un bouquet de fleurs au Bulgare. Les gardes du corps qui le surveillaient dans le petit hôtel de la Colonia Guerrero, un quartier de bordels, de maisons de rapport et de bars pourris dans le centre-nord de la ville, avaient changé. Cette fois, il s'agissait de deux blonds, buveurs de bière, vêtus de chemises blanches et portant des .38 sous leurs aisselles. Christo avait l'air en meilleure forme, les gargouillis de la machine semblaient plus réguliers.

– Tu peux rester décroché de cette saloperie ?

– Quelques jours. Trois, peut-être quatre. C'est vraiment une coïncidence que tu la voies chaque fois que tu viens. Je me promène en ville avec mes amis. Je ne suis pas un invalide, dit le Bulgare.

Il lui tendit une enveloppe. Jerry la prit et l'empocha, en montrant bien à l'un des deux gros qu'il ne cachait rien.

L'enveloppe contenait un billet pour la mise en gage d'un collier que Jerry vendit sans aucun problème pour presque quatre millions de pesos. Il regretta de ne pas avoir vu le collier de plus près. Il en rêva une bonne partie de la nuit.

Le deuxième problème était de trouver un médecin, un hôpital, un donneur, tous ces trucs qui sont nécessaires pour une greffe. Avec l'argent, il loua une ambulance. Il ne savait pas encore très bien à quoi elle allait servir et quel rôle le véhicule devait jouer dans son plan, mais elle pouvait toujours être utile, et c'était moins cher que le taxi. La suspension était bonne.

Léonard (X)

Quatre événements de l'histoire de Léonard de Vinci ont une relation temporelle : la réalisation de la fresque de *La Bataille d'Anghiari*, l'invention de la bicyclette, les explorations marines à Piombino et le début de l'exécution de *La Joconde.*

La Bataille d'Anghiari fut conçue et peinte entre 1503 et les premiers mois de 1506. C'est à un certain moment durant ce laps de temps que Léonard conçut la bicyclette à Florence. Il se rendit à Piombino en novembre 1504 et, entre 1504 et 1505, il commença à peindre la toile que l'on devrait connaître sous le nom de *Mona Lisa* ou *La Joconde*.

Léonard, grand maître de l'inachevé, avait passé le cap des cinquante ans. À l'époque, il avait peint moins d'une douzaine de tableaux et de fresques, dont la plupart devaient disparaître dans la brume du temps, et certains, être détruits pour des raisons techniques. Il écrivait sur des pays qu'il n'avait jamais connus, comme l'Arménie ou la Hongrie, il inventait des choses qui ne devaient jamais se concrétiser, comme un système de contrepoids pour la fermeture automatique d'une porte qu'il ne construisit jamais, et il créait des paysages que ses yeux n'avaient jamais contemplés. Il dessinait des tapis qui n'arrivaient jamais aux mains du tisserand, comme celui qu'il exécuta en 1479 dans l'atelier de Mese Piero pour le roi du Portugal, *Adam et Eve au Paradis au moment du Péché originel*, qui devait être réalisé en Flandres en or et en soie, et dont le dessin original lui-même disparut. Il peignait des toiles qui étaient mutilées par la suite, comme celle de Ginevra Benci, dont l'intérieur fut coupé, ce qui gâcha les proportions que lui donna Léonard, et qui est aujourd'hui le seul tableau « américain » du peintre.

Et il se chargeait lui-même de tâches que personne ne lui avait commandées, comme lorsqu'il écrivit à Sforza en lui signalant, outre ses vertus militaires, sa capacité à construire des ponts et des bombardes, et disait : *Je peux arriver au lieu désiré par des chemins et des souterrains tortueux et secrets, creusés sans bruit, même sous un pont ou un fleuve, si nécessaire.*

Dans l'avenir de Léonard, *La Joconde* allait faire partie de ce chaos énigmatique et rendre fou plus d'un historien d'art. Le tableau, qui se trouve au Louvre, arriva jusque-là parce qu'à la mort du Magicien en 1519, les rois de France en « héritèrent » de manière bien peu orthodoxe. On le connaît à travers le monde entier sous le nom de *La Gioconda* ou *Mona Lisa*, grâce à une première et douteuse identification réalisée en 1568 par Vassari, le premier biographe de Léonard. Vassari, qui n'avait jamais vu le tableau, se fonda uniquement sur l'une de ses descriptions. Ceux qui marchèrent sur les traces de Vassari identifièrent ensuite la femme au sourire énigmatique comme Lisa di Gherardini, épouse du commerçant en soies Francesco di Bartolomeo di Zanobi di Giocondo. Néanmoins, d'autres historiens, qui suivirent des chemins parallèles, trouvèrent la trace écrite d'un portrait perdu de

Giocondo, et non de son épouse, ainsi qu'une allusion au portrait d'une dame florentine, maîtresse de Julien de Médicis, exécuté à la demande de ce dernier. Poursuivant sur cette voie, certains auraient identifié la femme comme Pacifica Brandano.

Mais le doute subsistait, et l'on pourrait voir une troisième femme dans ce portrait si l'on s'en réfère à un poème d'Enea Irpino, qui raconte comment Léonard, à cette époque, exécuta le portrait de sa maîtresse Constanza d'Avalos, duchesse de Francavilla.

Non contents de ce dédale d'interprétations, incapables de dater le moment où le portrait fut réalisé bien que le fait que Raphaël l'ait copié semble établir clairement que l'œuvre fut entreprise au moins en 1505, une nouvelle légion de « jocondistes » se replongèrent dans le sujet au tout début du XXe siècle, et plus particulièrement après le vol perpétré par Vincenzo Perugia en 1911 et la restitution du tableau trois ans plus tard. Les spécialistes ont proposé les hypothèses suivantes, toutes contradictoires, qui viennent s'ajouter à celles déjà avancées :

a) Il s'agit d'un autoportrait de Léonard, qui se dépouille de ses attributs masculins et s'idéalise en femme. Et cette théorie de la Joconde-Léonard, la plus aventureuse, n'est pas tout à fait dénuée de fondement. Il suffit pour cela d'observer attentivement les rares portraits du Magicien.

b) Il s'agit d'un portrait surgi de la mémoire de l'auteur, qui représente sa mère.

c) Il s'agit d'une femme inexistante.

Et la littérature s'est emparée du mythe, étoffant encore l'histoire :

Les paysages du fond sont-ils lombards ou toscans ? Que sont devenus les sept centimètres qui manquent de chaque côté de l'original ? Où ont disparu les colonnes qui entouraient l'image ? Le modèle était-elle enceinte ? Son sourire est-il celui de la volupté, comme dirait Théophile Gauthier, ou Oscar Wilde aurait-il raison lorsqu'il dit que « sa tête est le lieu où se sont accumulées toutes les intentions du monde » ? Qui la peignit à nouveau en modifiant le vernis d'origine ? À quoi se réfèrent les signes de deuil du tableau ? À la vieillesse, à la perte d'un enfant ? Sacheverell Stillwell avait-il vu juste lorsqu'il dit de la femme que son sourire rappelle celui d'un chat qui vient de manger un canari ?

Jerry à Mexico (III)

Cette fois, le Bulgare n'était pas relié à la machine, il était assis sur le lit et mangeait des œufs *rancheros* [1], en pantoufles et robe de chambre. Les gardes de service étaient un mélange des deux équipes que Jerry avait vues auparavant : le plus gros des deux gros, et le jeune qui mangeait des cacahuètes.

– Tu es prêt ?

– Quand tu veux, si tu permets que je finisse ces œufs, ils sont excellents.

Et il se leva.

Le gros sembla deviner qu'il se passait quelque chose de bizarre.

– Monsieur ne peut pas sortir, il est très malade, dit-il en portant la main à son holster.

Jerry fut plus rapide et il révéla qu'en dessous de son journal roulé, il avait, lui aussi, un .38, et déjà armé. Le gros se pencha de côté, mais le jeune aux cacahuètes sortit de la salle de bains avec un couteau en main. Sans hésiter, Jerry pointa son arme vers la tête et tira. Le jeune fit un bond en arrière mais la balle l'atteignit à la gorge. Le Bulgare jeta

1. Œufs cuits à la poêle, posés sur des tortillas tièdes, avec de petits dés de piments verts. *(N.d.T.)*

son plat d'œufs par terre et se rapprocha du gros. Doucement, il enleva le pistolet du holster.

– Ne me tuez pas, dit le gros à Jerry.

Jerry lui fit sauter la cervelle.

Ensuite, il alla jusqu'à la salle de bains. Les jambes du jeune gars étaient secouées de spasmes nerveux, le sang s'écoulait rapidement sur le carrelage blanc. Jerry visa la tête et tira. La balle rebondit sur le sol, écaillant la baignoire.

Christo Mandajsiev prit un petit sac de voyage sous son lit, y mit le pistolet et sourit à Jerry.

– Tu n'étais pas forcé de les tuer. Vous, les *Yankees*, vous êtes excessivement sanguinaires, ça doit être l'influence de la télévision, ou alors le fait que les nazis ne vous ont pas envahis dans les années quarante.

– Je ne veux pas laisser derrière moi des amis de tes amis qui pourraient m'identifier.

Jerry mit le couteau du jeune homme dans sa poche. Sa main droite se mit à trembler. Il prit le sac du Bulgare pour avoir quelque chose entre les mains et dissimuler le tremblement.

L'ambulance était garée à deux rues de l'hôtel, perdue dans un labyrinthe d'impasses qui sentaient le *pulque* et la viande rance. Jerry installa le Bulgare à l'arrière, prit le volant et démarra en cherchant la route Mexico-Tacuba. Il avait repéré le chemin le plus rapide pour quitter la ville. Et cela avait peut-être été la partie la plus difficile du travail.

– Qui étaient tes nounous ? demanda Jerry alors qu'ils passaient devant les tours de Ciudad Satelite.

– Quand je suis arrivé dans le coin, je n'avais pas de bons contacts. Après quelques tours, je suis rentré par Veracruz grâce à un Suisse qui avait des amis à la douane. Je lui ai vendu quelques-uns des sachets que tu m'as laissés à Saigon. Cet ami avait un ami qui se consacrait à la lutte contre le trafic de drogue à Mexico, c'est-à-dire que c'était lui qui achetait vraiment, et l'ami du Suisse n'était qu'une couverture. Et l'ami de l'ami, le gros Vera, celui qui pourchasse les trafiquants, m'a proposé non seulement de continuer à acheter, mais aussi de me fournir des papiers pour me rendre dans cette ville des palais. Et ensuite il m'a envoyé quelques-uns de ses subordonnés pour s'occuper de moi, et à la fin il ne manquait plus que des barreaux à la fenêtre de la chambre d'hôtel. Comme on dit ici au Mexique, il y a des amours qui tuent.

– On ne peut se fier aux amis, dit Jerry.

Le Bulgare acquiesça solennellement, pour ensuite éclater de rire.

– Ils savent qui je suis ?

– Ils doivent le supposer.

– Et ce Monsieur X, que tu as envoyé me chercher à New York ?

– Non, lui, c'est un autre vieil ami, d'une autre époque. Rien à voir avec les petits gros.

– Ne me dis pas que tu travaillais pour la Sécurité bulgare ?

– C'était pas un mauvais boulot, répliqua Christo Mandajsiev vexé, et conscient du fait qu'il ne s'était pas rasé depuis cinq jours.

Il s'enveloppa ensuite dans une couverture et se mit à somnoler, couché sur le brancard.

Une lettre d'amour d'Austin

Lorsque le chef Fierro ouvrit la porte, il se trouva face à deux *Hare Krishna* vêtus de tuniques, qui venaient de chez le coiffeur où on leur avait rasé le crâne. Il leur ferma la porte au nez.

Il erra dans la cuisine, indigné par cette intrusion qu'il ressentait comme un effondrement symbolique des portes de son château, et lorsque la sonnette retentit pour la seconde fois, il fut sur le point d'assommer le facteur avec un ananas qu'il pelait pour se faire un *tepache* [1]. Heureusement, le facteur lui montra l'enveloppe avec le cachet d'Austin, au Texas, avant que José Daniel Fierro ne l'assaille, ce qui lui valut dix mille pesos de pourboire.

José Daniel colla la lettre avec un Durex au miroir de sa salle de bains et revint à son ordinateur et au roman qu'il ne parvenait pas à écrire. Parfois, il se demandait si le roman ne voulait pas se laisser écrire parce que l'auteur n'avait rien à raconter. Parce que sa capacité à capter les passions s'était tarie, et que la dernière défaite de sa vie, son voyage absurde à Ciudad Juárez à la recherche de fantômes amoureux d'une basketteuse américaine et de ses

1. Boisson mexicaine à base de *pulque*, d'ananas, de clous de girofle et d'eau. *(N.d.T.)*

agresseurs, était une preuve qu'il était à présent en marge de la réalité. À force de raconter des histoires, il avait été capturé par l'une d'elles. Il était un personnage de fiction, et il ne le savait pas.

José Daniel sourit. Si c'était de cela qu'il s'agissait, il allait donner une dernière chance au romancier qui écrivait sur lui. Il lui donnait exactement quinze minutes, le temps qu'il lui faudrait pour aller jusqu'à la salle de bains, ouvrir la lettre et la lire. Parce qu'à son retour le roman devait s'écrire, l'histoire qu'il voulait raconter se laisserait raconter, des verbes différents couleraient, comme surcongeler, trivaciller, subnormaliser, désétudier, fraudulenter, béguiner, interpréférer, éclairager, préjeter, baizer avec *z*. Des putains de petits pinsons piailleraient dans les prés des putains de pyramides ptoléméennes de Puebla. Les moineaux lépreux reviendraient sur ton balcon pour pondouiller leurs œufs et flotter dans les contre-courants d'une ville qui se réveille au son de l'orchestre d'Acerina. Des dialogues aigus, des descriptions de canoës et de masques aztèques. Il y aurait des paysages avec des tramways à pédales, des personnages qu'on aurait toujours voulu connaître, une blonde qui aurait un sein plus gros que l'autre lorsque le moustachu regarderait dans le décolleté entrebâillé, et ils boiraient de l'orgeat qui aurait un goût d'orgeat grâce aux adjectifs. Sinon, il allait faire sa fête à ce trou du cul d'auteur qui l'utilisait comme putain de personnage de merde.

La lettre disait :

Aux États-Unis, au départ, tu n'es personne. L'éducation que l'on reçoit poursuit cet objectif, que tu restes « personne » pendant quelques années, pour que tu ne puisses pas devenir un concurrent sur le marché des « quelqu'un ». J'excellais à n'être personne, jusqu'à ce que je découvre le basket-ball. J'y ai mis toutes les haines de la non-personne adolescente que j'étais. Parce que j'étais adolescente jusqu'à il y a un mois et demi, jusqu'au jour de l'assassinat de Jackie et de mon opération. Je suis à nouveau personne. Veux-tu une « personne », écrivain ? Sais-tu ce que c'est que de vivre avec une « personne » ? Une « personne » qui ne sait pas ce qu'elle veut, qui dit qu'elle aimerait étudier l'anthropologie et qui ne parvient jamais à s'inscrire à l'université, qui erre dans la ville comme un fantôme, avec l'impression d'être complètement nue et qui pense qu'elle aimerait retourner dans l'œuf, au campus de l'université d'État du Texas. Une « personne » qui passe des heures devant la télévision et qui, bien qu'elle n'ait qu'un seul rein, s'accroche au sexe comme la seule possibilité de se maintenir au sein de la vie réelle. Une « personne » qui se lasse rapidement des gens qu'elle aime et qui les blesse. Une « personne » qui est plus dangereuse que ce serpent vert dont tu parles dans ton roman, parce qu'elle ne s'aime même pas elle-même. Tu es sûr, écrivain ?

J'ai dit à mon frère que je revenais à Mexico pour coucher avec un écrivain, pour vivre avec lui quelques mois, que le type avait plus de cinquante ans. Il m'a dit qu'il valait mieux qu'il soit bon. Je lui ai dit qu'il l'était. Comme Hemingway ? Au moins.

Tu es sûr, señor ? *Je ne cherche même plus à me venger. J'éprouve plus de curiosité que de rage.*

Karen

Lorsque la sonnette de la porte retentit, José Daniel était mort de trouille. De trac, de peur adolescente que tout se passe si bien qu'il ne pouvait y croire. La sonnette était un message de l'avenir :

Est-ce que ça pouvait être les *Hare Krishna*, le facteur, Karen elle-même ? Le futur absurde sous quelque forme que ce soit.

Putains de pinsons piaillant par la porte pour planter des plantes périlleuses. Vutain de vie vangereuse ! Si c'était une histoire, il était grand temps de changer de scénariste.

Jerry sur la route

– Où est-ce qu'on va le faire ?
– À Ciudad Juárez.
– Si loin ?
– Tellement près de tes cinémas de Manhattan que tu pourras presque les toucher, répondit Jerry.

L'ambulance avançait, flottait au milieu des champs de blé et de figuiers de Barbarie, de maïs et d'agaves de Guanajuato, en direction du nord par la Panaméricaine. Jerry appréciait les grand-routes mexicaines et il aimait la lumière de midi, puissante, sans filtre. Il aimait même la façon dont l'ambulance glissait sur l'asphalte comme un grand bateau sur le courant. Il sourit. Ensuite, apercevant son sourire dans le rétroviseur, il l'effaça, laissant apparaître le visage sec qu'il avait affiché ces derniers jours, pour éviter que le Bulgare interprète mal sa bonne humeur.

La conversation suivante se tint deux cents kilomètres plus loin, alors que Jerry amenait l'ambulance vers l'entrée d'un motel aux alentours de San Luis Potosí.

– Je suis arrivé en Thaïlande une semaine avant toi.
– Ça, je l'ai su, dit Jerry en sortant sa valise de l'arrière du véhicule.

– Mais je ne suis resté que quelques heures. Quelques heures très divertissantes, pourrait-on dire. Ils n'ont essayé de me tuer que deux fois.

– Suffisamment d'heures pour vendre la Mustang verte.

– Elle était à moi, non ?

Jerry acquiesça.

Secteur 7

Sur la piste avec Karen
la ballade des stars

Troisième partie

Deux romans (assurément nostalgiques
et larmoyants) de

José Daniel Fierro

Et je chantais dans mes chaînes, comme la mer.

La Colline aux fougères
Dylan THOMAS

On ne comprenait pas bien à cause de la toux

La mise à pied d'un gouverneur et l'entrée en fonctions d'un autre furent symptomatiques, et Amador se limita à les signaler dans *España Nueva* sans aucun commentaire et sur toute une page, en lettres de corps 48.

Bas : « Ils m'éliminent parce que je refuse d'être un gouverneur assassin. »

Martinez Amido (en prenant ses fonctions) : « J'ai été à Cuba et aux Philippines. Je devrais être en Afrique. Le gouvernement m'envoie à Barcelone et j'œuvrerai comme si j'étais en campagne. »

Ensuite, il contempla son œuvre, se mit un doigt dans le nez et, tandis qu'il explorait, en arriva à la conclusion que même les imbéciles ne manqueraient pas le message. Barcelone, comme les Philippines ou Cuba durant la guerre, comme la guerre des militaires et des petits messieurs contre les Maures en Afrique. Novembre s'annonçait mal. Le froid pénétrait par les carreaux cassés de la lucarne. Il sentait la mort dans ses os, l'humidité dans ses sentiments, ou bien les policiers sur sa tombe. Allez savoir ! C'était du pareil au même. Il fit un paquet des documents et sortit dans la nuit barcelonaise en direction de la gare de Sans, pour les mettre dans l'express de minuit. Ainsi, la rédaction à Madrid pourrait les avoir le lendemain matin. Il ne croyait plus dans les télégraphes, le téléphone et la poste. La modernité était envahie par l'État, le progrès appartenait à l'ennemi. Les tambours, les messages gravés sur les pierres des carrières, les chansons d'ivrognes qui sortaient des tripots étaient bien plus sûrs.

Il marcha deux ou trois kilomètres jusqu'à la gare, se réfugiant dans les ombres, fuyant les réverbères et les traces de pas sur les pavés, une main sur la liasse de papiers et l'autre dans sa poche, qui caressait son pistolet. Solitaire et anonyme. Le visage du petit Amador était couvert jusqu'aux yeux par une écharpe de laine anglaise qui lui entourait trois fois la tête et pendait des deux côtés comme les rênes d'un cheval.

Il se sentait ridiculement déguisé, comme un pauvre imitateur de son ami, l'Ange-Noir. L'Ange disparu à un âge de démons. Où était-il ? S'était-il uni à la femme au manteau vert et aux cheveux blonds ?

Il remit l'enveloppe contenant les documents entre des mains amies, et passa quelques heures à boire du marc de raisin dans le bar de la gare avec deux joueurs qui avaient perdu jusqu'à leur chemise et rentraient, vaincus, à Lerida. Il se laissa bercer par le bruit des trains. Il dormit dans la pièce réservée aux colis, au milieu des caisses de bérets que l'industrie textile catalane envoyait en Castille, des poulets en cage qui ne parvenaient pas à dormir au beau milieu de la nuit et des modules d'une presse d'imprimerie française qui faisaient escale à Barcelone en direction de la capitale. Ce fut une nuit de paix inhabituelle.

Deux jours plus tard, les arrestations de syndicalistes commencèrent. Grâce à un avertissement très opportun qu'il reçut par téléphone, Amador ferma le bureau, congédia son assistant ainsi que la dame chargée du nettoyage, qui n'était certes pas un modèle de soin, mais qui était la veuve d'un camarade assassiné par une bande du patronat. Il décida de mettre sur pied un bureau flottant et de vivre dans la fuite perpétuelle, de devenir évanescent, éthéré, invisible. Parce que, s'ils le repéraient, ils allaient lui baiser la gueule, et pas qu'un peu.

Deux jours plus tard, le petit journaliste rencontra le secrétaire général de la Confédération, Salvador Segui, à l'intérieur d'un camion de déménagement tandis que le véhicule décrivait un long parcours dans Barcelone. Il aurait préféré parler avec Pestaña, sa voix posée, sa patience, mais il se disait que ce dernier était parti pour la Russie, en mission importante. Segui, le secrétaire général de la Confédération, avait une personnalité tout à fait opposée ; il avait pour lui la présence, la hauteur, la domination, la froideur, la capacité à commander, mais ses mots se bousculaient à cause de la vitesse à laquelle il voulait les prononcer.

– Celui qui endure le plus remporte la victoire. Résister aux pressions sans négliger l'Organisation. Transmettez ce message. Encore et toujours, pour qu'il soit clair, même pour les obtus, que personne ne perde la tête, dit Segui, assis sur une chaise, les pieds sur des tapis enroulés. Tout en parlant, il soutenait un pot de fleurs de manière assez incongrue.

Amador descendit du camion et le vit se perdre dans la nuit en remontant la Rambla de las Flores. D'un signe de tête, il salua deux de ses amies putes qui entraient dans un café pour échapper au froid et se rapprocha de la fumée que dégageait une grille sur laquelle une vieille faisait rôtir des châtaignes.

Tout allait bien, mais ils allaient fermer la rédaction du journal d'un moment à l'autre. Ils allaient les bâillonner.

À cause des châtaignes grillées, parce qu'il voulait profiter de la chaleur qu'elles transmettaient à son corps par ses mains, il commit l'erreur impardonnable de ne pas avoir le doigt sur la détente de son pistolet. Et il le paya très cher.

Tout d'abord, il sentit une main dans son dos – mais il ne s'agissait certes pas d'une main amie –, un coup de pied dans les reins et, enfin, deux coups sur la tête alors qu'il s'effondrait, pris d'une quinte de toux.

Il reprit connaissance et, avant de se rendre compte de l'endroit où il se trouvait, il contempla son écharpe tachée de crachats sanguinolents. Avait-il craché du sang ? Lui avaient-ils cassé quelque chose ? Il parcourut les zones douloureuses. Antonio Amador en savait long sur la douleur, celle d'un corps qui se déchirait malgré la volonté qui s'efforçait de le garder intact.

Sous la faible lumière d'une ampoule à laquelle se brûlait une mouche, le petit journaliste procéda à une reconstitution. Le lieu lui était familier. Il était couché sous un banc dans l'une des antichambres de la prison Modelo de Barcelone. *Peuuuuh, c'est rien, comme à la maison*, se dit-il. De là, il voyait un calendrier d'une marque d'anisette couvert de messages écrits aux crayons rouge et noir. Il apercevait une paire de bottes sous le bureau. Des bottes de militaire. Mauvais ça, très mauvais.

Amador s'extirpa de dessous le banc et de nouvelles douleurs lui rappelèrent le coup de pied dans les reins.

– Bon sang, il était grand temps que vous reveniez au monde des vivants ! dit Basterrechea, l'assistant du gouverneur, qui ressemblait à un mauvais acteur lorsqu'il était loin de son uniforme d'officier.

– Une question, capitaine... Votre mère n'a-t-elle pas honte de vous ? Votre épouse vous embrasse, le soir ? Est-ce qu'elle n'a pas peur que vous éclaboussiez de merde ses enfants ?

– Rhétorique, tout ça, nabot, et en plus, ce sont trois questions... Si je suis ici, ce n'est pas pour supporter les imbécillités d'un mort-vivant.

– Et à quoi dois-je donc le plaisir douteux de voir un chancre syphilitique sans couilles dans votre genre ? demanda Amador en s'appuyant contre le mur, parce qu'il sentait la nausée l'envahir de l'intérieur et des mucosités sanglantes lui remonter dans la trachée.

– J'ai un message du gouverneur civil de Barcelone, qui vient de décréter l'état d'exception dans la Province. Il dit ceci, fit le capitaine qui enfila ses gants et se dirigea vers la porte : « Être anarchiste quand on est ouvrier, passe encore. Mais qu'un journaliste, un homme de culture le soit, c'est un péché. » Et il se réjouit que vous soyez en prison.

Amador se mit à vaciller contre le mur, soutenant sa poitrine du bras pour éviter le déchirement de la toux.

– Dites-lui que je les emmerde, lui et sa pute de mère ! dit-il.

Mais ses mots ne devaient pas être très clairs au milieu de la quinte de toux, parce que le capitaine ne fit pas mine d'avoir entendu.

Le Majordome rouge restructuré

Ce sera Karen. Avec des lunettes noires. Immobile devant la porte, un sac de voyage aux pieds, un petit matelas enroulé et un ballon de basket sous le bras.

– J'ai voulu que la lettre arrive avant...

– Qu'est-ce que tu veux manger ? Parce que je suppose que tu en as marre de la bouffe des hôpitaux et, avant, des cafétérias d'universités américaines..., dirai-je en l'aidant à déposer ses affaires, tout en pensant que la maison est un véritable foutoir, que je n'ai pas vécu avec une femme depuis 1989, que le lit sera peut-être trop court pour Karen et que ses pieds vont dépasser.

L'amour est souvent aussi une chose pratique. Les œufs sur le plat ou à la mexicaine ? Se raser tous les jours ? Je toucherai ma barbe de clochard qui aura poussé depuis mon retour. Et pour fêter l'événement, je mettrai *Black Magic Woman* à pleins tubes.

Karen se laissera tomber dans mon fauteuil devant la télé, elle enlèvera ses lunettes noires, de larges cernes sous les yeux, des traces de larmes, et elle éclatera de rire. Un bon mélange : Santana et le rire ouvert, puissant, de Karen.

Et une vague de terreur frappera ce pauvre narrateur déconcerté, sans narration. Le regard circulaire, le plus dangereux, devra confirmer le désastre qui entoure le fauteuil. Comme s'il s'agissait de l'épicentre du chaos, autour de lui grandira le bordel. Des canettes de bière pousseront comme des champignons, de vieux journaux non pas empilés mais chiffonnés et transformés en boules de papier, prêts à se laisser arracher par un vent venu d'Arizona, des assiettes contenant des restes qui feraient les délices d'un archéologue, y compris l'œuf frit de Cortázar, des cendriers pleins de cendres pour Sherlock Holmes, un poulet mort, des chemisettes trempées de sueur en des temps immémoriaux, un chapeau texan et une botte solitaire, placée comme un trophée sur la table, en équilibre instable sur la collection de la revue *Motivos* et deux paquets vides de havanes espagnols. Sur les étagères, deux incongruités : une feuille de bananier noir (une nouvelle variété) parmi les romans de Ross Thomas, un morceau de toile qui enveloppe les jeunes romanciers cubains, trois pierres de ruisseau qui empêchent les romans d'Oriana Fallaci de tomber par terre, un tuyau d'aspirateur qui dépasse des romans de Philip K. Dick, une vision de pure science-fiction. Des assiettes cassées, en grand nombre, seront dispersées dans la pièce. Six rouleaux de papier toilette sur l'ordinateur, un monument à l'acte de chier. Une flaque d'eau, des fleurs mortes, six chaussures, une bonbonne de gaz au beau milieu de la pièce. Des paysages d'Ehrenberg.

Bon sang de bonsoir ! me dirai-je, comme si j'étais ce personnage de bande dessinée espagnole, Sœur Anguztiaz de la Cruz, qui effrayait les moribonds dans les hôpitaux postfranquistes. Et tandis que Karen étendra ses longues jambes pour éliminer toutes ces heures de route et de sièges d'avion trop étroits, ou de je-ne-sais-quoi, je me transformerai en un majordome rouge restructuré, une version du majordome des romans d'Agatha Christie, mais qui cite Lin Piao en faisant la vaisselle, et je me mettrai à ramasser les multiples déchets.

– Qu'est-ce que tu fais ?

– Je fais de la place pour qu'on puisse danser la polka.

Déportés

Que Basterrechea ait entendu ou non le message d'Amador pour le transmettre au gouverneur, ou que le fait de l'avoir entendu signifie qu'il était disposé à le répéter restera à jamais un mystère, parce que trois rues après la prison Modelo, sa voiture fut interceptée par une motocyclette qui le doubla du côté passager, et l'Ange-Noir de la mort lui déchargea son revolver en plein visage, pour s'enfuir ensuite au milieu des balles des gardes du corps du secrétaire du gouverneur.

La Puce Amador devait ignorer tout cela jusqu'à beaucoup plus tard, comme il ne devait pas savoir que cette nuit-là et la suivante, six cents militants des syndicats furent arrêtés. Et pour faire bonne mesure, il ne se rendit pas compte non plus que quelques heures après l'attentat on instaura la censure, les bureaux de presse furent fermés, les prisonniers du gouvernement ne passaient pas devant des juges mais restaient à la disposition du gouverneur de Barcelone et le dirigeant de la CNT, Salvador Segui, fut emprisonné.

Antonio Amador se trouvait alors à l'infirmerie. Il avait souffert d'une nouvelle crise de phtisie et ses vomissements de sang avaient effrayé ses compagnons de cellule. Le visage émacié, les lèvres enflammées, les yeux vitreux, les hallucinations de la fièvre. Pendant une semaine, le petit journaliste se débattit entre la vie et la mort, pour sortir de la crise plus vif que mort, mais de peu. Avec la sensation que rien ne pourrait le tuer, même si le médecin lui affirmait très sérieusement que s'il ne prenait pas soin de lui, il ne lui resterait que quelques mois à vivre.

– Et si je prends soin de moi ?

– Quelques années. Je ne veux pas jouer les optimistes avec vous, on voit que vous êtes un homme qui affronte bien la mort.

– Eh bien, je prends les paris, dit Amador.

Et il chercha par terre sous son oreiller, sous la paillasse qui couvrait la couche, sur le sol, entre les journaux que quelqu'un avait mis à côté de son lit, une cigarette qu'il avait volée à un infirmier.

Mais la cigarette avait mystérieusement disparu. Amador se leva lentement et se mit à insulter à tue-tête les autorités civiles et militaires de Barcelone, le roi d'Espagne, sa mère, tous les Bourbons, les nationalistes catalans, les propriétaires de manufactures textiles, son propre cousin de Valladolid, qu'il n'avait pas vu depuis longtemps, et la femme d'un boulanger qui lui avait dit il y a des années : « Je n'aime pas faire ça avec des nabots. »

Les dalles grisâtres du sol lui transmirent le froid de l'hiver barcelonais, qui lui monta jusqu'aux tempes, et le fit trembler.

– Mets tes chaussures, le nain, tu ne vas pas mourir ici. Allez, on vous transfère ! dit un garde à la porte de l'infirmerie, le braquant avec son mousqueton.

– Même morts, on ne vous lâchera pas, triple con ! Une main glacée va te tirer par les couilles la nuit, répondit Amador, très digne, en enfilant ses chaussettes trouées. Et vive les morts, bande de tapettes !

À la porte de la prison Modelo, un essaim de *guardias civiles*, avec leurs tricornes brillants et leurs fusils armés, leur frayèrent un chemin. Amador reçut quelques bourrades dans le dos et il salua ses connaissances et les anonymes. Companys, le candidat député et avocat des syndicalistes, avait également été arrêté et se trouvait là, menottes aux poings.

Avec cette curiosité pour l'incongru, cette manie de la trivialité si particulière à sa profession, Amador remarqua les numéros des trois camions d'intendance de l'armée qui les attendaient : le 54, le 75 et le 76. Les prisonniers étaient au nombre de trente-six. Segui, Amador, Botella, Salvador le cylindreur, Piñon, Vidal, Arin, Meca, le meilleur organisateur des travailleurs du meuble et héros de deux grèves où chaque atelier avait été défendu, l'arme au poing, Albaricias, Dalmau, David Rey le magicien des presses clandestines, qui avait rendu la police de Barcelone complètement folle en imprimant *Solidaridad* tous les jours pendant la grève de la Canadienne sans qu'on puisse localiser les presses.

Amador se couvrit avec son écharpe ensanglantée pour se protéger du froid, que n'effrayait pas un soleil rachitique. Vous parlez d'un spectacle déprimant. Au-delà du nuage vert des *guardias civiles* et des agents secrets, sur le trottoir d'en face, un groupe de femmes entourées par des policiers municipaux criaient des adieux et des messages. Amador en entendit un qui le fit sourire :

– La grève générale a déjà éclaté, mes frères ! Barcelone tout entière est en grève !

Le môle était occupé par un détachement de la Guardia Civil du 21e Groupement. Amador, qui était entré le dernier dans le deuxième véhicule aux côtés d'Albaricias, regardait les tricornes des militaires à travers une petite déchirure dans la toile blanche qui recouvrait le camion. Ils les firent débarquer en toute hâte et à grand renfort de bousculades. Le bateau était une vraie coquille de noix et s'appelait *El Giralda.*

Une prison dans le port ? Ils les déportaient ? Où ? En Afrique sans aucun doute, peut-être en Guinée, l'une des colonies, au Maroc. Non, pas au Maroc, là-bas la rébellion rendait les militaires nerveux.

Les prisonniers montèrent dans *Le Giralda* en file indienne et ils furent conduits jusqu'à la sentine, alors que l'escorte restait à couvert.

– Allons donc, on a même la possibilité de se parler tranquillement, au lieu de courir d'un côté à l'autre de la ville pour se cacher ! dit Mena au petit journaliste.

Peu après, les moteurs se mirent à tourner et le bateau quitta le port. Par la vitre brisée d'un hublot, Amador reçut une bouffée d'air marin, pur et glacé.

– Ôte-toi de là, petit, c'est mauvais pour toi, dit le vétéran Arin, en lui offrant une cigarette.

Amador sortit un petit carnet et un bout de crayon minuscule et il se mit à détailler l'endroit où on les avait enfermés, prenant des notes et recueillant les impressions.

– Où penses-tu qu'ils nous emmènent, Vidal ?

– Tu crois que la grève générale sera un succès, Albaricias ?

Ses compagnons souriaient.

Le bateau démentait toutes les prévisions : le deuxième jour, à l'aube, il arriva à Mahon, à l'est de Minorque, dans les îles Baléares. Pendant deux jours, les syndicalistes furent gardés à bord, sans que les autorités sachent quoi faire d'eux. Ils étaient, sans le savoir, des otages contre le mouvement. Au cas où la grève générale aurait mis le gouvernement civil de Barcelone au pied du mur, il leur serait arrivé quelque chose. Si les groupes anarchistes avaient déclenché une vague d'attentats, les otages du *Giralda* auraient payé. Les heures d'attente s'écoulaient sur le môle de Mahon. Peu à peu, la nouvelle filtrait dans la communauté ouvrière de Minorque et les travailleurs se rapprochaient du môle barré par les *guardias civiles*. Les détenus n'avaient rien à manger et toutes les quatre heures, on leur passait une cruche d'eau. Un officier de marine s'approcha de Segui et lui chuchota quelque chose. Segui, troublé, fit circuler la rumeur. Layret, l'avocat paralytique qui les avait presque tous défendus, avait été assassiné à Barcelone. Le seul homme qui s'était exprimé devant la Chambre contre la persécution syndicale. En recevant la nouvelle, les visages s'altéraient, les cadres de la CNT, qui avaient appris à survivre en dépit des coups les plus terribles, plongeaient comme s'ils avaient reçu un coup de massue. La mort était toujours proche, mais il y avait morts et morts. De toutes, celle-ci était la plus injuste, la plus terrible.

Enfin, après quarante-huit heures pendant lesquelles Amador vit souvent la vie lui échapper entre rêves et délires, on les attacha avec une corde et on les emmena sur le môle. C'était un après-midi de grisaille, et l'on n'était guère joyeux en ces heures sans soleil. Le voyage continuait, mais jusqu'où, cette fois ? Au bout du môle, ils furent poussés dans de méchantes barques en direction de la Mola, une petite crique avec un minuscule village dominé par un château qui devait leur servir de prison.

Je n'ai pas le temps, se dit Antonio Amador en

regardant le profil de pierre rouge du château se découper contre la mer. Je n'ai pas le temps. Mes jours sont comptés. Il aurait mieux valu mourir comme Layret. Le soleil jouait sur la mer, projetant de petites étincelles vertes. D'autres peuvent perdre quelques années de leur vie, mais pas moi. Les vagues frappaient les rochers, faisaient jaillir de l'écume. Je n'ai pas de vie à perdre. Non...

Le Chasseur partiellement réactivé

Je sentirai que je perdrai les visages du passé, que je ne parviendrai pas à les fixer dans ma mémoire. Même des visages qui m'avaient attiré à un certain moment se mélangeront et se superposeront, se perdront. Je me retrouverai dans un vide temporel, sans passé, sans amis, perdu dans une courbe du temps. Ce trou de mémoire me tracassera. Toutefois, il y a des choses qui ne s'altèrent pas : je me souviendrai toujours aussi mal des numéros de téléphone et aussi bien des dates. Ce sera peut-être lié au fait que le sexe avec Karen est non seulement merveilleux, mais aussi sportif.

Juan Hernández Luna arrivera chez moi avec deux kilos de jambon *serrano* et deux melons achetés à Puebla, sans garantie. Il aura à la main son nouveau livre : *Tabac pour le puma*, tout neuf. Je l'ouvrirai et humerai l'encre fraîche. Ensuite, je contemplerai la couverture en connaisseur. Très bien, très baroque. Beaucoup de couleurs.

– Chef Fierro, les mortels de Puebla te saluent par mon intermédiaire. Ils regrettent cette conférence où tu as insulté un gouverneur.

– Ah bon ? dirai-je sobrement.

Karen apparaîtra en bâillant dans l'encadrement de la porte de la chambre. Elle portera l'une de mes chemises, aux manches trop courtes pour elle. Devant le regard surpris de Juan, je me verrai obligé de faire les présentations.

– Karen, Juan.

– Quoi, tu n'es pas un personnage de roman ?

– En anglais, vieux, devrai-je intervenir. Et vaut mieux pas insister. Laisse tomber.

Le jambon et le melon seront d'un certain secours, mais limité. Juan Hernández Luna a beau écrire d'excellents romans d'aventures et être un excellent ami, il n'aura pas l'habitude des basketteuses *américaines.* Trop de centimètres de jambes qui se promènent dans la pièce pour lui.

Je raconterai mal toute l'histoire, les prologues et les attentes, tandis que Karen mettra la main sur des bières dans un placard. Je me lancerai dans une théorie.

– Je reconstitue. Par exemple, un mafieux colombien, qui a des problèmes rénaux, ne peut se faire opérer dans son pays. Encore moins aux États-Unis. Il vient au Mexique. Il monte l'affaire à la frontière avec une partie du réseau de distribution de drogue dont il dispose déjà. C'est pour cela qu'il travaille depuis Juárez ou El Paso. L'affaire ne peut pas être légale, il ne peut pas se montrer, ni acheter un donneur parce qu'il est recherché. La DEA, le FBI... Il a l'argent pour louer tout ce qu'il veut, mais il ne peut pas entrer dans le pays... Pourquoi Karen ? Un hasard. Parce qu'il aime l'idée qu'il s'agisse d'une Américaine. Il y a une certaine vengeance dans le fait de se balader avec le rein d'une *gringa* – tu m'excuses – si tu t'appelles Gonzales ou Escobar... quelque chose du genre.

– Et où tu vas commencer, dans cette histoire ? On ne peut pas suivre les pistes ici, à Mexico. Tu dois retourner à Ciudad Juárez. Vous devez retourner à Ciudad Juárez et démêler l'écheveau, non ? C'est ce qu'on fait, dans les romans.

– Merci, maître, mais où sont les pistes ?

– La saloperie de chien, dira Hernández qui est un maigre au sourire désabusé, et par conséquent, s'il doit choisir une solution, ce sera toujours absurde.

– Mike Gardner et Nicolas, dira Karen.

– Le lieu de l'opération. L'hôpital, dirai-je.

– Celui qui a reçu le rein et son passé de malade, dira Juan.

– Ce mort bizarre dont on t'a dit qu'on l'avait retrouvé sur une chaussée, dira Karen.

– La femme que j'ai rencontrée et qui a disparu ensuite, celle qui détestait celle qui écrivait les lettres idiotes.

– La maison d'El Paso dont parlait la femme et où ils se sont cachés, dira Juan.

– Le poison anti-cafards, dira Karen.

– Je ne sais pas, dirai-je.

Mais bien qu'il soit certain que la vérité se cache à Ciudad Juárez, ou que c'est de là que partent les pistes qui jusqu'à présent n'ont mené nulle part, il sera dérangeant que tout semble si simple, que cette fausse image de clarté brouille la réalité que j'aurai vécue. Des promenades sans but, un étranger sans papiers et ne parlant pas la langue en territoire ennemi. Parce qu'il est possible que toutes les réponses se trouvent à Ciudad Juárez, mais en ce moment précis, je serai convaincu que toutes ces pistes mènent à des impasses, à des voies sans issue.

Juan tranchera méticuleusement les melons. Karen lancera une serviette en l'air. Je jouerai avec l'anneau métallique de ma canette de bière.

– Par où disiez-vous qu'il fallait commencer ?

Seuls

Tandis que les rumeurs parlaient de la désagrégation de la grève générale à Barcelone sous l'effet de la répression policière et d'une nouvelle bande à la solde du patronat qui tiraillait ici et là, tandis qu'ils apprenaient la résurgence d'un syndicat blanc protégé par le gouverneur Martinez Anido, qui dissolvait les assemblées à coups de pistolet, les prisonniers de La Mola affrontèrent la vie à la forteresse dans des conditions matérielles épouvantables : dans chaque chambre, quatre planches sur une structure métallique rouillée couverte d'une méchante paillasse qui tombait en poussière.

L'isolement déprimant commençait à les miner. Amador passait le plus clair de son temps couché au pâle soleil de l'hiver pour essayer de sécher ses poumons. Bien qu'un réseau d'informations se soit progressivement créé et que la presse libérale et confédérale ait accouru à La Mola, bien que des livres soient apparus de tous côtés, Amador se réfugia dans un monde de rêveries, pratiquement d'analphabète, et l'apathie dominait chacun de ses gestes.

Sous la direction de Segui, qui était incapable de se taire, ils organisèrent des ateliers, une école et un cycle de conférences doctrinales. La vie revint au sein du groupe, soutenu par l'espoir de voir leur situation juridique se définir. Au grand scandale des plus anciens, David Rey fredonnait une chanson qui disait : *Moi je me sens bolchevique / parce que je n'ai pas d'argent / si j'avais de l'argent / je me sentirais propriétaire.*

Le 4 janvier 1921, un mois et quelques jours après leur arrivée dans l'enceinte de La Mola, Antonio Amador reçut un télégramme dans lequel une sœur qu'il n'avait pas vue depuis cinq ans l'informait brièvement de la mort de leur père. Le petit journaliste se leva de sa paillasse et demanda à rencontrer le chef de la garnison militaire du château.

– Il n'y a aucun procès engagé contre nous, nous ne sommes accusés de rien, que l'on sache. Nous sommes simplement emprisonnés ici à cause de nos idées. C'est pourquoi je ne vois pas d'obstacle à ce qu'on me laisse aller à Valladolid, avec toute l'escorte que vous voudrez, pour assister à l'enterrement. En attendant que le gouvernement mette les choses au point, je voudrais enterrer mon père qui vient de mourir.

Le capitaine se confondit en excuses. C'était un « commandé », qui n'aimait guère cette situation. S'il ne dépendait que de lui...

Le lendemain, arriva un nouveau télégramme d'Arlegui, le chef de la police de Barcelone, qui lui refusait la permission.

Amador se réunit avec le comité qu'avaient formé les trente militants de la CNT emprisonnés et demanda la permission de s'enfuir. On soupesa le pour et le contre au cours d'une discussion étrange, où personne ne demanda comment le petit journaliste allait s'enfuir, quel plan il avait pour s'évader. Si on les gardait comme otages contre le mouvement, la fuite d'Amador pouvait déclencher des représailles à Barcelone. Que la situation devienne plus pesante pour les prisonniers de La Mola ne semblait pas d'une importance majeure, mais l'éventualité que les mesures de sécurité autour d'eux soient renforcées constituerait un grave précédent qui pourrait empêcher une évasion massive ultérieurement. Le comité réfléchit à la question, tandis qu'Amador, couché sur son lit dans l'un des couloirs du château, attendait le verdict. Quelques heures plus tard, le métallurgiste Piñon arriva avec la réponse.

– Tu as l'autorisation, journaliste. Lorsque tu sauras comment tu vas procéder, présente ton plan au comité. Et bonne chance.

Quatre jours plus tard, Amador sortait du château de La Mola enveloppé dans un tas de linge sale qu'on faisait laver au village. Il voyagea ensuite dans une barque de pêcheurs et dans un baril d'olives en saumure jusqu'à Mahon, et il arriva à Valence deux jours plus tard, comme aide-cuisinier sur un navire grec.

Lorsqu'il parvint à Valladolid par le train en échappant aux policiers qui l'attendaient à la gare, son père avait été enterré depuis deux jours. Il n'osa pas déposer des fleurs sur sa tombe, et se limita à regarder de loin, à l'aube, accoudé au muret du cimetière, le lieu où ils lui avaient donné une sépulture.

L'amant vieillissant

Hormones et adrénaline éclabousseront les murs dans le brouillard du tabac et de la sueur de nos deux corps. Visions de peau dans les vitres des cadres. Reflets dans la proximité. De longs baisers, orchestrés, interminables, qui tenteront de battre des records de lycée, des baisers baveux, humides, liquides, dégoulinants. Des dents qui s'entrechoqueront et des liquides vaginaux dans la moustache. Un sein qui semblera plus grand que l'autre parce que Karen glissera à contre-courant, passant sa cuisse au-dessus de mon menton. Soudain, nos pieds s'emmêleront, les siens deviendront soutien pour les miens qui imprimeront le rythme et le mouvement de va-et-vient. Et je le suspendrai pour retenir l'orgasme. L'orgasme est une forme de fin et, ici, il s'agira de toujours recommencer, de reconnaître les corps. Lui lécher la base du nez, sentir un mamelon durcir sous le bout de mon index, souffler sur son nombril pour enlever des peluches inexistantes. Jouer.

Au début, Karen manifestera un goût pour la précision, un souci de bien faire. Les premiers instants d'amour avec elle seront comme réviser ses classiques. Il y aura urgence. S'il n'y a pas l'intelligence, il y a l'âge. Pas de précipitation. Se regarder les yeux dans les yeux pendant une éternité, le rythme du coït interrompu. Cette femme est une femme, une autre femme, une femme. Le merveilleux plaisir de la différence. La découverte des variantes de la répétition. La jouissance. La tendresse.

Peu à peu, je sentirai monter une douleur musculaire à l'épaule gauche, une vieille bursite mal soignée. Et je regretterai la perte de nombreux poils dans ma moustache, la forme la plus dangereuse de calvitie, et le froid fera souffrir ma jambe cassée, au niveau de la fracture ressoudée. Tandis que Karen, élastique, s'étirera sur le lit, ses pieds dépasseront, bien sûr, vingt centimètres dépasseront au bout du lit. Combien de temps peut-on retarder la vieillesse ? Est-ce qu'on peut toujours rester jeune en s'aidant uniquement de son sens de l'humour ?

Après l'amour, la meilleure chose à faire sera de regarder par la fenêtre en fumant une cigarette. Étonnamment, la ville sera à sa place. Elle n'aura pas disparu. Elle ne sera même pas restée immobile. L'amour s'inscrit dans le temps, même si l'on ressent le contraire. On fume pour ne pas faire des choses plus ridicules, comme danser le tango à poil.

La clé

Convaincu que la vie s'était enfuie quelque part sur la route, et avec elle le bonheur, le poète sévillan Gustavo Adolfo Becquer mourut à Madrid en 1870, deux jours avant Noël, alors qu'il n'avait que trente-quatre ans.

Deux jours après sa mort, le 24 décembre, un groupe de ses amis se réunit et invita publiquement les « amoureux des arts » à collecter des fonds pour publier la poésie de Becquer, qui avait été éditée par fragments dans des revues ou des journaux, ou qui était encore inédite.

Trois ans avant sa mort, le manuscrit des *Rimes* avait disparu durant le pillage de la demeure du ministre du gouvernement monarchique Luis Gonzales Bravo, qui l'avait en sa possession parce qu'il s'était proposé de le publier. Cela obligea Becquer à reconstituer son recueil en 1868.

Isolé à Tolède, vivant seul avec ses deux fils aînés, sans emploi, Becquer entreprit de recréer les vers à partir de ses souvenirs, dans un gros cahier qu'il baptisa *Le Livre des moineaux*.

Et dans le quarante et unième poème, publié sous le n° 60 dans l'édition de ses amis, on peut lire ces lignes :

Ma vie est un désert,
Fleur que je touche est fleur qui meurt.
Sur mon chemin fatal,
Quelqu'un sème le mal
Pour que je le recueille.

Voilà le fragment de poème qu'Amador et Angel del Hierro s'étaient remémoré sur le chemin de la mort, et tel était le poème que, un an plus tard, le journaliste Antonio Amador devrait retrouver.

Le romancier déconcerté

Pío Barroja avait écrit :

Nos bibliothèques se disperseront; nos papiers seront mangés par les rats (...) En réalité, en Espagne, le public n'a pas besoin d'écrivains. Des cafés et des cinémas, ça leur suffit. Avec le temps, on pourrait bien définitivement faire disparaître les auteurs. Une mesure efficace, par exemple, serait de commencer par mettre en prison tous ceux qui écrivent des livres.

Mais don Pío se trompait, les livres avaient survécu à leurs démons rivaux, et même aux miens. C'étaient des fantômes éternels. Quant à emprisonner les auteurs, ils l'avaient fait avec moi et tout ce qu'ils avaient obtenu, c'est que j'écrive un livre derrière les barreaux. Le problème n'était pas *les livres*, le problème était, comme toujours, *le livre*, celui-ci, le dernier, celui qui était en chemin et qui ne voulait pas se laisser faire.

Un écrivain qui écrit un roman qui ne se laisse pas écrire est comme un chien muet.

Je penserai à tout cela en regardant par la fenêtre, essayant de trouver une réponse là où, évidemment elle n'est pas, dans la pluie de Mexico. Cette douce pluie qui glisse silencieusement sur les vitres et mouille le linge mis à sécher sur les terrasses.

Il était bien plus facile d'aligner des « non » que d'articuler des « oui ». Beaucoup plus simple de pester contre les poses avantageuses d'une bonne partie des collègues de ma génération, qui veulent tous se faire ériger une statue sur le Paseo de la Reforma ; beaucoup plus facile de se moquer de l'escroquerie de la préciosité, de l'invention obscurantiste et des complicités politiques, culturelles ; beaucoup plus facile de se mettre en marge de l'industrie du livre, du jeu de pouvoir sinistre et absurde qui gravite autour de la littérature, tout cela était beaucoup plus facile que d'écrire un bon roman. Un bon roman ne doit pas donner d'explications et ne peut invoquer d'excuses. Les lecteurs n'en avaient rien à foutre du débat antédiluvien sur la fonction sociale du roman. Ni des maladies mentales de l'auteur, de son goût pour les pamplemousses coupés en deux dans le sens de la longueur, ou de ce qu'il pensait de la montée de la criminalité à Detroit.

Si toutes ces choses ne pouvaient entrer dans le roman, cela ne servait à rien qu'elles existent en dehors de lui. Et si ce roman ne marchait pas, cela ne servirait à rien de vouloir écrire, depuis des années, une version des *Misérables* adaptée à Mexico.

– Ça ne vient pas, hein ? dira Karen, levant les yeux de son cours d'espagnol, leçon 17.

Mais rien ne devait venir, ces jours-là.

Sous le même parapluie, nous nous promènerons jusqu'à la librairie Bonilla, dans le Sud profond, pour donner une conférence sur Mexico et le roman. Quel roman ?

– Amin Maalouf disait : *Les astrologues l'ont proclamé depuis l'aube des temps et ils n'ont pas menti :*

quatre villes sont nées sous le signe de la rébellion : Samarkande, La Mecque, Damas et Palerme. Pourquoi l'écrivain arabe avait-il laissé de côté Mexico, ville bien plus propice à la révolte, la réaction sociale et la mutinerie que les villes citées ? Si elle n'a pas reçu la reconnaissance astrologique, qu'on lui accorde au moins la reconnaissance historique !

L'argument semblera plaire au public assis par terre, jusque dans les couloirs de la petite salle au fond de la librairie. Je boirai une bière en cachette et je laisserai la boîte sous la toile noire recouvrant la table.

Ce soir-là, je recevrai plusieurs coups de fil d'insultes. Rien de nouveau. Karen fera des cauchemars. Je rêverai à Ciudad Juárez.

Messages des morts

Antonio Amador avait volé deux grands mégots dans le cendrier de la table voisine, et il feuilletait un exemplaire de *Vida Nueva*, l'hebdomadaire anarchiste madrilène que le cireur de chaussures lui prêtait tous les lundis, lorsqu'il reçut un message des morts. À la section des petites annonces, une note encadrée disait :

Petit frère,

MA VIE EST UN DESERT
FLEUR QUE JE TOUCHE EST FLEUR QUI MEURT.
SUR MON CHEMIN FATAL,
QUELQU'UN SÈME LE MAL
POUR QUE JE LE RECUEILLE.

Cherche-moi dans l'original.

Les mains d'Amador furent saisies d'un tremblement soudain, à tel point que Marino Morales, son ami le cireur, s'approcha craignant une réactivation du bacille, et s'apprêta à prendre le petit journaliste dans ses bras.

Lentement, Amador reprit des couleurs. Un message des morts. Becquer envoyait ses misères à travers le temps et Angel était revenu de la Barcelone funéraire. Pendant trois mois, le journaliste avait erré dans Madrid, renouant soigneusement les contacts avec l'Organisation. Il avait été obligé de se tenir à distance de Barcelone, où la répression gouvernementale dirigée par Martinez Anido s'était durcie à un point tel que les syndicats étaient pratiquement anéantis, tandis que les bandes des Syndicats libres massacraient les militants. On dénombrait environ deux cents morts parmi les activistes.

Tandis qu'il se réveillait jour après jour à Madrid, en cette fin d'hiver castillan dont l'air sec et coupant s'infiltrait dans toutes les fentes, il rêvait à Barcelone. Ses jours étaient madrilènes, ses nuits catalanes. Cauchemars de persécution et de mort. Grâce à un ami, il avait trouvé un travail qui lui permettait de rester dans l'ombre : il était correcteur à *Novela Romantica* et, moyennant quelques pesetas, il passait ses journées dans une misérable pension de l'Arco de Cuchilleros, lisant sur épreuves des histoires d'amours rendues impossibles par la société, de marquis pédérastes qui violaient les fils des servantes, et de chiffonniers abrutis par l'alcool qui gardaient leur couteau près du cœur en préparant leur vengeance. Et pendant ce temps, il attendait les mauvaises nouvelles que la presse lui apporterait le lendemain. À de nombreuses reprises, il avait ouvert le journal et cherché le récit des faits et gestes d'Angel, cherché comment ils avaient fini par tomber sur lui et le cribler d'une demi-douzaine de balles. Mais son ami, qui sans aucun doute avait été mêlé à certaines des ripostes les plus violentes des anarchistes contre la répression, avait échappé par miracle aux coups de filets, aux embuscades et aux fusillades. Ou bien il était mort, anonyme.

Et il réapparaissait à présent avec quatre vers de Becquer.

– J'ai besoin d'un sandwich pour réfléchir, dit Amador.

– Aux anchois ou aux calamars ? demanda le serveur qui s'était prudemment approché en voyant les gestes de Mariano, le cireur.

– Le moins cher.

– Celui à la tortilla de pommes de terre, au prix habituel.

Cherche-moi dans l'original. « L'original » ? Une taverne qui porte ce nom. Un magasin de vêtements, une pension... Une rue, la rue Becquer ? Des moineaux ? Un parc avec des moineaux... Quelque chose d'original, origine, le premier, le tout premier. Un livre, le manuscrit original. Celui de Becquer ? Et où se trouvait le manuscrit original du *Livre des moineaux* ? Mais à la Bibliothèque nationale, bon sang !

L'éboueur des histoires mortes

L'ami d'une connaissance me fournira deux dossiers de la Commission nationale pour les Droits de l'Homme, l'un concernant Nicolas Romero, l'autre mentionnant le nom de Mike Gardner par accident.

Pas grand-chose que je ne sache déjà. Mais j'en saurai moins avant de les lire qu'après. Bien que je ne parvienne pas à faire émerger des visages, des personnages réels des documents. Ils étaient beaucoup plus proches de ma réalité lorsque le dur de la taverne de Ciudad Juárez les évoquait, comme les ombres d'une histoire. Ils reviendront, à présent : Romero, Nicolas, officier de police judiciaire, scolarité primaire, originaire de l'État de Hidalgo...

Un colonel à la retraite

Amador La Puce releva les yeux du livre de Becquer et contempla un colonel de l'armée espagnole qui portait un monocle. Dans la salle des Manuscrits réservés de la Bibliothèque nationale, il régnait habituellement un silence sacré. Seuls l'usure des parchemins et les pas occasionnels d'un vieux concierge chaussé d'espadrilles en peau de chamois brisaient ce silence terrible, funèbre. Pendant une semaine, grâce à une carte qu'il avait confectionnée à l'imprimerie où il travaillait et qui l'identifiait comme Alfredo Argüello, docteur en philologie de l'Université de Salamanque, Amador avait vécu dans la solitude de cette salle, fouinant dans les manuscrits et relisant l'ouvrage de Becquer (*si parfois tes lèvres rouges / brûlent l'invisible atmosphère embrasée/ que l'âme qui peut parler avec les yeux / peut aussi embrasser du regard.*). Et maintenant, tout à coup, un militaire barbu à la chevelure poivre et sel, l'œil barré d'une cicatrice cachée par un monocle, le regardait fixement.

– Je me suis marié, dit le militaire. Bon, ce n'était pas exactement un mariage, mais une réunion de camarades. N'importe qui se met à organiser des fêtes, aujourd'hui, au point où en sont les choses.

Amador se replongea dans le dictionnaire grec qu'il lisait à l'envers. Il ne lui manquait plus qu'un colonel complètement taré.

– Tu ne me félicites pas, animal ?

Et il se rendit compte que Angel avait à nouveau réussi à le surprendre.

– Tu es sauf ! dit le petit journaliste en serrant son ami dans ses bras. Comment ça va, à Barcelone ?

Il le tira par le bras pour le faire asseoir à ses côtés.

– C'est la jungle. Ils sont tous devenus fous. Même les ombres vous tirent dessus, et pour peu qu'on riposte, ils se retrouvent avec l'avantage du nombre. Je commence à douter que ça serve à quelque chose, de rendre mort pour mort... Mais si on ne le fait pas, les gens vont s'effondrer. Moi-même, je vais plonger. Je n'aime pas ça...

– Et ta compagne ?

Le colonel à la retraite sortit un portefeuille, pour en tirer un portrait d'une jeune femme à lunettes, souriante, aux cheveux bouclés, vêtue d'une large blouse.

– Elle est polonaise. Elle s'est réfugiée en Espagne parce qu'elle a attaqué Pilsudski.

– Avec une arme ? demanda Amador en mimant un revolver.

– Avec une bombe incendiaire qui a fait sauter une voiture du maréchal. Elle a pleuré pendant trois jours à cause des chevaux qu'elle avait étripés. C'est le problème, avec ces anarchistes tolstoïens. Mais elle cuisine du feu de dieu, mon vieux... Et toi ?

Le docteur Argüello de Salamanque ébaucha un bref sourire et sortit ensuite une photo où on le voyait en chemisette, entouré de livres et de papiers, un balai amoureusement serré dans ses bras et entouré de deux femmes qui montraient généreusement leurs jambes jusqu'aux porte-jarretelles.

– J'ai des amies putes des plus sympathiques, asturiennes, buveuses de cidre et qui travaillent le matin.

Le Penseur hélectrique

Des nuits noires sans lune, des nouvelles d'une époque confuse à la radio, des voisins qui organisent des sauteries, un oiseau mort à la porte de l'immeuble, les cadres de travers sur le mur, comme si la ville avait tremblé et qu'ils étaient les seuls à s'en être rendu compte.

Je me réveillerai tôt, mais pas assez pour trouver Karen à mes côtés. Elle aura précédé l'aube et sera partie marcher quelques kilomètres aller et quelques autres retour, avec une étape intermédiaire pour boire un jus d'orange dans un café sur le pont des Insurgés. Volontaire Karen, une de ces rares femmes qui pensent que la volonté est une forme supérieure de la raison. À cette heure, elle prendra probablement des cours d'espagnol avec un groupe de femmes de diplomates norvégiens et deux ingénieurs japonais. Conversation. Quelle heure est-il? Bonjour, monsieur Suarez, je voudrais le journal, s'il vous plaît. Je m'appelle Maria et je suis née à Veracruz. Et vous, d'où venez-vous? Je suis Manuel et je suis né à Chihuahua, j'aime beaucoup le cinéma.

Et pourquoi pas à Zapotlanejo, à Tzitzipandacuri, à Ixtlan, à la gare Miguel Herrera?

Je buterai contre une chaise en allant jusqu'à l'ordinateur, programmé pour me saluer lorsque je l'allume : *Bonjour, connard de chef Fierro, quelle merde vas-tu écrire aujourd'hui* ? Le roman se fragmentera en plusieurs parties, en différents fichiers. Tandis que le premier apparaîtra à l'écran, un jus de pêche en boîte, sucré, le plus sucré possible, mieux vaut le sucre que la caféine, et une cassette, par exemple celle de *Promesses d'un pêcheur* de Dorival Caynm, où Santana fait sa première incursion dans la musique brésilienne. Je devrai avouer l'inavouable par écrit : Je suis devenu santanophile parce qu'il y a des années, de nombreuses années, j'ai lu un rapport du FBI qui avait enquêté sur un millier de radicaux des années soixante-dix et, parmi les coïncidences (ah, ces enfants de la statistique !), on recensait 13 % de fans de la musique du maître d'Autlan. Hidéologie, de la honnerie d'hidéologie à l'état pur, docteur Hierro Frankenstein, Ierro Ankestein, le chef Fierro, chef de rien du tout.

Est-ce que vraiment, tu voudras résoudre le mystère de Ciudad Juárez ? Est-ce que ta vengeance ne se serait pas émoussée ? La proposition de vengeance n'aurait-elle pas été le plus court chemin vers un rêve télévisé appelé Karen Turner ?

Ni le roman ni la réalité n'aboutiront.

Peut-être que l'on a en soi un nombre de romans limité et que lorsque l'on atteint ce nombre, c'est fini, quéquette, et il n'y aura plus rien à raconter. *Finito* les histoires. Je marcherai dans la pièce en tournant autour de la table. Toujours plus vite. Le Train Électrique Fierro, le penseur Hélectrique. Des frites avec des poivrons verts. Le menu ne sera-t-il pas mauvais pour Karen ? Karen sans son rein. Je halèterai au vingt-septième tour et me laisserai tomber dans le fauteuil.

Des matins noirs, sans lune. Des oiseaux tués par le smog dans le réfrigérateur. De vagues informations sur une nouvelle embrouille électorale. Des amis aux maladies vulgaires : asthme, bronchite, cirrhose hépatique, laryngite. Une ville inconnue, soudain autour de vous.

Ce matin-là, et après trente et un débuts de chapitres inutiles, trente et un écrans de merde qui se seront effacés au fil des heures, j'arriverai à la conclusion judicieuse, produit de réflexions profondes, qu'« une femme donnant naissance à un fils » n'était pas la même chose qu'« une femme donnant de l'essence gratis ». Je serai plus près de la vérité qu'avant.

Les livres de Léonard

Angel ne dit pas où il vivait avec sa Polonaise myope, et Amador ne le lui demanda pas. Était-elle à Barcelone ? Angel préparait-il un coup à Madrid ? L'Ange ne voulut pas non plus en savoir davantage sur les projets d'Amador le fugitif, sur la tête duquel pesait un mandat d'arrêt à cause de son évasion de La Mola, pas plus qu'il ne lui demanda dans quelle pension il vivait, ou le nom des deux putes asturiennes qui étaient ses amies. Malgré ces réserves, les deux amis se rencontreraient une fois par semaine dans la salle de la Bibliothèque nationale. Ce fut lors de leur troisième rencontre qu'Amador, en montant un escalier en colimaçon, manqua de se tuer et, dans sa chute, s'agrippa à un cahier relié de cuir qui tomba sur le sol. Alors qu'il essayait de le remettre en place avec l'aide de l'Ange-Noir, ses doigts butèrent sur trois volumes qui, placés de biais, avaient été couverts par les piles de livres soigneusement rangés, tranche contre tranche. Il s'agissait de trois liasses à la couverture cartonnée recouverte de toile rouge, qu'il emporta précautionneusement et qui exhalaient un merveilleux parfum d'étrange. Cette découverte, en principe sans importance, poussa le journaliste à faire le guet depuis la position privilégiée où il se trouvait, perché à mi-hauteur sur son escalier, cherchant du regard les vieux gardiens de cette salle au trésor, tous des *guardias civiles* à la retraite et souvent d'une humeur exécrable.

– Qu'est-ce qui se passe, bordel ? Descends donc ! lui suggéra Angel.

– Attends, j'ai trouvé des manuscrits merveilleux, avec des petits dessins, dit le petit journaliste en descendant sa trouvaille. On trouve des trucs fantastiques entre ces murs...

Le couple emporta le paquet jusqu'à la table où Amador avait l'habitude de travailler et le déposa avec précaution, presque avec révérence.

– Regarde, c'est écrit en chinois.

– Comment veux-tu que ça soit du chinois, c'est du latin, mais écrit comme à l'envers, comme si c'était de l'hébreu. Un latin assez bizarre, dit Angel, exploitant sa culture exotique en matière de géographie.

Certains moments sont magiques, et lorsqu'ils vous reviennent en mémoire, de petits détails prennent une nouvelle dimension. Des mois plus tard, Amador verrait, avec les yeux du souvenir, cette salle et la poussière qui flottait dans les airs, arrêtée par la frange du soleil qui pénétrait par la fenêtre. Il reverrait l'ocre des reliures remonter sur les murs, et les vieux pupitres en bois d'acajou qui luisaient à cause de l'huile avec laquelle on les polissait régulièrement, pour que les fourmis y glissent et que les termites y meurent empoisonnés. Et il se souviendra d'avoir eu devant lui les trois manuscrits de Léonard de Vinci avec leur papier rugueux, leurs reliures rouges.

– C'est de l'écriture inversée. Tu n'as jamais joué à ça quand tu étais gosse ?

– Non, non, dit Amador qui ne se rappelait pas

avoir jamais été gosse. D'ailleurs, il était convaincu qu'il n'avait jamais été gosse et que certainement, du temps où il l'était, on ne l'avait même pas laissé être gardien de but dans les équipes de football du quartier, à cause de sa petite taille.

– Non, ce n'est pas du latin, c'est du vieil italien, de l'italien de la Renaissance.

– Et toi, comment tu sais ces choses-là ? demanda le journaliste.

Mais déjà, son ami avait sorti un petit miroir de sa poche et il y contemplait l'écriture inversée comme s'il s'agissait d'un jeu. Il y avait une certaine douceur dans ce tableau, l'Ange-Noir déguisé en colonel colonial à la retraite, qui regardait le texte avec amour. L'Ange de la mort changé en ange savant.

– C'est une écriture de la main gauche, inversée ; il y a tout un développement d'éléments sténographiques. (Il fit une pause.) Aussi du jargon florentin, des citations en latin... Quelle merveille ! Est-ce qu'ils ont beaucoup de choses de ce genre, ici ?

– Il doit y en avoir. En fait, à part le manuscrit de Becquer, quelques dictionnaires rares et un roman de Cervantes dans une édition du siècle dernier, curieusement, il n'y en a pas beaucoup, répondit le journaliste, qui sortit dans le patio pour fumer une cigarette.

Lorsqu'il revint, Angel del Hierro l'attendait, le regard braqué sur la porte, les manuscrits partiellement recouverts par son uniforme militaire.

– Que crois-tu que ce soit ?

– Quoi ?

– C'est un manuscrit de Léonard de Vinci. Tu ne vois pas les dessins ?

Et Angel passait rapidement les feuilles au journaliste, qui contemplait des clepsydres, des châteaux, des visages de mendiants, des poèmes.

– Bon sang, mais c'est une bicyclette ça, non ? demanda soudain Antonio Amador, fasciné devant cette découverte.

L'observateur observé

Karen sera tout à la fois gracieuse, agile et maladroite. Merveilleuse quand elle se brosse les cheveux, nue, avant de se mettre au lit. Désordonnée quand elle vagabonde dans la maison, renversant des livres en équilibre instable sur les étagères jusqu'à ce que la pile s'écroule. Pour la contempler, je cesserai de regarder la rue par la fenêtre.

Un jour, je la verrai regarder ses anciennes compagnes à la télévision.

– J'étais comme ça, moi ?

– Meilleure, bien meilleure. Tu étais sanguinaire.

Elle portera un T-shirt avec l'effigie de Simon Bolivar sur le devant, que l'on m'avait offert à l'Université centrale de Caracas lorsque j'y étais allé pour présenter un livre. La cicatrice dans le dos, du côté gauche.

– J'étais mieux.

– Beaucoup mieux.

– Mais je n'ai jamais su bien jouer pendant un match entier.

– Ce n'était pas nécessaire.

– Tu as écrit là-dessus ?

– Tu veux que je te le lise, que je traduise ?

Je lirai sur l'écran de l'ordinateur tandis qu'elle éteindra toutes les lumières de la pièce. Une lumière fantomatique pour une histoire. Il me faudra bien du temps pour en démêler les fils. La lumière des mots n'était pas mal pour les aventures d'Amador et du grand-père. J'hésiterai. Karen protestera contre mes différentes versions de Juárez, mais elle pleurera lorsque je lui lirai comment j'étais tombé amoureux de son image sur l'écran. Cahotique, plutôt douteux. L'anglais s'accommode mal de ma prose hirsute. Je manquerai de substantifs. Je passerai le plus clair de mon temps à m'excuser plutôt qu'à lire.

Le matin, ma relation avec l'irréelle réalité se reconstruira, une visite à une ouvrière du textile en grève de la faim, qui proteste contre un licenciement massif franchement criminel, deux négociations avec un producteur de télévision qui n'aboutiront nulle part, un article sur mon amie Laura Esquível, qui fait à présent des incursions dans le roman policier. Le soir sera entièrement consacré à Karen et au roman. Et enfin :

– Et qu'est-ce qu'ils ont trouvé ? demandera Karen en se laissant glisser au pied du fauteuil. J'aurai terminé de lire la page 382 du brouillon.

– La bicyclette de Léonard de Vinci, lui répondrai-je en montrant le mur où était épinglé un agrandissement de la bicyclette. Un autel laïc et vélocipède.

– Rien d'autre ?

– Ça te semble peu, ma petite ?

Karen haussera les épaules et se concentrera sur la bicyclette. Elle la reconnaîtra. Une carte postale en réduction l'avait accompagnée, accrochée à côté de son lit, pendant toute sa convalescence.

– Ils trouveront aussi un trésor.

La bicyclette

Bien qu'ils aient soigneusement dissimulé les liasses vinciennes entre les livres, le lendemain, Amador et Angel del Hierro, fuyards de toutes les justices, s'attendaient à ce qu'elles aient disparu. Malheureusement, deux gardiens et un vieil homme qui étudiait les rois wisigoths traînaient dans la salle, et ils durent attendre l'heure du déjeuner, où tout le monde s'en va prendre un café, pour réitérer l'expérience.

Entre-temps, ils avaient vérifié tous les catalogues. Aucun des trois cahiers n'y figurait. Ensuite, ils vérifièrent tout ce qu'ils pouvaient trouver dans le catalogue des références sur les documents de Léonard, mais ils n'étaient inscrits nulle part dans les registres de la Bibliothèque nationale madrilène.

Enfin, la horde de gnomes malins disparut et Amador escalada à nouveau l'échelle. Les cahiers étaient là où ils les avaient laissés. Ils s'assirent sur l'une des tables comme des petits enfants qui viennent de découvrir le cinéma.

– Tu peux le lire ?

– C'est plus facile avec un miroir, répondit Angel en sortant un petit miroir de poche, le disposant de manière à pouvoir y lire le reflets du texte de Léonard.

– Qu'est-ce que ça raconte ? Qu'est-ce que ça raconte ?

– Ça dit : *Une splendeur qui ne peut briller qu'un court instant en un mot, en une phrase, en l'espace de quelques lignes, et qui même ainsi laisse une profonde impression sur le lecteur*, lut l'Ange en détachant les syllabes.

– De quoi parle-t-il ?

– De la littérature.

Ils parcouraient les pages, tout au plaisir des dessins et des jeux. Dans le troisième cahier, ils découvrirent les ébauches de *Mona Lisa*, une proposition pour la fresque de *La Bataille d'Anghiari*, des cartes de la baie de Piombino en 1504, avec une foule de notes, et à nouveau, le dessin d'une bicyclette.

– Bon sang. C'est sûr. C'est une bicyclette, putain. Comme je te disais.

– Quand est-ce qu'on a inventé la bicyclette ?

– Je ne sais pas. Le siècle dernier, non ?

– Fabuleux ! Si c'est possible, alors rien n'est impossible. L'impossible n'existe pas, dit Angel, se faisant l'écho de la pensée d'Amador.

Secteur 8

Amour et violences

On était à la fin novembre et
le monde paraissait s'effondrer.

Lawrence SANDERS

La maison de retraite

– Qui es-tu, toi ? demanda le vieillard.

– José Daniel, ton petit-fils.

– Le fils de qui ?

– Ton unique petit-fils.

– Tu devrais déjà avoir des enfants, et moi des arrière-petits-enfants. Je vais bientôt avoir quatre-vingt-dix-huit ans, presque cent.

– Tu as eu cent ans aujourd'hui, c'est ton anniversaire. Je t'ai apporté un cadeau.

– Des raisins secs ?

– Avec du chocolat.

– Putain, génial ! Sors-les avant que le gars au coin ne te voie, c'est une saloperie d'enfant de chœur qui ne partage avec personne... Quelle racaille !

– Tu ne t'ennuies pas, ici ?

Le vieux essuya sa bave. Ses mains étaient couvertes de cicatrices d'anciennes brûlures et il avait un sourire tronqué, comme une grimace. Il était assis dans un fauteuil roulant, vêtu d'un pyjama bleu rayé et d'une veste d'intérieur bleu marine.

– Tu n'aimerais pas venir à la maison un de ces jours ?

– Je ne supporte pas ta mère, et je supporte difficilement ton père.

– Ils sont morts il y a quelques années. Moi, je vis avec une basketteuse américaine qui pourrait être ta petite-fille.

Le vieux réfléchit tout en mangeant ses raisins au chocolat, par poignées. Avant de parler, il étudia attentivement celui qui prétendait être son petit-fils. Cela eut l'air de lui convenir.

– Je n'aime pas cet endroit, mais ça fait des années que je ne suis pas sorti. Je ne sais pas si j'oserais. Je ne me souviens même pas comment c'est, dehors.

– C'est pas beaucoup mieux qu'ici, mais ça me plairait que tu passes quelque temps avec nous. J'ai déjà dû te le proposer.

– Cela fait combien de temps que tu n'es plus venu ?

– Trois mois... J'étais à l'étranger, dit José Daniel, comme pour s'excuser.

Il faisait froid dans la pièce aux dalles blanches.

– Tu viens ?

– Ils me laisseront partir ?

– Je ne sais pas.

– Nous avons d'autres parents ?

– Seulement toi et moi.

– C'est tout ? Et tous les autres ?

– Ils sont morts, grand-père.

Le vieux cessa de manger ses raisins et ses pensées s'enfuirent vers d'autres lieux. José Daniel alluma une cigarette en cachette des nonnes. Le vieux sortit à nouveau de sa torpeur.

– On peut fumer, chez toi ?

– Tout ce que tu veux. Et lire *Playboy*.

Ça, ce n'était pas si sûr.

– J'y suis allé il y a quelques années. Tu étais en prison, pas vrai ? Tu étais marié ?

José Daniel opina à toutes les questions.

– Et comment c'était, la prison ? Moi, j'en ai fait pas mal. De la merde, toutes. Ils te laissaient lire des livres ?

– *Ma vie est un désert / fleur que je touche est fleur qui meurt / Sur mon chemin fatal, / Quelqu'un sème le mal / Pour que je le recueille*, récita José Daniel.

– C'est de Becquer, ça, dit le vieux.

José Daniel lança la cigarette par la fenêtre, dans les plantes, et prit la main du vieil homme. Ils gardèrent le silence pendant un moment.

– Bon sang, petit, l'idée de fumer me tente. En plus, on mange sûrement mieux chez toi qu'ici.

– Ça, c'est pas sûr.

– Moi j'en suis sûr. Ces bonnes sœurs, elles vous empoisonnent... Elles ne savent même pas faire les frites... Ça faisait longtemps que tu n'étais plus venu, pas vrai ?

– Trois mois.

– C'est bien ce qu'il me semblait.

À nouveau, le silence se fit.

– Et le trésor ? demanda soudain José Daniel.

– Quel trésor, celui de l'île ?

– Quelle île ? Il y avait une île ?

– Celle au Trésor, âne bâté ! Tu n'as pas lu ce roman ? J'aurais juré que je te l'avais offert quand tu étais petit. Mais toi, bien sûr, tu ne lisais rien, rien du tout.

– Non, le trésor que toi et Amador aviez trouvé dans les livres de Léonard.

– Nous n'avons trouvé aucun trésor. Tu dois sûrement l'avoir inventé. Écoute, je t'ai tout raconté. La seule chose que nous ayons trouvée, c'était une bicyclette, que Léonard avait inventée et que j'ai ensuite utilisée comme signature. Je la mettais sur les fils de putes que je descendais.

Le vieux baissa la voix et parcourut la pièce d'un

regard aigu et malicieux. Il cherchait des mouchards. Apparemment, il n'en vit pas, ou considéra que leur surdité les rendait inoffensifs, car il poursuivit :

– Je déposais la carte postale sur leur cadavre. Comme un scapulaire, sur la poitrine, et je leur croisais les mains.

– Et le Baron, on ne l'a jamais revu ? Ils ne l'ont pas retrouvé, en Italie ?

– Dans mes bras, mon petit-fils ! Comme on voit que tu aimes les romans, les histoires à dormir debout ! Tu es comme Amador, ce nabot, qui adorait les fables, dit-il, sans se rendre compte de l'honneur qu'il faisait à son petit-fils. On n'a jamais revu le Baron. Qu'est-ce que j'aurais pu vouloir de plus ? Si on l'avait vu, j'aurais descendu ce salopard de fils de pute. Il a dû finir complètement gâteux à faire du tricot. Un petit vieux qui gardait Auschwitz pour les nazis...

Oui, tel avait été son destin. C'est pour cette raison qu'on ne l'avait jamais retrouvé. Il s'était défilé.

– Écoute, je crois que je vais rester. Peut-être la prochaine fois, dit le vieux en changeant abruptement de sujet.

– Tu es sûr que tu ne veux pas venir ?

Le vieux fit non de la tête. Lorsque José Daniel quitta la pièce, son grand-père lui demanda à voix haute :

– Tu savais qu'ici, ils ont des photos du pape ?

Oh oui, il le savait. La première chose que les bonnes sœurs de l'hospice lui avaient dit, c'est que son papy cassait les cadres des photos et qu'il en avait brûlées plusieurs avec de l'eau de Cologne qu'il volait dans le pavillon des nourrissons.

Une lettre avec des fautes d'orthographe

Une conaisanse m'a donner votre addresse et m'a montrer un livre a vous qui à sur la couverture des vampire et un monsieur qui crache du feu et m'a dis que celui-là il s'interessais a Nicolas ce gros fils de putte et c'est pour ca que j'oses vous écrire pour vous racconté que Nicolas Romero il est ni de Sabina ni de Juarez mais de Pachuca, Hidalgo. Il le dit pas pasque personne aime dire qu'il vient d'un de ces saloperies de bled mais lui il es bien de cet endroi qu'es bien pourri. Et je vous écrit pour vous dire que Nico étais avec son chef Jerry, comme la petite souri des desins animé avec les grandes oreille et le monsieur bizare ils ont enlevé des gringas pour les baizer pasque que c'est des sales tipes et en plus il a tué un mec à Laredo texas. Et il prend tout le temps des pilules et il devient tout genti et il fume de tout, tellemant qu'y avait plus d'écorse sur les arbre la bas a Pachuca et que s'est pour sa qu'ils le poursuive. Et ils ont tout fait dans l'hopital du docteur Leiva et l'autre ils l'ont tuée à coups de pied, c'est Maïke qu'es pédé et obéi à tous ce que dit Jerry, il s'ocupe de la maison et il lave la vaisele et il fait les commisions et il s'ocupe de la saloperie de chien. Et ces deux-là ils ont gagner plein d'argent en dolars et en pesos, et dans une caisse avec une sirène que Jerry a acheter et à Jimenes il a tuer

Livrado Vazques qu'il disait qu'il était son ami, comme ça vous voyez bien qu'il faut pas leur faire confiense, pour une affaire de drogue qui ne leur plaisait pas à cause de la situation où l'autre les avait mis. Et alors Jerry passe son temps à dire ces saloperies de putain de mexicains tout le temps et en plus Nico, y se lave pas et il aime bien les pouffiasses, les putes galeuses comme Lola qui n'es même pas une femme et qui ne se lave pas la chatte. Bien à vous, Emilia Rodriguez Tena.

José Daniel lut la lettre deux fois et dit à Karen :

– Nous partons pour le Nord.

Les rêves de Karen

Karen rêve d'un homme. Un compagnon dans une chambre aux lits jumeaux. Un homme d'une cinquantaine d'années, mal rasé, avec des lunettes noires. Parfois, elle essaie d'expliquer son rêve au chef Fierro, avec ces difficultés que nous éprouvons tous pour mettre des mots sur ce qui paraît si précis, si concret dans notre imagination. Et elle lui raconte qu'elle sent que l'homme du lit voisin est lié à elle par une sorte de cordon ombilical, qui les rend jumeaux.

José Daniel la pousse à se souvenir de ce rêve sur l'homme et sur la pièce. De toute évidence, l'homme qui a reçu le rein, l'homme de la greffe, pense-t-il, pense-t-elle. Mais tout ce que Karen peut dire, c'est qu'il est presque aussi grand qu'elle, qu'il porte des lunettes noires (la nuit ? couché dans un lit ?) et qu'il vient d'un pays étranger, d'un pays où il y a des guerres civiles. La Yougoslavie ? suggère José Daniel. Oui, c'est ça. La Yougoslavie. Pas la Colombie ? Là-bas, la guerre civile éclate presque tous les jours, suggère José Daniel, qui ne renonce pas facilement à son idée de trafiquant de drogue colombien. Non, européen, yougoslave. C'est ça. Son âge ? C'est mon père, comme mon père. Quel âge avait ton père quand il est mort ? Cinquante,

cinquante-deux. Bordel, t'es sûre que l'homme du rêve n'est pas ton père ? Mon père était un *wasp* bon teint, imbécile, il n'aurait jamais porté des lunettes noires au lit. Moustache, barbe, cicatrices ? Des lunettes noires, mal rasé. Désolée.

Dans le rêve, qu'y a-t-il au milieu des deux lits jumeaux ? Une table de nuit avec un grand tube d'aspirine, des livres en anglais, un abonnement à *Rolling Stone*... Non ?

Au Camelia's

José Daniel Fierro établit son quartier général au Camelia's, non pas pour suivre la perverse logique mexicaine, selon laquelle il vaut mieux souffrir d'un mal connu, mais parce qu'il aimait bien ce motel et ses vases de fleurs en plastique, idéal pour les liaisons clandestines qui souhaitaient s'afficher sous le regard des copains, comme le disait son ami Belascoarán en décrivant les motels du Nord du pays. Karen ne se préoccupait guère de l'endroit, elle en avait probablement connu des centaines du même genre lorsqu'elle était basketteuse. Elle se limita à acheter six boîtes de « Peignez suivant les numéros » avec tous les Van Gogh existants, montrant à l'écrivain une facette inconnue de sa personnalité. Elle mit ensuite la main à la pâte en posant l'ocre 26, le jaune 29 avec un peu de blanc 2 et de vert 35, reconstruisant les cyprès d'Arles, les champs de blé, les tournesols, les chaises solitaires et les tables de billard.

Dans le même libre-service, José Daniel s'acheta une vraie cafetière, une planche en liège et des punaises et, l'après-midi, parce qu'il avait passé la matinée de leur arrivée à Ciudad Juárez à dormir et à suer après l'épuisement du voyage, il accrocha au mur des notes et des polaroïds, des cartes et une page de l'annuaire sur laquelle figurait l'hôpital du docteur Leiva.

À la tombée du jour, Karen et lui se promenèrent dans Ciudad Juárez, étranges bipèdes marcheurs dans une ville d'automobiles, jusqu'à ce qu'ils tombent sur le vieil immeuble de Nico et de sa voisine Lola. Aucune lumière dans aucun des deux appartements, et le concierge leur dit que deux familles nombreuses y avaient emménagé, avec grand-père, chiens, enfants et tricycles, mais qu'ils étaient en vacances.

Ils prirent un taxi et se rendirent à la clinique de Concepción, dirigée par le docteur Armando Leiva. Un établissement médiocre, avec plus de place sur le parking que pour les malades. À la réception, ils apprirent que s'ils voulaient rencontrer Leiva, il valait mieux venir entre 10 heures et midi. José Daniel cherchait un signe de reconnaissance sur le visage de Karen, qui parcourait les couloirs avec un visage impassible, sans se troubler.

Le matin suivant, ils furent directement conduits au bureau du directeur. Le bureau de Leiva ne ressemblait pas à celui d'un médecin, il était rempli de photos de joueurs de football américain, de boules de verre avec des chalets suisses sur lesquels il neigeait quand on les secouait, sans compter un portrait du toubib qui serrait la main à un ancien gouverneur. Leiva lui-même, corpulent, rustre, les mains épaisses, ne semblait guère à sa place, malgré la blouse blanche.

– Je suppose que vous connaissez le cas de Mlle Turner, dit José Daniel, à brûle-pourpoint.

– Mais oui, on en a beaucoup parlé, par ici... Est-ce qu'on peut vous aider ? Vous récupérez bien ?

Karen fit la grimace. Elle était beaucoup moins

agressive sans ballon et avec ces interminables jeans gris. Dans son effort de mémoire, elle fronçait les sourcils, ses yeux se rapetissaient.

Leiva ne savait qui regarder, il devenait nerveux et choisit de s'adresser à José Daniel, derrière la barrière de la courtoisie professionnelle.

– Ce fut une tragédie pour la communauté médicale de Juárez. Une tache. Si on vous offrait quelque chose, si mademoiselle... Bien évidemment, nos services seraient gratuits.

José Daniel regarda Karen. Rien.

Lorsqu'ils sortirent, José Daniel ne put s'empêcher de se dire que le médecin ne leur avait pas demandé ce qu'ils voulaient.

– C'est lui, n'est-ce pas ? demanda Karen. Mais je ne me souviens de rien. De rien.

Il faisait froid et Karen frissonna.

Et dans la chambre d'hôtel, José Daniel décida qu'il était urgent de prendre quelques notes et Karen accepta comme le meilleur dîner qui soit, un sandwich au beurre de cacahuètes. Au milieu du sandwich, la bouche pleine, elle demanda au romancier :

– On va vraiment les retrouver ?

José Daniel leva la tête de son portable et réfléchit avant de répondre.

– Peut-être. Avec un peu de chance.

– Et est-ce qu'on veut vraiment les retrouver ?

José Daniel vit qu'elle était sérieuse. Il but une longue rasade de sa bière et alluma une cigarette. Karen s'approcha et s'assit à ses pieds, sur la couverture.

– On veut les retrouver, ou on écrit seulement un roman ?

– Et toi, tu veux qu'on les retrouve ? demanda-t-il à son tour.

– En fait... non.

La nuit

José Daniel emporta le sac avec le flingue encore fumant. Il prit Karen par la main, qui brandissait vainement un peigne pour se défendre, et il chercha la fenêtre arrière qui donnait sur un escalier de secours. Le type était au milieu de la pièce, sa main blessée pissait le sang, et il hurlait de douleur. Un poignard était planté dans la table de la télévision.

– Attention ! cria Karen.

José Daniel cessa de pousser sur la fenêtre bloquée par la rouille, projeta Karen dans la minuscule salle de bains, puis s'approcha de l'homme qui beuglait et le frappa sur le nez avec la crosse de son arme. L'homme, au lieu de s'évanouir, se tint le nez qui pissait aussi, à présent, et s'assit sur le lit.

– Putain de ta mère ! ! Ça fait mal ! Abruti !

Tandis que José Daniel chargeait son arme avec quelques cartouches qu'il sortit de son sac de toile, la fenêtre qui donnait sur le parking du motel se brisa et une balle traversa le vase de fleurs inutile, qui vola en éclats.

Une sirène se mit à hurler, pire que celle d'un camion de pompiers. Le blessé tenta de quitter la pièce, mais il trébucha sur le couvre-lit et tomba sur le sol. José Daniel, sans viser, tira deux coups de feu vers la fenêtre, qui explosa en mille morceaux de verre et de bois. La tenture se mit à flamber.

Depuis la porte de la salle de bains, Karen ouvrait des yeux plus grands que jamais, mais elle avait remplacé le peigne inutile par une spatule de peintre. Au moins, elle était prête. José Daniel rechargea à nouveau son pétard. Les sirènes semblaient s'être multipliées. Le chef Fierro jeta un coup d'œil à l'homme qui jurait, étendu au pied du lit, et boitilla jusqu'à la porte, son arme pointée devant lui. Une terrible douleur dans les reins le pliait en deux. C'était la douleur de la peur. Karen le rejoignit et se plaça de l'autre côté de la porte. Elle était pieds nus, elle ne portait qu'une seule chaussure, se dit le romancier.

Elle poussa la porte tandis qu'il braquait toujours son arme devant lui. Derrière eux, le feu des rideaux s'étendait au couvre-lit rose en fibre synthétique.

L'employé du motel, paralysé devant la porte, les dévisageait comme quelqu'un qui regarde un vieux western sur écran panoramique.

Secteur 9

Sur la piste avec Karen la ballade des stars

Quatrième partie

Un roman parallèle débordant d'histoires
et manquant de sens commun de

José Daniel Fierro

dédié à la mémoire vivante et relativement plombée
de mon grand-père l'Ange-Noir

On écrit contre sa propre solitude et la solitude des autres.

Eduardo GALEANO

Un article de plus

Pendant une semaine, l'Ange et Amador explorèrent ensemble le labyrinthe vincien des trois cahiers. Alors qu'il tendait à se perdre dans la diversité de Léonard, peu à peu, presque sans le vouloir, Amador se concentra sur la bicyclette et les casse-tête de la baie de Piombino. Et il obligea son ami à lui apprendre à lire à l'envers. Quand ce salaud avait-il appris à lire des textes inversés ? Comment connaissait-il l'italien ancien ? Lui-même maîtrisait le latin et comprenait l'italien, mais l'Ange...

La bicyclette s'avéra l'un des nombreux coups de foudre du journaliste, un amour qui grandit lorsqu'il découvrit dans un autre cahier un croquis d'engrenages très sophistiqué ; en revanche, l'histoire de Piombino était pleine de références, de clés, d'éléments dispersés et hiéroglyphiques, d'énigmes qui l'épuisaient. Avec l'aide d'Angel del Hierro, il retranscrivit néanmoins toutes les références au séjour de Léonard à Piombino dans un cahier à couverture blanche acheté à cet effet, avec la sérieuse intention de l'étudier attentivement plus tard.

Au fil des jours, ils se sentirent obligés de chercher pourquoi ces livres ne figuraient pas dans le catalogue de la bibliothèque, mais ils procédèrent de manière tellement prudente et conspiratrice que le bruit courut parmi les surveillants et les bibliothécaires qu'il s'agissait d'un couple de jésuites qui essayaient de trouver dans des textes religieux un fondement à la fin du célibat des prêtres.

En fait, malgré toutes leurs recherches, les cahiers de Léonard étaient bien là sans y être. Ils étaient comme eux, inexistants. Dans le doute, au terme de leurs explorations quotidiennes, ils cachaient les cahiers à l'endroit où ils les avaient trouvés par hasard.

Un mois après leur étrange découverte, et alors que le cahier d'Amador était couvert de notes, Angel le regarda fixement et lui dit :

– Je crois que je vais te laisser seul quelques jours, peut-être plus. Je suis sur un coup..., ajouta-t-il, en guise d'excuse.

Et il quitta la salle. Amador vit son ami s'éloigner. Il entrait et sortait de sa propre histoire comme un personnage secondaire dans un opéra, qui bombait la poitrine, lançait un aria et disparaissait.

Pendant les jours qui suivirent, le petit journaliste écrivit un long article sur la bicyclette de Léonard et l'envoya à un mensuel anarchiste de La Corogne, qui publiait, outre des informations incendiaires sur la grève ouvrière, des articles de vulgarisation scientifique, des apologies du naturisme et des explications scientifiques sur les vertus de l'amour libre et sur les fondements rationalistes de l'athéisme. Publié deux mois plus tard, l'article passa totalement inaperçu, bien qu'Amador ait mis toute sa science, sa technique et son amour dans la description de la bicyclette, dans l'analyse du contexte de la Renaissance et dans la magie implicite de cette découverte.

L'article s'achevait sur cette phrase : *Si cet homme a pu réaliser cela, alors rien n'est impossible.*

Tout en se consacrant à ce travail, Amador lut et relut les notes qu'il avait prises sur le texte de Léonard, surtout celles relatives au voyage de celui-ci à la baie de Piombino, en 1504. Mais il n'écrivit rien à ce propos.

Lorsque l'article fut publié, Antonio Amador, sentant qu'il était revenu à la vie journalistique et qu'il n'était plus uniquement un fugitif inactif, fêta l'événement en mangeant des gimblettes sur la Gran Vía. En sortant du bar où il vécut l'expérience merveilleuse et oubliée de la gourmandise, il sentit le froid madrilène lui transpercer les os et il s'effondra, évanoui.

Et pour l'édification de ceux qui ne croient pas à la chance – c'était le cas d'Amador, qui à cette époque de sa vie ne croyait plus à grand-chose, et plus par obstination que par conviction – c'est Elena Iturralde, la prostituée chez qui il avait dormi deux ou trois fois, qui le vit tomber. Elena, dont le vrai nom était Rosa (sans nom de famille), fervente lectrice de ces romans prolétaires à l'eau de rose qu'Amador appelait « roses virant au rouge » et qu'il corrigeait exhaustivement tous les jours, s'exclama :

– Miséricorde, il est mort !

Mais elle fut tout de même prise d'un doute et, sans tarder, elle le hissa dans un taxi et l'emmena à Malasaña.

Le médecin qui le soigna se fit payer en espèces sur le fauteuil de la chambre de Rosa, tandis qu'Amador, par égard pour son état, était couché sur le grand lit bordé de tulle vert. Il accepta l'explication selon laquelle il s'agissait d'un parent et eut toutes les peines du monde à tirer le journaliste de son évanouissement et à ôter de sa main crispée l'exemplaire de la revue qui avait publié l'article sur la bicyclette.

– Monsieur, vous allez mourir, lui dit-il très cérémonieusement plus tard.

– Et vous appelez ça un diagnostic ? C'est vraiment pas une nouvelle ! répondit Amador avec un filet de voix et un goût de sang sur les lèvres.

L'Interrogateur interrogé

– Et alors, pourquoi aviez-vous ce pétard ?

– C'est un souvenir du bon vieux temps. En plus, j'aime bien les exercices de tir et on m'a dit qu'ici, dans le Chihuahua, la compétition était à la hauteur, dirai-je avec un sourire.

– J'ai reçu l'ordre de vous traiter avec douceur et de ne pas faire le con avec vous. Mais ne me prenez pas pour un imbécile, dira le commandant du Deuxième Groupe de police judiciaire de Ciudad Juárez, un homme efflanqué, squelettique, à la petite moustache en râteau.

– Ce n'est pas du tout dans mes intentions, dirai-je en allumant une cigarette.

Je me découvrirai dans la peau de l'Interrogateur interrogé, un rôle qui ne me plaira pas le moins du monde.

Je me suis déjà retrouvé dans des endroits comme celui-là, qui sentent le petit vent rance de la peur, devant des bourreaux endimanchés comme celui-ci. Dans des fêtes mortelles. Ailleurs. La petite fenêtre au-dessus de sa tête doit donner sur une cour intérieure, parce qu'on entend le bruit des voitures qui entrent et sortent.

– Vous savez qui vous a tiré dessus ? Vous

devriez le savoir, vous avez posé beaucoup de questions sur lui, ces temps derniers...

Romero ? Ce gars-là était Romero ? L'homme avec le bras ensanglanté qui se lamentait et pleurnichait était Nicolas Romero ?

– Romero ? Mais quel hasard ! Quel putain de hasard !

– Et pourquoi vous le cherchiez ?

– Parce qu'on m'a dit que ce gars-là était celui qui avait enlevé mon amie.

– La grande Ricaine.

– Karen Turner, pour vous.

– Oui, c'est ça...

– Et qu'est-ce que vous en savez, vous, monsieur le Policier, sur l'agression à notre hôtel ?

On apercevra par la petite fenêtre des nuages arrondis, presque comme des dessins d'enfants. Moi, je fumerai, sous le regard attentif du policier, qui aura l'air de m'envier ma cigarette.

– Vous devez en savoir beaucoup plus que nous. Lorsque nous sommes arrivés, la pièce était en flammes, Romero était étendu par terre et saignait, et vous étiez à la porte de la chambre une arme à la main.

– Nous dormions quand on a entendu des coups de feu, un des types est entré avec un couteau, je lui ai tiré dessus sans regarder, les rideaux ont pris feu, et celui ou ceux qui étaient dehors ont fait exploser la télé à coups de flingue.

– Rien d'autre ?

– Il était 3 heures du matin quand tout a commencé.

Le type gardera le silence. Il n'y aura pas de chaises dans la petite pièce, de sorte que je m'assiérai sur le bureau, laissant le type déambuler dans l'espace minuscule qui lui restait.

– Je vais en savoir plus tout de suite.

– Vous allez torturer Romero ?

– L'interroger. Ici, on ne torture pas.

– Ce n'est pas ce que dit la recommandation de la Commission nationale des Droits de l'Homme, le rapport de l'année dernière de *Americas Watch*...

– Qu'est-ce qu'ils savent de nous, ces enfants de salauds ?

– Rien. Si vous le dites...

– Bien sûr. Le gouverneur en personne veut qu'on résolve le problème de cette *gringa*. C'est une honte pour notre État.

– C'est certain.

– Nous allons résoudre l'affaire.

– Je peux garder mon pétard ?

– Bien sûr. Monsieur le Gouverneur voit un intérêt tout particulier à ce que vous le gardiez... Et moi, si on devait vous tuer, je préférerais que ça soit à Coahuila ou à Sonora, ou mieux encore, dans cette putain de Mexico.

– Je peux voir Romero ?

– Bientôt. Demain... Ne jouons pas aux cons, d'abord votre serviteur... Cette semaine. Quand il se sera remis du pruneau que vous lui avez balancé... Pour que vous voyiez qu'ici, on vous aime bien... Bordel, si vous lui aviez tiré dans les jambes, à l'autre..., dira le commandant, en clôturant l'entretien.

– J'ai essayé, j'vous jure que j'ai essayé, commandant, dirai-je, pour avoir le dernier mot.

Attentat

Le 8 mars 1921, vers les 8 heures du soir, le président du Conseil des Ministres, Eduardo Dato, monta dans sa voiture garée dans le bâtiment du Sénat et se dirigea vers son domicile. À la hauteur de la place de l'Indépendance, une moto Indian sept-chevaux avec un side-car, qui suivait la voiture depuis la place de Cibeles, se rapprocha en zigzaguant.

Les premiers coups de feu furent tirés. Deux hommes, l'un depuis le siège arrière de la moto, l'autre depuis le side-car, tirèrent dix-huit balles sur la voiture. Ils déchargeaient leurs pistolets en direction du siège arrière droit où Dato avait l'habitude de s'asseoir. L'un des premiers coups de feu blessa le valet Juan José Fernandez, installé sur le siège avant. Ses cris alertèrent le chauffeur Ros, qui accéléra, mais les occupants de la moto se lancèrent à leur poursuite tout en tirant, du moins pendant les vingt mètres qui séparent les rues Olozaga et Serrano. Ils faisaient feu avec un pistolet Mauser et un Bergman 9 mm.

Au niveau de la rue Serrano et après avoir touché la voiture de dix-huit impacts, la moto prit la fuite, tandis que l'un des hommes criait : « Vive l'anarchie ! »

Le chauffeur conduisit l'automobile jusqu'à la maison de Dato, située au n° 4 de la rue Lagasca. Là, le policier de faction, alerté par les cris du valet blessé et du chauffeur, découvrit le corps ensanglanté du président sur le siège arrière et suggéra immédiatement de se rendre à la Casa de Socorro de Buenavista. La voiture arriva en moins de cinq minutes au n° 2 de la rue Olozaga.

Apparemment, Dato respirait encore mais il était secoué de spasmes. Les médecins qui s'occupèrent de lui tentèrent de le ranimer avec des injections de camphre, mais le président fut réduit à l'état de cadavre après quelques minutes. Il avait reçu deux balles dans la tête et une autre dans la poitrine ; les projectiles lui avaient perforé la mâchoire et le crâne. La troisième balle était logée dans sa poitrine.

Sur la plage arrière de la voiture, il restait le haut-de-forme du président du Conseil des Ministres percé de deux trous et sa mallette couverte de sang.

Amador lut tout cela dans les journaux, assis sur une cruche vide, dans une petite pièce donnant sur l'arrière (emmitouflé dans une robe d'intérieur à fleurs et une écharpe) tandis que son amie Elena exerçait dans la chambre à coucher. Il lisait et relisait, dégageant les grands traits de l'attentat le plus important qui se soit jamais produit dans l'histoire d'Espagne.

Les données émergeaient peu à peu au grand jour.

Le 13 de ce mois, le métallurgiste catalan Pedro Mateu arriva à la pension du n° 164 de la rue Alcala où il avait vécu jusqu'au jour de l'attentat, et il entra dans la cantine. Là, une demi-douzaine de policiers armés de revolvers fondirent sur lui. Il voulut se servir du pistolet Star qu'il portait à la ceinture, mais un policier caché derrière la porte l'immobilisa, tandis que deux autres lui tombaient dessus.

Dans les seuls aveux qu'il fit, il admit qu'effectivement il était l'auteur de l'attentat, mais en solitaire. Il se déclara anarchiste et conclut sa déclaration par cette phrase lapidaire : « Tous les hommes sont martyrs de leurs idées. Dato des siennes, moi des miennes. »

Les deuxième et troisième hommes avaient disparu.

L'un d'eux était Angel, Amador en était sûr. Voilà ce qui l'occupait à Madrid. On murmurait déjà que la Confédération visait la tête, mais Amador avait toujours pensé que l'attentat serait dirigé contre le boucher de Barcelone, Martinez Anido, coupable d'une centaine d'assassinats de syndicalistes lors de ces derniers mois. Jamais Madrid, jamais Dato.

Et Amador lisait de plus belle, toussant dans sa petite pièce tandis que les bruits de l'amour venaient jusqu'à lui depuis la chambre. Elena offrait une large gamme de cris d'animaux, selon les préférences du client, qui allaient des hurlements d'un loup aux piaillements de poulets électrocutés, du cri déchirant et théâtral au croassement syncopé du corbeau, en passant par les bêlements d'agneaux. De temps à autre, l'un des clients lui faisait écho. Mais ce qui perturbait le plus le petit journaliste squelettique, c'était le *crr crr* rythmé des sommiers aux fils de fer entrelacés. Le bruit de la folie.

Et les faits continuaient à émerger. On avait découvert une moto dans un garage de Ciudad Lineal qui avait coûté en son temps cinq mille cent pesetas. Et on retrouva deux pistolets Star qui n'avaient pas été utilisés lors de l'attentat. Néanmoins, si un fugitif appelé Casanellas, également ouvrier métallurgiste à Barcelone, était le conducteur en dépit de sa myopie, et si Mateu avait tiré depuis le side-car, qui était le troisième homme qui, en équilibre sur le siège arrière de la moto, avait vidé son Mauser ?

À Madrid, les rafles avaient provoqué une centaine d'arrestations, surtout des personnes accusées d'avoir fait partie de groupes de soutien au trio qui avait perpétré l'attentat. Mais on cherchait également à faire taire les voix de la CNT. C'est pour cette raison que l'on emprisonnait des journalistes comme Samblancat, Torre Beci (qui n'était même pas anarchiste mais socialiste), Quemades et Nuñez de Arenas. La Direction de la Sécurité censura toute l'information sur l'assassinat de Dato et la presse madrilène répondit en boycottant les bulletins de la DS.

Amador se sentait relativement en sécurité, mais il comprenait bien qu'aller chercher des textes à la maison d'édition, même s'il s'agissait des épreuves de romans à l'eau de rose, n'était pas une bonne idée. Un matin, il essaya de sortir, mais ses jambes ne lui obéissaient pas et, dans les escaliers, il se sentit étouffer. Il revint dans la petite pièce où se trouvaient les journaux qu'il lisait et relisait et où quelques couvertures trouées faisaient office de lit. Il avait un petit miroir devant lequel il tentait, sans succès, de se raser.

Il se mourait. À Barcelone, les tueurs du Syndicat libre protégés par Martinez Anido massacraient ses compagnons. La fin du monde approchait. Il était impossible de lire les journaux, même les chroniques sportives étaient censurées. Il sortit un pistolet qu'il avait volé à un client d'Elena, un gros .45 qui perçait la poche de sa veste toute râpée. Il le mit contre sa tempe. Il eut un petit rire. C'était une image ridicule. Le pistolet était plus gros que sa tête. Il pouvait à peine se voir dans le petit morceau de miroir. Il allait se faire sauter la cervelle et démolir la moitié de la pièce. Les serpillières allaient être dégueulasses, le calendrier de Paris allait brûler...

De toute manière, la maudite maladie, l'innommable, devait en finir avec lui. Ils le descendraient comme un chien à la minute où ils le trouveraient, ou bien il finirait dans une cellule pouilleuse et glacée (le froid lui faisait peur, ces jours-ci), alors pourquoi se presser ? Qui pouvait bien être pressé de mourir, alors que les arbres commençaient à se couvrir de feuilles ? Un mois plus tard, le soleil lui réchaufferait les os. Il pourrait écrire quelque chose. Il pourrait avancer dans quelques récits. Il abaissa le pistolet et le mit dans un sac qu'il remplit jusqu'au bord de quignons de pain. Il pourrait écrire un poème... Qui donc pouvait être pressé de mourir ?

Le poursuivant du médecin assassin

Le motel Camelia's nous fournira une nouvelle chambre, avec vue sur le parking d'un côté, et sur la rue de l'autre. Les mêmes ravissantes fleurs en plastique, qui auront apparemment survécu à l'incendie. Un couvre-lit bleu, une télévision à l'écran plus large. Le gérant sera heureux d'avoir été cité dans tous les journaux. Il paraît que les habitants de Juárez ont le goût du morbide et que le Camelia's deviendra populaire pendant quelques jours. En effet, les couples illicites avaient hâte de se savoir clandestinement sur le lieu du crime, émoustillés à l'idée que l'on puisse tirer des coups de feu sur les occupants de la chambre voisine à tout moment. Les mêmes orgasmes que d'habitude, mais accompagnés d'une sensation de crainte contrôlée, d'appréhension savoureuse.

Les mains de Karen seront agitées d'un léger tremblement, fâcheux pour les lancers à moins de dix mètres, surtout depuis qu'elle aura improvisé un panier de basket sur le parking du motel. J'entendrai le rebond rythmé de la balle tandis que je frappe sur mon clavier. Le basket sera comme mon roman, une saloperie qui vous poursuit.

Qui peut bien être pressé de mourir ? demande Amador. C'est le docteur Leiva qui aurait levé la proie. Pourquoi nous mettre des bâtons dans les roues à nous, qui ne sommes qu'une pauvre basketteuse à la retraite et un romancier hargneux en mal d'écriture ? Pourquoi nous envoyer Romero ? Est-ce que l'assassinat de Dato par mon grand-père avait servi à quelque chose ? À rien, la répression s'était intensifiée à Barcelone. Le ballon claquera et je le devinerai accroché au panier, tournoyant, tourbillonnant. Karen doit avoir un public, car on entendra des applaudissements. Ça doit être les chiens de garde que le commandant nous a prêtés. Eux et les fils du gérant du motel.

Une deuxième volée d'applaudissements. Un tir plus difficile, probablement de dos. Leiva était en train de se couvrir. Le receveur du rein doit encore se trouver dans le coin. Un mois après l'opération. Amador, avec un .45 entre les dents. Il n'y aura plus de bière, il sera temps de sortir. Je réfléchirai.

Cela ne sera guère compliqué de semer les deux molosses. Porte arrière de l'hôtel, traverser la rue et marcher dans le sens contraire de la circulation, une petite rue (Karen-sans-un-rein me prendra six mètres sur vingt-cinq), un taxi au coin. Une cafétéria à deux blocs de la clinique. Je voyagerai avec mon sac de toile tout roussi, mon arme à l'intérieur. Fidèle amie et compagne.

– Tu as une idée de la façon dont on va l'aborder ? demandera Karen.

– Seul. L'attendre ?

– Non. Cela fait trop longtemps qu'on est dans le coin.

– Pénétrer dans la clinique par la porte ?

– Non. Surveillance à l'entrée.

– Le chercher chez lui ?

– Non. Où est-ce qu'il habite ? À qui on va le demander ?

C'est bon pour Karen, tout ça. De la logique froide. Elle montre les dents dans un grand sourire après chaque réponse négative.

– Quelque chose d'original ? Des feux d'artifice ? Une diversion ?

– Dis-moi comment on fait...

– Trop compliqué... On va se faufiler à l'intérieur.

Karen sirotera sa boisson maltée qui s'épaissira. Une trace couleur café autour des lèvres. Parfois, tant de jeunesse peut être dérangeant.

Nous marcherons jusqu'à l'entrée des urgences, à deux cents mètres de là. L'arrivée d'une ambulance facilitera les choses. Nous entrerons en prenant la main d'une parturiente, qui semblera apprécier le geste. Nous nous perdrons dans un dédale de couloirs, nous nous cacherons dans une pièce remplie de flacons de médicaments.

Nous guetterons. Le bureau de Leiva sera sans surveillance. Vide. Il aura des toilettes privées. Je rechargerai mon pétard. Karen sortira de mon sac de toile un couteau de cuisine de trente centimètres. Devant ma mine étonnée, elle me lancera un sourire malicieux.

– J'apprends à écrire des romans, me murmurera-t-elle.

Le toubib Armando Leiva ne m'avait pas plu, et il ne me plaira pas davantage. Maladroit, trop bien bâti. Il me plaira encore moins lorsqu'il entrera dans la pièce en fredonnant une sinistre chanson de Yuri.

– Mettez vos mains sur la table, docteur.

– Je lui coupe les burnes ? demandera Karen, le couteau à la main, confondant mes romans avec ceux de Andreu Martin.

L'homme pâlira, son teint prendra peu à peu une couleur grisâtre, qui gâchera son bronzage.

– Ne perdez pas de temps, docteur, nous voulons

uniquement vous poser quelques questions. Qui est l'homme qui a reçu le rein ? Qui est Jerry ? Quel chirurgien a dirigé l'opération ? Maintenant, si on n'obtient aucune de ces réponses, on s'en bat complètement de repartir sans avoir rien appris et après vous avoir transformé en macchabée, dirai-je en chargeant mon arme.

Arturo Tancredi attaque

– C'est bizarre que vous veniez me poser des questions sur ma marotte. Êtes-vous franc-maçon, rosicrucien, occultiste de quelque obédience que ce soit ?

Amador nia de la tête. La seule chose qu'il occultait, lui, c'était les perforations systématiques des extrémités de ses chaussettes.

– Je m'en réjouis, parce que le Magicien de Vinci m'intéresse surtout en tant que peintre, en tant que précurseur de l'analyse, en tant qu'homme universel.

Amador acquiesça avec véhémence.

– L'héritage de Léonard est terriblement dispersé. Même ici à Madrid, nous avons perdu il y a des siècles deux manuscrits dans la Bibliothèque nationale, probablement volés, que dis-je probablement, certainement volés par des collectionneurs anglais. Les fils d'Albion sont une véritable plaie quand ils se prennent de passion pour les collections... Ils ont tout ce qu'ils sont venus voler ici : les trois codes de Forster au Victoria and Albert Museum de Londres et l'Arundel au British Museum. D'autre part, vous trouverez en Italie la majeure partie des travaux de Léonard, dans la bibliothèque Ambrosienne de Milan, fondée par

Pompeo Leoni au XVIe siècle. Les textes sont reliés de façon très bizarre, en quatre cents pages, et l'on connaît cet ouvrage sous le nom de *Codex atlanticus*. À Milan, on peut également chercher dans la bibliothèque Trivulcienne, où se trouve l'ouvrage du même nom, et toujours en Italie, le très célèbre *Livre des oiseaux* se trouve à la Bibliothèque royale de Turin. Les Italiens sont terribles, ils sont incapables d'avoir de l'ordre, ils perdent tout.

Le vieil homme trempa une palme en pâte feuilletée dans son café au lait et fit une pause pour la savourer. Amador le regardait avec envie, mais le spécialiste de Léonard, sorti des ombres madrilènes, ne l'invitait pas, et le journaliste n'avait qu'une montre cassée et deux mégots en poche.

– À Paris, les Français possèdent les documents que les troupes napoléoniennes ont dérobés à la bibliothèque Ambrosienne, ils ont pris douze des treize manuscrits. Affreux. Les Français, c'est de la merde, un pays de voleurs !

Amador opina très sérieusement et répéta la dernière phrase, ce qui sembla produire l'effet escompté.

– ... un pays de voleurs.

– Et vos intérêts, monsieur... ?

– Tancredi, Arturo Tancredi... Je suis né à Castellón de la Plana et, aussi loin que je m'en souvienne, ma famille est originaire de cet endroit ; mais j'ai trouvé des notes de mon arrière-grand-père qui disaient que nous avions une lointaine parenté avec Léonard, et maintenant que je suis à Madrid..., dit Amador, savourant l'histoire.

Bon sang, comme il aimait raconter des histoires. Maintenant, il lui raconterait qu'une de ses cousines...

Mais Lara-Lastra, l'expert vincien, s'en fichait éperdument. Il était tout à son affaire.

– Et cela ne représente qu'une infime partie des soixante ou soixante-dix manuscrits qu'il doit avoir écrits. C'est le cauchemar d'un bibliothécaire parce que ceux qui ont collectionné son œuvre l'ont mutilée, dispersée, elle a souffert de négligence, de pillages, de disparitions. En outre, les cahiers n'avaient aucun autre ordre que celui de la production chronologique de Léo.

– Vous avez connaissance de son voyage à la baie de Piombino en 1504 ? Il m'intéresse tout particulièrement parce que...

– Bien sûr, vous trouverez des documents à ce sujet dans le *Cahier A*, à Paris, et ensuite à l'Ambrosienne de Milan, où...

Le futur éleveur du chien

– Cette pourriture de Russe. C'est la faute de cette pourriture de Russe, dira Romero.

– Il dit que ce n'est pas lui qui a tué votre amie, que c'est un certain Mike, lui n'a fait que vous enlever, dira le commandant de la police judiciaire.

– Vous portiez des bottes avec des pointes en argent, pas vrai ? demandera Karen à un Romero à la barbe trop longue et aux yeux gonflés autour des ecchymoses, la chemise sale et éclaboussée de sang. Quel âge aurait-il ? Trente, trente-cinq ans, né à Pachuca. Il aura froid.

– Pourquoi les bombes de spray anti-cafard ? demanderai-je.

Et je recevrai en prime pour ma curiosité absurde un regard empoisonné du commandant des marionnettes.

– Le *gringo* ne les supportait pas, il disait qu'ils montaient sur le lit pendant qu'il dormait ; la pourriture de Russe, lui, il s'en foutait, ça lui était complètement égal, il était comme qui dirait habitué, répondra Romero, bien content de fournir des informations dont personne n'avait rien à cirer.

– Combien ils vous ont payé, pour l'enlèvement ? demandera le commandant.

– Quatre mille, au total.

– Quatre pour toi et quatre pour Mike, en dollars..., insistera-t-il, me faisant soupçonner qu'il voudrait bien qu'une partie finisse dans sa poche.

– Vous permettez qu'on lui dise deux mots, commandant ? demandera Karen, avec un sourire de grande dame britannique.

– Il vaut mieux que vous me les posiez à moi, les questions, il a déjà lâché le morceau, me dira le commandant sans répondre à Karen.

– Elle veut être sûre, commandant, ce serait dommage qu'elle soit obligée d'aller faire du raffut au consulat américain, dirai-je, affable.

L'échalas, condescendant, passera les menottes à Romero, l'attachera à la chaise et s'en ira d'une démarche oblique, comme les ombres des rêves.

– C'est toi qui as tué Jackie, toi qui lui as donné des coups de pied avec tes saletés de bottes. Je vais tout raconter.

– Non, mademoiselle. Moi, je vous tenais.

– C'est lui, me dira Karen.

– Nous voulons savoir où se trouvent l'Américain et l'autre, celui à qui on a greffé le rein.

– À Chihuahua. Ils sont à Chihuahua, dans un ranch près de l'université. Mike occupe mon appartement avec le chien, mais eux, ils ont loué un ranch... On le voit depuis l'université, derrière...

Le commandant ne sera pas dans son bureau. Il sera sorti pour manger quelques tacos sur la petite place. D'un geste, il nous offrira un rafraîchissement. La bouche pleine.

– Nous allons vous faire un cadeau, commandant... L'opération a été réalisée à l'hôpital de la Concepción, c'est le docteur Leiva qui s'en est chargé.

– Impossible, c'est un copain et, en plus, il n'opère plus depuis dix ans, dira-t-il en s'étranglant.

– Et l'opéré, *the son of a bitch who has my kidney*, porte un très joli nom, il s'appelle Christo.

Nous marcherons sous un soleil sans ombres, soulevant la poussière sur notre passage. Plus tard, Karen me demandera :

– Qu'est-ce que Romero t'a dit au moment où nous partions ?

– Il m'a dit de donner à manger à son chien, parce que Mike oubliait ce genre de choses.

Roi d'Espagne

Antonio Amador ne connaissait qu'un seul moyen de se rendre à Milan : par l'express de Barcelone et, de là, en bateau jusqu'à Gênes. Et il ne connaissait qu'un moyen de quitter l'Espagne sans se faire tuer, c'est déguisé en roi d'Espagne. Mais il l'avait dans l'os parce que Alphonse XIII était assez connu, il portait une petite moustache germanique et était passablement plus grand que lui. Il restait d'autres options ; par exemple se déguiser en pape, mais si sa mémoire était exacte, les papes étaient généralement gros. Ou alors, en personnage exotique, suivant les enseignements d'Angel.

Quelle que soit la solution adoptée, il avait besoin d'argent ou de contacts. Ou des deux. Où trouvait-on de bons déguisements ? Et de l'argent ? Des déguisements au Théâtre national, de l'argent à la Banque d'Espagne. Escroquerie ou vol ? Hold-up, une escroquerie était quelque chose de compliqué, il fallait prendre le temps de préparer la chose.

Amador avait la nausée tandis qu'il regardait les lions du parc du Retiro. Quelqu'un lui avait raconté qu'ils mangeaient de la viande d'âne en grande quantité, fournie par certains gitans, ce qui expliquait l'indolence des animaux. Sans oublier les froids madrilènes qui descendaient des montagnes, cinglants, par le Paseo de Recoletos et la porte d'Alcala.

On mourait moins, à Madrid. C'est pour cela qu'on comprenait moins bien les choses. La nausée lui venait de sa faim. Il prit dans une poubelle les restes d'un sandwich à la saucisse et il se promena, contemplant singes et zèbres, se demandant si cela fonctionnerait s'il se déguisait en roi du Congo belge et attaquait une laiterie, un restaurant.

Il finit par se rendre à Barcelone déguisé en amiral, avec une barbe postiche et des tempes grisonnantes, après avoir dévalisé, revolver au poing, un bureau de la Régie espagnole des Tabacs de Madrid.

Le nostalgique du soleil rouge

Personne n'a encore pris en compte les vertus de ce smog tant décrié, sur la formation du paysage de la ville de Mexico, me dirai-je en cette terre d'acacias, ici où les couchers de soleil ne sont pas rougeâtres, où le brouillard artificiel n'estompe pas, comme dans un projet de Léonard, les chaînes de montagnes qui entourent la vallée de Mexico.

Personne n'a béni le brouillard artificiel qui, si on envisage son mauvais côté, nous met sur le même pied que tous les autres monstres urbains de la planète, mais qui, vu sous son aspect positif, crée ces paysages chaotiques et carcéraux, dépourvus de ligne d'horizon. Ces paysages uniques, apanage de Mexico.

– J'aime bien être avec toi parce que tu as le temps de faire les choses, dira Karen qui enlèvera son T-shirt trempé de sueur et découvrira ainsi ses seins.

Ce genre d'impudeur ranimera la douleur des anciennes cicatrices, de la soudure récente de ma jambe, de ma tête.

– Ce que je n'ai pas, en tout cas, c'est la moindre putain d'idée de comment ça va tourner...

– Pour l'enquête ?

– Pour tout. Avec toi.

Le motel de Chihuahua ne s'appelle pas Camelia's, il s'appelle Guadalupe, signe que nous progressons vers le Sud. Nous y trouverons une télévision panoramique et un lit où les pieds de Karen dépasseront moins que dans les précédents. Je poserai l'ordinateur sur une petite table entre le fauteuil et une porte en verre qui donne sur une piscine. Bureau avec vue. Karen, nue, vérifiera la longueur du lit, son élasticité, ses propriétés pour le rebondissement des corps. De noirs pressentiments planeront au-dessus de ma tête, un halo de peur qui m'empêchera quelque peu de penser au sexe. *Sex and rock'n'roll*, mais les types qui vous balancent du plomb par les fenêtres, les maniaques du poignard et les chambres qui prennent feu ont la propriété de me brouter fortement les couilles.

Karen regardera par-dessus mon épaule, ce qui remplira l'écran de K et d'Y, autant de fautes de frappe. Tant qu'elle ne se couvrira pas les seins, mes capacités dactylographiques seront affolées. Amador naviguera désorthographié dans les labyrinthes de Léonard.

– Mike ou le ranch ?

– Jouons à pile ou face.

– L'aigle : le ranch. Le soleil : Mike.

La pièce de mille pesos voltigera dans les airs avant de retomber en montrant le portrait de Sœur Juana.

– Où est le soleil ? C'est une femme, ça.

– C'est que les pièces mexicaines sont trompeuses. Il y a toujours l'aigle d'un côté, mais tout un tas de conneries de l'autre.

Un immeuble, deux pâtés de maisons après la cathédrale, massif, à trois étages. Une main venue du bas agrippera la mienne. Le mendiant métaphysique. Ou était-ce un autre ?

– Ne vous approchez pas, c'est plein de tireurs. Ils sont cinquante, quelque chose comme ça, y'en a dans tous les coins. Ils vont bientôt entrer.

– Qui est-ce ? demandera Karen en montrant du menton le mendiant couvert de haillons et de bandes de tissu sale.

– Je suis un lecteur des romans de monsieur, ma petite. Un lecteur d'avant, de quand il n'était pas connu, pas un connard lambda. Restez ici, le bordel va bientôt commencer.

Et ses paroles seront suivies par les actes. Une fenêtre volera en éclats, des tirs, un policier au beau milieu de la rue fera feu sur le deuxième étage avec un M1, il y aura des gens qui courent, des cris.

Le mendiant nous poussera contre le mur.

– Ces mecs-là visent comme des cochons, et ils ont la putain de manie d'offrir des balles aux badauds lorsqu'ils sont en mission.

Une nouvelle rafale sur le deuxième étage, des vitres qui tomberont dans la rue comme des confettis. Un groupe d'hommes qui entreront en courant avec des gilets pare-balles et des cris d'encouragement, comme une caricature de Speedy Gonzales. De nouveaux coups de feux, dispersés, de plus petit calibre.

– Ils lui ont déjà baisé la gueule, dira le mendiant en disparaissant dans notre dos.

Des silences brisés par une sirène d'ambulance qui déchaînera les rumeurs, les cris. Les curieux s'approcheront et, parmi eux, Karen et moi. À la porte de l'immeuble, une figure connue, le commandant maigrichon, l'homme qui navigue de profil, un sac de toile à la main, un butin assuré.

– Tiens, tiens, *Marvel Woman* et son écrivain, dira-t-il, montrant que sa culture en matière de *comics* date des années cinquante.

– Vous l'avez attrapé ? demandera Karen.

– Il est là, dira le flic, montrant un brancard où on transporte la dépouille de Mike, le visage couvert de sang, une main qui pendouille.

– Vous pouvez passer donner à manger au clébard, s'il reste quelque chose de l'animal. Mauro, emmène madame et monsieur à l'appartement du mort, ils veulent voir s'il y a un chien, dira-t-il tandis que le brancard passe à côté de nous, ce qui provoque un rapprochement des badauds pour bien voir le mort, pour s'assurer qu'il ne s'agit pas d'un parent, d'un frère, ou de soi-même. Ou le mec que ces trous du cul ont descendu parce qu'ils se sont trompés, parce que ça leur chante, parce qu'ils en auront tiré un profit quelconque.

La porte pendra à l'un de ses gonds. Du sang par terre. Si le chien existe vraiment, il n'aboiera pas. Le type nous fraiera un chemin en piétinant du verre cassé et une lampe.

– Il est peut-être à l'arrière.

Le chien sera étendu sur le sol de l'une des chambres, raide, en sang. Un petit chien noir.

– Regarde, c'est le sweatshirt que je portais quand ils m'ont enlevée, dira Karen en montrant un sweatshirt vert de l'équipe des Texas Long Horns avec le n° 19 dans le dos, pendu à un clou sur le mur.

La télévision sera allumée. Un soleil rouge venu de la fenêtre se reflétera sur l'écran. Un soleil comme celui de Mexico.

Les morts à la bicyclette

– Comment doit-on s'adresser aux amiraux?

– Excellence, au moins, répondit Amador à l'empereur chinois de pacotille.

Et il douta de la santé mentale de son ami Leonardo, qui lui était apparu dans le wagon de 1re du train de nuit, parce que seul un magicien cubain mulâtre pouvait penser à se déguiser en Chinois.

– On aurait dû se déguiser en gitanes.

– Vous seriez en danger même dans cet uniforme, avec votre barbichette touffue et votre peau couleur chocolat, l'ami.

– Eh bien, vous êtes aussi amiral que mon cul. Je vous propose de descendre du train à Pueblo Nuevo et pas à Sans, parce que la gare est bourrée de policiers d'Arlegui, et même la magie ne marche pas avec ces fils de putes, 'faut même pas y songer.

Amador était franchement vexé que le magicien l'ait reconnu et qu'il ait si peu estimé et si mal jugé ses efforts pour se déguiser en grand d'Espagne.

Ils parcoururent (vêtus de leurs uniformes de carnaval) les rues pavées du quartier barcelonais. Amador, vu sa stature, butait souvent contre son épée de cérémonie, tandis que le magicien s'empêtrait dans les voilages de soie de l'empereur chinois.

– Et qu'est-ce que vous foutiez dans ce train?

– Je rentrais à Barcelone, j'ai passé un très sale quart d'heure à Saragosse.

– Mais ici, vous êtes recherché !

– Vous aussi.

– Je dois aller à Milan.

Ils s'arrêtèrent dans une pension qui avait la réputation d'offrir pour la somme de trente centimes une excellente *fabada* [1] asturienne pour deux et qui accueillait une foule de travestis, dont les vêtements pailletés et les faux seins ne détonnaient pas le moins du monde avec le tricorne de l'amiral et la natte du magicien mulâtre.

– La nuit est mauvaise pour aller à Barcelone.

Ils partagèrent une chambre à un lit dans la partie haute de la pension. Ils dormirent chacun à leur tour. Celui qui était réveillé montait la garde, lisait des poésies à la lumière d'une bougie, jouait avec les décorations de l'uniforme de l'amiral ou avec la natte du chinois, en supportant les ronflements de celui qui dormait. Le magicien essaya quelques trucs avec des papiers colorés qui disparaissaient dans les airs, Amador tenta de réciter à mi-voix des vers de Calderón de la Barca.

Le lendemain matin, ils expérimentèrent des variantes : le magicien habillé en amiral, le journaliste en empereur chinois. Pas terrible. Dans la valise du magicien, ils trouvèrent une barbe blanche qui, avec quelques retouches dans la démarche et un vieux chapeau, transformèrent Amador en un vieillard paisible qui portait une caisse de raisins. Le magicien Padura Buenaventura troqua ses habits d'empereur chinois pour un vieil uniforme de wattman.

Au crépuscule, ils descendirent jusqu'à l'En-

1. Plat de haricots au lard. *(N.d.T.)*

sanche. Le danger de se promener en cherchant des visages, c'est que d'autres peuvent vous voir avant ; la ville était pleine de mouchards et les bandes du Syndicat libre maraudaient. Le printemps faisait son entrée à Barcelone et un soleil pâle réchauffait les chiens des rues. Les arbres commençaient à arborer de nouvelles feuilles. À la lecture du *Sol*, le petit journaliste apprit que deux informateurs de la bande du syndicat jaune et un officier de police avaient été retrouvés morts dans la Ronda de San Antonio. On les avait probablement refroidis alors qu'ils s'entretenaient ensemble. On retrouva sur leurs cadavres des cartes postales identiques sur lesquelles figurait le dessin d'une bicyclette primitive. Le journaliste les appelait « les morts à la bicyclette », et il semblait que ce ne soient pas les premiers.

– La bicyclette de Vinci. Angel, dit Amador en lançant le journal par terre, comme s'il brûlait.

– Qui ? demanda le magicien, qui ne parvenait pas à choisir sa destination.

Amador laissa le magicien parcourir les petits cabarets du quartier Chinois et marcha jusqu'aux môles à la recherche d'un signe, d'un visage connu. Il voulait rencontrer l'un des responsables de l'Organisation et lui poser une question très simple, mais les dirigeants étaient presque tous enfermés au château de La Mola. Quemades en prison à Madrid, Boal arrêté à Barcelone, Pestaña en Russie. Qui dirigeait le comité régional ? Il avait lu dans le journal des déclarations de Martinez Anido, le gouverneur de Barcelone, qui disait qu'il durcirait la répression. Dans les pages précédentes, on parlait de dix-sept syndicalistes tués en une semaine, alors qu'on les conduisait à la prison, la *ley de fugas* revenait à la mode. Le lendemain, sans plus trop d'espoir, il reprit ses errances. Tout cela devenait très dangereux.

Tandis qu'il se promenait dans l'avenue Icaria, un taxi s'arrêta à son côté. Amador porta la main à son pistolet et imagina une riposte organisée : lui balancer la caisse de raisins à la tête et décharger les cinq balles. Les chauffeurs de taxis étaient connus pour être des « indics » de la police qui, en échange, acceptait de leur délivrer des permis.

– Vous cherchez quelqu'un ? demanda le chauffeur de taxi.

Amador lui lança un bref coup d'œil. Il y avait deux hommes sur le siège arrière. Pedro Vandellos. C'était lui, avec une moustache et les sourcils encore plus froncés que dans son souvenir. Amador avait écrit plusieurs articles sur lui à l'occasion d'une campagne de presse qui exigeait sa sortie de prison.

– Monte, bordel ! dit Vandellos.

Amador sauta joyeusement dans le taxi, qui décampa.

– On t'a vu à Pueblo Nuevo, alors que tout le monde croyait que tu t'étais enfui d'Espagne après ton évasion de La Mola.

– Je m'en vais en Italie. J'ai un truc à faire là-bas, mais avant, je dois entrer en contact avec le comité régional...Où en est la situation, ici ?

– Comme tu le vois, on s'entretue. Ils frappent plus fort, nous on rend la pareille. L'Organisation est illégale, ils veulent faire entrer un syndicat blanc dans les usines. Quand on peut, on riposte avec les armes. Un de ces jours, on sera tous morts... Et toi, s'ils te mettent la main dessus, tu n'iras pas le raconter.

La voix de Vandellos était ferme, mais son sens de l'humour l'avait quitté. Le taxi s'arrêta à l'ombre d'un bateau à vapeur de grand cabotage sur l'un des môles.

– Qu'attends-tu du comité régional ?
– Peut-être que je vais trouver beaucoup d'argent, un trésor. Qu'est-ce que je fais de l'argent ?
Vandellos le regarda fixement. L'Organisation était envahie de détraqués, lui-même n'était plus très sûr de son bon sens. Toutes les nuits, il dormait dans un endroit différent et sentait une balle que personne ne tirait lui rentrer dans le corps. Mais il avait affaire à un autre genre d'allumé. Amador sourit.
– Putain, un trésor ! Tu ne lisais pas Salgari quand tu étais petit ?
Vandellos soupira. Puis, il se mit à énumérer :
– Il faut acheter des armes, des mitrailleuses Thompson, une nouvelle qu'on vient de sortir aux États-Unis, cinquante projectiles dans le tambour. Monter un journal dans le Sud de la France, à Andorre, et le faire circuler ici. Voilà. Je crois qu'avec ça... Il faut donner de l'argent aux comités de soutien des prisonniers, ils sont à sec. Il faut payer les avocats. Non seulement on n'a pas d'argent pour les payer, et il doit y avoir quelque chose comme cinq mille prisonniers, mais en plus on leur tire dessus. L'autre jour, c'était Lastra, hier Ulled et son assistant... Combien d'argent ça représenterait, ce fameux trésor ?
Amador regarda fixement Vandellos le métallurgiste. Il ne devait pas avoir plus de trente ans. Vingt-huit. Le patronat offrait cinq mille pesetas pour sa tête.
– Un journal à Andorre, dit-il en comptant sur ses doigts, payer les avocats, de l'argent pour les comités de soutien aux prisonniers, des mitrailleuses américaines Thompson.
La brise marine entrait par la fenêtre du taxi.

Comment pouvait-on vivre loin de Barcelone ? Loin de tout cela ?

– Tu dois te dépêcher, Antonio. Tout ça ne va pas durer.

– Si mon corps me le permet, répondit le petit journaliste en haussant les épaules.

– Tu es très malade ?

– Je vais mourir de tuberculose un de ces jours. Si je meurs, un magicien cubain anarchiste se chargera de terminer tout ça... Qui doit-il chercher ?

– Au comité régional, il y a moi, Nin, Ramon Archs. S'ils nous tuent avant que tu ne reviennes, eh bien je ne sais pas, n'importe qui, celui qui suivra.

– Tu sais où est Angel ?

– Lui, il voyage seul. Je sais qu'il est à Barcelone, mais il fait cavalier seul, il ne rencontre personne.

– C'est bon, Pedro, dit Amador en descendant du taxi, où il oublia la caisse de raisins.

– Que le premier qui arrive en enfer salue le diable ! répondit Pedro Vandellos de la fenêtre.

Le vent agitait ses boucles brunes.

Trois mois plus tard, Pedro Vandellos fut arrêté dans le quartier de Sans alors qu'il organisait une collecte pour les prisonniers d'un groupe d'ouvriers de la construction. Arlegui, le chef de la police, le tortura en personne, lui brûlant les yeux et lui perforant l'estomac avec une épée. Pour masquer les tortures, son cadavre fut jeté devant un train aux alentours de Bogatell. Ils l'avaient achevé d'un coup de Mauser dans le dos. La Préfecture de Police émit plus tard un communiqué qui disait qu'il avait essayé de s'enfuir le 24 juin à 4 heures du matin, alors qu'on le conduisait au palais de justice.

Amador, qui en savait long sur la mort, eut, alors que le taxi disparaissait dans les ténèbres, la prémonition évidente qu'il ne le reverrait jamais. Cette même nuit, après avoir cherché le magicien dans le quartier Chinois, sans succès, il monta à bord d'un cargo qui devait l'emmener à Gênes. Il emportait dans ses bagages une fidèle copie de l'ébauche de la bicyclette exécutée par Léonard. Et bien qu'il sache parfaitement ce qui pouvait lui arriver si on la trouvait sur lui avec le pistolet, il la contemplait à la lumière des étoiles du port de Barcelone, comme un porte-bonheur.

L'Artificier de la Colonia del Valle

– Est-ce que la vengeance est aussi importante que la curiosité ? demandera Karen, montrant qu'elle apprenait vite.

– Mouais.

– Je ne m'en étais jamais rendu compte. C'est des trucs qu'on ne sait pas quand on est une petite fille qui lance des ballons dans des paniers.

– Quoi ?

– Que chercher la justice, c'est comme barboter dans un marécage. Aux États-Unis, c'est plus difficile d'apprendre des choses aussi simples que ça.

– Passe-moi les rouges, les fusibles, dirai-je.

Le chef Fierro sera alors devenu un technocrate, préoccupé par les aléas de la technique. Un artificier exilé de la Colonia del Valle. Je serai un magicien des explosions. Trois tours vers la droite, le ressort détendu. Si une voiture essaie de sortir par ici : Boum !

– Si on trouve le Russe, ou le Turc qui m'a volé un rein, qu'est-ce qu'on fait ? On demande au docteur Leiva qu'il l'opère encore une fois et qu'il me le rende ?

– Voilà. Maintenant, passe-moi la boîte noire, doucement, et ne fume pas tout près.

– Je ne fume pas, moi.

– Mais moi, si, c'était pour m'en souvenir.

– Quand est-ce que tu as appris à poser des mines et des bombes ?

– Parle tout bas ! C'est un ami cubain qui me l'a enseigné. J'ai toujours pensé que je pourrais utiliser tout ça dans un livre.

Maintenant, une mine à rupture de contact entre chaque arbre. Bien, comme ça. Le matériel n'était pas de première qualité, trop de poudre noire de fusées bon marché et d'essence ordinaire, celle qui ne pollue pas. Au loin, les lumières du ranch seront allumées en permanence, rivalisant avec le reflet de la ville derrière nous et avec quelques étoiles.

Je serai à peine à la moitié de l'opération lorsqu'une camionnette noire garée devant l'hacienda allumera ses phares. J'aurai à peine le temps de projeter Karen dans un fossé et de me cacher derrière un arbre. Le véhicule accélérera soudainement, comme s'il savait que nous étions là.

La camionnette heurtera la première mine, celle placée au milieu du chemin de terre, mais l'engin explosera trop tard, secouant la voiture qui perdra son pare-brise arrière brisé en mille morceaux. Une deuxième mine reliée à la première sautera, incendiant deux arbres de l'autre côté du chemin. C'est à peine si je verrai le conducteur solitaire esquisser un geste, une torsion de la bouche, rien, une vision fugace. La camionnette tanguera, foncera droit sur un buisson en soulevant un nuage de terre. Elle se redressera péniblement et accélérera en direction de Chihuahua.

– Et merde, je ne ferai plus jamais de bombe avec de la poudre noire. Merde et merde ! dirai-je, tandis que je piétinerai les graviers au milieu des arbres en flammes et des nuages de poussière.

Karen me passera une main dans le dos tandis que les feux arrière de la camionnette s'évanouiront. La maison sera là, elle nous attendra.

Milan, et ensuite les lumières de la Ville-Lumière

Antonio Amador fut mendiant à Gênes pendant les cinq jours et demi nécessaires pour réunir l'argent avec lequel il s'acheta un billet de train pour Milan.

Comme s'il était engagé dans une course contre la montre, Amador traversa la ville de Milan, où les grévistes combattaient la police montée et où l'on trouvait des étals de légumes frais dans les rues. Il falsifia une recommandation de l'évêque de Burgos et s'enferma pendant six jours dans la bibliothèque Ambrosienne. Il travaillait onze heures et demie par jour, la durée maximale d'ouverture de la bibliothèque, pour consulter le *Codex atlanticus* de Léonard, avec l'aide d'un miroir et d'un camarade italien nommé Bruno Arpaia, exilé de la vie et photographe ambulant, qui jouait les assistants. Ensuite, il rencontra des camarades du groupe Fraternita, avec lesquels il avait entretenu une correspondance, qui l'informèrent que Pestaña venait de passer par là pour se rendre à Barcelone. Il leur emprunta de l'argent et prit le train pour Paris.

Plus tard, aidé par un anarchiste français appelé François Guérif, qui travaillait le soir comme majordome – et, bien évidemment, pissait dans la soupe de ses patrons –, il se plongea dans les cahiers vinciens, dans la solitude de la Bibliothèque nationale de Paris.

Quelques jours plus tard, après une fructueuse visite aux archives du Louvre, sous un soleil qui commençait à réchauffer ses humeurs corporelles, Amador mit de l'ordre dans ses découvertes, convaincu qu'il avait trouvé la clé cachée par Léonard. Dans un cahier à la reliure violette, il consigna l'histoire telle qu'il l'avait comprise. Et si l'on établissait un lien entre les manuscrits de la Bibliothèque nationale de Madrid, les textes de l'Ambrosienne, les cahiers français et la reproduction du Louvre, l'histoire était là, toute simple, pour celui qui voulait la lire dans l'ordre et dans son ensemble. Enfin, après une semaine où il passait ses matinées dans le jardin du Luxembourg, près de la grande fontaine où les enfants faisaient flotter de minuscules voiliers, et ses nuits dans une pension où on coupait l'électricité à minuit, ce qui l'obligeait à poursuivre sa veille à la lumière d'un quinquet, après avoir jeté à la poubelle une douzaine de brouillons, il se retrouva avec le manuscrit suivant :

Le trésor de Léonard

1. – An 1500, Venise. Léonard offre à la Sérénissime la manufacture d'un artefact sous-marin pour attaquer les navires turcs qui menacent la République. Il s'agit d'une tenue de plongée, avec scaphandre et le reste, une chemise spéciale et des pantalons qui permettaient à celui qui les portait d'uriner sous l'eau. Dans ses dessins, il consacre une attention toute particulière au scaphandre, un masque avec des ouvertures vitrées et un dispositif qui reliait le nez et la bouche à une grande vessie remplie d'air, fermée par des anneaux. Léonard réalise, dans ses cahiers, divers croquis de la tenue de

plongée et les accompagne d'une description minutieuse de la façon dont on peut s'approcher du vaisseau amiral de la flotte turque et le couler en perforant la coque, sous la ligne de flottaison, grâce à un vérin. Les plongeurs pourraient ensuite bouter le feu aux autres galères. Le projet comprend le dessin d'un « petit navire » qui peut naviguer sous l'eau sans être vu. Les directeurs de la flotte vénitienne le prirent pour un fou. La menace turque se dissipe. (*Note* : Il joue avec les idées, il n'y a rien de concret derrière cette proposition.)

2. – Peu après, frustré, il laisse un message pour la postérité à la page 33 du *Codex atlanticus* : *Pourquoi ne pas décrire ma méthode pour rester sous l'eau et tout le temps que l'on peut y rester sans devoir remonter pour respirer ? Je ne veux ni la divulguer ni la publier, à cause de la nature perverse des hommes, qui l'utiliseraient pour commettre des meurtres au fond de la mer.*

(*Note* : En bref, personne ne l'a engagé.)

3. – Deux ans plus tard, il revient au projet de sous-marin, jamais concrétisé, qui consistait à renflouer des bateaux coulés et qu'il proposa au sultan de Turquie : *Nous allons également décrire comment l'air peut être pompé sous l'eau pour soulever d'énormes poids, à savoir, comment remplir d'eau des peaux qui auront été attachées à des poids au fond de l'eau. Il y aura également des descriptions de la manière de soulever des poids en les attachant à des bateaux submergés et remplis de sable et comment ôter le sable de ces bateaux* (Cahier *Madrid I*, feuille 82).

(*Note* : Apparemment, Léonard se contrefiche de ses employeurs. Il continue à s'intéresser aux problèmes sous-marins, bien qu'il ne trouve personne pour financer ses projets et lui fournir un objectif).

4. – Enfin, en novembre 1504, Léonard se rend à Piombino pour se reposer. Dans les documents de *Madrid*, on trouve une référence à une *mystérieuse confidence*.

(*Note* : Attention, on entre dans le vif du sujet. On trouve également dans ces documents une référence cryptique au trésor qui mettra un terme à *toutes les servitudes*).

5. – Léonard étudie les marées dans la région, depuis la baie du vieux port (Porto Vecchio) ou Porto Falesia, jusqu'au golfe de Baratta, avec comme axe la ville fortifiée de Populonia, d'origine étrusque. Son cahier se remplit de notes sur les marées, de petites embarcations, de dessins du fond marin, et d'une quantité d'observations sur l'océan. Il est vexé que ses va-et-vient dans cette région provoquent murmures et étonnements. (*Manuscrit l* qui se trouve à Paris et qui reprend une partie des notes de la période allant de 1502 à 1503).

(*Note* : C'est sans aucun doute à cette époque qu'il apprend des habitants locaux l'histoire d'un vaisseau coulé qui transportait les soldes des troupes vaticanes [voir 9]).

6. – Il fait à nouveau des observations cryptiques sur la recherche de trésors sous-marins, il rédige un projet de bouée individuelle et de chaussures flottantes de grande taille.

7. – Décembre 1504. Il exécute l'ébauche du portrait de Giacomo Mascarpone qui se trouve dans la galerie Sforza à Milan. Nous savons que Mascarpone se trouve à Piombino avec Léonard. C'est probablement lui qui partage avec Léonard les confidences sur le vaisseau.

(*Note* : Qui est ce Mascarpone ? Un mercenaire, un assassin à la solde des Borgia. Le portrait montre un visage aux traits d'acier, au regard légèrement strabique. Léonard semble ne pas l'aimer, il n'y a aucune noblesse dans le personnage.)

8. – Léonard écrit ce qu'on a appelé un « roman » et qui, à cause de la dispersion des documents, ne se trouve pas avec les notes de Piombino, mais dans la bibliothèque Trivulcienne. L'une des annexes du roman parle du trésor marin et l'on y trouve des informations sur le vaisseau qui transportait la troupe des soldats du Vatican.

9. – Il dessine la dague en argent et émeraudes de Mascarpone qui se trouve au Metropolitan Museum à New York. Une dague célèbre puisque c'est avec elle que Mascarpone assassina Rodrigo Borgia en 1508.

10. – Dans ses notes testamentaires rédigées en 1518, à l'approche de sa mort, on trouve le texte suivant qui se dissimule sous la forme d'un supposé fragment de poème : *le heaume, la dague, le vaisseau, la carte de l'avenir.* (*Madrid III.*)

(*Note* : Il est évident que Léonard a découvert quelque chose dans la baie de Piombino, qu'il pensait qu'il était possible d'utiliser toutes ses inventions inachevées pour renflouer sa découverte et la sortir de l'eau. Il est évident que la clé de l'emplacement du vaisseau coulé se trouve dans le poème, et qu'il se réfère à la dague et au heaume du portrait de Mascarpone.)

11. – Si l'on observe attentivement le heaume de l'ébauche du portrait de Mascarpone, on peut trouver un dessin capricieux et asymétrique du côté gauche. Si l'on superpose ce dessin capricieux à une carte du littoral de la zone de Piombino, l'on peut remarquer une coïncidence remarquable et repérer un point marqué d'un cœur minuscule.

12. – Si l'on observe attentivement la lame de la dague, on découvre qu'au lieu de la signature de

l'artisan qui réalisa le travail d'après le dessin de Léonard, figurent les mots suivants :

37 Br-Scg

Dont la seule interprétation est « à trente-sept (*braccia*) bras de profondeur, sur la *scogliera*, le récif. Eh oui, il existe un récif à l'endroit marqué d'un cœur sur la carte de la baie de Piombino.

Voilà ce qu'il en était, ou ce qu'il pouvait en être. Et le trésor attendait là, ou alors le vaisseau avait été arraché par les marées et les mouvements du fond marin, ou encore, un Allemand l'en avait sorti au XIXe siècle, et le petit journaliste l'ignorait totalement. Et soudain, Amador se rendit compte qu'il était comme Léonard, avec une connaissance qu'il ne pouvait transformer en argent. Comment pouvait-on sortir un vaisseau de l'eau, Seigneur Dieu ? Et en Italie encore, où les fascistes massacraient les anarchistes ? Est-ce que les méthodes de Léonard pouvaient se révéler utiles ? Où prendre l'argent pour monter une opération de cette envergure ? Peut-être que *37 Br-Scg* voulait dire que la dague avait été réalisée par Bruno Scaglia à trente-sept ans, et c'était tout. Seule la littérature avait enjolivé la réalité, par le mensonge.

Une quinte de toux interrompit le flux angoissé de ses idées. Et tandis qu'il était replié sur lui-même, qu'il sentait ses poumons se déchirer, que des larmes involontaires coulaient de ses yeux, il crut voir, il vit le seul homme qui pouvait le distraire des documents de Léonard, le Baron de Koenig.

Il s'appuya sur un banc, tenta de reprendre son souffle et vit le Baron, vêtu d'une tenue printanière, un costume trois pièces en lin gris pâle et un petit chapeau d'astrakan, qui sortait des jardins en direction du quartier Latin.

Amador courut à sa poursuite. Le pistolet ? Il

l'avait laissé à la pension. Rien, pas même un bâton. Il l'étranglerait de ses propres mains.

Amador ralentit le pas, parce qu'il s'essoufflait. Le Baron était plus grand, presque le double de son poids. Le talent devait laisser place à la rage. Le Baron prit le boulevard Saint-Michel, tourna à gauche dans la rue Racine et, alors qu'il allait entrer dans un immeuble de trois étages, il tourna la tête et aperçut le petit journaliste qui avançait en titubant, repéré dans sa poursuite. Amador retint son cœur qui voulait bondir hors de sa poitrine et s'avança vers son destin, de face. Le visage du Baron refléta sa lente reconnaissance. Le journaliste prit son élan et se lança contre le gros Baron en brandissant le rouleau de ses notes sur le trésor de Léonard. Le Baron le reçut avec un coup de canne qui le projeta contre la vitrine d'une pâtisserie. En d'autres circonstances, Amador aurait apprécié de tomber au milieu de truffes au caramel et de beignets à la crème. Le Baron tira de sa canne une épée qui brillait aux reflets du soleil de l'après-midi, et s'avança vers le journaliste pour le transpercer. Amador recula, se traînant entre la vitrine et les gâteaux. Le Baron saisit le manuscrit que le journaliste avait laissé tomber.

– Vous êtes ce journaliste complètement dingue. Ces trucs sont sûrement des merdes et des bobards sur mon compte.

Et il prit des allumettes et mit le feu aux papiers. Amador, aveuglé par la rage, se lança à nouveau contre lui, empoignant un bon morceau de verre en guise de poignard, toussant et crachant du sang, s'étouffant dans les crachats. Ses vêtements étaient déchirés, tachés de meringue et de crème au chocolat. Le Baron utilisa sa canne-épée pour maintenir le journaliste à distance, et se mit à reculer. Les yeux du petit journaliste distillaient sa folie et le Baron trébucha. Puis il s'enfuit à pas redoublés.

Et tandis qu'il courait dans les rues pavées du quartier Latin à la poursuite du Baron, Antonio Amador, connu sous le nom de la Puce, sentit que la quinte de toux qui montait de ses poumons perforés était la dernière. Il tomba à genoux et jura. Le Baron, le voyant à terre, empoigna son épée et recula pour l'achever.

Amador agonisait. Et il pensait qu'il était très injuste, paradoxal et cruel, vu la vie qu'il avait menée, de mourir à genoux devant l'ennemi. Et donc, tandis que la brume envahissait ses sens, il vit apparaître un personnage malingre, drapé dans une cape légère, éthéré, magique. Vertigineux, celui-ci sortit un revolver de sa poche, et sans hésiter, tira à bout portant sur le visage du Baron de Koenig. Il le tua sur le coup, comme un chien enragé.

Et Amador s'évanouit en souriant à son ami, l'Ange-Noir de la mort, avec entre les dents un goût de sang mêlé à celui de la crème pâtissière. Maintenant, il pouvait mourir. Ou peut-être que non, peut-être que le petit journaliste était immortel. Ceci n'était probablement pas la mort. La crème des gâteaux était trop bonne pour que ceci soit la fin, la fin des fins, le dernier...

Le romancier déconfit

Au centre de la pièce abondamment éclairée, un homme sera assis sur une chaise, nous tournant le dos. Ou plutôt attaché sur une chaise, lié avec le fil du téléphone. Son immobilité sera étrange, rigide.

Avec mon flingue, je couvrirai en arc de cercle les apparitions possibles de l'ennemi, la porte de la cuisine, le couloir qui donne sur les pièces à l'arrière, y compris la porte du corridor qui mène à la cour par laquelle nous sommes entrés. Karen avancera rapidement vers l'homme immobile, qui porte un pantalon gris et une chemisette.

– Attends, laisse-moi faire, dirai-je, transformé en devin, en magicien cubain, en voyant, en romancier déconfit.

Karen restera immobile à l'autre bout de la pièce tandis que je m'approcherai du corps, du cadavre. Cachés par des verres de myope, les yeux vitreux de la mort, dans le visage d'un homme de cinquante-cinq ans environ, curieusement incliné vers l'arrière, les joues mangées par une barbe irrégulière, me contempleront.

Un message sur la poitrine du mort aura été collé avec du chatterton :

Il s'appelait Christo Mandajsiev, il était Bulgare. Je

vous laisse le rein dans le frigo. Désolé pour le dérangement. J.

Karen regardera fixement le mort. Sur la chemisette, une blessure qui saignait, la tache rougeâtre à l'endroit où se trouvait probablement le rein. Elle s'éloignera vers la cour et se mettra à vomir. Je chercherai la cuisine, convaincu de l'exactitude de la note, convaincu de l'horreur, persuadé qu'au bout du couloir, je trouverai une grande cuisine aux carrelages blancs et aux mosaïques de Talavera. Là, un réfrigérateur et sur un plateau, un rein. Et la certitude de cette future découverte macabre me conduira lentement à une autre certitude, celle que Jerry aura disparu, et que l'on aura beau le chercher dans les aéroports et aux frontières, il se sera enfui pour toujours, rendant impossible toute vengeance, tout règlement de compte, toute forme de justice. Avec la conscience que ce Bulgare assis dans la pièce est un muet qui ne pourra même pas nous raconter la putain d'histoire qui précédait tout ça.

Karen sanglotera dans la cour. Je ne me serai même pas approché du réfrigérateur.

Secteur 10

La grande nuit étoilée des conteurs d'histoires

Dans la grande nuit étoilée
qui tombe en d'autres endroits.

Roberto Fernandez Retamar

Jerry à Manhattan (IV)

Jerry Milligan frotta consciencieusement la petite table qui se trouvait entre la kitchenette et le réfrigérateur dans sa chambre délabrée de l'hôtel Chelsea. Il sortit un carnet de chèques, des extraits de comptes bancaires, des petits papiers et des billets d'un sac, d'une valise, de son portefeuille, d'un trou ménagé sous une latte du parquet. C'était une matinée consacrée à l'économie.

Il pensait qu'il avait bien fait de poignarder le Bulgare et de se débarrasser de lui pour toujours, clôturant ainsi une vieille histoire. Certes, il avait perdu énormément de dollars, mais le Bulgare était comme un oiseau noir qui attirait les ennuis. Dans le fond, pensa Jerry en rangeant une pile de chèques de voyage American Express, les yeux tristes de Mandajsiev l'avaient remercié pour le coup de couteau et pour la fin. Il devait y avoir beaucoup de cinémas dans le paradis des anciens agents bulgares à qui il manquait un rein.

Deux cent mille francs suisses à Genève, onze mille six cents dollars en billets sous le matelas du Bulgare à Chihuahua, et il les comptait.

Il devait rayer le Mexique de ses projets d'avenir. L'écrivain était un prodige d'obstination. Comment s'était-il embarqué dans cette histoire ? Jerry, poursuivi par un écrivain qui ressemblait à un cow-boy mexicain des publicités Marlboro, à un secrétaire des Nations unies petit-fils de Pancho Villa, à un respectable citoyen du Sud, accompagné d'une basketteuse à qui on avait volé un rein. Un peu trop de Mexique pour tes rêves, pensa-t-il.

Et c'était dommage, parce que, complications mises à part, il aimait converser avec le Bulgare. Jerry se rendait bien compte de l'importance de la nostalgie dans la vie, tandis qu'il équilibrait le compte de la Chemical Bank, qui atteignait presque les cent mille dollars tout ronds.

Il aimait les conversations avec Mandajsiev :

– Si tu me tues, je ne pourrai jamais être propriétaire d'une chaîne de cinémas à Manhattan et tu ne pourras pas être un Américain insouciant, un touriste universel, un étranger permanent, un oiseau en vol.

Vera et ses molosses, les policiers de la ville de Mexico, s'étaient approchés de trop près et la police judiciaire de Chihuahua avait découvert le ranch. L'opération avait été un échec et le Bulgare avait fait un rejet. Pour commencer, il n'était pas sûr que ce boucher de Leiva avait procédé correctement à la greffe, ou que Romero et Gardner avaient enlevé la bonne Américaine. C'était un vrai foutoir, et le Bulgare pissait du sang.

Il parcourut le *Financial Times* pour connaître les taux de change du peso mexicain et du franc suisse. Il avait une valise remplie de pesos. Anciens, nouveaux ? Quelle merde ! Dans la chambre voisine, quelqu'un se battait contre les cafards. Des cafards mexicains avaient probablement voyagé avec l'argent depuis Ciudad Juárez. Ils allaient s'entretuer dans une guerre féroce avec les cafards newyorkais. Il n'y avait pas assez de place pour tout le monde.

Dix-huit mille six cents nouveaux pesos, un million et demi d'anciens, c'est-à-dire mille cinq cents de plus, s'il avait bien compris les ineptes qui donnaient des explications financières à la frontière. Divisé par trois, plus de six mille dollars. Plus s'il les changeait au Mexique.

Toute cette histoire ne manquait pas de tranchant, pensa-t-il en se souvenant de la dague de Mascarpone au Metropolitan Museum, la dague sertie de joyaux aux cent assassinats, qui avait déchiré les chairs, cherché les cœurs. Son œuvre préférée du *Met*. La dague florentine et le scalpel du docteur Leiva.

Il avait travaillé proprement. Il n'avait laissé derrière lui qu'une photo à l'aéroport de Guadalajara, publiée dans la rubrique mondaine. Il avait demandé le journal une semaine plus tard et une agence de presse de New York lui avait trouvé *El Jaliciense*. Des lunettes noires. « L'homme d'affaires Jerry Milligan de retour aux Etats-Unis ». D'où est-ce que le reporter avait tiré son vrai nom, bordel de merde ? De l'Immigration. Souci de précision à la con. Qui pouvait en avoir quelque chose à foutre ? Pourquoi ne pas publier la photo des deux *cheerleaders* de Houston qui voyageaient sur le même vol ? Et il comptait. Trente-sept mille dollars placés au Manhattan Trust.

Jerry clôtura les comptes. D'un côté du lit, une photo de la dague sertie de pierres de Mascarpone, près de l'adresse de la maison de production de films pornos qui distribuait les films de sa mère.

Il déposa les pesos mexicains avec précaution dans la valise. Il fit un paquet de tous les papiers et les mit dans la poche supérieure de son blouson puis glissa les chèques suisses dans une enveloppe, qu'il mit ensuite dans une boîte de poisson précuit dans le congélateur. Même à l'hôtel Chelsea, on ne volerait pas un truc de ce genre.

Quelques coups discrets frappés à la porte lui firent parcourir la pièce du regard. Tout l'argent était planqué. Il ouvrit en s'attendant à trouver une des putes jamaïquaines de la chambre d'à côté, qui lui demanderait quelques dollars pour déjeuner, mais il vit...

Un rognon de veau encore sanguinolent par terre, devant sa porte. À côté, un exemplaire du dernier roman de José Daniel Fierro publié aux États-Unis : *La Bicyclette de Léonard de Vinci*. Cloué sur la porte (quand l'avaient-ils donc fait ?), un dessin grossier de ce qui ressemblait, sans aucun doute, à une bicyclette.

Il examina attentivement les deux côtés du couloir. Il alla même jusqu'à l'ascenseur, dont les portes étaient fermées.

– Eh merde ! dit Jerry en écrasant le rognon.

Fins

Toutes les villes finissent par ressembler au cinéma, surtout les plus photogéniques, disait le journaliste espagnol Manuel Leguineche en parlant de Berlin quelques jours avant la chute du Mur. Mais si c'était vrai, à quoi ressemblerait notre Mexico, si retorse ? À *Règlement de comptes à O.K. Corral* ? À quel morceau de celluloïd de *Blade Runner*, dans cette Los Angeles aux murs ruisselants de sueur ? À quelle Hong-Kong gauche et bigarrée de *Maison Noble* ? Pour raconter cette ville, il fallait chercher d'autres villes. Il n'existe pas de portraits qui rendent justice aux couleurs pastel de la pollution. Pas de films qui rendent la sensation de chaos et de fragilité, la calme urgence de Mexico. La réalité ne concurrence la fiction que dans les romans. La réalité triomphe toujours dans la réalité et, sans nul doute, elle charrie les récits et les histoires, elle les dévore. La réalité est étrange, la réalité est irréelle, pense José Daniel Fierro, chômeur utopique, tandis qu'il imagine imaginer une fin des fins pour les romans qu'il dit écrire. Et il l'imagine en frappant sur son clavier.

Et il écrit un roman où Jerry meurt dans un incendie et un chapitre où il oblige le Bulgare prisonnier à recommencer l'opération, mais dans le sens inverse, rendant son rein à Karen, un peu usagé, mais en bon état. Tout ceci sous le regard bienveillant de Léonard de Vinci et de son trésor de la baie de Piombino jamais repêché. Un Léonard de Vinci soulagé qui voyage sur *sa* bicyclette dans le parc de Mexico en regardant les oiseaux sales, les moineaux pollués de Mexico qui boivent à une fontaine. Et il remonte le pont des Insurgés par l'avenue Nuevo León, évitant les travestis et les vendeurs de roses nocturnes, pour s'avancer jusqu'à l'intérieur de la Colonia del Valle et s'en envoyer quelques-unes derrière la cravate, s'enfiler un *pack* de bière avec son ami José Daniel Fierro. Ce dernier vient de reposer son téléphone après une conversation avec un autre ami, l'Ours, qui lui a raconté qu'on lui avait refusé pour la dixième fois un livre de poésies et que l'un de ses fils, qu'il ne voyait plus depuis des mois après le divorce, était allé vivre à Puebla à cause de son asthme et lui avait raconté des histoires d'assassinats de paysans dans les communautés montagnardes. Et il se demande, Fierro, où est passé le pays pour lequel ils se sont tant battus. Il se dit qu'il est difficile de l'entrevoir à partir du cercle restreint des quatre murs d'une pièce, depuis la pile des livres qu'il s'est promis de lire, depuis l'écran d'ordinateur.

Avec la tombée du jour dans un moment incertain, il faut observer la grâce et la douceur que l'on peut voir sur les visages des hommes et des femmes, écrit Léonard, dans un cahier qui devait être perdu et retrouvé une douzaine de fois, pour finir par être connu sous le nom de *Manuscrit A* et confié à une bibliothèque parisienne. Eh bien, voilà ce qu'il reste, des hommes et des femmes et des histoires à raconter, des villes qui s'effondrent et qui préfigurent les barricades, se dit le Chef du Néant, José

Daniel, qui fait mousser son clavier, crépiter son écran où les lettres sont bleues, les cursives sont rouges et les gras sont verts.

L'Ange-Noir apparaît soudain dans l'encadrement de la porte, enveloppé d'une veste d'intérieur noire qui ressemble à une cape de Dracula. Il dit quelque chose comme : « Fils, j'ai envie de pisser, mais je ne trouve pas la lumière des toilettes. »

– À droite de l'entrée, à hauteur de la tête, grand-père, répondit José Daniel, fasciné par l'apparence fantomatique du vieil homme.

– Ils cachent de plus en plus les choses, putain. Je devrais leur faire sauter le cul, à ceux-là, dit le vieux en traînant ses savates.

– Dis-moi, c'est toi qui as participé à l'attentat contre Dato, quand ils ont tué le Premier ministre ?

– Mais qu'est-ce que tu racontes ? Tout le monde sait que c'était Casanellas, Nicolau et Mateu...

Le vieux crache par terre en entendant le nom de Dato. Bonne habitude, ça, de cracher par terre quand on entend le nom d'un chef d'Etat.

– Et le trésor ?

– Quel trésor ?

– T'es jamais allé à Paris, grand-père ?

– Non, seulement à Marseille. J'ai jamais mis les pieds à Paris, c'est plein de Français cet endroit.

José Daniel soupire. N'y aurait-il aucun autre moyen d'améliorer l'histoire que la littérature ?

– La musique ne te dérange pas ?

– Pas du tout, j'aime bien, même. Elle est un peu bizarre, seulement... C'est ton truc.

La platine attaque le dernier Santana, *Life For Living*, avec un lettrage étrange qui nous rappelle que nous vivons entourés de peurs.

Ainsi va le roman qui ne doit pas s'écrire et auquel, semble-t-il, José Daniel ne trouvera jamais une fin qui lui plaise. Une version qui altère les versions antérieures. Dans ce roman, Karen sera joueuse de volley et partira un jour, elle retournera au volley, elle dira des choses, elle partira en les disant, elle quittera José Daniel la veille de ses cinquante-quatre ans, il n'en avouera que cinquante-trois, pour se leurrer un peu.

José Daniel entreverra un mouvement inespéré à la fenêtre de son appartement. Le magicien cubain, Leonardo Padura Buenaventura, qui tire des lapins et des serpentins d'un haut-de-forme, flottant à hauteur du troisième étage. Ses dents semblent illuminer la rue, partageant la lumière du réverbère au coin de la rue, guide solitaire devant l'absence d'étoiles dans le ciel gris. La grande nuit étoilée arriva avec le sourire d'un magicien.

Jerry existe et il est désespéré, il sait que je l'observe de loin, écrit José Daniel, *et un jour je reviendrai et je lui arracherai un rein à coups de pied dans le cul*. Et il termine le roman (bien qu'il lui manque encore deux cents pages intermédiaires) comme il avait toujours voulu le faire, comme se terminaient les romans radiophoniques de « L'ombre » et comme lui-même ne l'avait jamais osé, jusqu'à ce que Norman Mailer s'y essaie il y a quelques années : *La suite la semaine prochaine...*

Et José Daniel pense qu'ils pensent à lui, certains, les ennemis, comme à un anachronisme : comme s'il était un dinosaure, une espèce en voie d'extinction. Et il pense qu'ils se sont trompés. Un de ces jours, pense-t-il dans un bâillement, il appellera Spielberg à Hollywood pour lui proposer d'écrire un scénario qui s'appelle : *Les vieux rouges ne meurent jamais*, avec Oliver Stone comme co-scénariste. Il ne sait pas s'il en aura envie.

Vinci n'est pas revenu de sa promenade à bicyclette, et José Daniel éteint la lampe qui se trouve à côté de l'ordinateur ; à la lueur de l'écran, il sauvegarde le fichier, fait une copie et caresse l'interrupteur avant d'éteindre la machine et de tout confier au sommeil électronique.

Il traîne les pieds en marchant. Par habitude, parce que s'il n'a plus son plâtre, il en a gardé le souvenir et il boitille parfois, plus par nostalgie qu'à cause de la fracture. Il allume la télévision. Pas besoin du son pour regarder le programme, il peut parfaitement apporter sa propre et incomparable bande-son. C'est pour cela qu'en passant devant sa platine, il monte encore le volume de *Flor de Luna*, que les incultes connaissent sous le nom de *Moon Flower*, un morceau enregistré par le maître Santana et dû au génie du claviériste Tom Coster, où la lyre ressemble à une guitare de *corrido* [1] morose.

À droite, au pied du fauteuil, six Corona glacées l'attendent. Il se laisse tomber sur la relique et sourit. Les images sur l'écran se précisent peu à peu, acquérant luminosité et précision, juste au moment où Karen Turner lance un tir en dehors de la raquette.

Le ballon hésite sur l'anneau.

Il tombe. Il tombe...

Peut-être n'est-ce pas la réalité de la réalité, peut-être est-ce une rediffusion d'un vieux match, peut-être est-ce simplement le rêve d'un auteur de romans policiers fatigué. Il se penche par la fenêtre, Léonard gare sa bécane devant l'immeuble, il l'enchaîne à un réverbère, parce qu'il y a beaucoup de voleurs à Mexico. José Daniel le regarde sous la nuit étoilée des conteurs d'histoires.

Sur l'écran, Karen Turner fait un nouveau lancer et sourit.

1. Chanson et danse populaires mexicaines. *(N.d.T.)*

Le ballon vient cogner contre le panneau.
Il tombe. Il tombe...

La suite la semaine prochaine... apparaît en surimpression sur l'écran.

Mexico, octobre 1991 – avril 1993

En dehors du roman

Des livres comme celui-ci utilisent des informations dont j'assume seul la manipulation, mais qui me viennent d'amis, de collègues et de protagonistes. Tout livre se construit, directement ou indirectement, à partir d'une série d'histoires que l'on vous raconte, d'un tas d'images et d'expériences personnelles et d'une pile de livres que parfois je n'ai pas rendus à temps. Je veux donc remercier les autres pour leur travail qui a rendu mon travail possible.

Le chef José Daniel Fierro est né dans un autre roman appelé La Vie même. J'aimerais que les lecteurs qui ne le connaissent pas s'y réfèrent. Dans celui-ci, José Daniel avait trois ans de moins et n'était pratiquement pas en proie au doute.

C'est le photographe Jerry Bauer qui m'a raconté l'histoire de l'enlèvement et du vol d'un rein à l'origine de ce roman. Dans sa version, l'histoire se passait à Lima, je l'ai rapprochée en la situant à Ciudad Juárez, une ville beaucoup plus accessible...

Mon ami le journaliste Mariano Rodriguez a collaboré à la cubanisation du langage d'Ambaraja, qui a bien évidemment été traité dans ces lignes comme un personnage de fiction, alors qu'il existe réellement. En tant que personnage réel, je l'ai rencontré dans les pages de la revue *Verde Olivo*, dans un reportage consacré au major Rodriguez. Qu'il me pardonne.

Le docteur Espinoza a contribué à me fournir des explications sur les greffes de reins à Ciudad Juárez, et c'est Gustavo Piyu de la Rosa qui m'a servi de guide dans cette ville, en m'aidant à retrouver mon chemin chaque fois que je me perdais.

Les images de la Barcelone moderniste ont surgi de ma mémoire troublée et de la merveilleuse bibliothèque de mon père, Paco Ignacio Taibo I, qui semble toujours persuadé que je vais lui rendre ses livres.

Cette Barcelone des années vingt doit de nombreuses pages, presque reprises textuellement, à cette magnifique légion de journalistes anarchistes qui entretenaient la flamme et la passion de l'information à une époque difficile, en particulier Angel Samblancat, Francisco Madrid, Salvador Quemades, Francisco Iribarne et Antonio Amador lui-même, avec lequel j'ai pris toutes les libertés que permet la fiction.

Jim Adams a réussi pour moi aux États-Unis une énorme quantité de documents sur l'opération Phœnix, et grâce à lui, j'ai pu reconstruire les origines du personnage de Jerry, même si ses activités n'ont pas été utilisées ici et le seront dans un autre roman. Les aventures de Jerry à Saigon ont été éclairées par l'excellent livre de Frank Snepp, *Decent Interval*, par les sinistres Mémoires du journaliste français Jean Larteguy et par l'histoire des derniers jours de la guerre du Viêt-nam d'Alan Dawson.

Unknown Leonardo rassemble en ses pages des histoires et des illustrations splendides sur la saga vincienne, en particulier un article merveilleux sur l'histoire de la bicyclette écrit par le docteur Augusto Marinoni de l'Université catholique de

Milan. Les biographies de Léonard écrites par Bramy, Palenque, Racionero, Clark, Berence et Merejkovski m'ont été extraordinairement utiles.

Le « santanisme » de José Daniel Fierro m'appartient et j'en suis responsable. Toutefois, outre la collection complète de ses disques, le noble essai de Jordi Serra i Fabra m'a grandement aidé à retracer l'histoire du magicien d'Autlan.

Inutile de préciser que tous les personnages appartiennent au royaume de la fiction, y compris ceux qui arborent des noms de copains et de potes que j'ai fraternellement calomniés.

Mes amis italiens m'avaient interdit d'utiliser le nom de Mascarpone, et pourtant, il m'enchante. Je l'ai entendu pour la première fois dans un restaurant de New York et il semble qu'il s'agisse d'un fromage. D'ores et déjà, j'autorise que l'on donne à Mascarpone n'importe quel autre nom dans la version italienne.

Paco Ignacio Taibo II

Table

Secteur 1

LA BICYCLETTE

Secteur 2

LE COMBLE DE L'HORREUR

Secteur 3

À la recherche de Karen
La Ballade des stars

Secteur 4

La Tromperie des désirs

Secteur 5

À la recherche de Karen
La Ballade des stars

Secteur 6

La passion par la queue

Secteur 7

Sur la piste avec Karen
La Ballade des stars

Secteur 8

Amour et violences

Secteur 9

Sur la piste avec Karen
La Ballade des Stars

Secteur 10

La grande nuit des conteurs d'histoires

Rivages/noir

James Lee Burke
Prisonniers du ciel (n° 132)
Black Cherry Blues (n° 159)
Une saison pour la peur (n° 238)
Le Bagnard (n° 272)
Une tache sur l'éternité (n° 293)
Dans la brume électrique avec les morts confédérés (n° 314)

W.R. Burnett
Romelle (n° 36)
King Cole (n° 56)
Fin de parcours (n° 60)

Jean-Jacques Busino
Un café, une cigarette (n° 172)
Dieu a tort (n° 236)
Le Bal des capons (n° 278)
La Dette du diable (n° 311)

Daniel Chavarría
Adiós muchachos (n° 269)
Un thé en Amazonie (n° 302)

George Chesbro
Une affaire de sorciers (n° 95)
L'Ombre d'un homme brisé (n° 147)
Bone (n° 164)
La Cité où les pierres murmurent (n° 184)
Les Cantiques de l'Archange (n° 251)
Les Bêtes du Walhalla (n° 252)
L'Odeur froide de la pierre sacrée (n° 291)

Andrew Coburn
Toutes peines confondues (n° 129)

Michael Collins
L'Égorgeur (n° 148)
Rosa la Rouge (n° 267)

Robin Cook
Cauchemar dans la rue (n° 64)
J'étais Dora Suarez (n° 116)
Vices privés, vertus publiques (n° 166)
La Rue obscène (n° 200)
Quand se lève le brouillard rouge (n° 231)

Le Mort à vif (n° 241)
Bombe surprise (n° 260)

Peter Corris
La Plage vide (n° 46)
Des morts dans l'âme (n° 57)
Chair blanche (n° 65)
Le Garçon merveilleux (n° 80)
Héroïne Annie (n° 102)
Escorte pour une mort douce (n° 111)
Le Fils perdu (n° 128)
Le Camp des vainqueurs (n° 176)

Hélène Couturier
Fils de femme (n° 233)

James Crumley
Putes (n° 92)

Mildred Davis
Dark Place (n° 10)

Jean-Paul Demure
Milac (n° 240)
Fin de chasse (n° 289)

Pascal Dessaint
La vie n'est pas une punition (n° 224)
Bouche d'ombre (n° 255)
À trop courber l'échine (n° 280)
Du bruit sous le silence (n° 312)

Thomas Disch / John Sladek
Black Alice (n° 154)

Wessel Ebersohn
La Nuit divisée (n° 153)
Coin perdu pour mourir (n° 193)
Le Cercle fermé (n° 249)

Stanley Ellin
La Corrida des pendus (n° 14)

James Ellroy
Lune sanglante (n° 27)
À cause de la nuit (n° 31)
La Colline aux suicidés (n° 40)
Brown's Requiem (n° 54)

Chester Himes
Qu'on lui jette la première pierre (n° 88)
Dolores Hitchens
La Victime expiatoire (n° 89)
Geoffrey Homes
Pendez-moi haut et court (n° 93)
La Rue de la femme qui pleure (n° 94)
Dorothy B. Hughes
Et tournent les chevaux de bois (n° 189)
Chute libre (n° 211)
William Irish
Manhattan Love Song (n° 15)
Valse dans les ténèbres (n° 50)
Bill James
Retour après la nuit (n° 310)
William Kotzwinkle
Midnight Examiner (n° 118)
Le Jeu des Trente (n° 301)
Jonathan Latimer
Gardénia rouge (n° 3)
Noir comme un souvenir (n° 20)
Michel Lebrun
Autoroute (n° 165)
Le Géant (n° 245)
Elmore Leonard
Zig Zag Movie (n° 220)
Maximum Bob (n° 234)
Punch Créole (n° 294)
Bob Leuci
Captain Butterfly (n° 149)
Odessa Beach (n° 290)
Ted Lewis
Le Retour de Jack (n° 119)
Sévices (n° 152)
Jack Carter et la loi (n° 232)
Plender (n° 258)
Richard Lortz
Les Enfants de Dracula (n° 146)

Deuil après deuil (n° 182)
L'Amour mort ou vif (n° 206)
John D. MacDonald
Réponse mortelle (n° 21)
Un temps pour mourir (n° 29)
Un cadavre dans ses rêves (n° 45)
Le Combat pour l'île (n° 51)
L'Héritage de la haine (n° 74)
John P. Marquand
Merci Mr Moto (n° 7)
Bien joué, Mr Moto (n° 8)
Mr Moto est désolé (n° 18)
Rira bien, Mr Moto (n° 87)
Richard Matheson
Échos (n° 217)
Helen McCloy
La Somnambule (n° 105)
William McIlvanney
Les Papiers de Tony Veitch (n° 23)
Laidlaw (n° 24)
Big Man (n° 90)
Étranges Loyautés (n° 139)
Marc Menonville
Jeux de paumes (n° 222)
Walkyrie vendredi (n° 250)
Dies Irae en rouge (n° 279)
Ronald Munson
Courrier de fan (n° 226)
Tobie Nathan
Saraka bô (n° 186)
Dieu-Dope (n° 271)
Jim Nisbet
Les damnés ne meurent jamais (n° 84)
Injection mortelle (n° 103)
Le Démon dans ma tête (n° 137)
Le Chien d'Ulysse (n° 161)
Sous le signe du rasoir (n° 273)
Kyotaro Nishimura
Petits crimes japonais (n° 218)

Jack O'Connell
B.P. 9 (n° 209)
Liam O'Flaherty
L'Assassin (n° 247)
Jean-Hugues Oppel
Brocéliande-sur-Marne (n° 183)
Ambernave (n° 204)
Six-Pack (n° 246)
Ténèbre (n° 285)
Abigail Padgett
L'Enfant du silence (n° 207)
Le Visage de paille (n° 265)
Hugues Pagan
Les Eaux mortes (n° 17)
La Mort dans une voiture solitaire (n° 133)
L'Étage des morts (n° 179)
Boulevard des allongés (n° 216)
Last Affair (n° 270)
L'Eau du bocal (n° 295)
Andrea G. Pinketts
Le Sens de la formule (n° 288)
Bill Pronzini
Hidden Valley (n° 48)
Bill Pronzini / Barry N. Malzberg
La nuit hurle (n° 78)
Michel Quint
Billard à l'étage (n° 162)
La Belle Ombre (n° 215)
Le Bélier noir (n° 263)
Diana Ramsay
Approche des ténèbres (n° 25)
Est-ce un meurtre ? (n° 38)
Philippe Setbon
Fou-de-coudre (n° 187)
Desolata (n° 219)
Roger Simon
Le Clown blanc (n° 71)
Génération Armageddon (n° 199)
La Côte perdue (n° 305)

Pierre Siniac
Les mal lunés (n° 208)
Sous l'aile noire des rapaces (n° 223)
Démago Story (n° 242)
Le Tourbillon (n° 256)
Femmes blafardes (n° 274)
L'Orchestre d'acier (n° 303)
Les Standiford
Pandémonium (n° 136)
Johnny Deal (n° 259)
Richard Stark
La Demoiselle (n° 41)
La Dame (n° 170)
Richard Stratton
L'Idole des camés (n° 257)
Vidar Svensson
Retour à L.A. (n° 181)
Paco Ignacio Taibo II
Ombre de l'ombre (n° 124)
La Vie même (n° 142)
Cosa fácil (n° 173)
Quelques nuages (n° 198)
À quatre mains (n° 227)
Pas de fin heureuse (n° 268)
Même ville sous la pluie (n° 297)
La Bicyclette de Leonard (n° 298)
Ross Thomas
Les Faisans des îles (n° 125)
La Quatrième Durango (n° 171)
Crépuscule chez Mac (n° 276)
Jim Thompson
Liberté sous condition (n° 1)
Un nid de crotales (n° 12)
Sang mêlé (n° 22)
Nuit de fureur (n° 32)
À deux pas du ciel (n° 39)
Rage noire (n° 47)
La mort viendra, petite (n° 52)
Les Alcooliques (n° 55)

Les Arnaqueurs (n° 58)
Vaurien (n° 63)
Une combine en or (n° 77)
Le Texas par la queue (n° 83)
Écrits perdus (1929-1967) (n° 158)
Le Criminel (n° 167)
Écrits perdus (1968-1977) (n° 177)
Hallali (n° 195)
L'Homme de fer (n° 196)
Ici et maintenant (n° 129)
Avant l'orage (n° 300)

Masako Togawa
Le Baiser de feu (n° 91)

Armitage Trail
Scarface (n° 126)

Marc Villard
Démons ordinaires (n° 130)
La Vie d'artiste (n° 150)
Dans les rayons de la *mort* (n° 178)
Rouge est ma couleur (n° 239)
Cœur sombre (n° 281)
Du béton dans la tête (n° 284)

Donald Westlake
Drôles de frères (n° 19)
Levine (n° 26)
Un jumeau singulier (n° 168)
Ordo (n° 221)
Aztèques dansants (n° 266)
Kahawa (n° 277)
Faites-moi confiance (n° 309)

Janwillem Van De Wetering
Comme un rat mort (n° 5)
Sale Temps (n° 30)
L'Autre Fils de Dieu (n° 33)
Le Babouin blond (n° 34)
Inspecteur Saito (n° 42)
Le Massacre du Maine (n° 43)
Un vautour dans la ville (n° 53)
Mort d'un colporteur (n° 59)

Le Chat du sergent (n° 69)
Cash-cash millions (n° 81)
Le Chasseur de papillons (n° 101)
Retour au Maine (n° 286)
Le Papou d'Amsterdam (n° 313)

Harry Whittington
Des feux qui détruisent (n° 13)
Le diable a des ailes (n° 28)

Charles Willeford
Une fille facile (n° 86)
Hérésie (n° 99)
Miami Blues (n° 115)
Une seconde chance pour les morts (n° 123)
Dérapages (n° 192)
Ainsi va la mort (n° 213)

Charles Williams
La Fille des collines (n° 2)
Go Home, Stranger (n° 73)
Et la mer profonde et bleue (n° 82)

Timothy Williams
Le Montreur d'ombres (n° 157)
Persona non grata (n° 203)

Daniel Woodrell
Sous la lumière cruelle (n° 117)
Battement d'aile (n° 121)
Les Ombres du passé (n° 194)
Faites-nous la bise (n° 296)

Rivages / mystère

Charlotte Armstrong
Le Jour des Parques (n° 13)
L'Inconnu aux yeux noirs (n° 15)
Une dose de poison (n° 21)

Francis Beeding
La Maison du Dr Edwardes (n° 9)
La mort qui rôde (n° 12)
Un dîner d'anniversaire (n° 18)

Algernon Blackwood
John Silence (n° 8)

Jypé Carraud
Tim-Tim Bois-Sec (n° 22)
Le Squelette cuit (n° 25)

Collectif
La Griffe du chat (n° 28)

F. W. Crofts
Le Tonneau (n° 24)

Amanda Cross
En dernière analyse (n° 23)
Insidieusement vôtre (n° 26)
Justice poétique (n° 27)

Mildred Davis
Crime et chuchotements (n° 14)
Passé décomposé (n° 16)
Un homme est mort (n° 20)

Michael Dibdin
L'Ultime Défi de Sherlock Holmes (n° 17)

John Dickson Carr
En dépit du tonnerre (n° 5)

William Kotzwinkle
Fata Morgana (n° 2)

Alexis Lecaye
Einstein et Sherlock Holmes (n° 19)

John P. Marquand
À votre tour, Mister Moto (n° 4)

Anthony Shaffer
Absolution (n° 10)

J. Storer-Clouston
La Mémorable et Tragique Aventure de Mr Irwin Molyneux (n° 11)

Rex Stout
Le Secret de la bande élastique (n° 1)
La Cassette rouge (n° 3)
Meurtre au vestiaire (n° 6)

Josephine Tey
Le plus beau des anges (n° 7)

Achevé d'imprimer en Janvier 1999
par Maury-Eurolivres
45300 Manchecourt

2e édition